柳園聯語

張定成題

上

目次

下冊

卷三

卷四

卷五

卷六

作者夫婦金婚合影

作者夫婦遊橫貫公路於武嶺留影

柳園辭章總敘

蘇澳家鄉，海市蜃樓之所；蘭陽庠序，春秋蛾術之區。游酢從師，雪盈而愈奮；宋濂求學，冰履而益勤。暑往寒來，星移物換。顧風木皋魚淚竭，詠停雲靖節魂牽。書海揚帆，尼山負笈；髫鬐拾翠，髦耋汗青。覶縷十書，總疏短引。俚歌誰顧？敝帚自珍。

粵若艱屯，索居多暇。消閒歲月，玩習詞章。襞積縹緗，視園蕪而弗顧；博依音韻，眷簡蠹而彌殷。溯沿風雅委源，究稽正變；摭拾聖賢典籍，權作楷模。叢萃百家，積玉浮金並蓄；昭明四始，唐音宋韻兼收。彷彿霓裳，句句如聆鳳嘒；依稀天籟，聲聲似聽鸞鳴。文獻足徵，信今而傳後；清新俊逸，格物而窮情。寧非文彩之鄧林？洵是篇章之珠藪。此《柳園詩話》編著之旨也。

翦燭茅廬，考槃澗陸。幽懷甫暢，逸興遄飛。詩聲與懶婦（蟋蟀別名）爭鳴，意氣共愚公競爽。史經寢饋，不移白首之心；歲月推移，寧隕青雲之志。門非通德，家乏賜書。罔王氏之青箱，昧董生之朱墨。乃思翕張風雅，六義管窺；探索隱微，百家蠡測。於是欲尋厥實，蚊負蚷馳；已而思掇其華，井深綆短。此《讀書絕句三百首》之所由作也。

若夫楹帖掛懸陋室，劉郎喜閱金經；桃符張貼小園，庾子樂調玉瑟。駁娑杜淨，闌珊繡幌佳人；鳷鵲楹空，惆悵綺筵公子。喜喪慶弔，用表戚欣；寺廟樓臺，藉伸肅穆。言其大，須彌自成其高；語其微，芥子不隘於納。道其壯，則鯤海鵬霄；論其纖，則蚊睫蝸角。中華文化，百世巨觀。日月經天，河山載地。境遷時過，璧碎璣零。吾土吾民，是圖是究。此《柳園聯語》編著之旨也。

啓處衡門，風動松聲柳影；棲遲泌滸，幾知魚躍鳶飛。一從鰓曝龍門，終自耳垂馬坂；年少夢醒鯤化，數奇命蹇鴻漸。第念東隅已逝桑榆收，誰云晚矣？枯樹逢春花葉茂，天或憐之。爾乃散此緇繩，開其縹帙；焚膏繼晷，刺股懸頭。簡練揣摩，畏譏埳井之蛙；披觀紬繹，兼防羽陵之蠹。羨虞卿之遐翥，學淺才疏；慕荀子之高騫，資昏質陋。是以雜亂無章之語，充塞行間；支離瑣屑之言，洋溢字裡。何怪乎張平子入眸絕倒，陸士衡撫掌不禁。此《柳園文賦》之所由作也。

興觀群怨，此唱彼吟，世於是乎有詩；雅鄭紫朱，兼容並蓄，詩於是乎有選。

騷章浩矣，遙瞻莫極其涯；簡牘巋然，邃究難窺其奧。獨舉目斯世，陽春輟調，流水停聲；準的無依，頹波莫制。爾乃博采昔賢之名作，不主一家；廣蒐今哲之佳篇，宏斯六義。棄遺糟粕，嚼英華而正性情；檃括篇章，導涵詠而歸風雅。嗟余學非端木，才異西河；率爾操觚，自宜覆瓿。此《古今詩選》編著之旨也。

　展如之人，拾翠鳳洲，自得羽毛之異；織綃鮫室，獨殊機杼之功。瑤章與秋月爭輝，綵筆共春花鬥豔。以春秋之筆，律千首之詩；嗣風雅之音，振三唐之韻。是非予奪，裨世教正人心；抉擇參稽，儆邪淫懲悖亂。制頹波於淄澠同流之際；排異說於紫朱相奪之時。其有功詩教，不綦偉歟？爾乃鉅製隔海傳來，見獵心歡，聞歌技癢；佛頭著糞，狗尾續貂。謏說巵言，徒教捧腹；街談巷議，且作笑資。此《次韻春秋千詠》之所由作也。

　菜羹蔬食，擬粱肉而尤甘；衣敝縕袍，視狐裘而彌暖。舞文弄墨，攄際遇以消憂；把酒吟詩，抒鬱陶而寄慨。白髮似黃花委落，青雲羨翠鳥爭飛。日居月諸，秋去春來。欲躡袁安之軌跡，意願心違；思追傅燮之履綦，齒增歲暮。蒹葭采采，泂溯從之；伐木丁丁，嚶其鳴矣。魂牽夢擾，不賦詩奚騁閒情？心戀神馳，非琢句難伸離緒。此《閒詠吟稿》之所由作也。

元白喁于，睽違萬里；蘇黃唱和，敻鑠千秋。前輩風流，夢寐猶思揮麈；今賢藻采，魂牽而慕探驪。拈韻賦詩，光照東阿之筆；飛觴醉月，氣凌北海之樽。懷孤臣孽子之心，宣哀楮墨；抱興亡繼絕之志，託恨蘭蓀。擯紫鄭於騷壇，輪扶大雅；醒黃魂於鯤嶠，鼓吹中興。爾乃同氣相求，同聲相應；聞歌麇集，望影駿奔。載酒題襟，濫竽獻醜；效顰無狀，恧穢何其。此《唱酬吟稿》之所由作也。

藉助江山，道濟之詞無敵；乞靈神鬼，仲文之句靡倫。遊遍名山大川，太史文章瑰偉；敭歷天南地北，少陵詩賦雄奇。乃知學以輔遊，遊而宏學。坡公鴻爪，猶印中原南海；宏祖馬蹄，尚留勝地名山。騁目舒懷，處處之紅樓夜月，妙矣鸞歌；家家之香徑春風，美哉鳳律。濯足三江之水，詠續滄浪；振衣千仞之岡，吟賡白雪。我生雖晚，私淑前修。濡染鼠鬚，乍覺菲才已竭；揣摩蛾術，始知朽木難雕。探賾尋幽，孤負良辰美景；採風擷俗，無非俚語蕪詞。此《紀遊吟稿》之所由作也。

若夫駑馬一驂驥坂，聲華倍蓰於前；庸人偶躋龍門，身價懸殊於後。然則已濟寧猶未濟，早成何若晚成。藉以留名，曷云明道；幸而得獎，烏足潤身。踏實以研，俾免跋前疐後；盈科而進，仍須溫故知新。百鍊千錘，遮莫青春之既逝；寸陰尺璧，挽回歲月之蹉跎。盡瘁詞章，用答父師之訓誨；思齊賢哲，以酬親友之相期。此《得獎作品集》之所由輯也。

人生在世，心能止足，將何往而非快；志溺利名，無所往而不殆。余區區處陋巷中，折節讀書。方揚眉瞬目，人知之者，謂係癡人說夢。庸詎知觀音屯嶺，雙峰聳翠於門前；大漢淡江，二水拖藍於宅外。聖賢入座，麈談誨我以文章；星斗臨門，象緯啓予以翰墨。顧余歲晚猶賈餘勇，肆力於斯文，微荊妻之力不及此：起居仗以支理，克儉克勤；生活賴其補苴，無尤無怨。又況弱息繕書校對，載寢載興；小驄愛犬名逗趣會心，以娛以樂。

蓋嘗竊論之：傳其房地玉珠，其胤嗣或踵旋物杳；遺以鼎彝尊斝，其兒曹或指屈財空。爾乃憑此十書，藏諸二酉；長存天地，並壽山河。使余得所願，術紹陶朱，以彼易此，孰得孰失，自不難明辨者矣。用視浮生，亦如雪泥鴻爪云爾。

柳園楊君潛　謹識

歲次丙申（二〇一六）榴月於停雲閣寓所

自序

對聯是我國文學的一種特殊作品，在世界各國是獨一無二的。因爲西洋用的是拼音字母，每個單字是由若干字母構成。又習慣於橫寫，自然無法形成對聯。唯獨我國文字是單字單形，用來聯綴對偶，極爲方便；且慣於直寫，於是有對聯的產生。我們應該好好珍惜，並加以發揚光大。

書房或客廳裡，如不懸掛一副對聯，就覺得高雅不足；在喜、喪、慶、弔中，沒有張貼一些聯語，就不能呈現出悲喜氣氛。推之寺廟、樓閣及園亭等亦然。尤其是人與人相處，如餽贈聯語，更能培養彼此之間的感情。身爲智識份子，對於這方面的文學素養，實不宜忽視。

坊間有關對聯的書，上焉者，深奧高雅，但難於瓣香學步；下焉者，膚淺俚俗，而缺乏研究價值。本書別開蹊徑，按其「言」數，逐章敘述。並就其平仄結構相同，有脈絡可循者，製成「聯譜」，俾初學之士，過目即悟，舉一反三。而其平仄結構獨異者，胥列爲「別格」。所謂「別格」，乃別有風格之意。軼群脫俗，更宜取法。至若十三言以上，因變化大，句法錯綜，運用之妙，存乎一心。唯無論幾十言，或幾百言，其作法仍本諸四至十二言之聯譜，萬變不離其宗。簡練揣摩，自然能得心應手，游刃有餘。

是書取材範圍頗廣，自五代開始，沿宋、元、明、清以至當代，都四千副。珠璣萬斛，璀璨奪目。分言類編，公諸同好。苟有一得之愚，曷敢韞櫝自珍。第念學識譾陋，疏誤難免。至祈　大雅君子，不吝教正爲幸。辱承前考試委員、現任中華詩學研究會名譽理事長張公定成，寵錫題耑，雞林增價，篇幅生光，謹誌謝忱。

柳園楊君潛　謹識

二〇〇九年（歲次己丑）如月於停雲閣寓所

柳園聯語　卷一

都二、〇七二副

柳園　楊君潛編著

第一篇　緒論

第一章　楹聯的意義

對聯又名楹聯，或叫楹帖，俗稱對子，現在則稱爲對聯。楹是房屋的柱子，帖是指簡單字片。所謂「楹聯」，就是貼在柱子上的聯語。

「對」是成雙的意思，「聯」是結合。所以說，把左右柱子上的字片，聯結起來，用來表達情意的，就叫做「對聯」。貼在左邊的，叫做上聯，貼在右邊的，叫做下聯，不容隨便張貼，鬧成笑話。要辨別上下聯，以末字作標準，末字是仄聲，爲上聯；平聲，爲下聯（大致上可這麼說，雖然有極少數是相反的。）

對聯是我國文學的一種特殊作品，在世界各國是獨一無二的。因爲西洋用的是拼音字母，每個單字是由若干字母構成，又習慣於橫寫，自然無法形成對聯。唯獨我國文字是單字單形，用來聯綴對偶，極爲方便，且慣於直寫，於是有對聯的產生，並發揮多項功能。這是身爲炎黃子孫，最值得驕傲的文化遺產。我們應該好好珍惜，並加以發揚光大。

第二章　楹聯的起源

對聯的起源有二說：

一、南朝梁、宗懍《荊楚歲時記》：「荊楚一帶居民，於正月初一日，在門旁設二板，以桃木爲之，而畫神荼、鬱壘象以壓邪，謂之桃符。」

二、明、陶宗儀《說郛》卷十引馬鑒《續始事》：「《久玉燭寶典》曰：『元日造桃板著戶，謂之仙木。……即今之桃符也。其上或書神荼、鬱壘之字。』」

以上二說，大同小異。大同者，都提到「桃符」、「神荼」、「鬱壘」；小異者，前說限於「荊楚一帶居民」，而後說則泛指全國各地。溯本推源，此二說又本諸東漢蔡邕《獨斷》：「海中有度朔之山，上有桃木，蟠屈三千里，卑枝東北有鬼門，萬鬼所出入也。神荼、鬱壘二神居其門，主閱領諸鬼。其惡害之鬼，執以葦索食虎。故十二月歲竟，畫荼、壘併懸葦索於門戶，以禦凶也。」

洎五代後蜀，宮庭裏開始在桃符上題聯語。《宋史・蜀世家》：「孟昶命學士辛寅遜爲題桃符，以其非工，自命筆題云：『新年納餘慶，嘉節號長春。』」這是後世公認我國最早對聯。到了宋代，蘇軾、朱熹等，竭力提倡，文士景從。明太祖更鼓勵全國題詠寺廟、亭榭、樓閣，遂蔚爲風氣。有清一代，踵事增華，不惟字數增多（如昆明大觀樓，懸孫髯翁長聯一副，都九十字，合計一百八十字益有甚者，四川青城天師洞古觀，懸有李濟善長聯，都一百九十八字，合計三百九十六字，是長聯中之長聯，飲譽海內外。）抑且其格式，多彩多姿。多少才子詩豪，肇此而「大名垂宇宙」。寥寥數語，勝過萬言文章。

第三章　楹聯的功用

對聯的功用很廣，擇其尤者，有下列十項：

一、藻繪天文、地理、時令。

二、題詠寺廟、祠堂、陵墓。
三、品題樓閣、宮殿、亭園、池苑、臺榭。
四、用於喜、喪、慶、弔。
五、抒情、寄意。
六、對人事、人物的敘述。
七、對文事、武備、政治、經濟等表示意見。
八、花木、鳥獸及魚蟲的描寫。
九、敘述農、漁業的生活。
十、有關餐館、宴會及其他飲食事項。

第四章　楹聯的對法

文章或可不用對偶，詩，只有律詩，才用得到。唯有對聯，卻是字字要對，故「對法」，對於聯學，非常重要。聯的對法，有下列十八種：

一　正名對：上下聯名詞對仗工整者，例如：

一、行到水窮處，坐看雲起時。王維作

二、山隨平野盡，江入大荒流。李白作

三、枯槐聚蟻無多地，秋水鳴蛙自一天。元好問作

二　就句對：又名當句對、四柱對，本句中自成對偶者，例如：

一、遠山芳草外，流水落花中。司空曙作，「遠山」對「芳草」；「流水」對「落花」。

二、蒼雞紫蟹堪攜酒，紅樹青山好放船。吳偉業作，「蒼雞」對「紫蟹」；「紅樹」對「青山」。

三、觸目傷心都併集，撫今追昔更何如？彭孫遹作，「觸目」對「傷心」；「撫今」對「追昔」。

三　同類對：凡對句中，詞性相同者，謂之同類對。例如：

一、花暖青牛臥，松高白鶴眠。李白作。花與松；牛與鶴，同類也。

二、風枝驚暗鵲，露草覆寒蟲。戴叔倫作。風、露，枝、草，鵲、蟲，同類也。

三、時難〈將進酒〉，家遠〈莫登樓〉。強幼安作。〈將進酒〉、〈莫登樓〉皆古樂府名，同類也。

四　異類對：凡對句中，詞性相異者，謂之異類對。例如：

一、欲濟無舟楫，端居恥聖明。孟浩然作。「舟楫」、「聖明」異類也。

二、文章憎命達，魑魅喜人過。杜甫作。「文章」、「魑魅」異類也。

三、星河秋一雁，砧杵夜千家。韓翃作。「星河」、「砧杵」異類也。

五　排偶對：上下聯，部分虛字相同者。緣經史中，用排偶句甚多，如《易經．繫辭》：「乾道成男，坤道成女。……乾以易知，坤以簡能。」《詩經》：「參差荇菜，左右流之；窈窕淑女，寤寐求之。」《論語》：「博我以文，約我以禮。」、「智者樂水，仁者樂山。」《老子》：「有無相生，難易相成；長短相形，高下相傾；音聲相和，前後相隨。」《楚辭》：「朝飲木蘭之墜露兮，夕餐秋菊之落英。」等。聯語更擅取精用宏，例如：

一、會友以文，自西自東，自南自北；催詩擊鉢，如蜩如螗，如沸如羹。全國詩人大會聯

二、團團洋洋，不知手之舞，足之蹈；懃懃懇懇，乃求千斯倉，萬斯箱。花蓮阿美族豐年祭牌樓

三、八千爲春，八千爲秋，八方向化，八風和慶，聖壽八旬逢八月；
五數合天，五數合地，五世同堂，五福備至，嵩期五十有五年。乾隆五十五年，紀昀壽乾隆帝八秩。

六　連珠對：又稱疊字對，相同兩字相連者，例如：

一、重重疊疊山，曲曲環環路；高高下下樹，丁丁東東泉。俞樾題西湖九溪十八澗茶亭楹聯

二、紅紅綠綠，老老少少，近近遙遙，處處啼啼哭哭；暖暖寒寒，壘壘堆堆，朝朝暮暮，年年冷冷清清。泉州東嶽山墓地牌坊聯

三、熙熙攘攘，暮暮朝朝，多謝爾去去來來，個個勞勞碌碌；老老少少，家家戶戶，但願皆平平穩穩，天天喜喜歡歡。福州市郊某雜貨店，嘗懸此疊字聯，親切鳴謝附近顧客。

七　掉字對：上下聯，各連用相同之字，唯字與字間，不得相連。例如：

一、身爲醉客思吟客；官自中丞拜右丞。鄭谷作

二、小住爲佳，可小住，且小住；如何是好？愛如何，便如何。

三、望江樓上望江流，江樓千古，江流千古；儲水庫中儲水足，水庫萬年，水足萬年。

八 字面對：又稱巧對，但求字面相對，不問詞性。例如：

一、長江一帆遠；落日五湖春。劉長卿作。妙在「長江」對「落日」。

二、千尋鐵鎖沈江底；一片降旛出石頭。劉禹錫作。妙在「江底」對「石頭」。

三、世上豈無千里馬；人間難得九方皋。黃庭堅作。妙在「千里馬」對「九方皋」。

九 借字對：又稱假對，借同音之字相對。例如：

一、住山今十載；明日又遷居。借「遷」作「千」，以對上聯之「十」。

二、因荷而得藕；有杏不須梅。上聯借「荷」作「何」，「藕」作「偶」；下聯借「杏」作「幸」，「梅」作「媒」。

三、師姑田裏挑禾上；美女堂前抱繡裁。上聯借「禾上」作「和尚」；下聯借「繡裁」作「秀才」。

十　拆字對：拆字對聯，通常用下段文字，拆釋上段文字。雖屬遊戲，但亦有其巧妙處。例如：

一、氷冷酒，一點二點三點；丁香花，百頭千頭萬頭。

二、凍雨洒人，東二點西三點；切瓜分客，上七刀下八刀。

三、琴瑟琵琶，八大王一般面目；魑魅魍魎，四小鬼各樣心腸。

十一　嵌字對：指定某字，分嵌上下聯。例如：

一、竹葉蒼蒼藏古寺；溪流滾滾濯清纓。臺南竹溪寺冠首聯

二、燕來時，對阿母桃花，似曾相識；青末了，笑王孫芳草，無復當年。陳含光贈妓「燕青」冠首聯

三、青蛾皓齒鎮相憐，唱遍那醜奴兒令，粉蝶兒令；鳳泊鸞飄同一慨，既醉倒黃四娘家，吳二娘家。于右任贈妓「青鳳」冠首聯

十二 雙聲對：雙聲者，兩字同歸一母為雙聲。即反切之上字，與所切之字為雙聲。如踴躍、伊威、鴛鴦等是。例如：

一、參差連曲陌；迢遞送斜暉。李商隱作。「參差」、「迢遞」皆雙聲

二、蕃漢斷消息；死生長別離。張籍作。「蕃漢」、「死生」皆雙聲

三、世事茫茫難自料；春愁黯黯獨成眠。韋應物作。「世事」、「春愁」皆雙聲

十三 疊韻對：疊韻者，反切之下一字，與所切之字為疊韻。如童蒙、東宮、洶湧等是。例如：

一、薜荔搖青氣；桄榔翳碧苔。宋之問作。「薜荔」、「桄榔」皆疊韻

二、蕭條已入寒空靜；颯沓仍隨秋雨飛。李頎作。「蕭條」、「颯沓」皆疊韻

三、遠路應悲春晼晚；殘春猶得夢依稀。李商隱作。「晼晚」、「依稀」皆疊韻

十四　雙聲疊韻對：上下聯含雙聲疊韻。例如：

一、簾前春色應須惜；世上浮名好是閒。岑參作。「簾前」疊韻；「世上」雙聲

二、鴛鴦綠蒲上；翡翠錦屏中。李白作。「鴛鴦」雙聲；「翡翠」疊韻

三、行穿詰曲崎嶇路，又聽鉤輈格磔聲。「詰曲」、「崎嶇」皆雙聲；「鉤輈」、「格磔」皆疊韻

十五　干支對：以天干甲乙丙丁戊己庚辛壬癸，亦稱十干**地支**子丑寅卯辰巳午未申酉戌亥，亦稱十二支**相對者，例如：**

一、豈料日斜「庚子」後；忽驚歲在「己辰」年。蘇軾作輓聯

二、風捲蓬根屯「戊巳」；月移松影守「庚申」。溫庭筠作輓聯

三、年饑未敢呼「庚癸」；命賤何煩問「丙丁」。李嶟端春聯

十六　歇後對：採用歇後語，強調聯外之意。例如：

一、人既惠然肯；我亦自求多。方地山贈歌女「來福」，上聯歇「來」，下聯歇「福」

二、醉翁之意不在；君子之交淡如。楊滄舟以佳釀一罈壽王丹史，王丹史以清茶一盅饗楊滄舟，好事者撰贈此聯。上聯歇「酒」，下聯歇「茶」

三、未晚先投二八；雞鳴早看三三。重慶利通棧房，懸此聯。上聯歇「宿」，下聯歇「天」。蓋星辰有二八宿，佛曰：天有三十三天也。

十七 顏色對：上下聯，各以鮮艷顏色，相映成趣者。例如：

一、碧樹青山黃閣外；朱橋白岸翠荷間。蔣士銓題隨園

二、理棹訪精廬，碧水白蘋，伊人宛在；倚梅尋舊約，青山紅豆，到處相思。彭玉麟題彭園

三、池畔草青，池中水碧，𩶱魚黑鱉逍遙泳；樹間蕾紫，樹外花紅，白蝶黃蜂錯雜飛。張月波題逸園

十八 數字對：上下聯，各以數字相對為特色者，例如：

一、七十二峰青未斷；萬八千株芳不孤。孫寒崖題無錫梅園

二、一百八記鐘聲，喚起萬家春夢；二十四番風信，吹香七里山塘。虎邱花神廟

三、太湖三萬六千頃，歷盡風帆沙鳥；南朝四百八十寺，多少煙雨樓臺。易君左題宜興大雷灣山上小亭

聯的對法，有如上述，請牢記這十八般「聯」藝，您就會成爲製聯高手。

第二篇　楹聯創作

對聯至少要二言，多則無限制。最流行的是七言，自四言開始，對聯即有分段出現。字數愈多，段落亦愈繁。四言至十二言，因量多而字少，爰去異存同，按其平起或仄起（分平起或仄起，以上聯第二字為準。），製成聯譜，並舉例引證，俾便遵循。計四言有範例五七對，聯譜二副；五言範例二七六對，聯譜二副；六言範例五八對，聯譜四副；七言範例八七九對，聯譜二副；八言範例一六五對，聯譜六副；九言範例八二對，聯譜六副；十言範例九五對，聯譜六副；十一言範例二四四對，聯譜八副；十二言範例二〇八對，聯譜五副；四至十二言，合計二、〇六四範例，聯譜四一副。而所舉範例，都是古今名家手筆，且絕大部分都註明出處，值得認眞學習。學者苟能領會貫通，馴而舉一反三，則古人不足多也。十三言以下，無定式、無聯譜，悉憑作者任意安排段落，只求對仗工整，音調鏗鏘，平仄勻稱，便是佳作。

二、三言對聯，範例既少，用處亦不多，了解一下就可以。通常見到的有：

一、國泰；民安。二、百福；千祥。三、裕後；光前。四、人壽；年豐。五、送舊歲；迎新禧。六、納百福；集千祥。七、樂其樂；憂其憂。八、有喜色；無怨言。

第一章　四言研究

提要：直詠平起正格三六範例，聯譜一副。直詠仄起偏格六範例，聯譜一副。直詠別格十五範例。共五七範例，聯譜二副。

一、直詠格：

（一）平起正格 三六範例 平平仄仄；仄仄平平 譜一

一、山光水色，鳥語花香。春聯

二、時和世泰，人壽年豐。仝右

三、愛民若子，執法如山。衙門聯

四、一元復始，萬象回春。朱子作

五、園迎春色，鳥報好音。傅遜作

六、春光煥發，民氣昭蘇。民國三十六年新聞局

七、自強不息、進化無疆。仝右

八、春風噓惠，和氣致祥。民國五十年新聞處，政界用

九、重逢辛亥，再造乾坤。民國六十年文化局

十、晨昏如畫，風雨宜人。西湖湖心亭

十一、三朝閣老，九省疆臣。阮元儀徵大門

十二、八閩閎氣，百代清風。泉州浮橋李廷機大門

十三、青山當戶，白眼看人。夏丏尊白馬湖畔寓所

十四、法雲廣蔭，慧日高懸。揚州天寧寺

十五、培心培地，養性養天。蘇州戒幢寺

十六、川流不息，血印猶存。嘉興南湖血印寺

十七、兩朝元老，千古罪人。程潛投共人諷之

十八、一塵不染，萬法皆空。泉州開元寺

十九、恩波廣被，愷澤長流。九江水神廟

二十、秦時明月，湖口桃花。　湖南桃花觀

二一、吉祥止止，樂意融融。　王闓運集句賀紀達仁新婚

二二、雲天有際，壽域無疆。　趙志遠壽黃培芳七十

二三、西南長泰，東北永安。　北伐成功，民製此聯。妙在長泰、永安皆福建地名，用作形容詞，含味雋永。

二四、兩朝天子，一代聖人。　朱家門聯。上指朱溫、朱元璋，下指朱熹。

二五、籌添八百，桃熟三千。　何維禮壽陳鱣八十

二六、雲間天籟，頂上圓光。　重慶歌樂山雲頂寺冠首聯

二七、大河東去，佛法西來。　河南凌雲寺

二八、文能壽世，惠以養民。　柳州柳宗元祠

二九、小兒腳短，天子門高。　李東陽六歲入宮，不能跨越宮檻，明英宗笑之而示上聯，東陽即對下聯，英宗嗟嘆良久，譽為神童。

三十、四時為柄，萬象皆春。　祝乾隆皇帝八秩

三一、圖成耕織，詩集攻同。　仝右

三二、沱潛既道，江漢朝宗。　李拔集經語題晴川閣

三三、移花得蝶，買石饒雲。　鄭燮題揚州慧因寺勺園

三四、門心皆水，物我同春。彭文勤自書京邸春聯

三五、臣心如水，王道猶龍。汪德鉞仿彭文勤意，自書京邸春聯。

三六、一成復夏，六合同春。成惕軒六七年元旦春聯

（二）仄起偏格 六範例 仄仄仄仄，平平平平 譜二

一、漠漠世務，營營人生。

二、遺世獨立，與天爲從。毛大周題武夷山天遊峰

三、兩水鎖鑰，八閩屛藩。福建南平延福門，面對閩江，而擁劍潭，門柱聯。

四、辭漢萬戶，送秦一椎。于右任題陝西留侯廟

五、月色如畫，江流有聲。陳恪勤題焦山松寥閣

六、帝出乎震，人生於寅。泰山岱廟

二、別格 十二範例

一、象鼻捲地，寶掌擎天。黑龍江象鼻巖天坪峰牌坊

二、得大解脫，有小便宜。公園廁所聯

三、離世獨立，在水中央。陳小豪題西湖湖心亭

四、百順爲福，六合同春。祝乾隆皇帝八秩

五、佛天佛日，壽世壽民。仝右

六、皇建福極，位在德元。仝右

七、吉日維戊，太歲在寅。戊寅年干支聯

八、鳳鳥于飛，賓親以禮。羅茗香集太元經句賀人完姻

九、金玉爲寶，婚悅宜家。羅茗香集易林句賀人完姻

十、謀利社會，造福人群。民國三十六年新聞局

十一、國壽周甲，家慶長春。民國六十年文化局

十二、父子宰相，叔侄狀元。翁同龢常熟大門聯

十三、饒詩書氣，得山水情。張邁碩贈李噓雲

十四、烹天子父，爲聖人師。項家聯。上指項羽，下指項橐。

十五、願聖人壽，近天子光。祝乾隆皇帝八秩

第二章　五言研究

提要：直詠平起正格一四三範例，聯譜一副。直詠仄起偏格一〇二範例，聯譜一副。直詠別格二五範例。上一下四格六範例。共二七六範例，聯譜二副。

一、直詠格：

（一）平起正格　平平平仄仄；仄仄仄平平 譜一

一、新年納餘慶，嘉節號長春。五代蜀主孟昶作，為我國最早楹聯。

二、秋雲留遠寺，明月到深林。四川峨嵋山七佛寶殿

三、野花天寶淚，秋雨杜陵碑。謝威鳳題成都浣花溪杜工部草堂

四、太平眞富貴，春色大文章。曾國藩作

五、韶光寒轉暖，淑景去還來。劉大白作

六、山河新氣象，詩禮舊家聲。民國三十六年新聞局

七、承家傳舊德，獻歲啓新猷。仝右

八、鳥聲交響曲，春色上河圖。民國五十九年文化局

九、同心齊報國，無處不逢春。民國六十年文化局

十、憑欄霄月近，倚杖海雲迴。田汝成題西湖南高峰

十一、雙橋兩虹影，萬古一牛心。峨嵋山清音閣雙飛橋柱聯。牛心為溪中之石，狀若牛心。

十二、鶴毛横蘚陣，梅雨潤巾箱。麓山樵題西湖梅亭

十三、青迴碧峰畔，翠泛綠波中。西湖飛來峰薜蘿榭

十四、亭中多白酒，鏡裏有青山。董師白題西湖碧波亭

十五、水清魚讀月，林靜鳥談天。陽明山公園魚樂園

十六、中天懸日月，絕代有佳人。隨園楹聯

十七、遠山含紫氣，芳樹發春暉。板橋林家花園

十八、三元天下有，兩解世間無。熊廷弼江夏門聯

十九、大湖流日月，深谷駐乾坤。鄞縣東湖月波亭

二十、泉聲常到耳，山色不離門。四川樂山凌雲寺

二一、泉聲咽危石，潭影空人心。福鼎天姥山端雲寺集句聯

二二、金蓮開法界，貝葉禮空王。泉州承天寺

二三、泉聲常入室，草色不侵階。臺南開元寺

二四、瓶中楊柳綠，座下蓮花香。臺南清水寺

二五、有僧皆佛印，無客不東坡。石碇光明寺

二六、波紅光浴日，巖碧浪排天。廈門鼓浪嶼晃岩

二七、神光逼牛斗，雲氣護龍泉。泰山斗母宮

二八、前追齊尚父，後啓武鄉侯。王佩聲題陝西留侯廟

二九、精忠昭赤日，大義貫青天。曾遒題泉州關帝廟

三十、潮聲猶入蜀，山勢欲吞吳。上海關帝廟

三一、鳳陽一葉盛，魚貫五星明。沈葆楨題臺南寧靖王祠

三二、升高必自下，謹始愼其終。處世格言

三三、因文常會友，惟德乃爲鄰。仝右

三四、光陰如過客，山水有清音。養性格言

三五、讀書求甚解，談史不含糊。趙翼作

三六、君恩沈大海，臣節見他山。錢謙益降清，人諷之。

三七、薛家新製巧，蔡氏舊名揚。紙店

三八、貴妃曾捧過，學士任磨穿。硯店

三九、攝將眞面目，幻出化身來。照相館

四十、人情原不薄，世態本多端。樊樊山贈彭達

四一、粗茶有眞味，薄酒無醉人。林紓贈江春霖

四二、有書眞富貴，無病大神仙。金聖歎贈友任某

四三、身安茅屋穩，心定菜根香。姚琮贈林可達

四四、白雲朝夕異，明月古今同。某名士題福州烏石山雙驂園

四五、蝶來風有致，人去月無聊。趙仁叔題贈劉逸叟翠園

四六、會心今古近，放眼海天寬。陳維英贈張書紳

四七、聊收靜者趣，且讀古人書。應潔人贈王懋唐

四八、靜時疑水近，高處見山多。梁寒操贈薛敦平

四九、溪聲靜亦雨，松影夏如秋。葛執中贈駱香林

五十、思飄雲物外，詩入畫圖中。賓國振贈蕭純伯

五一、座中千里近，簷外四山低。王德溥贈尤宗烈

五二、聞香宜下馬，既醉且登樓。趙一鶴題洛陽悅來酒樓

五三、酣歌搖屋脊，笑語落人間。黃宗仰題上海杏花村酒樓

五四、青松多翠色，丹桂有清香。林懋和壽閩畫家林質齋五十

五五、壽同山嶽永，祿比海天長。林篤祜壽王永吉

五六、心如東出日，人是地行仙。林紓壽賀茂德

五七、去年王老五，今夜賣油郎。王鴻池四二始娶，方地山賀之。

五八、中天添月色，秋夜作春宵。無錫柯篤初八月結婚，汪知幾賀之。

五九、琴和瑟亦叶，花好月長圓。前題趙碩甫賀之

六十、桂花今馥馥，瓜瓞必緜緜。前題毛海端賀之

六一、去年眞入彀，今夜小登科。李蔚民合巹日，新娘已大腹便便，章太炎賀之。

六二、溪流環古刹，竹影繞禪房。臺南竹溪寺冠首聯

六三、四詩風雅頌，三代夏商周。此聯輾轉流傳已久，以對仗工雅見稱，惟不知作者姓名。

六四、因荷而得藕，有杏不須梅。用借字對。「荷」借作「何」，「藕」借作「偶」；「杏」借作「幸」，「梅」借作「媒」。

六五、得歡當所樂，欲辨已忘言。集陶句

六六、清風灑六合，大略駕群才。集李白句

六七、相思無晝夜，託宿話胸襟。仝右

六八、回頭笑紫燕，游目送飛鴻。仝右

六九、酣歌激壯士，談笑卻妖氛。仝右

七十、舉杯邀明月，搖筆望白雲。仝右

七一、蛟龍得雲雨，鷹隼出風塵。集杜句

七二、風塵三尺劍，時序百年心。仝右

七三、雪雲虛點綴，詞氣浩縱橫。仝右

七四、美花多映竹，喬木自成林。上杜甫，下孟郊。

七五、高松來好月，野竹上青霄。上李白，下杜甫。

七六、聽琴知道性，避酒怕狂名。上姚合，下李德裕。

七七、心同孤鶴靜，節效古松貞。上呂謂，下沈佺期。

七八、名香泛窗戶，遠岫對壺觴。上許渾，下錢起。

七九、鳳棲常近日，鶴夢不離雲。上錢起，下盧綸。

八十、半羞還半喜，雙去復雙棲。上韋莊，下趙嘏。

八一、文章又賅博，識度非尋常。上王安石，下王禹偁。

八二、揮戈撥雲霧，把酒看湖山。李烈鈞題潮州西湖涵碧樓

八三、江從萬里至，山作兩眉開。程炎勳題四川峨嵋亭

八四、山橫三面碧，湖繞四圍青。石鴻鈞題西湖湖心亭

八五、愛君希道泰，憂國願年豐。朱子題滄洲精舍

八六、樓觀滄海日，門對浙江潮。宋之問題韜光庵

八七、夕陽無限好，高處不勝寒。焦山夕陽樓

八八、乾坤浮一鏡，日月跳雙丸。西山達天洞

八九、階前桃李杏，窗外竹松梅。安溪李光地作

九十、眼中滄海小，衣上白雲多。錢謙益題絳雲樓

九一、半天開佛閣，平地見人家。范蜀公題聖積寺

九二、願持山作壽，應共酒爲年。張旭文壽沈葵九

九三、移花兼蝶至，買石得雲饒。溥心畬贈趙君

九四、佩韋遵考訓，晦木謹師傳。朱子作。按朱子之父號韋齋；朱子之師劉屏山先生字朱子曰：「元晦」。意謂：「木晦於根，春榮華敷；人晦於身，神明內腴。」是聯之立意本此。

九五、道迷前聖統，朋誤遠方來。朱子作

九六、天恩春浩蕩，文治日光華。雍正御賜桐城張廷玉春聯

九七、松風高士供，蘭夢美人圓。范長白學使齋聯，時未有子。

九八、堯齡增瑞甲，軒紀叶長庚。祝乾隆皇帝八秩

九九、八徵陳姒範，三祝晉堯封。仝右

一〇〇、篆凝仁壽字，花發吉祥春。仝右

一〇一、乾璣甄月軌，泰篋衍天環。仝右

一〇二、山中藏古寺，門外盡勞人。大庾嶺雲封寺

一〇三、小樓容我靜，大地任人忙。楊應琚自題羅浮山恆樓居

一〇四、渚花張素錦，月桂朗沖襟。揚州慧因寺契秋閣集句。上杜甫，下駱賓王。

一〇五、芰荷疊映蔚，水木湛清華。揚州淨香園集句。上謝靈運，下謝朓。

一〇六、圓潭寫溪月，華岸上春潮。揚州涵虛閣集句。上孫逖，下清江。

一〇七、層軒靜華月，修竹引薰風。揚州趣園集句。上儲光羲，下韋安石。

一〇八、地偏山水秀，酒綠河橋香。揚州虹橋集句。上劉禹錫，下李正封。

一〇九、問津窺彼岸，把釣待秋風。仝右。上蘇頲，下杜甫。

一一〇、桃花飛綠水，野竹上青霄。揚州桃花塢集句。上李白，下杜甫。

一一一、小松含瑞露，好鳥鳴高枝。前題。上鄭谷，下曹松。

一一二、浩歌向蘭渚，把釣待秋風。梅嶺釣渚集句。上徐彥伯，下杜甫。

一一三、定香生寂磬，空翠滴疏櫺。龔賢題揚州雲山閣

一一四、花間漁艇近，水外寺鐘微。王覺斯題東園芙蓉汫

一一五、開簾見新月，倚樹聽流泉。九峰園集句。上李端，下李白。

一一六、層軒皆畫水，芳樹曲迎春。前題。上杜甫，下張九齡。

一一七、階墀近洲渚，亭院有煙霞。前題集句。上高適，下郭良。

一一八、名園依綠水，仙塔儷雲莊。蜀岡集句。上杜甫，下馬懷書。

一一九、竹高鳴翡翠，溪暖戲鵁鶄。前題。上杜甫，下劉長卿。

一二〇、川原通霽色，楊柳散和風。前題。上皇甫冉，下韋應物。

一二一、野香襲荷芰，池色似瀟湘。前題。上釋皎然，下許渾。

一二二、重檐交密樹，隔岸上春潮。前題。上王勃，下清江。

一二三、日交當戶樹，花繞傍池山。前題。上蘇頲，下祖詠。

一二四、雲林頗重疊，池館亦清閒。前題。上賈島，下白居易。

一二五、川原通霽色，簫鼓賽田神。前題。上皇甫冉，下王維。

一二六、稼收平野闊，風正一帆懸。前題。上杜甫，下王灣。

一二七、澤蘭侵小徑，流水響空山。前題。上王勃，下法振。

一二八、尙書天北斗，司寇魯東家。錢名世贈王士禎

一二九、聖朝無棄物，餘事作詩人。朱彝尊罷官後題楹聯

一三〇、白雲回望合，青靄入看無。桂林壽佛洞摘王維句為聯

一三一、春爲一歲首，月傍九霄多。鄭仁圃軍機直房春聯

一三二、湖平兩岸闊，花滿九江春。鄭仁圃集句題九江府壁

一三三、一妻十七妾，百子半千孫。王某為沭陽令，因公赴鄉，忽見一人家貼此聯，奇而問之，大喜，賚錢，令全家聚合。屆日宴罷，人瑞大樂，作此聯，隨即一眠而逝。

一三四、湖平兩岸闊，江上數峰青。池步雲集句題江心寺。上王灣，下錢起。

一三五、樹栽棠作舍，山製錦爲屏。鄭鑾為河南令，題錦屏山亭。

一三六、舉杯邀明月，焚香看道書。張蘭渚集句。上李白，下王維。

一三七、讀書破萬卷，落筆超群英。前題。上杜甫，下李白。

一三八、江山助磅礴，烟月資清眞。前題。上陰鏗，下劉慎虛。

一三九、一生如土梗，萬事皆波瀾。前題。上權德輿，下李白。

一四〇、春塵飛野馬，秋水戲游魚。養性格言

一四一、有花眞富貴，無事小神仙。仝前

一四二、栽培心上地，涵養性中天。修身格言

一四三、修身猶執玉，積德勝遺金。仝前

（二）仄起偏格　仄仄平平仄；平平仄仄平 譜二

一、不雨山常潤，無雲水自清。張祐題西湖廣化寺

二、獨奉聖明朔，來開萬古荒。　周懋琦題臺南延平郡王祠

三、伴我書千卷，可人竹一叢。　鄭燮作

四、近海風雲壯，逢春草木滋。　民國五十九年文化局

五、慷慨澆春酒，昂藏看寶刀。　仝右

六、海右此亭古，濟南名士多。　何紹基題大明湖歷下亭

七、明月來相照，好風與之俱。　阮元題翠雲樓

八、波湧湖光遠，山催水色深。　西湖湖心亭

九、桂子月中落，繁香露下聞。　麓山樵題西湖月桂亭

十、秋菊有佳色，張梨不外求。　成惕軒集句。上陶潛，下杜甫。

十一、曲徑通幽處，園林無俗情。　王闓運題俞樾西湖別莊，嵌其別號「曲園」。

十二、僧舍憑雲鎖，禪關帶雨開。　重慶歌樂山雲頂寺

十三、定水含光滿，禪林返照長。　福州定禪寺冠首聯

十四、山水開精舍，煙雲護法門。　寧德霍童山支提寺

十五、碧瓦千重合，珠簾一桁平。　臺南開元寺

十六、竹葉風聲遠，溪深泉氣清。　臺南竹溪寺冠首聯

十七、到處花爲雨，行時枝出泉。　峨嵋山善覺寺

十八、是是非非地，冥冥曉曉天。　泉州城隍廟

十九、石井滿腔血，瀛台寸草春。　沈葆楨題臺南太妃祠。祀鄭母翁太妃田川氏

二十、不俗惟仙骨，多情乃佛心。　養性格言

二一、射虎期穿石，聞雞願著鞭。　修身格言

二二、改過如芟草，怡情應種花。　仝右

二三、避世園三畝，傳家硯一方。　紀大奎作

二四、海上生明月，人間重晚晴。　成惕軒集句。上張九齡，下李商隱。

二五、佳製玉絛脫，新成金步搖。　銀樓聯

二六、洛水淩波去，雲衢踏月來。　襪店聯

二七、明月堪持贈，仁風待奉揚。　扇店聯

二八、春共山中採，香宜竹裏煎。　茶行聯

二九、藥圃無凡草，松窗有秘書。　中醫診所

三十、閒氣催人老，虛懷看物生。黃任贈吳曉山

三一、淡月能描竹，清風解弄琴。陳允康贈鵬鴣山百拙和尚

三二、養性聊聽水，怡情好看山。林則徐贈吳近仁

三三、面海心開朗，登山腳矯強。黃任贈江碩夫

三四、窗小能留月，簷低不礙雲。蕭漢傑贈白正忠

三五、樹密琴書潤，樓高嘯詠清。石墨翰贈楊鏡清

三六、柿葉招風大，柑根入土深。黃博真贈林竹亭

三七、壽紀同姜相，詩壇祝晉文。關漢卿壽賈景德

三八、日月壺公酒，春秋太傅詩。嚴復壽張秋谷

三九、鶴算添新算，古稀今不稀。林庚白壽張陶庵

四十、椿樹千尋碧，蟠桃百度紅。邱樹棠壽馮金伯

四一、合詠宜家句，還歌必戒章。麓山樵賀沈君山嫁女

四二、詞賦傳鸚鵡，笙歌引鳳凰。丘逢甲賀應達民新婚

四三、大老歸天上，長星墜海隅。李雄輓陳勤士

四四、君子吐芳訊，達人垂大觀。昆明大觀園嵌字聯

四五、道道非常道，天天小有天。自號清道人的李瑞清，常至「小有天」用膳，乃贈此聯。

四六、魚樂人爲樂，泉清心共清。鄒魯題西湖玉泉

四七、羅馬以色列，荷蘭比利時。此聯以對仗工雅見稱。巧以「馬」對「蘭」，而「荷」作動詞用以對「羅」，即所謂「字面對」也，又純用國名。

四八、晨興理荒穢，時還讀我書。集陶句

四九、但道桑麻長，而無車馬喧。仝前

五十、素月出東嶺，寒雲沒西山。仝前

五一、素手掬青靄，低頭禮白雲。集李白句

五二、瀑布灑天半，青山落鏡中。仝前

五三、落日心猶壯，交情老更親。集杜句

五四、山晚浮雲合，江鳴夜雨懸。仝前

五五、徑隱千重石，園開四季花。上杜甫，下周繇。

五六、長劍一杯酒，高樓萬里心。上李白，下賈至。

五七、野翠生松竹，潭香溢蓼荷。上李白，下孟郊。

五八、永日常攜手，通宵各話心。上儲光羲，下許棠。

五九、眞玉卻非玉，香塵豈是塵。上李咸用，下貫休。

六十、曙色殘光斂，春風香氣多。上元稹，下袁暉。

六一、綠樹村邊合，清泉石上流。上孟浩然，下王維。

六二、努力求寡過，當行必再思。上陸游，下邵雍。

六三、不負眞境約，應無俗慮侵。上韓琦，下余靖。

六四、風止松猶韻，日晴花更鮮。黃宗仰題上海愛儷園

六五、戶外一峰秀，窗前萬木低。余應松題桂林獨秀峰五詠堂

六六、個裏乾坤大，江頭日月高。程炎勳題三園洞

六七、遠水碧千里，夕陽紅半樓。曾國藩題望湖樓

六八、園密花藏易，樓深月到難。黃任題靜思樓

六九、臨水看雲去，鉤簾待月來。蔣士銓題蕉廬

七十、有水園亭活，無風草木閑。安溪李光坡作

七一、淨地何須掃，空門不用關。福州湧山寺

七二、明月雙溪水，春風滿縣花。蘭溪縣署

七三、有客如擒虎，無錢請退之。京口韓香除夜請客，二句皆切韓姓。

七四、萬里橋西宅，百花潭北莊。成都少陵草堂集句聯

七五、潭影竹間動，天香雲外飄。揚州慧因寺集句。上綦毋潛，下宋之問。

七六、水石有餘態，鳧鷖亦好音。前題。上劉長卿，下張九齡。

七七、竹室生虛白，波瀾動遠空。揚州小洪園集句。上陳子昂，下王維。

七八、山雨樽仍在，亭香草不凡。揚州冶春詩社集句。上杜甫，下張祜。

七九、柳占三春色，荷香四座風。揚州淨香園集句。上溫庭筠，下劉威。

八十、谷靜秋泉響，樓深複道通。前題。上孟浩然，下柴宿。

八一、佳氣溢芳甸，宿雲澹野川。揚州虹橋集句。上趙孟頫，下元好問。

八二、茂竹臨幽溆，晴雲出翠微。前題。上李益，下權德輿。

八三、隔沼連荷芰，中流泛羽觴。桃花塢集句。上杜甫，下陳希烈。

八四、苔色侵衣桁，荷香入水亭。揚州東園集句。上李嘉祐，下周瑤。

八五、水曲山如畫，溪虛雲傍花。揚州雲山閣集句。上羅鄴，下杜甫。

八六、宛轉通幽處，玲瓏得曠觀。劉敬輿題雲山閣

八七、別業臨青甸，前軒枕大河。蜀岡集句。上李嶠，下許渾。

八八、疊石通溪水，當軒暗綠筠。前題。上許渾，下劉憲。

八九、飛塔雲霄半，書齋竹樹中。前題。上劉憲，下李眉。

九十、竹動疏簾影，花明綺陌春。前題。上盧綸，下王維。

九一、花柳含丹日，樓臺繞曲池。前題。上宋之問，下盧照鄰

九二、花藥繞方丈，清流湧坐隅。前題。上常建，下元結。

九三、煙草青無際，溪山畫不如。前題。上周伯琦，下杜牧。

九四、廒庾千箱在，芳華二月初。前題。上薛存誠，下趙冬曦。

九五、碧樹鎖金谷，遙天倚翠岑。前題。上柳宗元，下韋莊。

九六、三絕詩書畫，一官歸去來。李嘯村贈鄭燮

九七、帝德乾坤大，皇恩雨露深。李廷機府第春聯

九八、半嶺通佳氣，他鄉有勝緣。鄭仁圃集句題閩浙分水嶺交界處

九九、生死一知己，存亡兩婦人。霍山縣淮陰侯墓

一〇〇、聞鳳窺丹穴，乘鴻駕紫煙。羅茗香集句賀人完姻。上顏延年，下郭璞。

一〇一、百歲眞過客，一身爲輕舟。張蘭渚集句。上蘇軾，下常建。

一〇二、詞筆江山動，畫筵人月圓。成愓軒贈龔秘書長理珂

二、別格：

一、開春一歲始，復國萬事先。民國五十九年文化局

二、無以慰延竚，聊可縈心神。黃宗仰題上海愛儷園

三、兩表酬三顧，一對足千秋。游俊題成都武侯祠

四、穀乃國之寶，民以食爲天。米店聯

五、西學可爲用，道統不能忘。辜湯生贈僚友王某

六、人既惠然肯，我亦自求多。方地山贈歌女「來福」，上嵌「來」，下嵌「福」

七、夫死婦必死，君亡明亦亡。沈葆楨題臺南鄭監國克壓祠

八、秋氣塞天地，春社開湖山。秋瑾遺阡風雨亭

九、欲問梅消息，且待鶴歸來。西湖放鶴亭

十、滅去心頭火，要見呂洞賓。滇有屠者趙某，一日欲宰母牛，忽失其刀，時小犢在旁，仰臥哀鳴，趙鞭之而起，則屠刀在焉。因感悟棄屠刀，攜子母二牛，屏跡西山，昕夕吟此聯。無何，有道者過訪，趙某敬以茶，盛以古瓷。道者失手墜地，趙不悅有嗔意。道者忽不見，而古瓷依然，遺片紙云：「洞賓方纔到，心頭火又生。」趙愧悔無已。

十一、九五福曰壽，八千歲爲秋。祝乾隆皇帝八秩

十二、天氣涵竹氣，山光滿湖光。揚州冶春詩社集句。上張說，下馬戴。

十三、綠竹夾清水，游魚動圓波。揚州虹橋集句。上江淹，下潘安仁。

十四、地勝林亭好，月圓松林深。桃花塢集句。上孫逖，下無可。

十五、山月映石室，春星帶草堂。蜀岡集杜句

十六、仙扉傍巖崿，小檻俯澄鮮。前題集句。上皮日休，下張祜。

十七、息饗報嘉瑞，膏澤多豐年。前題集句。上顏延年，下曹植。

十八、愛畫入骨髓，吐詞合風騷。朱彝尊作

十九、忘身學草木，委懷在琴書。張蘭渚集句。上元結，下陶潛。

二十、朗抱開曉月，高情屬天雲。前題。上孟郊，下謝靈運。

二一、是乃仁術也，豈曰小補哉。藥材店

二二、逝者如斯夫，掩之誠是也。劉金門集四書句題義園

二三、參上乘法典，佔粵北名山。粵北丹霞山別傳寺

二四、備洪範五福，有太丘二難。宗孝忱輓陳勤士

二五、秋菊有佳色，夏雲多奇峰。成惕軒集陶句

三、上一下四格：

一、咦，那裏放炮；哦，他們過年。

二、行，三民主義；開，萬世太平。民國四十二年社會處

三、證，三乘貝葉；參，九品蓮花。桂林普陀山棲霞寺

四、唔，死就算了；哈，活更恬然。某詩人輓魯迅

五、承，中西道統；集，中外精華。文化大學大成館禮堂

六、祝，恆河沙壽；歌，大海潮音。祝乾隆皇帝八秩

第三章　六言研究

提要：直詠平起正格七範例譜一。直詠平起正格三範例譜二。直詠仄起偏格二十範例譜三。直詠仄起偏格二範例譜四。直詠別格二六範例。共五八範例，聯譜四副。

一、直詠格：

（一）平起正格　平平仄仄仄仄；仄仄平平平平譜一

一、先生何許人也，老子其猶龍乎。隨園楹聯

二、青山淡水薄霧，佛寺古松老杉。彰化虎山岩

三、閒居足以養志，至樂莫如讀書。養性格言

四、夫夫婦婦今日，子子孫孫他年。吳悔晦賀人新婚

五、君恩深似海矣，臣節重如山乎。錢謙益附清，人恥而諷之

六、醉翁之意不在，君子之交淡如。楊滄舟以佳釀一罈壽王丹史，王丹史以清茶一盅饗楊滄舟，人撰此歇後聯。上歇「酒」，下歇「茶」。

七、每思於物有濟，常愧爲人所容。黃右原作

（二）平起正格　平平平平仄仄；仄仄仄仄平平 譜二

一、天生以爲社稷，人望之若神仙。 張之洞壽李鴻章

二、讀書宜求甚解，鼓瑟足以自娛。 養性格言

三、此間可談風月，斯世豈有神仙。 朱士彥題黃鶴樓太白亭

（三）仄起偏格　仄仄平平仄仄；平平仄仄平平 譜三

一、泉自幾時冷起，峰從何處飛來。 董其昌題西湖飛來峰側冷凝泉

二、鐵漢三杯軟腳，金剛一盞搖頭。 酒肆聯

三、但願民安若堵，何妨署冷如冰。 趙申喬題湖南院署

四、立定腳跟做事，放開眼孔觀人。 處世格言

五、略具四時所樂，不爭一日之長。 養性格言

六、若欲逢人即洽，先須與世無爭。 呂世宜作

七、黃酒童雞風味，白頭老嫗生涯。 有老嫗在滬設一小肆，售黃酒白雞，某文士撰此聯以贈。

八、與爾同銷萬古，問君還有幾多。 易君左輓影星「莫愁」，上下聯各歇一「愁」字。

九、五十再來五十，三千何止三千。 方地山壽張印濤

十、紫筍朱櫻初薦，蒼松翠竹共榮。　曹溶躬身灌園，徐嘉英贈以聯。

十一、欲問春潮幾許，焉知夜雨如何。　張曲軒與楊惠敏結婚，歸寧日，王闓運贈以聯。

十二、天不憖遺一老，我爲泣下數行。　但衡今輓陳勤士

十三、大抵浮生若夢，姑從此處銷魂。　曾國藩贈妓「大姑」冠首聯

十四、月在荔枝樹上，人行茉莉香中。　謝里甫題十香園

十五、天下文章第一，山中宰相無雙。　唐寅題蘇州王鏊墓

十六、螃蟹一身甲冑，蜘蛛滿腹經綸。　明李東陽四歲能寫大字，人號神童。某日，英宗召李東陽與程敏政一同進宮，時東陽剛六歲。入宮時，英宗正在用膳，手指盤中螃蟹作上聯。東陽應答下聯，程敏政亦應答下聯曰：「鳳凰遍體文章」，英宗大悅。說：「汝等好好讀書，朕將來會安排你們一個宰相，一個翰林。」

十七、豎起脊梁立行，放開眼孔觀書。　陳昌齊作

十八、景命壽於旗翼，淳風罔彼垓埏。　祝乾隆皇帝八秩

十九、五福堂同五代，八旬時念八徵。　仝右

二十、七錄舊家宗塾，六朝古巷選樓。　伊墨卿題揚州蜀岡文選樓，即昭明太子編纂《文選》處。

（四）仄起偏格　仄仄平平仄仄；仄仄仄仄平平　譜四

一、都督閻公雅望，晉國天下莫強。　許世英集滕王閣序及孟子句壽閻錫山

二、努力下層工作，製造上等國民。白話聯祝人完姻

二、別格：

一、先生從此休矣，聖人不得見之。戊戌政變，康有為逃避日本，人諷之。

二、亦有花木之念，是無雲山可憂。上海亦是園冠首聯

三、兩代難兄難弟，一門成仁成功。于右任輓陳勤士

四、謙卦六爻皆吉，恕字終身可行。處世格言

五、放開肚皮喫飯，抖起精神讀書。桑調元作

六、意隨流水俱遠，心與野鶴同閒。養性格言

七、雖然毫末技藝，卻是頂上工夫。理髮店

八、國人皆曰可殺，天子不得而臣。葉德輝六十自述

九、易曰剛健中正，書云文武聖神。洛陽關陵廟

十、志大氣不宜大，心幽境亦自幽。麓山樵贈黃梓西

十一、政惟求於民便，事皆可與人言。梁章鉅題荊州廳事聯

十二、少年頭莫空白，丈夫志老彌堅。照相館

十三、好時光莫虛度，好兒女當自強。民國五十九年文化局

十四、奠國基六十載，興華冑億萬年。民國六十年文化局

十五、得子母生財法，仿周鄭交質規。當鋪聯

十六、大同無少老長，至樂有天地人。許南英贈林肅莊

十七、我佛現壽者相，中國有聖人生。祝蔣公誕辰

十八、未了解天下事，勿批評古今人。惠安文廟邊講堂

十九、於兩間留正氣，爲萬世開太平。嚴家淦題新公園翠亭亭

二十、悵湖光與天遠，喜山色上樓多。紀昀題恬樓

二一、干青雲而直上，障百川而東之。四川凌雲寺

二二、兄弟睦家之肥，子孫賢族乃大。余小霞作

二三、坐，請坐，請上坐；茶，泡茶，泡好茶。成都昭覺寺住持，頗勢利。一日，撫台攜夫人便服往遊，簡慢之。僅喊：「坐」、「茶」。撫台道來意，欲為寺院修建功德，住持即和顏悅色，呼：「請坐、請坐。」並命僧徒：「泡茶、泡茶！」夫人顧謂撫台：「大人歸時曾否囑備轎？」住持知來人非尋常，連呼：「泡好茶！泡好茶！」長揖再拜說：「請上坐、請上坐。」撫台將歸，住持請題字，乃撰此聯云。

二四、學道信道樂道，識人用人容人。蔣夢麟贈沈宗瀚

二五、祇有今日明日，何謂舊年新年。白話春聯

二六、中國捷克日本，南京重慶成都。抗戰勝利，還都南京。三十五年元旦，夫子廟六朝居貼此聯，用三個國名，三地名。妙在「捷克」、「重慶」兼作動詞用，而「成都」排在「重慶」之下，又含成立陪都之意，此其所以謂佳也

第四章　七言研究

提要：直詠平起正格三五九範例，聯譜一副。直詠仄起正格四一九範例，聯譜一副。直詠別格一〇一範例。共八七九範例，聯譜二副。

一、直詠格：

（一）平起正格　平平仄仄平平仄；仄仄平平仄仄平 譜一

一、春風閬苑三千客，明月揚州第一樓。趙子昂題揚州迎月樓

二、家居綠水青山畔，人在春風和氣中。楊南峰為人題門聯

三、未離海底千山暗，才到天中萬國明。　宋太祖詠日

四、飄風作態來梳柳，細雨瞞人去潤花。　鄭燮作

五、思親淚落吳江冷，望帝魂歸蜀道難。　徐渭題北固山孫夫人祭江亭

六、一庭花發來知己，萬卷書開見古人。　吳稚暉題伯南圖書館

七、一身去國八千里，萬死投荒十二年。　曾國藩輓族弟

八、滿堂花醉三千客，一劍霜寒四十州。　國父贈張靜江

九、已無朝士稱前輩，尚有慈親喚小名。　李鴻章拜相作

十、國朝謀略無雙士，翰苑文章第一家。　明太祖撰贈陶主敬

十一、天增歲月人增壽，春滿乾坤福滿堂。　明代張岳壽其泰山

十二、十年宦比梅花冷，一夜春隨爆竹來。　陸元鼎致仕春聯

十三、藏書粗足五千卷，開歲便稱六十翁。　李慈銘作

十四、客窗詩苦囊羞澀，旅夢春濃老不知。　沈光文作

十五、天開美景風雲靜，春到人間氣象新。　姚琛作

十六、門前白水流將去，屋裏青山跳出來。　范長白白話春聯

十七、興邦行憲開新運，戡亂安民迎太平。民國三十六年新聞局

十八、山河氣象渾如畫，人物風光又轉新。民國四十二年社會處

十九、民心和協春風暖，漢幟飄揚白日高。民國五十年新聞處

二十、英才作育稱三樂，淑景陽和肇一元。仝前，學界用。

二一、門庭春暖生光彩，事業時榮樂太和。仝前，一般用戶。

二二、門迎淑氣財源廣，戶納春風吉慶多。仝前，工商界用。

二三、一聲爆竹摧胡膽，萬點烽花護國魂。仝前，鞭炮業。

二四、一年作計由春始，百行于人以孝先。民國五十九年文化局

二五、家居白日青天下，人在春風和氣中。仝前

二六、中興共奮椎秦力，百折難灰復漢心。民國六十年文化局

二七、栽培桃李花千樹，妝點江山筆一枝。仝前

二八、名山大好吾家有，遊客昔評天下無。黃任之題黃山，「遊客」指徐霞客。

二九、喜無樵子復看弈，恐有漁郎來問津。朱立鶴題武夷山七曲桃源洞

三十、坐看吳粵兩山色，默契風雲千古心。真德秀題浦城吳山

三一、鶯花尙戀霓裳影，環珮空歸月下魂。　陝西馬嵬坡

三二、獨攜天上團圞月，來試人間第二泉。　許振禕題南京雨花泉

三三、桃花紅壓玻璃水，蘋藻深藏翡翠魚。　馬忠駿題西湖玉泉

三四、日邊衝要無雙地，天下繁難第一門。　涿州城門

三五、洞天第五神仙窟，太極含三眾妙門。　四川天師洞

三六、舟行著色春風裏，人在回文錦字中。　孫星衍題濟南大明湖

三七、天開眉目山川麗，地得膚毛木石靈。　謝光綺題西湖

三八、閩人大節千秋在，眢井函經百世存。　葉矯然題承天寺眢井，井為鄭思肖藏「鐵函心史」處。

三九、大江東去無雙路，錦里西來第一橋。　都江堰安瀾橋

四十、滿山落葉無根樹，勝國遺民有髮僧。　陳可園題南京清涼山掃葉樓

四一、六朝山色收杯底，千里江聲到枕邊。　黃祖洛題江東勝概樓

四二、到來逕欲乘風去，吟罷還思借笛吹。　魯之裕題武昌黃鶴樓

四三、江山覽古得無感，詩酒懷人極不忘。　吳敏樹題岳陽樓

四四、水從碧玉環中出，人在青蓮瓣裏行。　貴陽甲秀樓

四五、花箋茗椀香千載，雲影波光活一樓。何紹基題成都望江樓，為薛濤故居。

四六、千秋懷抱三杯酒，萬里雲山一水樓。昆明大觀樓

四七、釣竿欲拂珊瑚樹，海燕雙棲玳瑁梁。福州雙驂園集句。上杜甫，下沈佺期。

四八、客因鐘引遙尋路，僧爲雲留懶出山。鄭虛舟題龍岩卧雲樓

四九、千秋大雅扶輪手，一片寒泉薦菊心。朱景英題邵武詩話樓，樓祀嚴滄浪先生，嚴本邵產人也。

五十、高山仰止疑無路，曲徑通幽別有天。昆明西山達天閣

五一、清風明月本無價，近水遙山皆有情。梁章鉅題蘇州滄浪亭集句。上歐陽修，下蘇軾。

五二、願將山色供生佛，修到梅花伴醉翁。僧慧參題滁縣醉翁亭

五三、似聞陶令開三徑，來與彌陀共一龕。林則徐題北平陶然亭

五四、新開茅舍留雲住，小拓荷池待雨來。貴陽中山公園池心亭

五五、興來臨水敲殘月，談罷吟風歛片雲。孫隆題片雲亭

五六、水深民樂民咸阜，雲起龍驤劍有花。許世英題臺北新公園大潛亭

五七、世無遺草眞能隱，山有梅花轉不孤。林則徐題西湖梅亭

五八、江干俗客空相笑，地上群鷗盡欲飛。薛朴才題南安九日山秦君亭

五九、上方月出初生白，下界塵飛不染紅。廣州白雲山半山亭

六十、有山有水風光好，無富無貧境界寬。南通中央公園

六一、閒爲水竹雲山主，靜得風花雪月權。黃宗仰題上海愛儷園

六二、半窗月落梅無影，三徑風來竹有聲。仝前

六三、石含太古水雲氣，竹帶半天風雨聲。仝前

六四、一灣畦水千竿竹，半面郛城數畝田。鄭用錫自題新竹北郭園

六五、雲窗靜挹峰巒秀，花徑平分松竹香。西湖湖濱公園

六六、清風一握自爲笑，新月半規殊有情。西湖竹素園

六七、曾因酒醉鞭名馬，生怕情多累美人。郁達夫作

六八、羲皇以上懷陶令，山水之間樂醉翁。龍雨蒼贈隨園

六九、五辛盤進新醅酒，二酉山儲未見書。成惕軒丁酉年春聯

七十、綠槐樓閣山蟬響，青草池塘彩燕飛。昆明玉瀾堂，清德宗居所。

七一、味經得雋如甘露，譚藝無欺見古風。吳山尊題崇文書院

七二、綠波照我又今日，紅樹笑人非少年。沈葆楨題福州北門環碧池館

七三、眞成拓土無雙士，正是開蘭第一人。陳進東題礁溪吳沙紀念館

七四、春秋俎豆懷先哲，指顧貔貅復故鄉。臺北福建同鄉會先哲堂

七五、接天煙水橫三楚，泛月樓臺別一家。婁勝功自題西湖筏上竹屋

七六、屋臨池水琴書潤，窗襲荷風筆硯香。林占梅自題新竹潛園

七七、春申門下三千客，少杜城南尺五天。杜月笙自題上海寓所

七八、官居東壁圖書府，家住西湖山水間。余峻自題杭州寓所

七九、水深魚識游時樂，春去花留過後香。譚鍾麟題蘭州小西湖臨池仙館

八十、貧無四壁書千卷，富有九潭水一灣。福安洞山石蓮山房

八一、慈雲常護三千界，甘雨均霑萬德春。吉水龍濟寺

八二、西方箬竹千年翠，南海蓮花九品香。蘭州五泉山崇慶寺

八三、觀空有色西江月，聽世無聲南海潮。蘇州寒山寺

八四、眼前色相皆成幻，靜裏乾坤不計春。廣州雙溪寺

八五、豈因檀越方懸榻，爲放稺香不閉關。峨嵋山聖積寺

八六、一龕燈火簾前笑，萬里風雲座上春。峨嵋山伏虎寺

八七、一塵不到菩提地，萬善同歸般若門。南京雞鳴寺

八八、修心應悟存心妙，練性須知養性眞。臺南開元寺

八九、接天蓬島無窮碧，映日荷花別樣紅。赤山龍湖岩

九十、慈雲煥彩光瀛島，勝竹鍾靈萃竹溪。臺南竹溪寺嵌字聯

九一、淇園春半風初到，淞浦秋深月又斜。彰化虎山岩

九二、青山有幸埋忠骨，白鐵無辜鑄佞臣。松江徐女史題西湖岳王廟

九三、江淮河漢思明德，精一危微見道心。張載陽題紹興禹廟

九四、三分疆域此坏土，萬古綱常第一人。洛陽關陵

九五、浩然之氣塞天地，忠義之行澈古今。仝前

九六、徒令上將揮神筆，長使英雄淚滿襟。四川張飛廟集句。上李商隱，下杜甫。

九七、參天黛色常如此，點首朱衣或是君。紀昀題長汀梅樹神廟

九八、聖功無極參天地，母德英名冠古今。北港朝天宮

九九、寰中慈母女中聖，海上福星天上神。成功鎮天后宮

一○○、死含瑤草千秋碧，魂傍梅花萬古香。程儀洛題揚州史可法祠

一〇一、臣心未了三分事，天意誰知五丈原。南陽臥龍岡武侯祠

一〇二、湖山此地曾埋玉，花月其人可鑄金。西湖蘇小小墓

一〇三、江湖忠悃三遷客，嶺海文人百世師。廣州三君祠

一〇四、千秋正學開河洛，萬世斯文接魯鄒。西湖周元公祠

一〇五、貞心洵若孤山靜，佳話今同處士傳。麓山樵題西湖馮小青墓

一〇六、知多世事胸襟闊，閱盡人情眼界寬。處世格言

一〇七、立身苦被浮名累，涉世無如本色難。仝前

一〇八、欲無後悔須修己，各有前緣莫羨人。修身格言

一〇九、含毫不意驚風雨，論世偏宜鑑古今。曾國藩作

一一〇、讀書已過五千卷，此墨足支三十年。袁枚作

一一一、竊攀屈宋宜方駕，頗學陰何苦用心。成惕軒集句

一一二、捫心只有天堪恃，知足當爲世所容。林紓作

一一三、每因風雨思今日，常以山川懷古人。王曇作

一一四、人從宋後少名檜，我到墓前愧姓秦。秦碉泉與友遊西湖，至岳王墓，友人戲指秦檜鐵像曰：「君此人後裔也。」碉泉援筆書此聯

以解嘲。

一一五、浩歌不覺乾坤小，酣飲方知日月長。　香港小陶芳菜館

一一六、不教白髮催人老，更喜春風滿面生。　理髮店

一一七、力能入夜三光助，功在開門七件中。　油行

一一八、兒孫繞膝迎新母，樂趣婆娑看老夫。　鄭洪年賀熊希齡與毛彥文締婚

一一九、韋編三絕今知命，黃絹初裁好著書。　章太炎壽黃季剛五十

一二〇、掘來野藥連根煮，拾得枯柴帶葉燒。　祝枝山贈某隱士

一二一、隨時縱論古今事，盡日放懷天地間。　嚴復與楊侃合撰

一二二、可將近事喻春筍，勿把前人擬古松。　沈周頤贈朱祖謀

一二三、讀書以外無閒事，天地之間一快人。　陳季碩贈蕭漢傑

一二四、一檐風月王維畫，四壁雲山杜甫詩。　陸允恭贈姚似頤

一二五、好山入座清如洗，佳樹當窗翠欲流。　管容德贈薛敦平

一二六、春從柳岸招雙燕，天許桃林放萬牛。　成惕軒作乙丑春聯

一二七、山中宰相神仙福，江左夷吾幹濟才。　黎元洪壽張季直

一二八、平生憂樂關天下，此日神仙醉岳陽。 趙恆惕壽吳佩孚

一二九、人間賢母曾推孟，天下仙姑本姓何。 余際昌壽孟瓶庵夫人何氏

一三〇、欣傾柏酒全家福，笑舞斑衣滿座春。 張丹村壽王善聞

一三一、喜傳佳話三生石，消受良宵一刻金。 李慕琛賀王允恭納妾

一三二、同居曾是少年侶，成室今爲內助人。 方地山賀楊立齋與童養媳締婚

一三三、桃符新換迎春帖，椒酒還斟合巹杯。 楊立礎賀池樹芬於大年夜成婚

一三四、喪身亂世非關命，感奮儒門惜此才。 楊寶琛輓林長民

一三五、丹心一點祭餘肉，白骨三年死後香。 國父輓徐錫麟

一三六、平生風誼兼師友，痛哭元戎失佐衡。 潘公展輓陳布雷

一三七、樹人未竟千秋業，筆陣雄於十萬師。 佚名輓傅斯年

一三八、申江抗日垂勳遠，蓬島遊仙御夢歸。 鄒魯輓吳鐵城

一三九、放翁世已傳佳句，君實人稱有好兒。 姚琮輓陳勤士

一四〇、天垂寶蓋岩千尺，泉散珠璣水一簾。 方廣寺天泉閣冠首聯

一四一、湘妃身世明妃淚，雲想衣裳花想容。 袁克文贈妓「湘雲」冠首聯

一四二、小樓一夜聽春雨，五鳳齊飛入翰林。　陳含光贈妓「小五」冠首聯

一四三、芙蓉帳晚卿卿小，姊妹花開月月紅。　方地山贈妓「小紅」嵌字聯

一四四、一彈流水一彈月，半入江風半入雲。　董雲岩題九江琵琶亭

一四五、占山占水些些地，宜月宜風小小亭。　曹學佺題壽寧獅岩一覽亭

一四六、峰高華嶽三千尺，險據秦關百二重。　甘肅六盤山牌坊

一四七、三千里外一條水，十二時中兩度潮。　龍華寺僧契盈，一日侍忠懿王游碧波亭，時潮水初滿，舟楫輻輳。王曰：「吳越去京師三千里，誰知一水之利如此！」契盈因題此亭。

一四八、五風十雨王充論，二水三山李白詩。　咸推佳構，惟不知作者。

一四九、三間東倒西歪屋，一個南腔北調人。　佚名

一五〇、師姑田裏挑禾上，美女堂前抱繡裁。　此係借字對。上借「禾上」為「和尚」；下借「繡裁」為「秀才」

一五一、煙迷碧草萋萋長，雨浥紅蕖冉冉香。　集杜句

一五二、側身天地更懷古，獨立蒼茫自詠詩。　仝前

一五三、臨風玉樹蔦蘿上，承露金莖霄漢間。　仝前

一五四、不知明月爲誰好，更有澄江消客愁。　仝前

一五五、深山大澤龍蛇遠，古木蒼藤日月昏。仝前

一五六、更爲後會知何地，自斷此生休問天。仝前

一五七、青山有約常當戶，秋水傳神不染塵。集蘇句

一五八、讀完萬卷詩猶美，行盡千山路轉賒。仝前

一五九、忘懷杯酒逢人共，無價青山待我賒。仝前

一六〇、欲過叔度留終日，須信淵明是可人。仝前

一六一、樽前白酒傾雲液，澗底松根斵雪腴。仝前

一六二、靈犀美璞無人識，翠草玄芝匝地生。仝前

一六三、故人應在千山外，舊事眞成一夢過。仝前

一六四、雄心欲搏南山虎，野性猶同縱壑魚。仝前

一六五、從來有淚非無淚，料得君心似我心。上集杜荀鶴，下劉得仁。

一六六、浮雲心事誰能識，明月襟懷只自知。上集李白，下錢起。

一六七、橫雲嶺外千重樹，秋色牆頭數點山。上集錢起，下劉禹錫。

一六八、從來勢利關心薄，莫使歡娛與性違。上集蘇軾，下司馬光。

一六九、一家喜氣如春釀，百歲恩榮在母慈。上集蘇軾，下朱熹。

一七〇、疏疏籬落娟娟月，小小溪橋淡淡雲。上集張道治，下陳鑒之。

一七一、讀書有味齏鹽好，成事由勤苦辣兼。上集蘇軾，下丘丹。

一七二、松間明月常如此，身外浮雲何足論。上集宋之問，下白居易。

一七三、閒看秋水心無事，靜聽山風興倍濃。上集皇甫冉，下劉禹錫。

一七四、松持節操溪澄性，山展屛風花夾籬。上集李洞，下李白。

一七五、曲江山水聞來久，庾信文章老更成。上集韓愈，下杜甫。

一七六、川原繚繞浮雲外，臺榭參差積翠間。上集盧綸，下薛逢。

一七七、門無車馬終年靜，座對琴書百慮清。上集陸游，下朱熹。

一七八、年年難過年年過，處處非家處處家。抗戰時重慶某教授作

一七九、開場即是收場日，看戲無非做戲人。白話戲臺聯

一八〇、誰爲袖手旁觀者，我亦逢場作戲人。仝前

一八一、世間有石皆奴僕，天下無山可弟兄。毛大周題武夷山六曲一覽臺

一八二、對江樓閣參天立，全楚山川縮地來。方維新題黃鶴樓

一八三、花枝入戶猶含潤，泉水侵階乍有聲。西湖竹素園

一八四、煙籠古寺無人到，樹倚深堂有月來。北平陶然亭

一八五、天經地義無今古，智水仁山有性情。王士禎作

一八六、三聲馬喋閼氏血，五伐旗梟可汗頭。岳飛題寒山寺

一八七、白公睡閣幽如畫，張祜書碑妙入傳。西湖廣化寺集林逋句

一八八、煙波淡蕩搖空碧，樓閣參差倚夕陽。前題集白居易句

一八九、山光撲面經新雨，江水回頭為晚潮。鄭燮題鎮江自然庵

一九〇、東西雲氣來衡嶽，日夜江聲下洞庭。衡嶽雲麓宮

一九一、一門父子三詞客，千古文章八大家。戴熺題四川三蘇祠

一九二、赤虹劍血埋燕市，白馬銀河走越州。吳偉業題西湖鄉先達祠

一九三、生經白刃頭方貴，死葬黃花骨亦香。溫生才、陳敬嶽二烈士，殯於黃花岡，有人輓之。

一九四、生平慷慨班都護，萬里間關馬伏波。國父輓蔡鍔

一九五、水雲長日神仙府，禾黍豐年富貴家。朱子贈人

一九六、門前莫約頻來客，坐上同觀未見書。樓鑰作

一九七、鼠因糧絕潛蹤去，犬爲家貧放膽眠。　徐英作

一九八、星雲麗近中秋節，山海祥開益地圖。　祝乾隆皇帝八秩

一九九、壽星四照環辰北，王會來同暨日南。　仝前

二〇〇、春秋紀合八千歲，甲子周回三萬旬。　仝前

二〇一、福由天縱超千聖，年越古稀又十春。　仝前

二〇二、須知百歲都爲夢，未信千金買得閒。　養性格言

二〇三、尊王言必稱堯舜，憂世心同切孔顏。　乾隆御製孟廟聯

二〇四、吳宮花草埋幽徑，魏國山河半夕陽。　關帝廟集句。上李白，下李益。

二〇五、三分割據紆籌策，萬國衣冠拜冕旒。　前題。上杜甫，下王維。

二〇六、天開參井文章府，星煥山河孝友師。　孫嘉淦題揚州梓潼殿

二〇七、法雲廣蔭無遮會，慧日高懸有相天。　京師陶然亭觀音大士祠

二〇八、千秋冤獄莫須有，百戰忠魂歸去來。　吳芳培題湯陰岳王廟

二〇九、池邊小屋低於艇，江上青山峭似詩。　李彥章題西邕書院船齋

二一〇、聊開褉席臨流水，又與風光作主人。　前題修褉亭集宋句

二一一、別開小徑連松路，忽有朱欄出竹間。前題竹所集句。上王安石，下劉克莊。

二一二、樓臺四望煙雲合，草木一谿文字香。前題詩嶼集句。上秦觀，下林景熙。

二一三、文能換骨餘無法，學到尋源自不疑。前題學文堂集陸游句冠首聯

二一四、頓看平地樓臺起，忽送千峰紫翠來。前題紫翠峰嵌字聯

二一五、四山滴翠環初地，一路聽泉到上方。朱倫翰題天臺山上方廣寺

二一六、汲來江水烹新茗，買盡青山當畫屏。鄭燮題焦山自然庵

二一七、脫身依舊仙歸去，撒手還將月放回。李孚青題焦山太白樓

二一八、窗前綠樹分禪榻，城外青山到酒杯。京歸陶然亭

二一九、一庭芳草圍新綠，十畝藤花落古香。倪國璉題京師萬善寺旁呂氏宅

二二〇、旁人錯比揚雄宅，異代應教庾信居。吳襄宅楹聯，宅傳為吳梅村故居。

二二一、身閒但急千秋業，官罷還貪一縣花。丁珠題隨園

二二二、文章草草皆千古，仕宦匆匆只十年。黃景仁題隨園

二二三、偶談舊雨人俱古，能坐春風客亦佳。葉紹楏題隨園。

二二四、黃初詞賦空千古，白下江山送六朝。孫原湘題隨園。

二二五、瓶添澗水盛將月，衲掛松梢惹得雲。沈德潛題南明寺

二二六、空江蘋藻祠靈澤、故國松楸夢惠陵。楊慶琛題蝗磯孫夫人祠，門額「靈澤夫人祠」

二二七、遙聞爆竹知更歲，偶見梅花覺已春。舒白香題靖安揚鶴觀

二二八、上頭有客題詩句，隔岸何人共酒杯。黃虎文題黃鶴樓

二二九、即今耆舊無新詠，何處老翁來賦詩。少陵草堂集句

二三〇、孤城返照紅將斂，仙侶同舟晚更移。仝前

二三一、旁人錯比揚雄宅，日暮聊爲梁甫吟。仝前

二三二、曾經滄海千層浪，又上黃河一道橋。查延華題蘭州河神廟

二三三、城邊柳色向橋晚，樓上花枝拂坐紅。揚州慧因寺集句。上溫庭筠，下趙嘏。

二三四、雲生磵戶衣裳潤，風帶潮聲枕蕈涼。揚州小洪園集句。上白居易，下許渾

二三五、十分春水雙檐影，百葉蓮花七里香。揚州西園集句。上徐寅，下李洞。

二三六、蝶銜紅蕊蜂銜粉，露似眞珠月似弓。前題集句。上高隱，下白居易。

二三七、河邊淑氣迎芳草，城上春陰覆苑牆。揚州倚虹園集句。上孫逖，下杜甫。

二三八、鶯啼燕語芳菲節，蝶影蜂聲爛漫時。前題集句。上毛熙震，下李建勳。

二三九、白雲明月偏相識，行酒賦詩樂未央。揚州冶春詩社集句。上任華，下杜甫。

二四〇、金塘柳色前溪曲，玉洞桃花萬樹春。揚州淨香園集句。上溫庭筠，下許渾。

二四一、九霄香透金莖露，八月涼生玉宇秋。揚州趣園集句。上于武林，下曹唐。

二四二、湖光似鏡雲霞熱，松氣如秋枕簟涼。前題。上黃滔，下何士元。

二四三、千重碧樹籠青苑，四面朱樓捲畫簾。前題。上韋莊，下杜牧。

二四四、千重碧樹籠青苑，一桁青山倒碧峰。桃花塢集韋莊句

二四五、煙雲送客歸瑤水，山木分香繞閬風。鄭谷口題東園

二四六、玉沙瑤草連溪碧，石路流泉兩寺分。東園夕陽雙寺樓集句。上曹唐，下白居易。

二四七、檻前春色長堤柳，閣外秋聲蜀嶺松。魏嘉琠題東園

二四八、當階瑞色新紅藥，臨水文光淨綠天。汪文端題賀園

二四九、三山入望松筠在，雙樹無言水月新。吳邨題賀園踏葉廊

二五〇、樓臺突兀排青嶂，鐘磬虛徐下白雲。潘偉題廣陵駕鶴樓

二五一、梅花嶺上三山月，宵市樓頭一草堂。王士禎題揚州卞園

二五二、洗桐拭竹倪元鎮，較雨量晴唐子西。方西疇題揚州畢園

二五三、紅桃綠柳垂簷向，碧石青苔滿樹陰。蜀岡集句。上王維，下李端。

二五四、煙開翠幌清風曉，花壓闌干春晝長。前題。上許渾，下溫庭筠。

二五五、雲遮日影藤蘿合，風帶潮聲枕簟涼。前題。上韓翃，下許渾。

二五六、窗含遠色通書幌，雲帶東風洗畫屏。前題。上李賀，下許渾。

二五七、松排山面千重翠，日較人間一倍長。前題。上白居易，下陸游。

二五八、池塘月撼芙蓉浪，羅綺晴嬌綠水洲。前題。上方干，下孟浩然。

二五九、迴風入座飄歌扇，冷露無聲濕桂花。前題。上李邕，下王建。

二六〇、風生北渚煙波闊，雨歇南樓積翠來。前題。上權德輿，下李澄。

二六一、風生碧澗魚龍躍，月照青山松柏香。前題。上曹松，下盧綸。

二六二、原鴿歷劫增忠愛，天馬行空入畫圖。成惕軒題又銘中銘兩畫家舉行家族作品展覽紀念

二六三、欲知世味須嘗膽，不識人情只看花。梁奉直作

二六四、非關因果方爲善，不計科名始讀書。梁章鉅錄其父遺作

二六五、無求便是安心法，不飽眞爲卻病方。隨園詩話載或題書齋聯

二六六、要除煩惱須成佛，各有來因莫羨人。隨園詩話載潤州某寺聯

二六七、爾無文字當安命，我有兒孫要讀書。　沈涵作

二六八、人原是俗非關吏，仕豈能憂且讀書。　蔣南莊題潁州廳事聯

二六九、此間只可談風月，相對何須問主賓。　余小霞題佐雜官廳聯

二七〇、蒼生自是關吾分，儒者眞宜做此官。　梁山舟贈呂璜知奉化縣

二七一、事能知足心常愜，人到無求品自高。　陳白崖作

二七二、苦心未必天終負，辣手須防人不堪。　汪龍莊勉其甥蘭啟讀律

二七三、芸編汲古通重海，藜杖分光照百城。　成惕軒代題紐約中文圖書館

二七四、世間惟有讀書好，天下無如喫飯難。　處世格言

二七五、三朝元老裴中令，百歲詩篇衛武公。　許佩璜壽史貽直

二七六、南宮六一先生座，北面三千弟子行。　袁枚壽史貽直

二七七、大名諸葛身先死，異姓汾陽帝不疑。　成親王輓福康安。按福康安平臺灣林爽文之亂後，封文襄郡王。

二七八、春江桃葉鶯啼濕，夜雨梅花蝶夢寒。　哀輓通用聯

二七九、總帷忍痛安仁句，椎髻難忘德曜風。　仝前

二八〇、誄文作自先生婦，遺稿歸於後死朋。　輓戚友聯

二八一、蘭亭少長悲陳迹，玉局風光歎化身。　仝前

二八二、素車有客奔元伯，絕調無人繼廣陵。　仝前

二八三、雲深竹徑樽猶在，雪壓芝田夢不回。　仝前

二八四、文章卓犖生無敵，風骨精靈沒有神。　仝前

二八五、稱觴尙憶登堂事，掛劍難爲過墓情。　仝前

二八六、峴山碑墮羊公淚，浚縣圖留陸子型。　仝前

二八七、桃花流水杳然去，明月清風何處游。　仝前

二八八、墨文香冷來禽館，薤露寒生賦鵩文。　仝前

二八九、但將酩酊酬佳節，未有涓埃答聖朝。　朱彝尊集句春聯。上杜牧，下杜甫。

二九〇、二分山色三分水，五斗功名八斗才。　曹姓人為彭澤令，某友送此聯。

二九一、雲峰是處棲靈鷲，火宅於今制毒龍。　成惕軒題臺北普陀山寺

二九二、家傳涥海箕裘遠，春到方壺雨露新。　龔豐穀自題京師方壺齋春聯

二九三、相逢盡是彈冠客，此去應無搔首人。　董文恪題理髮店

二九四、願將佛手雙垂下，摩得人心一樣平。　佛寺聯

二九五、桃花潭水深千尺，明月揚州第一樓。揚州集賢樓

二九六、眞人白水生文叔，名士青山臥武侯。河南南陽府城樓

二九七、門前學種先生柳，嶺上長留處士墳。唐仲冕集唐句題陶隱居祠

二九八、不關果報方行善，豈爲功名始讀書。陳句山作

二九九、過如新竹芟難盡，學似春潮長不高。客某贈黃右原

三〇〇、九天日月無私照，萬古江河不廢流。成惕軒題美國華僑舉行祭孔大典

三〇一、著書臺迴名繁露，入畫山多學富春。沈廷芳贈董文恭公

三〇二、前生慧業麐麟角，六世清聲冠鳳池。曹秀生贈徐西灣，按徐家六世翰林。

三〇三、去思何武留遺愛，死孝王戎本至情。林則徐輓江石生。梁章鉅注：「石生居母喪以毀終云。」

三〇四、剛峰原不隨流俗，孝肅何須有後人。紀昀輓岳小瀛。按岳小瀛居官公正清廉，有伯道之慼，為睿廟所知，特命其夫人，擇族人之子為嗣。先是岳小瀛因族人寥寥無當意者，具遺摺以聞。至是其夫人亦不願，睿廟亦不之強。

三〇五、人情欲贈方千第，天意原慳李賀年。鄭仁圃代輓何玉田孝廉

三〇六、三年奔走空皮骨，萬古雲霄一羽毛。劉金門出塞歸來集杜句

三〇七、秋潭碧浣塵千斛，客座香分粥一甌。成惕軒題臺北粥會五周年紀念

三〇八、憑將五色斕斑筆，寫出孤山冷艷花。　成惕軒題陳子波先生梅花畫展

三〇九、柳搖臺榭東風軟，花壓闌干春晝長。　黃莘田集句

三一〇、勸君更進一杯酒，與汝同銷萬古愁。　仝前

三一一、新聲譜出揚州慢，明月聽來水調歌。　兩淮都轉戲臺聯

三一二、花開花落僧貧富，雲去雲來客往還。　鄭燮贈焦山長老

三一三、高才何必論勳閥，壽骨遙知是弟兄。　英煦齋師集蘇句贈廖鈺夫昆弟

三一四、中丞教作滄浪主，相國呼爲金石僧。　齊梅麓贈吳門大雲庵六舟上人，按上人庵在滄浪亭畔，工金石篆刻。

三一五、古梅蓋屋多盤錯，新筍出林自展舒。　張伯冶作

三一六、奇書貪錄如增產，佳卉分培當樹人。　梁章鉅作

三一七、槐爲王氏傳家樹，杏是唐人及第花。　王夢樓作。按夢樓此聯，被廣泛用作春聯，略改為：「槐為奕世承恩樹，杏是春風及第花。」

三一八、家藏東漢傳經學，世守西山講學編。　蔡鴻遵作

三一九、幾生修到梅花骨，一代爭傳柳絮文。　齊梅麓贈女弟子張雲裳

三二〇、前身來自眾香國，佳句朗如群玉山。　仝前

三二一、清才足敵黃崇嘏，生世都疑萼綠華。　梁章鉅題張雲裳鄧尉探梅玉照

三二二、偶緣我作逢場戲，竟累人爲舉國狂。嚴問樵會試留都，暇日輒製新曲，付梨園歌之，傾動一時，彼中人多有以師事之者，因作此聯。

三二三、孤忠百戰江山血，一死千秋天地魂。明、李春熙題張睢陽廟

三二四、梅花下有衣冠葬，席帽時知社稷臣。揚州史閣部祠

三二五、異書遠購吾妻鏡，好古常攜己子彝。阮元贈汪遠孫。按《吾妻鏡》係東洋人撰書名。

三二六、江鄉仁惠傳荒政，嶺表恩威播外夷。阮元贈梁章鉅。時梁氏新拜廣西巡撫。

三二七、神仙官職雙鳧舄，才子文章五鳳樓。梁山舟集句送陳蘭鄰作宰

三二八、君家舊事傳青史，公望中朝仰白雲。梁山舟集句贈姜少司寇

三二九、手搴海國珊瑚樹，節擁天星赤繡衣。梁山舟集句送某副憲使閩粵

三三〇、煙雲得路駒千里，炎海收身鶴九皋。梁山舟集句送粵東某官假回

三三一、閒看秋水心無事，久住西湖夢亦佳。張蘭渚集句。上皇甫冉，下方岳。

三三二、憐卿新種宜男草，愧我重看及第花。趙翼贈女校書朱玉。按秦淮女校書朱玉，敏慧能識人，趙翼重赴鹿鳴宴，常主其家。朱玉乞贈楹聯，時玉有徵蘭之信，翼乃作此聯，一時傳為佳話。

三三三、名通佛國三千界，壽並衡山七二峰。成惕軒壽趙資政夷午

三三四、明時黃綺隆天爵，曠代丹青蔚國華。成惕軒壽黃君璧

三三五、徽承尙父千秋遠，壽並匡山五老高。　成惕軒壽姜立法委員伯彰

三三六、國當有鳳鳴岐日，人是非熊釣渭年。　成惕軒壽勉之先生

三三七、梅花人日雙鳩杖，柏酒賓筵萬兕觥。　成惕軒壽簡亦珊雙壽

三三八、謝庭秀挺三株樹，淮海光添一婺星。　成惕軒壽謝代表之母童太夫人九秩

三三九、書參米蔡宜同調，學究申韓不寡恩。　成惕軒輓洪次長陸東

三四〇、老耽樸學曾箋孟，死傍仙源不帝秦。　成惕軒輓溫教授晉成

三四一、仙軿遠赴瑤池會，懿範新添女史箴。　成惕軒輓女人

三四二、盡多鴻寶供搜采，始信龍頭屬老成。　成惕軒賀陳伯稼榮獲嘉新優良著作獎

三四三、雋才合以雙丁況，珍籍多於二酉藏。　成惕軒贈袁館長金書

三四四、高文警世原先覺，勁節凌霜是此君。　成惕軒贈阮主筆覺君

三四五、倚天早識無雙劍、登嶽還看未了青。　成惕軒贈張教授劍青嵌字聯

三四六、天台採藥偕仙眷，石屋譚經契道心。　成惕軒贈蕭天石冠首聯

三四七、詞分燕子箋中錦，眉畫鷗波館外山。　成惕軒張青輝女史

三四八、醒狂原不因耽酒，市隱何須定買山。　成惕軒贈人

三四九、妙賡櫟社琵琶記，新寫滕王蛺蝶圖。　成惕軒贈羅教授錦堂

三五〇、詩書自蘊清華氣，竹柏長懷喜悅心。　成惕軒贈人

三五一、階前盆盎添清景，架上縑緗發古香。　仝前

三五二、少年科第空凡馬，來日勳名重爽鳩。　仝前

三五三、有文無害蕭丞相，後樂先憂范秀才。　仝前

三五四、祕書早許窺鴻寶，俠傳今宜廣馬遷。　仝前

三五五、寶書莫任仙蟫蝕，陰德能招駟馬來。　仝前

三五六、家饒帶草宜師鄭，源有桃花許避秦。　成惕軒題家源藏書館冠首聯

三五七、晴窗半帶蕉陰綠，勝境初回蔗味甘。　成惕軒題新營糖廠

三五八、物華新鑄糖霜譜，海運頻添舶趠風。　成惕軒題溪洲糖廠

三五九、踏將腳底青雲上，看取源頭活水來。　成惕軒題達見工程處

（二）仄起偏格　仄仄平平平仄仄；平平仄仄仄平平　譜二

一、一片春雲凝紫氣，幾番秋雨憶黃花。　黃花崗七十二烈士墓聯

二、千古湖山存浩氣，九重雨露沛忠魂。　彭玉麟題張笏伯墓

三、雙手劈開生死路，一刀割斷是非根。明太祖作。太祖於除夕忽傳旨：公卿士庶家，門上須加春聯一副。太祖親微行出觀，以為笑樂。偶見一家獨無之，詢知為閹豕苗者，尚未倩人耳。太祖為之親書此聯，投筆逕去。嗣太祖復出，不見懸掛，因問故，答云：「知是御書，高懸中堂，燃香祝聖，為獻歲之瑞。」太祖大喜，賚銀三十兩，俾遷業焉。

四、萬木長承新雨露，四鄰盡是篤農家。張季直作

五、萬里和風生柳葉，五陵春色泛桃花。王十朋作

六、夢且得官原瑞物，呼之爲壽亦嘉名。吳江仲子湘秀才題贈壽器店春聯

七、易俗移風崇儉樸，更新除舊勵勤勞。民國三十六年新聞局

八、嘗膽臥薪稱俊傑，勵精圖治奠家邦。仝前

九、春到柳營添瑞色，樽盈柏酒動歡聲。民國五十年新聞處，軍界用。

十、勤織勤耕成大業，載歌載舞祝新年。仝前，農家用。

十一、人奪天工機獨巧，春臨地軸物維新。仝前，工商界用。

十二、慷慨擊壺中壯志，從容運甓好強身。仝前，瓷器店用。

十三、一幅熱誠勤國事，十分溫暖慰蒼生。仝前，被服店用。

十四、萬象包羅春似海，中興鼓吹氣如山。民國五十九年文化局

十五、必信必忠民德厚，有爲有守政風清。仝前

十六、耕已有田千頃碧，讀無須費萬家春。仝前

十七、忠孝傳家春早到，雲天有路月先探。仝前

十八、永保冬心戰霜雪，重生春氣起風雷。仝前

十九、夜雨天河看洗甲，春風人海聽歌鐃。民國六十年文化局

二十、大漢聲威九萬里，中華道統五千年。仝前

二一、獻歲一樽傾白墮，收京萬里奠黃圖。仝前

二二、天地長春春似海，山川浩氣氣如虹。仝前

二三、九曲初通三島近，萬山遙拜一峰尊。武夷山九曲

二四、四面荷花三面柳，二分梁甫一分騷。成惕軒集句。上劉鳳誥，下龔自珍。

二五、山鳥恍如啼往事，桃花依舊笑春風。湖南桃花山

二六、日似丹光出高嶺，鶴因梅樹住前山。阮元題葛嶺

二七、九頂雲霞披霧出，三峨風雨渡江來。四川樂山揖峨峰山門

二八、燈火春星浮北郭，雲霞朝景攬西村。無錫黃埠墩

二九、疇昔是州今是縣，江淮之委海之端。張季直題南通鐘樓

三十、天水無邊孤月在，魚龍欲起大風生。馬祖東犬燈塔

三一、香樹植經名士手，澄湖清見宰官身。李孝曾題新都桂湖楊慎舊址

三二、萬頃湖光長似鏡，四時月好最宜秋。石治棠題杭州西湖

三三、老不白頭因水好，冬猶赤足爲師高。易實甫題南京清涼山還陽井

三四、玉宇瓊樓天尺五，方壺員嶠水中央。北平金鰲玉蝀橋

三五、一徑風聲掃落葉，六朝山色擁重樓。南京清涼山掃葉樓

三六、嶺樹湖雲沈足底，江潮海日上眉端。祈世長題西湖韜光庵觀海樓

三七、一道珠簾添法雨，半空錦綺釀慈雲。福州方廣寺

三八、洪水龍蛇循軌道，青春鸚鵡起樓臺。張香濤題漢陽晴川閣

三九、高閣通天紅日近，長川如畫晚晴初。王子期題晴川閣

四十、四面湖山皆在眼，萬家煙火最關心。長沙天心閣

四一、萬里風濤接瀛海，暮年詩賦動江關。成惕軒集句。上陸游，下杜甫。

四二、小築虛亭添野色，閒將遺事說前朝。陳重慶題揚州瞻雲亭

四三、短艇得魚撐月去，小軒臨水爲花開。杜文瀾題蘇州滄浪亭

四四、到此渾忘興替事，幾時看盡邇遐山。安慶大觀亭

四五、小築正宜邀月到，古人不見上天高。譚延闓題桂林仰止亭

四六、山水正宜吾輩鑑，名園樂與衆人同。吳禮卿題貴陽池心亭

四七、九面煙鬟楊柳外，四圍山色雨晴中。胡思義題西湖湖心亭

四八、春水綠浮珠一顆，夕陽紅濕地三弓。金清安題仝前

四九、四面軒窗宜小坐，一湖風月此平分。聶心湯題仝前

五十、亭立湖心收萬象，風來水面集群流。朱月樵題仝前

五一、我憶家風負梅鶴，天教處士領湖山。林則徐題西湖梅亭

五二、隱釣風分七里瀨，品詩意到六朝人。朱筠題邵武靈泉亭

五三、萬樹梅花香雪海，一園草色暖霜風。孫寒崖題梅園

五四、喜有空林能引鳥，恨無隙地再栽梅。彭玉麟自題彭園

五五、天爲安排看山處，風來灑掃讀書窗。沈凡民題隨園

五六、此地在城如在野，其人非佛亦非仙。隨園楹聯

五七、人指所居爲福地，天留此老應文星。　錢辛楣題隨園

五八、天上何曾有山水，人間樂得做神仙。　隨園楹聯

五九、古觀多情留客住，青山無語看人忙。　四川青城駐鶴莊

六十、到處溪山如舊識，此間風物屬詩人。　郭尚先題西泠印社

六一、四面有山皆入畫，一年無日不看花。　董師白題仝前

六二、七寶莊嚴開玉鏡，萬年福壽護金甌。　故宮承光殿

六三、九陌紅塵飛不到，十洲清氣曉來多。　故宮養心殿

六四、桑柘幾家湖上社，芙蓉十里水邊城。　黃耕莘題福州小孤山宛在堂

六五、一代文章開筍水，千秋德業耀浮橋。　泉州浮橋李廷機大門

六六、欲上青天攬明月，間與仙人掃落花。　沈葆楨題福州烏石山仙霞館

六七、最喜座中先得月，何妨睡處也看山。　俞樾題蘇堤紅櫟山莊

六八、山外斜陽湖外雪，窗前流水枕前書。　小谿主人題仝前

六九、水底有天行日月，座中無地著塵埃。　婁勝功自題西湖筏上竹屋

七十、更上一層看日出，高懸百尺與雲浮。　方濬頤題谷林凌霄樓

七一、四面綠陰少紅日，三更畫舫穿藕花。揚州瘦西湖綠陰館集句聯

七二、碧水廻環楊柳岸，畫船來去藕花天。仝前

七三、花雨欲隨岩翠落，松風遙傍洞雲寒。于謙題香爐峰山陰石室

七四、地迴不遮雙眼闊，窗虛只許萬峰窺。紀昀題福州浮青閣

七五、洞裏留仙眠石榻，門前送客步雲梯。李綱題湛江楞岩寺

七六、勝地有緣方可住，名山無佛不能遊。梁寒操題沙田萬佛寺

七七、一塔有碑留博士，六榕無樹記東坡。廣州六榕寺

七八、普渡慈航登彼岸，光明法界現斯堂。泉州普光禪寺冠首聯

七九、今古晴檐終日雨，春花秋月一簾珠。武夷山慧宛岩

八十、寺古僧閒雲作伴，山深世遠月爲朋。臺南開元寺

八一、詩思禪心清共竹，玉沙瑤草碧連溪。臺南竹溪寺嵌字聯

八二、半偈陀山新慧眼，一盂清水現婆心。臺南清水寺嵌字聯

八三、彰往察來開慧眼，化人渡世現婆心。彰化開化寺冠首聯

八四、碧水澄清窺色相，山雲縹緲見慈悲。南投碧山岩冠首聯

八五、舊夢湖山可吟局，遙天風雨亦吾廬。福州雙驂園淨名庵

八六、微雨灑花千點淚，淡煙籠竹一堆愁。阮元題杭州大佛寺

八七、細剪山雲縫破衲，閒撈溪月作蒲團。鐵庵題南屏禪寺

八八、詞客有靈應識我，西湖雖好莫題詩。杭州秋雪庵集句。上溫庭筠，下文同。

八九、如此江山如此日，是何世界是何年。日本統治時期，臺灣名人洪月樵徵聯所得。結果洪因此被日人囚死，而應徵獲得冠軍的某少年則逃往大陸，幸免於禍。

九十、尚有精誠留瓦巷，更移忠骨鎮棲霞。胡恕堂題西湖岳王廟

九一、明哲保身輕富貴，英雄退步即神仙。沈心陽題陝西留侯廟

九二、五世報韓終有恨，一時興漢本無心。徐州雞鳴山張良廟

九三、萬古勳名垂竹帛，千秋義勇壯山河。呂世宜題廈門關帝廟

九四、晝錦堂開欽相業，泉州地傑降嵩靈。泉州生韓古廟，韓琦出生處。

九五、在昔湄洲昭聖蹟，即今寰宇付慈雲。北港朝天宮

九六、朝整冕旒超玉闕，天開錦繡燦珠宮。仝前

九七、聚合群英崇聖道，奎聯五宿啓儒宗。前題聚奎閣冠首

九八、惟有山翁能傲嘯，豈無才子識風流。蘇州唐六如祠

九九、但是人家有遺愛，曾爲詩社結風流。阮元題西湖白居易祠

一〇〇、日月同懸出師表，風雲常護定軍山。趙樾題成都武侯祠

一〇一、名士幾人成將相，使君終古識英雄。南陽臥龍崗武侯祠

一〇二、進退一身關社稷，英雄千古鎮湖山。福州西湖丞相祠堂祀李綱

一〇三、花外子規燕市月，柳邊精衛浙江潮。溫州文天祥祠

一〇四、數點梅花亡國淚，二分明月老臣心。蔣士銓題梅花嶺史可法衣冠冢

一〇五、事業已爲前輩錄，典型留與後人看。杭州張蒼水祠

一〇六、南渡江山名將淚，西湖風月故鄉心。蕭之保題延安韓世忠祠

一〇七、紅拂有靈應識我，青山何幸此埋香。湖南醴陵紅拂墓

一〇八、學到用時方恨少，事非經過不知難。處世格言

一〇九、閱透人情知紙厚，踏穿世路覺山平。仝前

一一〇、才短自知能事少，禮疏常覺慢人多。鄭燮作

一一一、琢句正宜探杜髓，歌風還望叶虞絃。成惕軒題南薰吟社二十周年紀念

一一二、新鬼煩冤舊鬼哭，他生未卜此生休。紀昀作。紀昀府中屢為庸醫所誤，公恨之次骨。適遇該醫來求題聯，公乃集唐人句與之，見梁章鉅著《楹聯叢話．卷四雜綴》

一一三、剝棗鹽梅談可助，浮瓜沈李暑能消。水果行

一一四、五色艷爭江令夢，一枝春暖管城花。筆店

一一五、莫教微生勞轉乞，須知宣聖未嘗離。醬園

一一六、縱使有錢難買命，須知無藥可醫貧。某地祀財帛星君暨醫靈大帝楹聯

一一七、羊祜惠猶留峴首，馬援功未竟壺頭。畢沅總制兩湖，值剿捕流寇未蕆功而逝，趙翼輓之。

一一八、宰相合肥天下瘦，司農常熟世間荒。李鴻章之外交，翁同龢之變法，皆為清末時人所不滿。李合肥人，翁常熟人，故人撰此聯。

一一九、三尺冰絃彈夜月，一天飛絮舞春風。祝枝山贈棉被店

一二〇、開口能談天下事，讀書先得古人心。湖南城南書院山長賀熙齡贈左宗棠

一二一、行事莫將天理錯，立身當與古人爭。林則徐贈左宗棠

一二二、卓犖人生一竿竹，迷茫塵世滿園花。鄭燮贈陳坤

一二三、立腳怕隨流俗轉，留心學到古人難。蔣益澧贈秦介

一二四、天下幾人學杜甫，一生知己是梅花。吳佩孚贈楊雲史

一二五、太白狂歌心有淚，淵明止酒徑無花。林庚白贈張一穌

一二六、一樣風光一樣感，幾經世事幾經愁。朱祖謀贈沈周

一二七、但願此身長自足，無關行路有何難。陳含光贈林樹藩

一二八、性躁隨時防挫折，心平到處有知音。翁宇光贈謝炳壽

一二九、意可直隨流水遠，人寧祇趁嶺雲閑。呂世宜贈李繡伊

一三〇、流水四時催遣興，夕陽一瞬勸澄心。易君左贈賓國振

一三一、竹裏靜消無事福，花間補讀未完書。馬壽華贈賀胤山

一三二、樹影盡隨明月去，荷香依舊趁風來。楊嘯鯤贈楊其碩

一三三、自古佳人多穎悟，從來俠女出風塵。蔡鍔贈小鳳仙

一三四、身歷四朝沾浩蕩，眼看七代衍孫曾。王芝圃一百一十歲自壽

一三五、身歷四朝全盛日，老爲一代等閒人。閩縣林穎叔七十自述

一三六、溫嶠良緣窺玉鏡，廬陵佳偶續冰絃。麓山樵賀余廣蔭續絃

一三七、坦腹王郎魚入夢，畫眉京兆雁臨門。吳劭之賀俞錦山入贅韓家

一三八、不幸周郎竟短命，早知李靖是英雄。羅癭公代小鳳仙輓蔡鍔

一三九、一手文章扶國運，終宵憂樂繫蒼生。　黃少谷輓陳布雷

一四〇、慷慨文章驚海宇，英雄意氣耀千秋。　張溥泉輓鄒容

一四一、開國壯猷垂史冊，匡時大業失儀型。　謝冠生輓吳鐵城

一四二、百世勳留高士傳，一家名耀黨人碑。　梁寒操輓陳勤士

一四三、一夕哀音傳海嶠，萬方多難失耆賢。　楊森輓賈景德

一四四、竹葉蒼蒼藏古寺，溪流滾滾濯清纓。　臺南竹溪寺冠首聯

一四五、十載素交敦縞紵，一甌眞味勝膏粱。　成惕軒題臺北粥會五周年紀念

一四六、甲第何曾勝蓬篳，子山未必老江關。　成惕軒作甲子冠首春聯

一四七、碧草暗侵迷蝶徑，珠簾不捲枕江樓。　袁克文贈妓「碧珠」冠首聯

一四八、四面雲山凝翠黛，五羊春色醉紅棉。　戴季陶題廣州雙溪寺紅棉經堂嵌字聯

一四九、三月詩情多冶艷，一樓春夢太玲瓏。　袁克文贈妓「艷玲瓏」嵌字聯

一五〇、楓葉荻花秋瑟瑟，閒雲潭影日悠悠。　阮元題南昌百花洲冠鰲亭集句。上白居易，下王勃。

一五一、國士無雙雙國士，忠臣不二二忠臣。　潮州雙忠祠，祀張巡、許遠。

一五二、詩筆健於黃鵠舉，墨池深任老龍蟠。　成惕軒題吳翼子詩書畫集

一五三、我輩此來惟飲酒，先生在上莫吟詩。　徐渭題采石磯李太白祠

一五四、四壁荷花三面柳，半潭秋水一房山。　張之萬題蘇州拙政園

一五五、移椅倚桐同玩月，點燈登閣各攻書。　疊韻楹聯，「椅倚」、「桐同」、「燈登」、「閣各」皆疊韻也。

一五六、南北高峰天外筆，東西流水屋頭琴。　此聯以東西南北捉對為特色

一五七、開國有如華盛頓，用兵効法拿坡崙。　黃興作

一五八、投水屈原眞是屈，殺人曾子又何曾。　傅維仁為某紳士申冤作

一五九、歲暮陰陽催短景，春來花鳥更深愁。　集杜句

一六〇、萬里秋風吹錦水，九重春色醉仙桃。　仝前

一六一、自古畫師非俗士，此間風物屬詩人。　集蘇句

一六二、無數雲山供點筆，滿前風月不論錢。　仝前

一六三、雨過潮平江海碧，風高月暗水雲黃。　仝前

一六四、只恐先移北山檄，不妨還作輞川詩。　仝前

一六五、眼淨塵空無可掃，水清石瘦便能奇。　仝前

一六六、長笑右軍稱草聖，要知摩詰是文殊。　仝前

一六七、江上青山橫絕壁，水中明月臥浮圖。仝前

一六八、康濟此身殊有道，安心是藥更無方。仝前

一六九、窮達盡爲身外事，升沈不改故人情。上集劉滄，下張籍。

一七〇、議論不隨流俗變，襟懷聊與水雲閒。上集鄧肅，下韓琦。

一七一、安得田園可溫飽，好從閭里樂期頤。上集黃庭堅，下司馬光。

一七二、樹影悠悠花悄悄，星河耿耿漏綿綿。上集曹唐，下白居易。

一七三、但酌碧泉勝酌酒，勤栽黃竹莫栽花。上集陸游，下李商隱。

一七四、千首新詩一竿竹，牆西明月水東亭。上集陸游，下白居易。

一七五、常愛此中多勝事，更於何處學忘機。上集劉長卿，下周朴。

一七六、陽羨春茶瑤草碧，蘭陵美酒鬱金香。上集錢起，下李白。

一七七、閉戶著書多歲月，揮毫落紙若雲煙。上集王維，下杜甫。

一七八、守道還如周柱史，著書曾學鄭司農。上集杜牧，下杜甫。

一七九、養氣不渝眞俊傑，居心無物轉光明。上集陸游，下朱熹。

一八〇、自有琴書增道氣，尙憑詩酒答年光。上集孔平仲，下陸游。

一八一、更築園林負城郭，先安筆硯對溪山。上集王安石，下陸游。

一八二、林隙忽明知月上，竹梢微響覺風來。上集陸游，下真山民。

一八三、理合備文除舊歲，等因奉此過新年。紀崑崙作

一八四、凡事總求過得去，此心只想放開來。施銳作

一八五、古佛由來皆鐵漢，凡夫但說是金身。曾異譔題福州慶城寺古佛

一八六、何必與人談政治，不如爲我寫文章。佚名壽胡適

一八七、柳影綠圍三畝宅，藕花紅瘦半湖秋。連璧題南京莫愁湖

一八八、吳楚乾坤天下句，江湖廊廟古人心。李東陽題岳陽樓

一八九、山勢西分巫峽雨，江流東壓海門潮。張香濤題晴川閣

一九〇、四面荷花三面柳，一城山色半城湖。劉鶚題濟南大明湖

一九一、煙雨樓臺山外寺，畫圖城郭水中央。吳錫琛題貴陽甲秀樓

一九二、華嶽三峰憑檻立，黃河九曲抱關來。潼關城樓

一九三、未許田文輕策馬，願逢老子再騎牛。涵谷關城樓

一九四、積石導流趨大海，崆峒倚劍上重霄。左宗棠題蘭州拂雲樓

一九五、百代詩才歸品藻，千秋傑閣傍溪山。　邵武城東嚴羽詩話樓

一九六、倚檻蒼茫千古事，過江多少六朝山。　安慶大觀亭

一九七、雨不崇朝遍天下，花隨流水到人間。　泰山雨花院冠首聯

一九八、宅近青山同謝朓，門垂碧柳似陶潛。　黃遵憲春聯

一九九、放鶴去尋三島客，任人來看四時花。　隨園楹聯

二〇〇、風過竹林猶見寺，雲生錦水更藏山。　金堡題粵北別傳寺

二〇一、九頂雲霞披霧出，三峰風雨渡河來。　河南凌雲寺

二〇二、日月雙懸于氏墓，乾坤半壁岳家祠。　阮元題西湖張煌言祠

二〇三、欲共水仙薦秋菊，長留學士住西湖。　阮元題西湖蘇文忠公祠

二〇四、毗舍之間開一域，崖山而後矢孤忠。　袁聞柝題臺南延平郡王祠

二〇五、造物何心窮我輩，先生未忍作詩人。　樊蔭蓀題成都杜工部草堂

二〇六、闕下曉雲籠樹起，城頭秋月過江來。　衡州府署

二〇七、清紫葵羅鍾間氣，蒙存淺達有遺書。　北平泉州會館聯。上聯「清」為清源；「紫」為紫帽；「葵」為葵山；「羅」為羅裳，是泉州四大名山。下聯「蒙」指蔡虛齋《四書蒙引》；「存」指林次崖《四書存疑》；「淺」指陳紫峰《四書淺說》；「達」指王晦生《四書達衷》，是四部名書

二〇八、天下魚鹽富淮海，中興豪傑數湖湘。揚州湖南會館

二〇九、鼎水鼎湖成鼎革，新潮新雨作新民。吳雪痕題南安鼎新小學冠首聯

二一〇、舊學商量加邃密，新知涵養轉深沈。譚淑書題右任學堂

二一一、儒效遠徵朱舜水，詞華富比白香山。成惕軒題蕭子昇先生題詠集

二一二、惜竹不除當路筍，伐薪教護帶巢枝。蔡元培贈友王君

二一三、一竅有泉通地脈，四時無雨滴天漿。朱子題廣信南岩寺，少時讀書處。

二一四、日月兩輪天地眼，詩書萬卷聖賢心。朱子作

二一五、門大要容千騎入，堂深不覺百男讙。蘇軾贈黃州王文甫春聯

二一六、豈有文章驚海內，漫勞車馬駐江干。王百谷集杜句題春聯

二一七、天爲補貧偏與健，人因見懶誤稱高。陳眉公作

二一八、仗義半從屠狗輩，負心多是讀書人。徐英作

二一九、萬事不如杯在手，一年幾見月當頭。明、福王作

二二〇、泰笈中符天地數，坤珍大闡嶽川祥。祝乾隆皇帝八秩

二二一、梁父吟成高士志，出師表見老臣心。靈川縣諸葛武侯祠

二二二、洗菜莫教流去葉，見桃猶記舊曾花。　明、郭都賢題桃花江東林寺

二二三、望重三朝持亮節，書成十事秉丹心。　賈淳題無錫李綱祠

二二四、一代興亡關氣數，千秋廟貌傍江山。　謝啟昆題梅花嶺史可法祠

二二五、清坐使人無俗氣，讀書何計策新功。　李彥章西邕書院集句。上黃庭堅，下陸游。

二二六、蓄得奇書且勤讀，忽逢佳士喜同游。　前題。上陸游，下黃庭堅。

二二七、句裏江山隨指顧，城南鐘鼓鬪清新。　前題。南城鐘鼓樓集宋句

二二八、數點梅花橫玉笛，二分明月落金樽。　王夢樓題揚州郡署戲臺

二二九、攬月居然凌上界，撐雲便要灑齊州。　梁章鉅題泰山岱廟

二三〇、古月窺簷蟾不老，宜春貼柱燕新來。　成惕軒嵌字題古月軒

二三一、大甲濬源溪水活，五丁鑿險洞天開。　成惕軒題谷關電廠

二三二、泥上偶然留指爪，故鄉無此好湖山。　華瑞瓚集蘇句題西湖蘇公祠

二三三、月似丹光出高嶺，鶴因梅樹住前山。　阮元題葛嶺葛林禪院，院與孤山相對。

二三四、千樹桃花萬年藥，半潭秋水一房山。　蘇州圓妙觀七星潭閣集唐句

二三五、吾輩此中堪飲酒，先生在上莫題詩。　王有才題焦山太白樓。按此聯與明、徐渭題采石磯李太白祠：「我輩此來惟飲酒，先生在上莫吟

詩。」只差三字。
參閱編號一五三。

二三六、狂到世人皆欲殺，醉來天子不能呼。姚興臮題焦山太白樓

二三七、愛國有詩儕杜曲，報君以士識汾陽。徐立綱題焦山太白樓

二三八、穿荻小車疑泛艇，出林高閣當登山。曹學閔題京師陶然亭

二三九、萬菊充庭秋富貴，雙藤蔓地古煙霞。楊庚題京師萬善寺旁呂氏宅。宅以藤花聞名，有所謂「滿架古藤翠如織」之稱。

二四〇、曠代詩才流下界，半天人臥在高窗。沈凡民題隨園

二四一、到處自開詩世界，無人不拜老神仙。黃之紀題隨園

二四二、喬木十圍人共老，名山一席客爭趨。趙翼題隨園

二四三、六代雲山隨杖履，一園花鳥盡聰明。蒲忭題隨園

二四四、曠代誰標才子號，聞名都當古人看。汪汝弼題隨園

二四五、此地曾傳湯沐邑，何人錯認鬱金堂。蒲奉茲題南京莫愁湖。按明太祖以後湖賜中山王徐達，作為湯沐邑。

二四六、淮水東邊舊時月，金陵渡口去來潮。金陵淮清橋集句。上劉禹錫，下韋莊。

二四七、雲白山青萬餘里，江深竹靜兩三家。白小山題江浦縣浦口鎮城樓集杜句

二四八、此水自當兵十萬，昔人曾有客三千。江陰君山，山臨江，以春申君而得名。

二四九、倚檻蒼茫千古事，過江多少六朝山。　陶沄一題安徽余忠直祠

二五〇、天上有池能作雨，人間無地不逢年。　舒白香題廬山天池

二五一、驛使暫停花下騎，寺門深掩嶺頭雲。　大庾嶺雲封寺

二五二、漢口夕陽斜度鳥，楚江燈火看行船。　蕭德宣集句題晴川閣，閣與黃鶴樓隔江對峙。

二五三、四面湖山歸眼底，萬家憂樂到心頭。　岳陽樓楹聯

二五四、花照高樓總紅竝，詩標華采直黃初。　成惕軒嵌字題紅竝樓

二五五、地占百彎多是水，樓無一面不當山。　孫星衍集唐句題濟南大明湖

二五六、錦里先生爲老伴，玉霄散吏是頭銜。　成都少陵草堂陸游配享龕集句

二五七、萬壑煙雲浮檻出，半天松竹拂窗來。　黃培芳題羅浮山酥醪觀，係安期生與神女會飲元碧酒處。

二五八、地有七星鄰北斗，人如二客伴東坡。　嘉慶間，吳山尊、張石蘭典試粵西，揭曉後，百菊溪中丞觴之七星岩。席次，中丞曰：「此間不可無楹聯。」因自出上聯，吳即席對下聯。

二五九、一帶林塘詩境界，四時花果隱生涯。　周升桓題桂林仙李園

二六〇、兩樹梅花一潭水，四時煙雨半山雲。　碩慶題滇南黑龍潭

二六一、紫閣丹樓紛炤燿，桃溪柳陌好經過。　揚州慧因寺集句。上王勃，下張籍。

二六二、漁浦浪花搖素壁，玉峰晴色上朱欄。揚州小洪園集句。上司空曙，下李群玉。

二六三、盈手水光寒不濕，入簾花氣夢難忘。揚州西園集句。上李群玉，下羅虬。

二六四、澗道餘寒歷冰雪，浪花無際似瀟湘。揚州小洪園集句。上杜甫，下溫庭筠。

二六五、小院迴廊春寂寂，朱欄芳草綠纖纖。揚州冶春詩社集句。上杜甫，下劉兼。

二六六、綠竹浸侵行徑裏，飛花故落舞筵前。前題。上劉長卿，下蘇頲。

二六七、碧瓦朱甍照城郭，穿池疊石寫蓬萊。揚州淨香園集句。上杜甫，下常元旦。

二六八、樹影悠悠花悄悄，晴雲漠漠柳毵毵。揚州趣園集句。上曹唐，下韋莊。

二六九、紫閣丹樓紛炤燿，修篁灌木勢交加。前題。上王勃，下方干。

二七〇、夾路濃華千樹發，一渠流水兩家分。前題。上趙彥昭，下項斯。

二七一、奇石盡含千古秀，春光欲上萬年枝。前題。上羅鄴，下錢起。

二七二、秋水纔添四五尺，綠陰相間兩三家。揚州虹橋集句。上杜甫，下司空曙。

二七三、碧落青山飄古韻，綠波春浪滿前陂。梅嶺嶺上草堂集句。上杜牧，下韋莊。

二七四、萬樹琪花千圃藥，一莊修竹半牀書。張照題東園

二七五、近水樓臺開梵宇，平山欄檻倚晴空。江恂題東園

二七六、夜月橋邊留畫舫，春風陌上引香車。吳郇題賀園

二七七、幾處好山供客座，一川寒月淨塵襟。褚峻題賀園

二七八、一泓芙蓉新出水，千層芳草遠浮山。嵇璜題東園芙蓉泓

二七九、堤畔鶯花橋畔月，竹邊歌吹柳邊舟。程夢星題東園醉煙亭

二八〇、半在山隈半水涘，亦如石屋亦濠梁。董文驥題仝前

二八一、終古招邀山色遠，幾人愛惜月明多。李葂題東園凝翠軒

二八二、雨後靜觀山意思，風前閑看月精神。梁巘集邵雍句題仝前

二八三、曉艷遠分金掌露，夜風寒結玉壺冰。揚州九峰園集句。上韓琪，下許渾。

二八四、北榭遠峰閒即望，南園春色正相宜。前題。上薛能，下張謂。

二八五、高樹夕陽連古巷，小橋流水接平沙。前題。上盧綸，下劉兼。

二八六、古調詩吟山色裏，野聲飛入硯池中。前題。上趙嘏，下杜荀鶴。

二八七、隔岸春雲邀翰墨，繞城波色動樓臺。前題。上高適，下溫庭筠。

二八八、峭壁削成開畫障，垂楊深處有人家。前題。上吳融，下盧綸。

二八九、纔見早春鶯出谷，更逢晴日柳含煙。蜀岡集句。上韋莊，下蘇頲。

二九〇、歌繞夜梁珠宛轉，山連河水碧氤氳。前題。上羅隱，下陳上美。

二九一、小院迴廊春寂寂，碧桃紅杏水潺潺。前題。上杜甫，下許渾。

二九二、萬井樓臺疑繡畫，千家山郭靜朝暉。前題。上張九齡，下杜甫。

二九三、天上碧桃和露種，門前荷葉與雲齊。前題。上高蟾，下張萬頃。

二九四、露氣暗連青桂苑，春風新長紫蘭芽。前題。上李商隱，下白居易。

二九五、冉冉修篁依戶牖，曈曈初日照樓臺。前題。上包何，下薛逢。

二九六、碧瓦朱甍照城郭，淺黃輕綠映樓臺。前題。上杜甫，下劉禹錫。

二九七、百尺金梯倚銀漢，九天鈞樂奏雲韶。前題。上李頎，下王維。

二九八、四野綠雲籠稼穡，九春風景足林泉。桃花庵集句。上杜荀鶴，下薛稷。

二九九、日映文章霞細麗，山張屛障綠參差。前題。上元稹，下白居易。

三〇〇、一片彩霞迎旭日，萬家金線帶春煙。前題。上楊巨源，下施肩吾。

三〇一、從此不知蘭麝貴，相期共鬪管絃來。蜀岡高詠樓，蘇軾題西江月處集句。上裴思謙，下孟浩然。

三〇二、金屋瑤筐開寶勝，小橋流水接平沙。蜀岡浴蠶房集句。上崔日用，下劉兼。

三〇三、樹影悠悠花悄悄，羅衫葉葉繡重重。蜀岡分箔房集句。上曹唐，下王建。

三〇四、染就江南春水色，結成羅帳連心花。蜀岡染色房集句。上白居易，下青童。

三〇五、軟縠疏羅共蕭屑，霏紅沓翠晚氤氳。蜀岡練絲房集句。上溫庭筠，下孟浩然。

三〇六、繡戶夜攢紅燭市，繅絲聲隔竹籬間。蜀岡聽機樓集句。上韋莊，下項斯。

三〇七、楊柳風來潮未落，梧桐葉下雁初飛。蜀岡艷雪亭集句。上趙嘏，下杜牧。

三〇八、翠岫萬重當檻出，白蓮千朵照廊明。蜀岡得勝湖集句。上許渾，下薛逢。

三〇九、朱閣簟涼疏雨過，遠山雲晚翠光來。蜀岡遠帆亭集許渾句

三一〇、玉案新添鳴鳳曲，瑤箋待續換鵝書。成惕軒贈人

三一一、倚馬書成春帖好，探驪奪得錦標多。仝前

三一二、教子課孫完我分，讀書為善做人家。杜詔作

三一三、到此眞成以政學，相逢但願由中行。梁章鉅題淮海鹽司廳事聯

三一四、若使子孫能結果，除非盜賊不開花。四川某尉署聯。「開花」者，係尉吏捕獲盜賊後，唆使其誣某富商為共犯，被誣富商怕禍，率以賄免，而奸吏之橐充塞焉。

三一五、一代翰林風月手，六朝蘭錡謝王家。彭文勤贈蔣士銓

三一六、鷹隼入雲睐所向，驊騮得路愼於平。那文毅贈顧藹亭

三一七、今日正宜知此味，當年曾自咬其根。 于敏中題圃門

三一八、與世不言人所短，臨文期集古之長。 集蘭亭序聯

三一九、人有不爲斯有品，己無所得可無言。 仝前

三二〇、盡日言文常不倦，與人同事若無能。 仝前

三二一、如驥並馳鵬並翥，願花長好月長圓。 成惕軒贈人

三二二、栗里詩歌塵不染，蘭閨福慧月長圓。 仝前

三二三、立定腳跟撐起脊，展開眼界放平生。 徐岱雲作

三二四、分陝旌旗周太保，從天鐘鼓漢將軍。 錢名世作，錢氏以此聯送權貴而謫官。

三二五、天下文章同軌轍，門牆桃李半公卿。 紀昀曰：「先師介野園先生，嘗四主會試，四主鄉試，其他雜試，殆不可縷數，于文襄公贈此聯，可謂儒者之至榮矣。」

三二六、岱色蒼茫眾山小，天容慘澹大星沈。 紀昀輓劉統勳

三二七、寶瑟無聲絃柱斷，瑤臺有月鏡奩空。 哀輓通用聯

三二八、氣數不言仁者壽，性情猶見古之愚。 輓戚友聯

三二九、十載名場成勁敵，九重泉路盡交期。 仝前

三三〇、上界由來足官府，西風何處哭文章。仝前

三三一、不作風波於世上，別有天地非人間。仝前

三三二、浮白自慚蘇子美，垂青空憶李文公。仝前

三三三、乙近杏花袍曳紫，未匀柳色綬拖黃。「乙未」年春聯，干支對。乙通鳦，燕也。

三三四、丁歲觀光慚國士，酉山探秘識奇書。「丁酉」年春聯，干支對

三三五、做戲何如看戲樂，下場更比上場難。戲臺聯

三三六、聖代即今多雨露，故鄉無此好湖山。董教增自題西湖別莊

三三七、書似春山常亂疊，燈如紅豆最相思。葛慶曾作

三三八、滿眼蓬蒿遊子淚，一盂麥飯故鄉情。葉文忠題義園

三三九、欲把西湖比西子，從來佳茗似佳人。茶室聯

三四〇、天上樓臺山上寺，雲邊鐘鼓月邊僧。蘇軾題吉水龍濟寺

三四一、彈指聲中千偈了，拈花笑處一言無。佛寺聯

三四二、蘇學士前傳謫宦，孟夫子後拜先生。侯竹愚題廣東韓文公祠

三四三、中有仙龕虛一室，更邀明月作三人。虞山白蘇二公祠集句。上白居易，下蘇軾。

三四四、心到虔時佛有眼，運當亨處石能言。陳望坡題福建石佛嶺

三四五、袍笏呼來先拜石，管絃麾去獨聽松。劉大觀署齋聯

三四六、春水綠波揚子渡，梅花明月狀元山。陳鴻壽題揚州康山

三四七、列女傳從劉向定，夫人心祗息侯知。漢口桃花夫人廟

三四八、欲泛仙槎向何處，偶傳紅葉到人間。杭州城外橋門聯。按城外之半山，桃花最盛。花時游船麇集；秋後紅葉，亦極可觀。

三四九、諸葛大名垂宇宙，元戎小隊出郊坰。蘇廷玉集杜句題成都丞相祠臺榭

三五〇、曲禮蔽於無不敬，逸詩刪以未之思。齊梅麓嵌字自題敬思堂

三五一、辦事人多能事少，愛民心易治民難。客贈宣瑛刺史

三五二、四壁金花春宴罷，滿牀牙笏早朝歸。章孟端御史，諸子連中進士為京官同處一邸，懸此聯，人多羨之。

三五三、遺愛遙傳三竺外，吟魂應在二梅間。林則徐輓吳和廷。梁章鉅云：「和廷令浙中有善政，歸里時卜居謝古梅學士之二梅亭也。」

三五四、人道君如雲裏鶴，自稱臣是酒中仙。朱彝尊集句贈人

三五五、君子來斿貫及柳，牧人乃夢眾惟魚。阮元集句自題邵伯湖萬柳堂，「斿」同「游」

三五六、數點雨聲風的住，一枝花影月移來。黃莘田集句

三五七、百首新詞塡白石，一枝妙筆補倉山。錢梅溪贈隨園弟子楊芳燦

三五八、冷澹古梅如老衲，護持新筍似嬰兒。陳曼生贈張伯冶

三五九、佳卉移栽如選色，異書借錄抵徵歌。梁章鉅作

三六〇、人世難逢開口笑，老夫聊發少年狂。王夢樓作

三六一、主事何堪爲事主，人家切莫信家人。京師有某主事，家中失竊，鳴官控追。後訊出乃其家丁從內作弊，人諷此聯。

三六二、雪月梅花三白夜，酒燈人面一紅時。揚州妓館聯

三六三、明月自來還自去，暫時相賞莫相違。某處妓館聯

三六四、千種相思向誰說，一生愛好是天然。秦淮河房中一才士作

三六五、天下三分明月夜，揚州十里小紅樓。賈似道鎮維揚日，上元張燈，某戶有貼此門聯者，眾稱其工。《隱居通議》云：「此必藥州廖瑩中手筆。唐人詩曰：『天下三分明月夜，二分無賴是揚州。』又唐人登第詞曰：『揚州十里小紅樓，盡捲上珠簾一半。』皆本郡事也。」

三六六、處世但能無死法，入門猶可望生還。吳縣城隍廟聯

三六七、地獄空留點鬼簿，人心自有上天梯。仝前

三六八、聖代止戈資廟略，眾仙同日詠霓裳。浙中吳山頂廟戲臺聯集句。上李群玉，下李商隱。

三六九、生有自來文信國，死而後已武鄉侯。嚴問樵題揚州史閣部祠。按揚州人士嘗請梁章鉅作史閣部祠楹聯，因見嚴氏題句，曰：「天生地設，他有作者，不能出其範圍矣。」遂擱筆。

三七〇、今日重來問鷗鷺，故鄉無此好湖山。汪少海題孤山集句。上何巖叟，下蘇軾。

三七一、第一樓邊浮大白，初三月上盪空青。洪亮吉題孤山第一樓

三七二、除卻詩書何所癖，獨於山水不能廉。鄂文端贈法淵若

三七三、不少雄謀吞海若，祇憑餘事作詩人。姚亮甫贈范澍

三七四、生面果能開一代，古人原不佔千秋。袁枚贈趙翼

三七五、作宦不曾逾十載，及身早自定千秋。趙翼贈袁枚

三七六、百里棠陰鄰畫舫，一江峰影落琴牀。梁山舟集句贈陳蘭鄰作廬陵宰

三七七、自有琴書增道氣，只將詩句答年華。張蘭渚集句。上孔平仲，下陳與義。

三七八、子固精神老坡氣，茶山衣鉢放翁詩。仝前。上惠洪，下戴復古。

三七九、千古風流有詩在，一生懷抱與山開。仝前。上黃庭堅，下陳與義。

三八〇、方丈蓬萊多伴侶，木公金母相東西。仝前。上王安石，下蘇軾

三八一、筆下江山轉葱倩，雲中樓閣自陰晴。仝前。上朱子，下文□。

三八二、大隱本來無境界，勝遊都爲好山川。仝前。上蘇軾，下陶潛。

三八三、天下蒼生待霖雨，此間風物屬詩人。仝前。上戴復古，下蘇軾。

三八四、沽酒客來風亦醉，賣花人去路還香。　酒肆聯

三八五、京國早傳驄馬避，大年今與鬻熊齊。　成惕軒壽高監察委員登艇

三八六、箪路功參開國早，柏臺春紀杖朝初。　成惕軒壽金監察委員幼軿

三八七、家有白眉宏繼述，天留青眼看昇平。　成惕軒壽阮廳長毅成

三八八、傳世紫陽家學盛，杖朝黃髮歲華新。　成惕軒壽男人

三八九、圓嶠歲華添鶴算，曲江風度重鴻樞。　前題

三九〇、百歲光陰駒過隙，一生文采豹留皮。　成惕軒輓蔡教授愛仁

三九一、耄齒傳經同伏勝，高門立雪有楊時。　成惕軒輓程教授發軔

三九二、瘗鶴名山曾駐錫，制龍高弟與傳燈。　成惕軒輓東初法師，原註：「其徒聖嚴為佛學博士。」

三九三、少日射鵰身手健，今朝騎鶴海天遙。　成惕軒輓男人

三九四、元亮精廬在人境，望溪文學本家傳。　成惕軒賀方妙才處長新居

三九五、蟾月當頭圓永夜，鵬雲比翼傍層霄。　成惕軒賀人新婚

三九六、舉案早諧仙眷屬，卜居今繞好園林。　成惕軒賀顧健民賢弟喬遷

三九七、一老健吟滄海月，曾孫秀擁幔亭春。　成惕軒賀陳曉齋得曾孫

三九八、化俗幾人吳鳳血，著書千載董狐心。 成惕軒贈丁考試委員中江

三九九、毋囿公羊三世說，自成司馬一家書。 成惕軒贈許教授倬雲

四〇〇、課士孰如槐市好，校書今比石渠多。 成惕軒贈朱教授建民

四〇一、志業宏於膏物雨，襟期清比在山泉。 成惕軒贈蕭立法委員化之

四〇二、宅畔試栽五柳樹，案頭閒寫萬梅花。 成惕軒贈陳子波

四〇三、畫好爭誇香雪海，詩清獨占水雲鄉。 仝前

四〇四、性謹不言溫室樹，官清直比玉壺冰。 成惕軒贈高西屏

四〇五、博物方知龍鮓美，爲文豈止蟹行工。 成惕軒贈劉厚予

四〇六、此事推袁良不忝，平生說項總無私。 成惕軒贈曾考試委員霽虹。原註：「近覽霽虹《讀湘賢詩》七古十餘首……喜題二語以貽之。」

四〇七、窮士無遺孟東野，高文直擬曾南豐。 仝前

四〇八、書妙直追青李帖，官清宜對紫微花。 成惕軒贈趙佛重

四〇九、遠道騰驤宜騄驥，閒窗箋注及蟲魚。 成惕軒贈李周龍賢弟

四一〇、仁里一廛容豹隱，青雲萬里看鵬摶。 成惕軒贈張仁青賢弟冠首聯

四一一、詩筆清於松際鶴，秋懷澹共葦邊鷗。 成惕軒贈林寄華女史

四一二、近市君能塵不染，倚欄吟正月初生。成惕軒贈人

四一三、五色筆能龍並矯，百年人與鶴同清。仝前

四一四、一曲牙琴誰和汝，二分眉月自親人。仝前

四一五、俊鶻摩空詩骨健，明蟾印海道心融。仝前

四一六、百尺樓觀滄海日，四時春對小園花。仝前

四一七、斗室但餘千卷富，寸心長葆四時春。仝前

四一八、經世早傳洛陽策，灌園聊息漢陰機。仝前，原註：「洛陽謂賈誼也。」

四一九、君自能詩比昭諫，我於薦士愧昌黎。仝前

二、別格：

一、七旬天子古六帝，五代孫曾予一人。乾隆皇帝七十自壽

二、此處不覺出飛鳥，垂手還堪釣巨鰲。北固山多景樓

三、萬山不隔中秋月，百年復見黃河清。左宗棠題蘭州拂雲樓

四、人生惟有讀書好，載酒時作凌雲遊。四川樂山蘇子樓

五、雨暴風狂吹小閣，月明星稀渡樵川。邵武城東攬勝閣

六、四壁雲山九江棹，一亭煙雨萬壑松。廬山御碑亭

七、會須上番看成竹，何處老翁來賦詩。汪楫集杜句題朱彝尊曝書亭

八、江痕斜界東北浙，山色都收裏外湖。葛嶺覽燦亭

九、水清石出魚可數，竹密花深鳥自啼。黃宗仰題上海愛儷園

十、斷霞半空魚尾赤，晚山濃似佛頭青。麓山樵題蘇堤紅楙山莊

十一、見山樂山水樂水，似隱非隱仙非仙。廣州白雲山館

十二、眼前突兀見此屋，獨立蒼茫自詠詩。顧子遠集句題成都杜工部祠

十三、全以山川爲眼界，別有天地非人間。康有為自題康莊

十四、早去數月天有眼，遲行幾日地無皮。民初，四川崇德縣長葉某貪腐，離職時，民贈此聯。

十五、爲官不過六百石，著書豈止五千言。郭運青題隨園

十六、環翠樓中虬髯客，湧金門外岳飛魂。國父贈日人宮崎滔天

十七、腹中儲書一萬卷，海上看羊十九年。梁啟超自日本亡歸，魏鐵三贈此聯。

十八、淡泊明志心當健，平易近人道不孤。劉大白贈湖畔居士

十九、平生好讀游俠傳，到老不聞綺羅香。楊士驤官至直隸總督，懼內，臨終自輓。

二十、使於四方不辱命，吾道一貫以成仁。抗戰勝利，戴笠輓軍統局同仁。

二一、爲世界人類先覺，是國家民族救星。馬壽華輓蔣公

二二、都道我不如歸去，試問卿之意云何。曾國藩贈妓「如意」嵌字聯

二三、要知作詩如作畫，但願對竹並對花。集句聯，上蘇軾，下梅聖俞。

二四、千古英雄浪淘盡，天下名山僧佔多。王仁堪題福州湧泉寺

二五、野王之地有二老，北斗以南只一人。趙翼題隨園

二六、七十二峰青未斷，萬八千株芳不孤。孫寒崖題無錫梅園

二七、八功八德無量佛，千春千秋大椿年。祝乾隆皇帝八秩

二八、能令水石常在眼，任有閑忙不負詩。李彥章題西邕書院集宋句

二九、江空欲聽水仙操，壁立直上蓬萊峰。焦山太白樓集李白句

三十、此眞淨綠唾不可，我實薄才歌奈何。阮元題衡州府石鼓書院。按院中有淨綠閣，閣中有韓文公「綠淨不可唾」一詩

三一、即今斑竹臨江活，無數春筍滿林生。少陵草堂集句

三二、灌池纔深四五尺，野航恰受兩三人。梁章鉅題桂林仙李園集句。上韓愈，下杜甫。

三三、山紅澗碧紛爛漫，竹軒蘭砌共清虛。揚州淨香園集句。上韓愈，下李咸用。

三四、會須上番看成竹，漸擬清陰到畫堂。揚州九峰園集句。上杜甫，下薛逺。

三五、不畏官司千狀紙，只怕鄉民三寸刀。楊士奇戒子聯

三六、一人知己亦已足，畢生豈可殊初終。集蘭亭序

三七、清言每不及世事，靜坐可以修長生。仝前

三八、每臨大事有靜氣，不信今時無古賢。仝前

三九、四十九年窮不死，三百六日醉如泥。蔡佛田四十九歲集句

四十、卿須憐我我憐卿，色即是空空是色。徽商某，荒於色，嘗製一牀，備極華麗。牀柱上懸上聯，榜其門曰：「有能屬者，予千金。」或以下聯對之，立攫金以去。

四一、應視國事如家事，能盡人心即佛心。林則徐贈張蘭渚

四二、至人無心亦無法，古者養民如養兒。張蘭渚集句。上蘇轍，下陸游。

四三、惜花意欲春常在，落筆乃與天同功。仝前。上劉屏山，下黃庭堅。

四四、元禮龍門百千士，平仲狐裘三十年。成惕軒壽楊資政亮功

四五、早年讀書知茶苦，晚歲誦經悟茗香。溥心畬作

四六、何當報之青玉案，可以橫絕峨嵋巔。　唐陶山謝萬廉山贈峨嵋積雪石集句。上張衡，下李白。

四七、侍郎尚書都察院，狀元榜眼探花郎。　崑山徐太翁，當明末，土寇竊發，擄婦女數十人，藏於徐氏。賊將他出，囑太翁善守之，歸若少一，當取汝命。太翁即各詢其夫家母家，親送還之。婦女皆叩頭流血去，太翁亦自焚其屋而逃矣。鼎革後，土寇削平，太翁三子：長乾學、次秉義、三元文，皆鼎甲八座，其門懸此聯，皆太翁陰德之報也。

四八、野王之地有二老，北斗以南只一人。　隨園楹聯

四九、但使此心無所住，雖有絕頂誰能窮。　鎮江慈壽塔

五十、平生能著幾兩屐，長日惟消一局棋。　黃莘田集句

五一、天下幾人學杜甫，當時四海一子由。　翁覃溪題瑞州府鳳凰山東軒集蘇句，按軒為蘇轍所建。

五二、一人知己亦已足，畢生自修無盡期。　集蘭亭序聯

五三、一陰一陽之謂道，此時此際難爲情。　佚名題虎邱春冊店

五四、君子以自強不息，天地之大德曰生。　成惕軒集易經句

五五、於薰風中祝難老，有井水處歌其詞。　前人壽張惠康

五六、國光與韶光輝映，民氣並朝氣發揚。　民國四十二年社會處

五七、登斯樓一空色相，拜此佛盡屬兒孫。　臺南赤嵌樓，現改為觀音寺

五八、眞工夫從頭上起，好消息向耳邊來。　理髮店

五九、孫行者擅翻筋斗，胡適之反對文言。　楊福星贈胡適

六十、素行乎豐約夷險，斯錫之福壽康強。　國父壽蔣母王太夫人

六一、盡能免隨人跋涉，難得不被酒勾留。　林紓題福州別有天菜館

六二、非名山不留仙住，是眞佛只說家常。　九華寺聯

六三、攬蓬萊瀛洲諸勝，紬石室金匱之書。　成惕軒贈胡教授聖西

六四、池上詩繫春草夢，冰心人坐藕花風。　高允恭題貴陽中山公園池心亭

六五、處處饒幽閒之勝，時時與蜂蝶有緣。　黃宜生題廈門中山公園紫藤花榭

六六、此地有名山作主，令人想刺史當年。　柳州柳宗元祠側思柳亭

六七、甘露灑無邊潤澤，慈雲燦滿座祥光。　南投碧山巖

六八、合掌遍大千世界，回頭成丈六金身。　麓山樵題杭州大佛寺

六九、按劍讀孫吳數頁，搴帷報蘭蕙初胎。　王彥自題書齋

七十、楊柳岸曉風殘月，牡丹亭姹紫嫣紅。　方地山贈妓「月紅」嵌字聯

七一、四十載學壇祭酒，五千年文化彗星。　羅剛輓胡適

七二、趙子龍一身是膽，左丘明有眼無珠。　李麟友諷江南鄉試，趙、左兩主試

七三、說甚麼新年舊歲，無非是昨日今朝。　江西某名士作白話春聯

七四、這一街許多笑話，我雙老從不作聲。　漢口沙家巷風化區土地廟

七五、此地饒千秋風月，偶來作半日神仙。　余本敦題黃鶴樓邊太白亭

七六、不要錢原非異事，太要好亦是私心。　廣州郡署聯

七七、筆下留有餘地步，胸中養無限天機。　姚鐵松題武昌廳事聯

七八、知足是人生一樂，無爲得天地自然。　集蘭亭序

七九、乾淨地常來坐坐，太平時早去修修。　虎邱女墳湖北古剎

八十、時去矣靈感不滅，春來也文運亨通。　郁達夫春聯

八一、不知恥焉能知病，要革新必先革心。　民國五十九年文化局

八二、施比受更爲有福，因生果斷然無差。　仝前

八三、此地有松石間意，其人乃帝王之師。　陝西紫柏山麓授書樓

八四、郭林宗貞不絕俗，潘安仁閑可奉親。　李晴江題隨園

八五、眞才子必得其壽，謫仙人未免有情。　李仲熙題隨園

八六、執干戈以衛社稷，說禮樂而敦詩書。張之洞題武備學堂

八七、開覺路如去如來，元始天無人無我。臺南開元寺冠首聯

八八、能耐苦方稱志士，肯吃虧不是癡人。梁山舟作

八九、子弟侄皆毋溺愛，君親師均須酬恩。陳維英大龍峒故宅楹聯

九十、雖癡人可與說夢，惟至誠爲能前知。陳寶璽作

九一、居常無喜怒之色，立志以聖賢爲歸。曾國藩贈彭玉麟

九二、朝聞道夕死可矣，今而後吾能勉之。翁同龢自輓

九三、舊同學成新伯母，老年丈作大姊夫。馮昭宇賀熊希齡與毛彥文締婚

九四、朝朝朝朝朝朝夕，長長長長長長消。福州城外羅星塔，位居山巔，四面波濤洶湧，懸此聯，人或費解。其讀法為：上聯第一、二字上平；第三、四字下平通「潮」；第五字上平；第六字下平通「潮」。下聯第一、二字讀平聲；第三字上聲；第四字平聲；第五字上聲；第六字平聲。如此，全意迎刃而解。

九五、見見見見見見見，齊齊齊齊齊齊齊。臺北縣貢寮鄉西靈巖聯。此亦多人費解，其讀法為：「現現見，現見見現；齋齋齊，齋齊齊齋。」

按「見」通「現」；「齊」通「齋」

九六、人重官非官重人，德勝才毋才勝德。李文節題官署

九七、惟善人現壽者相，有令子爲天下師。張問陶壽吳錫麒太夫人

九八、與賢者游信足樂，集古人文亦大觀。（集蘭亭序句）

九九、我所思兮雙引鳳，君之出矣小驂鸞。（蔡鴻遵選官桂林，其伯岳嚴麗生贈此聯）

一〇〇、眞讀書人天下少，不如意事古今多。（金聖歎作）

一〇一、噫天下事天下事，唉世間人世間人。（南陽土地廟聯）

第五章　八言研究

提要：上四下四平起正格四範例（譜一）。上四下四平起正格四範例（譜二）。上四下四平起正格三範例（譜三）。上四下四仄起偏格七九範例（譜四）。上四下四仄起偏格八範例（譜五）。上四下四仄起偏格三範例（譜六）。上四下四別格四九範例。直詠格六範例。上三下五格六範例。上五下三格三範例。共一六五範例，聯譜六副。

一、上四下四格：

（一）平起正格　平平仄仄，平平仄仄；仄仄平平，仄仄平平（譜一）

一、重逢春色，風光勝舊；一轉陽和，歲序更新。彭玉麟春聯

二、春風入戶，銜杯以祝；耕者有田，擊壤而歌。民國五十年新聞處，農家用

三、秀才拜佛，鞠躬如也；閨女探帷，美目盼兮。集成語

四、大魚大肉，由人挑選；生蒜生葱，免爾破鈔。廈門五香齋菜館

（二）平起正格　平平平平，仄仄仄仄；仄仄仄仄，平平平平　譜二

一、公羊傳經，司馬記史；白虎德論，雕龍文心。阮元題詁經精舍

二、白雲初晴，舊雨適至；幽賞未已，高談轉清。伊秉綬集句

三、慎其樞機，言行無苟；在帝左右，精神永生。成惕軒代輓田樞機主教耕莘

四、睢麟紀詩，化及江介；鸞鳳比翼，翔於天衢。成惕軒賀李慶中博士新婚

（三）平起正格　平平平平，仄仄仄仄；平平仄仄，仄仄平平　譜三

一、擇乎中庸，克己復禮；生於憂患，多難興邦。民國五十九年文化局

二、清斯濯纓，何取於水；倩兮巧笑，旁若無人。方地山贈妓「青青」拆字聯，即下句詮上句

三、九江孔殷，以享以祀；五人爲伍，乃聖乃神。江西九江府五顯廟集句聯

（四）仄起偏格　仄仄平平，平平仄仄；平平仄仄，仄仄平平　譜四

一、慍解南風，功能阜物；望隆通國，福備稀齡。榮道一壽張騫七十

二、大器晚成，稍安勿躁；急流勇退，小住爲佳。處世格言

三、無慮無憂，老夫去矣；克勤克儉，小子勉之。楊曲軒自輓

四、百畝田疇，千層霄漢；雲封草屋，春滿菁山。閻錫山自題陽明山農場

五、尨吠不驚，民資保衛；鴻鈞新轉，景樂韶華。民國五十年新聞處，警界用。

六、一轉陽和，顯新宇宙；重逢春色，煥舊山河。仝前，一般用戶用春聯。

七、駿業聿張，財占大有；鴻圖式煥，利協同人。仝前，工商界用。

八、天下逢春，名傳三品；人間改歲，物配五行。仝前，五金行用。

九、改革宏圖，匹夫有責；民生需要，百物俱新。仝前，雜貨店用。

十、獻出才能，爲醫爲相；採來藥石，活國活人。仝前，藥舖店用。

十一、四海歸心，宏開景運；全民矢志，再造中興。民國五十九年文化局

十二、心繫神州，禮存舊俗；道援天下，績啓中興。民國六十年文化局

十三、鳳紀書元，人間改歲；雞聲告旦，天下皆春。仝前

十四、枉作詩豪，人皆欲殺；廣培書種，天不能孤。成惕軒題書室自警

十五、振采儒林，上希二曲；題名諫院，近接三原。成惕軒贈人，原註：「三原謂于右老。」

十六、帝子長洲，仙人舊館；將軍武庫，學士詞宗。南昌滕王閣

十七、遶樹千章，松蒼竹翠；出門一笑，海闊天空。昆明西山華亭

十八、故國關山，四千里外；新春雨露，尺五城南。吳可讀題皋蘭大門

十九、文挾海潮，眞名士度；志存邱壑，有隱者風。江西靖節書院

二十、徑草散香，砌花分影；春風送暖，秋雨生涼。呂世宜題板橋林家花園

二一、邵子行窩，丹崖花滿；謝公別墅，絳帳風高。彭玉麟題俞樾西湖別莊

二二、一抹斜陽，半堤芳草；幾堆竹樹，二嶺梅花。西湖葛蔭山莊

二三、蓮出綠波，桂生高嶺；桐間露落，柳下風來。伊秉綬題揚州瘦西湖綠陰館

二四、隨處化身，不生不滅；尋聲救苦，大慈大悲。桂林月牙山觀音寺

二五、赤嵌樓高，西天不遠；白衣道廣，南海來同。鄭元杰題臺南赤嵌樓，現改為觀音寺

二六、長嘯一聲，山鳴谷應；舉頭回望，海闊天空。張季直題南通狼山巔小寺

二七、德配坤維，鯨波永息；恩涵海甸，鰲殿常新。泉州天后宮

二八、大沛恩膏，群黎胥保；道參天地，萬物資生。臺南興濟寺祀吳真人

二九、將帥威風，安邦定國；軍機掌握，掃穢除氛。淡水李將軍廟，祀唐末李順春。

三十、將令森嚴，恩沾赤子；軍威浩蕩，澤被蒼生。仝前

三一、將令謹嚴，驅妖逐怪；軍兵威武，誅暴安良。仝前

三二、德澤咸施，奠安海澨；恩波廣播，覆被山陬。南投配天宮，祀媽祖。

三三、藍本於青，人才可染；田宜乎力，孝悌同科。南投文昌宮

三四、管樂自居，竟成伊呂；關張同志，已懾孫曹。譚光裕題成都武侯祠

三五、止有古人，同其安樂；不違俗世，與之圓方。處世格言

三六、觀海得深，瞻天見大；升階有級，入室知門。仝前

三七、肥馬輕裘，何妨與共；良金美玉，未必非凡。養性格言

三八、早起爲花，遲眠爲月；素餐當肉，安步當車。仝前

三九、身被名牽，樊籠雞鶩；心爲形役，塵世馬牛。仝前

四十、水得閒情，山多畫意；門無俗客，樓有賜書。彭玉麟題三潭印月

四一、捨舊翻新，悉勞意匠；截長補短，煞費工夫。成衣店

四二、雙闕凝庥，八方嚮義；一元復始，萬象昭蘇。民國四十年元旦總統府春聯

四三、碧海鏢鯨，輕舠共濟；洪濤泛宅，增產以漁。水產公司新廈落成

四四、五嶽同尊，惟嵩峻極；百年上壽，如日方中。丁象震壽袁世凱五十

四五、萬里成名，似雷及遠；百年上壽，如日方中。張季直壽吳佩孚五十

四六、比德殷高，齊年衛武；象賢啓后，拯溺禹王。祝蔣公華誕

四七、剗卻戴山，塡平遺恨；憶沾化雨，哭望春風。佚名輓戴笠殉國

四八、水捲珠簾，光分五色；岩撐玉宇，石悟三生。永泰方廣禪寺水岩瀑布冠首聯

四九、開化十方，一瓶一鉢；元機參透，無我無人。臺南開元寺冠首聯

五十、虎嘯龍吟，爲無爲有；山明水秀，是色是空。花壇虎山寺冠首聯

五一、一夜入吳，雙棲鸞鳳；御溝題葉，獨占芙蓉。報人葉楚傖字小鳳，於民初與名媛吳蓉字孟芙結婚，袁克文以嵌字聯賀之。

五二、立己立人，頂天立地；開春開歲，繼往開來。白話春聯

五三、洪禍稽天，傷公去矣；大動在國，有史傳之。于右任輓閻錫山

五四、山盛川冲，受茲介福；轅萌叟壤，同我太平。祝乾隆皇帝八秩

五五、儒館獻歌，禮官紀典；海人懔德，纓序蒙禔。仝前

五六、泡影乾坤，粧成寶相；色香世界，幻出空花。京師陶然亭觀音大士祠

五七、露氣春林，月華秋水；晴光淑景，芳草遠山。　湯金釗題天台萬年寺

五八、二世三公，太平宰相；一堂五代，富貴神仙。　桐城張文端、文和，父子相繼為相，門懸此聯。

五九、天下文章，莫大乎是；一時賢士，皆從之游。　殷譽慶贈王士禎

六十、一代傳人，鄭虔三絕；十年循吏，楊震四知。　輓處士聯

六一、前輩典型，秀才風味；華嵩品格，河海文章。　王夢樓贈蔣士銓

六二、半壁江山，六朝雄鎮；一樓風月，幾輩傳人。　洪亮吉題九江府庾樓

六三、風月天高，樓臺地迥；雲霞海曙，梅柳江春。　洪梧題揚州康山城樓

六四、甘守清貧，力行克己；厭觀流俗，奮勉修身。　孫寄圃作

六五、聽履承家，秉鈞杖國；卷阿頌奭，嵩嶽生申。　鮑桂星壽董文恭公七十

六六、紛澤大猷，元黃禆說；雲霞萬彩，絲竹千聲。　曾燠題真州察院戲臺

六七、字體琴聲，中郎世業；茶箋荔譜，學士家風。　蔡鴻遵作。按蔡氏為蔡忠惠公後裔。

六八、圖畫香山，風流玉局；荷花世界，楊柳樓臺。　西湖蘇公祠橫翠閣，閣在白蘇二公祠之間。

六九、齒冠洛耆，望侔商皓；書先人老，心與天游。　成惕軒壽許資政靜仁

七十、天錫耆年，有鶼比翼；世尊清議，如鳳鳴岡。　成惕軒壽胡立法委員人沛

七一、賡急就章，書先人老；養無量壽，泉在山清。　成惕軒壽史教授紫忱

七二、范蠡一舟，張華千乘；蒙莊爲蝶，老子猶龍。　成惕軒壽陳定山

七三、稷下昌言，早推物望；洛中高會，宜冠群英。　成惕軒壽張立法委員明誠

七四、柏府霜嚴，望隆溉洽；蓬山春好，壽並佺鏗。　成惕軒壽李監察委員印農

七五、周嶽生申，維嵩極峻；商芝瑞漢，與國同庥。　成惕軒壽男人

七六、氣藹春和，詩爭秋勁；堂迎野綠，座頌嵩高。　仝前

七七、宦海曾經，閒鷗閱世；詩城堪隱，玄鶴齊年。　仝前

七八、袪蠹書叢，釣鰲海曲；靈龜壽永，雛鳳聲清。　仝前

七九、雨沛如澠，酒猶是也；詩清似鶴，人亦同之。　成惕軒贈吳萬谷。原註：「萬谷兄宴客，適天降甘霖，書此紀之。」

（五）仄起偏格　仄仄平平，仄仄仄仄；平平仄仄，仄仄平平　譜五

一、雙手萬能，金石可鏤；一元復始，松柏長春。　民國四二年社會處

二、閉戶靜思，貴在克己；匡時命世，端賴修身。　修身格言

三、開闢眞機，細緼無滯；元宗妙道，色相俱空。　臺南開元寺冠首聯

四、魚躍鳶飛，活潑潑地；日華雲爛，糾縵縵天。　尹壯圖題雲南府五華書院

五、於一毫端，現寶王刹；坐微塵裏，轉大法輪。福州湧泉寺

六、廉潔爲心，忠信爲仗；文章在冊，功德在民。伍長華題柳州柳侯祠

七、畿輔爲屛，越五百里；科名蓋代，第十三人。潘芝軒贈陳繼昌。謂登三元者，自唐起算，第十三人也

八、十月維陽，嘉耦曰配；三星在戶，吉事有祥。羅茗香集句賀人完姻

（六）仄起偏格　仄仄平平，仄仄仄仄；仄仄仄仄，仄仄平平 譜六

一、半日讀書，半日靜坐；一畝種菜，一畝種花。張志豪作

二、一字一音，求合於古；萬首萬徧，均和其聲。祝乾隆皇帝八秩，原註：「謂新製衢歌樂章也。」

三、帝以會昌，神以建福；下有風雅，上有日星。郭麐題揚州梓潼殿集句。上文選，下唐文。

（七）別格

一、設無此席，何以爲計；委不出去，聊備一員。「設計委員」嵌字聯並嘲之

二、身無半畝，心憂天下；讀破萬卷，神交古人。左宗棠題家塾聯

三、天視民視，天聽民聽；人溺己溺，人飢己飢。徐世昌自題國務院總理政事室

四、春發其華，秋結其果；行精於思，業精於勤。民國四十二年社會處

五、梅萼呈祥，日新月異；椒花獻頌，時和年豐。民國五十年新聞處，一般用戶用。

六、一分一秒，不斷進步；彌行彌健，自是上流。仝前，鐘錶業用。

七、甘或如醴，淡或如水；無即學佛，有則學仙。左宗棠題酒泉清勵樓

八、皓月當空，容光必照；荷花出水，無枝不鮮。晏端甫題揚州瘦西湖草堂

九、層巒送青，遠絕塵想；虛室生白，妙契道心。成惕軒贈章教授斗航

十、是無遠慮，顛倒夢思；皆大歡喜，信受奉行。俞樾題西湖鳳林寺

十一、俯仰之間，已成陳蹟；少長咸集，暢敘幽情。紹興王羲之祠集蘭亭句

十二、閱盡興衰，胸襟雪亮；勘破因果，得失冰清。養性格言

十三、知之爲知，未容妄作；止其所止，何敢奢求。陳雄勳作

十四、好問則裕，自用則小；視遠維明，聽德維聰。夏曾佑集尚書句

十五、或默或語，或出或處；知柔知剛，知微知影。前人集易經句

十六、在坑滿坑，在谷滿谷；夜不閉戶，路不拾遺。湛江某公廁

十七、無功無德，何勞拜佛；有子有孫，自然登仙。鄧兆熊自輓

十八、生於憂患，死於憂患；來也清白，去也清白。黃啟瑞自輓

十九、澄清吏治，與民更始；積極建設，薄海長春。白話春聯

二十、坐到三更，合眼即睡；心無一事，敲門不驚。　白話楹聯

二一、亭在避雨，非要蔽日；池不養魚，卻要生荷。　泉州雙蓮池邊古亭

二二、圃不圍籬，是我好客；畦每成路，因花久開。　陳則東自題逸園

二三、成局中人，走那裏去；凡天下事，作如是觀。　白話戲臺聯

二四、過去五十，再來五十；朋友開心，親戚開心。　劉大白壽人五十初度

二五、不爲聖賢，便爲禽獸；莫問收穫，但問耕耘。　曾國藩贈人

二六、虛能引和，靜能生悟；仰以察古，俯以觀今。　養性格言

二七、好山水遊，其人多壽；有詩書氣，生子必才。　王文韶自題補讀廬

二八、無欺世心，箴言淑世；有容人量，德澤及人。　胡豈凡作

二九、吾非歹人，何須怕我；爾若邪心，亦不饒汝。　徐州玄妙觀前，王靈官神龕。

三十、東西朔南，訖于四海；歲時月日，惟曰萬年。　祝乾隆皇帝八秩

三一、敬天勤民，以篤慶祚；揆文奮武，載揚大聲。　仝前

三二、文武聖神，在明明德；位祿名壽，得全全昌。　仝前

三三、居近識遠，處今知古；研經賞理，敷文奏懷。　李彥章題西邕書院

三四、畫橋碧陰，明漪絕底；綠杉野屋，好風相從。仝前

三五、有威可畏，有儀可象；無本不立，無文不行。仝前

三六、聞木樨香，何隱乎爾；知菜根味，無求於人。仝前

三七、飛峰一動，不如一靜；念佛求人，不如求己。西湖飛來峰

三八、德行高妙，容止可法；威儀齊整，器蓋無聲。梁山舟集人物志句題葛嶺葛林禪院

三九、似洞非洞，適成仙洞；無門有門，是爲佛門。沈某題溫州青田縣石門劉基讀書處

四十、過江諸山，到此堂下；太守之宴，與眾賓歡。伊墨卿太守自題蜀岡平山堂

四一、未弭前思，頓作永別；追思笑緒，皆爲悲端。輓處士聯

四二、其交以道，其接以禮；同聲相應，同氣相求。牙行市聯

四三、紫微九重，碧山萬里；流水今日，明月前身。齊梅麓題采石磯太白樓集句。上李白，下司空圖。

四四、掃地焚香，清福已具；粗衣淡飯，樂天不憂。張蘭渚作

四五、海納百川，有容乃大；壁立千仞，無欲則剛。林則徐作

四六、既儆既戒，惠此中國；來旬來宣，至於太原。姚亮甫中丞由豫藩量移山右，汪如淵集詩經句贈之。

四七、至性至情，得天者厚；實心實政，感人也深。卓振清贈石煦，時適喪其兄，悲形於色。

四八、騎驢尋梅，一天風雪；對竹思鶴，萬古雲霄。花曉亭贈人

四九、清斯濯纓，濁斯濯足；智者樂水，仁者樂山。杜文瀾題蘇州滄浪亭

二、直詠格：

一、文言難免之乎者也；白話不過的嗎了呢。林庚白贈劉大白

二、還曆正逢九秋佳日；臨歧當祝百歲長春。李大本重過長沙，適逢宋筠六秩稱壽，撰祝之。

三、願與有肝膽人說話；須于無字句處讀書。民國五十九年文化局

四、設爲庠序學校以教；多識草木鳥獸之名。張季直集句題南通師範博物館

五、爲五族共和之領袖；集八德大成之完人。羅桑益田輓蔣公

六、過也如日月之食焉，復見其天地之心乎。劉金門運用成語，題伊犁過復亭，按亭為謫官而設

三、上三下五格：

一、時時與，君子共遊處；事事以，古人爲導師。處世格言

二、道不行，乘桴浮於海；人之患，束帶立於朝。粵東有海盜郭學顯者，乳名郭婆帶，雖剽掠為生，而性頗好學，舟中書籍鱗次，無

一不備。嘗率船數百艘，橫行沿海。郭婆帶自乘一大船，船首懸此聯。

三、春正好，香生花並蒂；酒初醺，綵結縷同心。孫星衍祝傅占衡元旦結婚

四、華盛頓，爲美人總統；哥倫布，得新地殖民。賀新婚白話聯

五、眞理學，從五倫做起；大文章，自六經分來。申涵光作

六、謝靈運，平生幾兩屐；鄭康成，一飲三百杯。成惕軒贈人

四、上五下三格：

一、童子六七人，惟爾狡；太守二千石，獨公□。紀昀少時，一日，與群兒踢球街中。適太守乘輿經過，球誤落輿內，太守怫然，斥為大不敬。群兒驚散，獨紀昀攔輿，向太守索球。太守詢問以後，曉得他是有名神童，遂想試他一下，於是出示上聯，命他對下聯，紀昀應聲對就，但保留最後一字，太守問：「何以不說下去？」答：「大人以球見還，便是『獨公廉。』不還，即為『獨公貪。』」太守含笑點頭，將球還給他。

二、曾是以爲孝，惡能廉；可欺以其方，奚其正。諷「孝廉」、「方正」。

三、佛云不可說，不可說；子曰如之何，如之何。余覺妻沈壽，與張季直有私，余畏張財勢，敢怒不敢言，乃作此聯以解嘲。

第六章　九言研究

提要：上四下五平起正格二範例（譜一）。上四下五平起正格二範例（譜二）。上四下五平起正格二範例（譜三）。上四下五仄起偏格一四範例（譜四）。上四下五別格一〇範例。上五下四平起正格三範例（譜五）。上五下四仄起偏格二四範例（譜六）。上五下四別格一五範例。直詠格五範例。上三下六格五範例。共八二範例，聯譜六副

一、上四下五格：

（一）平起正格　平平仄仄，平平平仄仄；仄仄平平，仄仄仄平平（譜一）

一、書蒐萬卷，讀書求實用；筆賸一枝，下筆尚眞情。（王士禎書齋）

二、教先四德，花開連理樹；道本五常，酒進合歡杯。（林庚白賀楊緒新婚）

（二）平起正格　平平平平，平平平仄仄；仄仄仄仄，仄仄仄平平（譜二）

一、音如何觀，明聽無二理；佛不稱士，儒釋本同源。（杭州靈隱寺）

二、以身爲犧，精誠貫金石；言秣其馬，遺愛在郊坰。（成惕軒題吳鳳廟）

（三）平起正格　平平平平，平平平仄仄；平平仄仄，仄仄仄平平　三譜

一、凡今之人，不如我同姓；聿修厥德，無忝爾所生。　齊梅麓題齊氏宗祠

二、蕉窗綠雲，偶臨懷素帖；畫橋明月，低唱小紅詞。　成惕軒贈汪教授薇史

（四）仄起偏格　仄仄平平，平平平仄仄；平平仄仄，仄仄仄平平　四譜

一、務觀萬篇，半皆歸里作；啓期三樂，全是達生言。　劉石菴贈趙翼

二、共沐春風，喜聲光並茂；同迎瑞氣，愛寒暑咸宜。　民國五十年社會處，電器業用。

三、治事有方，青黃無不接；振衣而起，黑白盡分明。　仝前，顏料店用。

四、泉嶽降神，口稱韓公誕；雲山邵志，載古忠獻堂。　泉州生韓古廟，係韓琦出生處

五、日曆用完，應該從頭起；地球自轉，自必再環行。　王人路作白話春聯

六、敦品勵行，作一流人物；移風易俗，開萬世太平。　民國五十九年文化局

七、世代書香，不談鄰里事；半生逆旅，正讀菜畦經。　吳宮嘗作

八、花雨能仁，祝嵩齡億載；曇枝普茂，鞏海甸三乘。　祝乾隆皇帝八秩

九、王聖臣賢，兩朝宏碩輔；父先子後，一氣轉洪鈞。　無錫嵇曾筠父子相繼為相，門懸此聯

十、地窄天寬，江山雄楚越；漚浮浪捲，棟宇自孫吳。　北固山甘露寺

十一、萬卷驅蟫，君曾邃於史；一朝賦鵩，天竟靳其年。成惕軒輓包館長遵彭

十二、矍鑠年華，差同馬新息；崢嶸詩筆，不讓姚武功。前人輓姚國民代表味莘

十三、直道正辭，爲多士所敬；涵今茹古，成一家之言。前人輓薩教授孟武

十四、詞語通靈，是姜吳家數；玄譚藥俗，有魏晉人風。前人贈江絜生

（五）別格

一、南閣祭酒，說文九千字；東國大儒，著書數萬言。俞樾題詁經精舍

二、於境知足，於學不知足；其志有爲，其品有勿爲。民國五十九年文化局

三、群賢畢至，有濠濮間意；清風徐來，謂羲皇上人。福建龍巖，龍靈山喚雲亭

四、慈母如母，貴父之命也；顧我復我，育子之憫斯。孔傳金為其庶母持三年服，並集經語輓以聯。

五、八千里外，與子長相憶；二百年來，諫官無此人。林紓輓江春霖

六、一統江山，七十二里半；滿朝文武，三百六行全。諷洪秀全。緣太平天國踞南京，自稱統一，而宣布定都。其實佔地僅七十餘里。又其文武部屬，三教九流，龍蛇雜處，故有「三百六行全」之稱。

七、逢君之惡，罪不容於死；時日曷喪，予及汝皆亡。柯逢時撫贛，多暴政，民苦之，撰此冠首聯譏諷之。

八、立身行道，揚名於後世；夙興夜寐，無忝爾所生。彭文勤作

九、熟讀離騷，便可稱名士；涉獵傳記，不能爲醇儒。蔣伯生作

十、錯節盤根，則利器見矣；先憂後樂，惟秀才能之。成惕軒贈人

二、上五下四格：

（一）平起正格　平平仄仄平，平平仄仄；仄仄平平仄，仄仄平平五譜

一、理他舊毫叢，如芟野草；還爾眞面目，可沐春風。理髮店

二、蘭爲王者香，陽和應瑞；女是人間秀，中外揚芬。蘭陽女中校慶嵌字牌坊

三、兵臨娘子關，英雄膽怯；擊破珍珠港，美人心驚。白話賀新婚聯

（二）仄起偏格　仄仄仄平平，平平仄仄；平平平仄仄，仄仄平平六譜

一、花甲慶重周，天開景運；卿雲歌復旦，人醉春風。民國六十年文化局

二、血淚伴忠魂，江山無恙；死生關大計，社稷有靈。程滄波輓陳布雷

三、中聖人之清，有如此水；取醉翁之意，以名吾亭。甘肅酒泉

四、盛世受一廛，于焉耕鑿；小園開數畝，可以遨遊。板橋林家花園

五、天外是銀河，煙波宛轉；雲中開翠幄，春雨霏微。慈禧太后駐蹕處樂壽堂聯

六、法雨灑瀛東，溥沾世界；慈雲光海表，提醒沙門。臺南彌陀寺

七、白水湧沙溪，洞坑盤曲；蒼岑踞山麓，岩壑清幽。彰化虎巖寺

八、香閣峙中峰，靜觀自在；慈燈聯彼岸，宛若常明。關子嶺碧雲寺

九、巖上湧清泉，塵氛盡洗；寺中供繡佛，色相俱空。高雄超峰寺

十、百八杵鐘聲，撞醒癡夢；五千言慧典，參破禪機。彭玉麟題西湖鳳林寺

十一、萬古著綱常，海邦砥柱；千年存俎豆，帝德馨香。臺南關帝廟

十二、世事讓三分，天空地闊；心田留一點，子種孫耕。處世格言

十三、種十里名花，何如種德；修千間廣廈，不若修身。修身格言

十四、使節壯湖山，東南壇坫；文光拱奎壁，咫尺宮牆。劉金門題浙江學署

十五、相契在民元，極欽風範；大功成憲政，皆作前鋒。于右任輓宋淵源

十六、爲大道之行，天生領袖；繼中山而逝，世喪宗師。黃少谷輓蔣公

十七、翁去八百年，醉鄉猶在；山行六七里，亭影不孤。安徽滁縣薛老橋西南醉翁亭，懸此嵌字聯，分嵌「醉翁亭」三字

十八、豔福晚年多，人成佳偶；春光先日到，天結良緣。馬相伯賀熊希齡與毛彥文結婚

十九、五十有五年，堂開五代；八旬兼八月，璽刻八徵。乾隆五十五年，適逢八旬嵩壽，祝以聯。

二十、宇宙大文章，源從孝友；古今名將相，氣作星辰。程恩澤題文昌祠

二一、舊事總驚心，階前檜賊；感時應濺淚，廟側花神。彭文勤題西湖岳王廟

二二、遺韻滿江淮，三家一律；愛才如性命，異世同心。鄭燮題揚州三賢祠，祠祀白、蘇二公及王士禎。

二三、我意祈麥秋，澤隨地徧；公靈震華夏，日在天中。直隸巡撫李文貞，祈雨於關廟，謝此聯。

二四、二百載青氈，蟬聯八世；兩三間白屋，鶴隱千秋。史望之題揚州厲氏宗祠

（三）別格

一、臺榭如富貴，時至則有；草木知名節，久而後成。蘇軾雪堂楹聯

二、具奮鬬精神，無堅不克；持忍耐態度，有志竟成。民國五十年社會處，機關團體用。

三、以慧眼看人，無物不照；拿良心做事，隨處皆春。民國五十九年文化局

四、二十科翰林，老猶似少；一百卷文集，多而能精。黃世塏題隨園

五、泰山其頹乎，吾將安仰；丈人眞隱者，我至則行。某名士甫新婚，即遭岳父喪，輓此聯。

六、事死如事生，百年無改；立國且立憲，萬世猶新。紀念國父百年誕辰

七、醉鄉無惡夢，得享厥福，宦海有横瀾，寧安斯清。袁枚卜築小倉山，自謂「享清福」，紀昀贈以聯，並嵌此三字

八、身伴無半畝，心憂天下；書讀及萬卷，神交古人。左宗棠作

九、幾根傲骨頭，撐持天下；兩個餓肚腹，包羅古今。首陽山夷齊廟

十、七曜燦珠囊，榮鏡宇宙；萬年緜寶籙，合撰升恆。祝乾隆皇帝八秩

十一、性道在文章，深造自得；廉平稱治績，遺愛無窮。衛輝府宜溝驛端木子祠

十二、登此山一半，已是壺天；造絕頂千重，尚多福地。廷鑅題泰山壺天閣

十三、欺人如欺天，毋自欺也；負民即負國，何忍負之。魏象樞作

十四、帝命汝作士，惟明克允；天錫公純嘏，俾壽而康。曹振鏞壽陳望坡

十五、客邸魚水洽，奚妨作客；鄉關燕聲沈，可免思鄉。胡靜庵久客東溪，妻死於秦安故里，輾轉又續娶，劉紹攽賀以聯

三、直詠格：

一、儒者一出一入有大節；老僧不見不聞爲上乘。盛宣懷自題蘇州留園參禪處

二、做幾件可驚可喜大事；讀數本有理有名好書。張溥泉作

三、願與不解周旋客飲酒；難爲不識姓名人作書。沈基庶作

四、自任以天下之重如此；是知其不可而爲之歟。諸葛武侯祠

五、爲倫類中所當行之事；作天地間不可少之人。黃紹統作

四、上三下六格：

一、王好貨，不論金銀銅鐵；寅屬虎，全需雞犬牛羊。（某縣縣令王寅，貪腐，人贈此冠首聯。）

二、氷冷酒，一點二點三點；丁香花，百頭千頭萬頭。（此副上聯妙在「氷」字起筆是一點，「冷」二點，「酒」三點；下聯「丁」字起筆是「百」字的頭，「香」字起筆是「千」字的頭，「花」字起筆是「萬」字的頭）

三、心不齋，百跪百拜何益；意既誠，一杯一炷亦香。（臺南嶽帝廟）

四、好社會，由好家庭建立；新歲月，是新生命開端。（民國五十九年文化局）

五、憶昔年，武昌辛亥革命；看今日，寶島文化復興。（民國六十年文化局）

第七章　十言研究

提要：上四下六平起正格一範例（譜一）。上四下六平起正格三範例（譜二）。上四下六仄起偏格二七範例（譜三）。上四下六仄起偏格八範例（譜四）。上四下六別格二一範例。上六下四平起正格二範例（譜五）。上六下四仄起偏格二範例（譜六）。上六下四別格一九範例。直詠

格二範例。上五下五格一〇範例。共九五範列，聯譜六副

一、上四下六格：

（一）平起正格　平平平平，平平平平仄仄；平平仄仄，仄仄仄仄平平　譜一

一、殺身成仁，至今猶蒙厥澤；捨生取義，當世罕有其人。嘉義吳鳳廟

（二）平起正格　平平平平，仄仄平平仄仄；平平仄仄，平平仄仄平平　譜二

一、虎賁三千，直掃幽燕之地；龍飛九五，重開堯舜之天。金陵太平天國宮殿

二、鴝鴝雞雞，個個兜兜搭搭；煙煙茗茗，朝朝碌碌忙忙。煙茶館

三、錢藏雙戈，傷壞古今人品；窮惟一穴，湮埋多少英雄。清嘉慶間，漢陽李雲田偶過汴市，見有爭錢而相搏者。嘆曰：「古人名錢曰刀，以其銛利能殺人也。」因撰此拆字聯諷之，兼資警世。

（三）仄起偏格　仄仄平平，仄仄平平仄仄；平平仄仄，平平仄仄平平　譜三

一、王業偏安，歎息北征將士；精忠報國，傷心南度君臣。趙翼題西湖岳飛墓

二、負海移山，天下本無難事；迎春接福，大家來做新人。民國四十二年社會處

三、大好春光，來看魚蝦變化；光明世界，不容蛟龍橫行。民國五十年新聞處，海產店用。

四、立定腳跟，踏上光明大道；拆開襪線，盡多經濟長才。仝前，皮鞋店用。

五、典籍之中，盡是傳家詩禮；毛錐初動，立成報國文章。仝前，書店、文具店用。

六、門闢九霄，仰步三天勝蹟；階崇萬級，倚臨千嶂奇觀。泰山南天門

七、舉步艱危，要把腳跟立穩；置身霄漢，更宜心境放平。昆明西山龍門達天閣

八、露罥蛛絲，花徑啼紅滿袖；香籠麝水，澄波淡綠無痕。蘇州顧子山怡園

九、曲砌虛庭，玉影半分秋月；聯詩換酒，夜深醉踏長虹。仝前

十、梅鶴爲鄰，小坐依稀圖畫；蒓鱸下酒，故鄉無此湖山。李瑞卿題杭州西泠印社

十一、道若江河，隨地可成洙泗；聖如日月，普天皆有春秋。張岳題惠安明倫堂

十二、卵翼萬家，稻里無雙生佛；權衡兩界，塵寰又一閻羅。臺北市廸化街霞海城隍廟

十三、丹陛披肝，千古綱常所託；荒庭屈膝，兩人富貴何爲。汪伯彥、黃潛善，係陷害忠良，認賊作父之徒。江蘇丹陽陳少陽墓前，鑄有汪、黃跪像。嘉靖間，福建南安人鄭普過陳墓，為撰此聯而分貼像背。

十四、東海波平，一洗百年恥辱；南都春暖，重來萬國衣冠。民國三十五年五月，國民政府勝利還都南京，國府路前牌樓聯。

十五、大孝大忠，深契中華傳統；允文允武，堪稱天下一人。陳啟天輓蔣公

十六、翠翠紅紅，處處鶯鶯燕燕；風風雨雨，年年暮暮朝朝。西湖花神廟疊字聯

十七、和尚撐船，捧打江心羅漢；佳人汲水，繩牽井底觀音。此聯善於即景作妙喻

十八、鄉里中堅，都是本堂培植；民間首領，莫非這裏造成。南安豐州某學堂聯

十九、大路一條，到此齊心向上；好山四面，歸來另眼相看。蘇州靈巖山繼廬亭

二十、南嶽西泠，大地茅廬兩個；吳頭楚尾，中流砥柱一人。高鵬年題西湖彭剛直祠

二一、雲出無心，誰放林間雙鶴；月明有意，即思冢上孤梅。張岱題西湖林逋墓

二二、樓外山川，知是何年圖畫；檻前煙雨，須看此日天工。孫維震題衡山康王祠，祀武安王。

二三、文德武功，兼帝王而大備；心宗性學，貫聖智以純全。善慶寺祝乾隆皇帝八秩

二四、竹裏登樓，風引三山不去；花間看月，溪流四序如春。董權文題廣陵駕鶴樓

二五、信古不遷，也是昔賢知己；流陰若寄，無爲今世閒人。集蘭亭序

二六、志異征誅，三讓兩家天下；功同開闢，一坏萬古江南。齊梅麓題蘇州泰伯廟

二七、掃雪呼僮，莫認今朝點卯；轟雷請客，都知昨日逢丁。季恩沛作

（四）仄起偏格　仄仄平平，平平平平仄仄；平平仄仄，仄仄仄仄平平譜四

一、義膽忠肝，六經以來二表；託孤寄命，三代而後一人。蔣士銓題成都武侯祠

二、兩眼無遮，且看波濤掀偃；一心有主，莫問霧靄薄濃。林蔚題廈門鼓浪嶼晃岩迎曦榭

三、竹杖敲棋，倚窗小梅索句；簾波浸筍，閉戶明月關心。蘇州顧子山怡園聯

四、港闊灣深，能容萬邦巨舶；物豐地美，永奠百世良基。民國六十二年花蓮國際港開放牌樓

五、克去私心，當如斬釘截鐵；養成悟性，要似止水澄波。修身格言

六、事出於公，諸君何妨至室；吏原非俗，我輩還要讀書。陳子瀾題廳事聯

七、洞闢幾時，問孤松而不語；雲飛何處，輸老鶴以長閑。徐汝瑓題雲南飛雲洞

八、大耋齊眉，擁庭前三玉樹；春風得意，粲筆底萬梅花。成惕軒贈陶壽伯

（五）別格

一、四足不停，到底有何能幹；一耳偏聽，曉得什麼東西。陳寶箴推行新政，為熊希齡所重，反對者葉國輝為撰此聯。

「四足不停」，「熊」也；「一耳偏聽」，「陳」也。

二、根絕亂源，須從誠正著手；改良風俗，不忘勤儉持家。民國五十九年文化局

三、林木翳然，便有濠濮間意；清風颯至，自謂羲皇上人。隨園楹聯

四、悠遊累日，長憶南天雨露；奔競終年，永懷北地風霜。北京福建會館

五、芥舟坳堂，免杯水之膠地；黃龍青雀，儼海運於南溟。造船廠落成

六、善善惡惡，事事詳詳細細；非非是是，天天說說評評。　報館聯

七、文文武武，齣齣吹吹打打；女女男男，人人看看聽聽。　戲臺聯

八、曰古曰今，無非借口警世；拚生拚死，何嘗拿刀殺人。　仝前

九、鵬翼高飛，壓風雨於萬里；龍顏端拱，位天地之兩間。　明代李東陽，四歲能書大字，某日，英宗召見神童，李東陽與程敏政一同進宮。時李東陽剛六歲。英宗笑而出示上聯，命二童屬對。李東陽即對下聯，另程敏政亦對曰：「鰲頭獨占，依日月乎九霄。」亦佳。英宗大悅曰：「汝輩好好讀書，朕將來安排你們一個宰相，一個翰林。」

十、名滿天下，不曾出戶一步；言滿天下，不曾出口一言。　三峰釋碩揆賀錢陸燦新居

十一、萬古希逢，豈止三四五六；一人有慶，直至億兆京垓。　祝乾隆皇帝八秩

十二、此吳地也，不爲孫郎立廟；今帝號矣，何須曹氏封侯。　胡氏明經題富陽緱嶺關帝廟

十三、遠比召公，三十六年宰輔；近同郭令，二十四考中書。　李義山謂溫飛卿曰：「近得一聯（如上聯），未得對偶?」飛卿曰：「何不對（如下聯）。」見梁章鉅《楹聯叢話．卷七》。準此以言，則此聯比五代後蜀主孟昶所作：「新年納餘慶，嘉節號長春。」為早，惟楹聯之定義為貼在柱子才算，本聯僅供參考而已。

十四、業精於勤，修其孝弟忠信；學優則仕，以爲黼黻文章。　京師正黃旗官學楹聯

十五、克己最嚴，須從難處去克；爲善必果，勿以小而不爲。　唐陶山嵌字自題果克堂

十六、大矣規模，允爲諸羅獨冠；仙乎境界，直超蓬島三千。關子嶺大仙寺冠首聯

十七、顛之倒之，正在諸公之上；至矣盡矣，必知小子有名。崔永齡赴試，名居榜末，雅不欲為人道，而父馳書詢問，則又不能置之不答，更不能作不實陳述，遂於覆函中以此聯婉言其事。

十八、此地疑仙，蓬萊瀛洲方丈；不知有漢，美人名馬英雄。無錫項羽祠

十九、兩點金焦，到山客不如望；一庵海嶽，懷古者見其人。彭文勤題江東勝概樓，樓右又一小樓，直對金、焦。

二十、凍雨洒人，東二點西三點；切瓜分客，上七刀下八刀。拆字對，後六字拆釋前四字。

二一、小住爲佳，可小住且小住；如何是好，愛如何便如何。掉字對楹聯

二、上六下四格：

（一）平起正格

平平仄仄平平，平平仄仄；仄仄平平仄仄，仄仄平平 譜五

一、一元復始爲春，人爭擊楫；萬世太平有象，海不揚波。民國六十年文化局

二、守宗祚而無家，一生處女；代子道而不嫁，千古奇男。泉州鳳山麓奇男子坊，旌表施天德女腹娘貞孝。

（二）仄起偏格

仄仄仄仄平平，平平仄仄；仄仄平平仄仄，仄仄平平 譜六

一、西已種竹栽花，培心培地；園即放心育物，養性養天。蘇州西園戒幢寺冠首聯

二、日對千頃琅玕，如封萬戶；坐擁五車圖史，何假百城。隨園楹聯

（三）別格

一、學萬人敵不成，歸來買犢；打十年仗未死，可以求仙。曾國荃自輓

二、半斤少於八兩，非責不可；東村何異西村，分辨太煩。蘇州某布商子，性鈍，不通世故。其父為買一官，赴任之日，特遣族輩數人往佐，因而有恃無恐。會東村有人控王姓侵田，竟誤拘西村王姓，一鞫定獄；又族輩黃福主廚時，購肉半斤百二錢，而族輩黃辛主廚時，購肉八兩仍為百二錢，疑黃福作弊，亦一鞫下監，好事者撰此聯嘲之。

三、久道久照久成，久徵不息；貞觀貞明貞一，貞下起元。祝乾隆皇帝八秩

四、成大事以小心，一生謹慎；仰流風於遺像，萬古清高。靈川縣諸葛武侯祠

五、築遺山野史亭，多文爲富；綰通德同心髻，美意延年。成惕軒壽男人

六、種河陽滿縣花，曾傳治譜；招湓浦舊時月，爲弔羈魂。成惕軒輓劉縣長掃棘

七、革命動員戰鬬，三者備矣；倫理民主科學，一以貫之。民國五十九年文化局

八、夫子天尊大士，頭上不同；宮娥宦者官人，腰間各別。此聯着重字形損益，使人意會

九、文星酒星書星，在天不滅；金管銀管斑管，其人可傳。沈德潛輓桑調元

十、興百廢起沈疴，良方震世；濟群生超善海，妙手回天。臺南興濟宮冠首聯，宮祀吳真人。

十一、紅臉忠白臉奸，黑臉剛勇；老旦醜正旦雅，花旦風流。戲臺聯

十二、少者歿長者存，數誠難測；天之涯地之角，情不可終。林庚白輓侄

十三、天與之民與之，穆穆元首；黨仰之國仰之，煌煌壽星。祝蔣公華誕

十四、東西漢南北宋，人物備考；山海經水滸傳，今古奇觀。就句對聯

十五、騎青牛過函關，老子姓李；斬白蛇興漢業，高祖是劉。李、劉互標祖先身世

十六、讀書好耕田好，要好便好；創業難守成難，知難不難。楊世穎作

十七、無我相無人相，無邊壽相；有善緣有德緣，有大福緣。祝乾隆皇帝八秩

十八、無多事無廢事，庶幾無事；不徇情不矯情，乃能得情。程祖洛題撫署聯

十九、雲朝朝朝朝朝，朝朝朝散；潮長長長長長，長長長消。永嘉甌江江心寺疊字聯。其實，字面似疊字，其義則不然。讀法為：上聯第二、四、五、七、九等「朝」字，唸上平聲，作「早晨」解；第三、六、八等「朝」字，唸下平聲，作「謁見」解；下聯第二、四、五、七、九等「長」字，唸平聲，作「常」解；第三、六、八等「長」字，讀上聲，作「漲」解。

三、上五下五格：

一、一力奠金甌，以社稷爲重；三台埋碧血，於湖山有光。西湖于忠肅墓

二、做七品官兒，無地皮可括；住三間屋子，擁天足自娛。方地山中歲客項城，來往京津之間，攜如夫人號「天足」者以居，時纏足之風尚盛，因撰此聯解嘲並諷世

三、近聖人之居，教亦多術矣；守先王之道，文不在茲乎。吳穀人題錢塘縣學

四、七十二里半，江山成一統；東西南兼北，兵馬未解圍。洪秀全定都南京，實被圍金陵一隅，好事者撰以聯

五、生我者父母，知我者鮑子；在地為河嶽，在天為日星。丁文江輓梁啟超

六、君今安往乎，吾未之也已；無不盡畫者，莫能圖何哉。范肯堂輓吳摯甫

七、重重疊疊山，曲曲環環路；高高下下樹，丁丁東東泉。俞樾題西湖九溪十八澗

八、入阮步兵廚，非飽誰肯走；眠畢吏部甕，不醉你能歸。樊樊山題上海新陶芳菜館

九、是革命老兵，亦文化鬬士；喜故人上壽，有仙侶同心。于右任壽李石曾

十、大海沸波濤，問騎鯨安往；小園賸花木，記題鳳曾過。成惕軒輓盧考試委員逮曾

四、直詠格：

一、文章與伊訓說命相表裏，經濟自清心寡欲中得來。陳矩集句題成都武侯祠

二、舊倫理中新思想之師表，新文化中舊道德之楷模。蔣公輓胡適

第八章　十一言研究

提要：上四下七平起正格三範例譜一。上四下七平起正格三範例譜二。上四下七仄起偏格一二三範例譜三。上四下七仄起偏格一五範例譜四。上四下七別格二九範例。上五下六平起正格一範例譜五。上五下六仄起偏格一六範例譜六。上五下六別格五範例。四、三、四平起正格一範例譜七。四、三、四仄起偏格八範例譜八。四、三、四別一二範例。上六下五格七範例。上七下四格二一範例。共二四四範例，聯譜八副。

一、上四下七格：

（一）平起正格　平平平平，仄仄平平平仄仄；平平仄仄，平平仄仄仄平平譜一

一、旋乾轉坤，有子一肩擔宋室；作忠教孝，雙親千古重明禋。彭玉麟題西湖啟忠廟，祀岳飛父子。

二、賦江南春，六代鶯花歸眼底；後天下樂，十年休養繫心頭。薛慰農自題金陵督署退思園

三、靈芝不靈，百草難醫才子命；哭庵誰哭，一生祇惹美人憐。「靈芝」為「鮮靈芝」，乃民初北平廣德樓紅坤伶；「哭庵」乃「易實甫」別號。按易氏自臺灣割讓日本後，即淹留北平為袁世凱清客，時政界捧坤伶之風甚盛，易亦每逢鮮靈芝露演，風雨無阻以赴。易卒，好事者因代鮮撰聯悼輓。是聯別開

生面，分嵌「靈芝」與「哭庵」四字，易實甫即易君左之父。

（二）平起正格　平平仄仄，平平仄仄平平仄；仄仄平平，仄仄平平仄仄平 譜二

一、春雲已斂，蜂貪涎滴非垂露；山雨欲來，蝶戀芳氛不畏風。 徐枕亞贈妓「春山」冠首聯

二、貨腰一載，愛倫只及倫巴舞；引吭經秋，素月依然月夜歌。 王伯通贈舞孃「愛倫」嵌字聯

三、形端表正，一生高節凌松竹；和睦雍容，四海文星失典型。 陳定山輓馬壽華

（三）仄起偏格　仄仄平平，仄仄平平平仄仄；平平仄仄，平平仄仄仄平平 譜三

一、地傍七星，春暖三山收眼底；海涵大地，煙籠五嶽在心頭。 閻錫山陽明山農場春聯

二、仁里臚歡，有腳陽春來大地；德林成蔭，無聲雨露潤圓山。 仝前

三、叱犢扶犁，且向田中培黍稷；輕裘緩帶，還從隴上話桑麻。 仝前

四、四野謳歌，人壽年豐春似海；三軍待命，龍吟虎嘯劍如虹。 民國六十年文化局

五、春到人間，萬里江山迎紫氣；仁施宇內，千年禮教繫黃魂。 仝前

六、世事如棋，一著爭來千古業；柔情似水，幾時流盡六朝春。 麓山樵題南京莫愁湖。是湖因六朝時有女子盧莫愁居此而得名，下聯之意本此；又相傳明太祖與中山王徐達，賭棋湖邊勝棋樓，以湖輸與徐氏，聽其收租，上聯之意在此。

七、六代鶯花，併作王侯清淨地；一湖煙水，盪開兒女古今愁。 程文炳題南京莫愁湖

八、秋色橫眉，桂樹叢中招隱士；湖光照面，荷花香裏坐詩人。張之洞題新都桂湖，楊慎舊址。

九、畫角聲中，彩帳題詩思夢筆；青燈影畔，玉壺攜酒想觀瀾。浦城南浦橋

十、東閣聯吟，有客憶千秋詞賦；南樓縱目，此間對六代江山。洪桐生題揚州觀音樓

十一、濯足臨流，煙雨急收滄海靜；舉頭見日，湖光長待翠華來。嘉興南湖煙雨樓

十二、練水前橫，翠竹白沙都入畫；江樓閒倚，清風明月會留人。潮陽練江樓冠首聯

十三、六一清風，更有何人繼高躅；二分明月，恰於此處照當頭。方濬頤題揚州晴空閣

十四、地擬玄亭，豈乏芭車二三子；世多寒士，願容杜廈萬千間。成惕軒賀胡秋原委員新居

十五、耄齒猶勤，泉府聲華今未沫；高吟頓渺，溪山煙雨不勝情。前人輓陳董事長南都

十六、蟾魄初圓，洛社三春宜介壽；象賢有述，伏生九十早傳經。前人壽張考試委員石農

十七、才智軼群，早以白眉蜚令譽；老成謀國，更於黃髮裕嘉猷。前人壽男人

十八、報國精忠，三字獄冤千古白；以身作則，一篇詞著滿江紅。左營春秋閣

十九、燈影幢幢，淒絕暗風吹雨夜；荻花瑟瑟，魂銷明月繞船時。金眉生題九江琵琶亭

二十、海右此亭，石氣盪爲天下雨；樓頭一笛，梅花鼓吹萬重雲。福州烏石山三百三十三亭

二一、十里江亭，昔日鱷魚今去盡；千重雲樹，當年鳳鳥復來儀。林武陵題潮州棲鳳亭

二二、臨內史書，每撫斯文多感慨；入山陰道，得逢勝地且勾留。楊昌濬題流觴亭

二三、耿耿孤忠，爲民族復興鬪士；峥峥大筆，自詩壇崛起人群。于右任題臺北新公園倉海亭

二四、祖國勳昭，正氣長存椽筆吏；士林風振，別才爭仰劍華詩。林熊祥題臺北新公園劍華亭

二五、四面笙歌，尚有窮民悲夜月；六橋花柳，渾無隙地種桑麻。鄭燁題西湖湖心亭

二六、如月當空，偶以微雲點河漢；在人爲目，且將秋水翦瞳眉。張岱題西湖湖心亭

二七、樹木十年，此地合名小香雪；太湖萬頃，浮生眞欲老煙波。張禮錫題太湖梅園

二八、繁冗驅人，舊業盡抛塵市裏；湖山招我，全家移入畫圖中。李笠翁題西湖今又園

二九、民不能忘，始信淵雲兼政事；敏而好學，莫疑巢許是閒人。裘叔度題隨園

三十、方朔少時，二十萬言書盡讀；傅隆老去，八千餘紙手親鈔。陶怡雲題隨園

三一、獨手擎天，重振大明新氣象；丹心報國，掃除妖異舊衣冠。南京太平天國宮殿

三二、與國咸休，安富尊榮公府第；偕天不老，文章禮樂聖人家。山東曲阜衍聖公府

三三、事業經邦，閩海覽才開氣運；文章華國，溫陵甲第破天荒。朱熹題泉州歐陽詹不二堂

三四、亦讀亦耕，環堵自宏胞與量；樓前樓後，好山常作畫圖看。趙芷蓀題蕭宗藩衡山精舍亦樓冠首聯

三五、老屋將傾，祇管淹留何日去；新居未卜，不妨小住此爲佳。僧小顛作

三六、幾席三山，萬頃恩波疑海上；湖天一閣，重陽風雨是江南。袁克文題太湖萬頃堂別軒嵌字聯

三七、湖水蒼茫，客到路從花際問；巖山寂寞，僧歸門向月中敲。寇準題湛江楞巖寺

三八、座上蓮花，占斷西湖三月景；瓶中楊柳，分來南海一枝春。張岱題西湖下天竺

三九、拾級同登，箇裏風光當下認；入門一笑，本來面目自家知。西湖映月寺山門

四十、返照非難，舉足無忘來去路；歸程不遠，還家須記出門時。西湖蓮社後門

四一、勝闕珠宮，綠水左環魚悟道；安恬梵宇，青山石繞鳥參禪。鄭玉波題花蓮勝安宮冠首聯

四二、勝地鍾靈，香火光搖田浦月；安神建廟，鼓鐘聲遏美崙雲。黃祉齋仝前

四三、王氣已消，重睹湖山新廟宇；人心未泯，猶因忠孝拜英豪。鄭家溉題西湖岳王廟

四四、威鎮雄州，野樹尚含荊浦綠；神遊故國，夕陽偏照蜀山紅。齊梅麓題宜興關帝廟

四五、今尚祀虞，東漢已無高后廟；斯眞霸越，西施羞上范家船。倪元璐題浙江虞姬廟

四六、時雨時暘，玉女銅官皆有慶；好人好事，橋蛟山虎總無驚。齊梅麓題宜興城隍廟

四七、保赤全臺，永鎮鯤身施福澤；垂青奕世，曾從鹿耳顯威名。臺南青山王宮

四八、山與堂平，千古高風傳太守；我生公後，二分明月夢揚州。歐陽利見題揚州歐陽文忠公祠

四九、燈火珠簾，盡有佳人居北里；笙歌畫舫，偏教芳冢占西泠。西湖蘇小小墓

五十、雪點梅花，昨夜不知五六出；灰飛葭管，新陽僅入二三分。何淡如賀人新婚

五一、不合時宜，惟有朝雲能識我；獨彈古調，每逢暮雨倍思鄉。嚴問樵輓愛姬

五二、待我百年，再覓爺娘尋絮果；慰卿一語，莫愁兒女泣蘆花。陳錫熊輓妻

五三、蜀道艱難，巫峽啼猿數聲淚；長沙痛哭，衡陽歸雁幾封書。吳佩孚輓譚延闓

五四、念我來時，顧影惟輸花第一；惜卿去後，問年未到月初三。徐枕亞輓歌姬「阿二」，妙在將「阿二」二字暗暗點出。

五五、大可傷心，此老竟無千載壽；何以報德，從今不畫四靈圖。某甲輓龜奴

五六、相對號寒，肯道鳳凰不如我；有時大覺，自言蝴蝶是前身。方地山贈妓小鳳

五七、簇簇梅花，漫舞輕歌接姥姥；囂囂少女，搖臀擺腿喊哥哥。嘯廬題贈梅花少女歌舞團

五八、風日清佳，邃港開時聞鯉躍；波濤壯麗，巨舟過處聽龍吟。民國六十二年花蓮國際港開放牌樓聯

五九、樹茂臺岑，上序風光遊仕女；星高北斗，文壇春雨戴人師。臺北女師校慶牌坊聯

六十、琴韻書聲，學府文章斯郁郁；移風易俗，新聞才彥此菁菁。世新大學校慶

六一、牧野鷹揚，百世功名纔一半；洛陽虎視，八方風雨會中州。康有為壽吳佩孚五十

六二、名重優生，青鬢早標龍虎榜；歌聞榮志，白頭隱息鳳凰池。杜太為壽許世英

六三、保障共和，應與松坡同不朽；宣傳歐化，不因南海讓當仁。 蔡子民輓梁啟超

六四、筆有陽秋，文字貞成孫盛禍；獄無佐證，士民爭訟陸機冤。 林步隨輓林白水

六五、黨國元勳，諸葛大名垂宇宙；騷壇祭酒，蘭成詞賦動江關。 沈兼士輓于右任

六六、紅透夕陽，好趁餘暉停馬足；茶烹活水，須從前路汲龍泉。 紅茶亭冠首聯，亭在衡山赴南嶽途中。

六七、商婦飄零，一曲琵琶知己少；英雄落拓，百年歲月感傷多。 袁世凱贈妓「商英」冠首聯

六八、來是空言，且借酒杯澆塊壘；喜而不寐，坐看明月照嬋娟。 方地山贈妓「來喜」冠首聯

六九、三水同源，道氣分沾三水月；鳳山勝境，梵音高遏鳳山雲。 丁治磐題高雄市三鳳宮，以「三鳳」兩組四字分嵌上下聯。

七十、兵氣全銷，勝蹟尚留橋飲馬；神威普照，靈光仍顯社飛鵝。 杭州飲馬橋側飛鵝社，有宋孝子蔣公祠。祠聯採嵌尾卻加以活用。「橋飲馬」即「飲馬橋」；「社飛鵝」即「飛鵝社」。

七一、山勢西來，百粵三湘嚴壁壘；江流東去，九州四海撼風雲。 李東陽題花谿紅樓

七二、天近山頭，行到山腰天更遠；月浮水面，撈將水底月還沈。 此聯特色是以下半句美化上半句的意境

七三、大腹能容，了卻人間多少事；滿腔歡喜，笑開天下古今愁。 揚州天寧寺彌勒佛龕

七四、身後是非，盲女村翁多亂說；眼前熱鬧，解元才子幾文錢。 俞陛青題唐寅祠

七五、兩小無猜，一個古泉先下定；萬方多難，三杯淡酒便成婚。袁寒雲子娶方地山女，文定時並無儀式及禮幣，兩家只交換古泉一枚，方地山撰聯以賀。

七六、此即濠間，非我非魚皆樂境；恰來海上，在山在水有清音。陶澍題玉泉

七七、五夜樓船，曾上孤亭聽鼓角；一樽濁酒，重來此地看湖山。曾國藩題鄱陽湖望湖亭

七八、爽氣西來，雲霧掃開天地憾；大江東去，波濤洗盡古今愁。何紹基題黃鶴樓

七九、五嶺北來，明月最宜珠海夜；層樓晚眺，白雲猶是漢時秋。胡漢民題廣州觀音山鎮海樓

八十、身竄冷山，萬世竟回蘇武節；魂依葛嶺，千秋長傍岳王墳。李衛題洪皓祠

八一、子孝臣忠，決戰早成三字獄；君猜相忌，偏安還賴十年功。劉大白題西湖岳廟

八二、革命人豪，耆德元勳尊一代；文章冠冕，詩雄草聖足千秋。于右任墓

八三、惜食惜衣，非爲惜財兼惜福；求名求利，但須求己莫求人。陳文恭作

八四、鳥識玄機，銜得春來花上弄；魚穿地脈，挹將月向水邊吞。朱子贈漳州士子

八五、輦道風清，葭管萬年調玉露；瑤池春暖，華燈五夜徹瓊霄。普慶寺祝康熙皇帝六秩

八六、沸地笙鏞，丹鳳和鳴占景運；彌天煙靄，青鸞翔舞識禎符。龍泉寺仝前

八七、十雨五風，處處康衢歌帝力；千秋萬歲，年年華渚耀神光。慈獻寺仝前

八八、聖算無疆，矗矗鰲山開壽域；天顏有喜，溶溶魚藻漾恩波。直隸省仝前

八九、何處招魂，香草還生三戶地；當年呵壁，湘流應識九歌心。秦瀛題嶽麓寺三閭大夫祠

九十、考古證今，致用要關天下事；先憂後樂，存心須在秀才時。李彥章題西邕書院

九一、龍澗風迴，萬壑松濤連海氣；鷲峰雲斂，千年桂月印湖光。趙松雪題靈隱寺山門

九二、身比閒雲，月影溪光堪證性；心同流水，松聲竹色共忘機。王掞題天台萬年寺

九三、山外皆山，巒岫繞成清淨界；畫中有畫，笙歌譜就太平圖。李敏達題西湖聖因寺彌勒殿。按寺本行宮，雍正五年，浙江巡撫李敏達始奏准改建。

九四、聖德遐昌，北極恩光昭北闕；皇仁遠被，西湖瑞靄接西天。仝前

九五、四萬青錢，明月清風今有價；一雙白璧，詩人名將古無儔。齊梅麓題蘇州滄浪亭，祀蘇長史、韓蘄王。

九六、千尺青山，妙句豈惟凌小謝；一龕金粟，後身須信是如來。閔鶚元題焦山太白樓

九七、詩酒神仙，天自夢中傳綵筆；樓臺花月，人從江上拜宮袍。李暲題仝前

九八、太守風清，江左依然迎謝傅；先生來晚，山中久已臥袁安。袁枚贈金陵太守謝鍠

九九、華表千年，遺蛻可聞元鶴語；孤山一角，暗風先返玉梅魂。吳廷琛題孤山放鶴亭

一〇〇、聳翠流丹，千仞麗譙輝日月；縈青繚白，四圍屏障合江山。金陵儀鳳門城樓

一〇一、傑觀飛甍，檻外蜀吳橫萬里；風帆沙鳥，天邊江漢湧雙流。陳大文題晴川閣

一〇二、生爲誰忙，學業未成家已破；死虧君忍，高堂垂老子初啼。袁枚輓洞庭山人蔣愚谷

一〇三、善惡報施，莫道竟無前世事；利名爭競，須知總有下場時。蔡佛田題成都城隍廟戲台

一〇四、愛物爲心，一命於人亦有濟；得民以道，千秋斯統不虛傳。林則徐題程明道先生祠

一〇五、蓉鏡重開，漫向湖山尋舊迹；桂枝擢秀，相期月旦識眞才。彭啟豐題浙省貢院

一〇六、如此江山，何幸不才來領郡；亦談風月，每逢嘉興即登樓。張寅題九江府庾樓

一〇七、水遠天長，萬古川原連泰瀆；年豐人樂，四時風景勝滁陽。齊梅麓題蘇州豐樂橋

一〇八、老更何能，有訟不如無訟好；小民易化，善人終比惡人多。徐宗幹題廳事聯

一〇九、望重達尊，北斗尚書南極老；恩承敬典，天朝耆舊地行仙。鄭仁圃壽陳望坡尚書七十

一一〇、仕隱追隨，頽景相憐如一日；師生骨肉，名山可許附千秋。吳山尊輓安定書院掌教吳谷人

一一一、志在名山，不作公卿緣好學；文能壽世，非求仙佛自長生。某公輓陳雪田

一一二、閱歷名場，終竟才人無福命；消磨心力，祇緣文債與親情。鄭仁圃代輓何玉田孝廉

一一三、佛不慈悲，失乳忍聽遺女哭；兄兼負病，傷心更恐二人知。嚴問樵輓妹，產一女卒。

一一四、荻閣含飴，正喜有孫傳祖硯；蘭陵返棹，遽隨佛母渺仙幢。林則徐輓吳巢松太史室盛恭人。原註：「恭人無子有孫，適遭其母盛太恭人之喪，赴常州哭奠，歸蘇即逝也。」

一一五、春雨樓桑，無限落花悲帝子；秋風劍閣，有人灑淚弔將軍。張桓侯廟聯

一一六、廟食褚塘，大節一生垂史冊；魂歸陽翟，易名千古表文忠。梁章鉅題褚河南祠，祀褚遂良。按褚遂良，陽翟人，高宗時，封河南郡公，人稱褚河南。

一一七、顏許同名，唐代人倫維氣類；李韓論定，熙朝廟貌屹江淮。前人題京口張睢陽廟

一一八、露降何年，蘿徑石門開法界；寺臨無地，海雲江月擁祥輪。葉河薩題北固山甘露寺

一一九、芬誦旃檀，深入華嚴文字海；函尊榆欓，兼賅菩薩聖賢心。魏茲伯題望湖樓藏經閣

一二〇、長與流芳，一片當年乾淨土；宛然浮玉，千秋此處妙高臺。朱滄湄題江心寺

一二一、病榻恩來，歎息膏肓難再起；潛園人去，流傳詩畫定千秋。林則徐輓屠琴隖太守，原註：「時病中已受九江守也。」

一二二、曲水崇山，雅集逾獅林虎阜；蒔花種竹，風流繼文畫吳詩。張之萬題蘇州拙政園

一二三、月到風來，何處著半毫塵影；鳶飛魚躍，此中呈一片天機。成惕軒題南山放生池

（四）仄起偏格　仄仄平平，平平仄仄平平仄；平平仄仄，仄仄平平仄仄平 譜四

一、萬事求新，莫教時代拋人去；一聲除舊，卻喜春光入眼來。　民國六十年文化局

二、國運昌隆，一陽來復開新紀；民生樂利，四野謳歌頌舊邦。　仝前

三、風月無邊，長安北望三千里；江山如畫，天府南來第一州。　四川川南第一橋

四、廉吏可爲，魯山四面牆垣少；達人知足，陶令歸來歲月多。　徐兆璜題隨園

五、揮筆成春，卷中著述皆千古；有官不仕，林下逍遙見一人。　莊念農題隨園

六、荊楚九歌，客中聊作枌榆社；江山六代，劫後重開雅頌聲。　曾國藩題金陵湖南會館

七、千疊波瀾，兩峰夾水江聲遠；滿庭蒼翠，雙井藏天夜月多。　貴州竺林禪寺

八、慧眼觀來，早空色相澄蓮座；慈航渡處，長息風波奠海邦。　高雄雙慈亭

九、不作公卿，非無福命都緣懶；難成仙佛，爲讀詩書又戀花。　袁枚作

十、此味易知，但須綠野親身種；對他有愧，只恐蒼生面色多。　鄂爾泰自題菜圃聯

十一、繡幕調絃，芳心懇懇眉黛綠；金樽進酒，笑語盈盈頰面紅。　阮鴻坤賀俞錦山入贅韓家

十二、盛德大仁，民間遺愛千秋在；豐功偉業，史冊垂型萬古存。　馬超俊輓蔣公

十三、山讓人高，騰空雙屐雲中插；洞留仙住，隔岸一峰天外來。　四川青城山壯觀亭

十四、鏡面湖光，蘇堤一線橫窗碧；雲端梵唱，竺嶺千盤壓閣青。　張允垂題金沙港

十五、順穆康賢，雍和乾樂嘉千古；治平熙世，正直隆恩慶萬年。嘉慶大壽，文武百官競相獻聯祝嘏，甄選結果，宋湘以此聯獨占鰲頭，高懸金鑾殿上蟠龍柱而名滿天下。究其所以無敵之由，乃以序嵌「順治」、「康熙」、「雍正」、「乾隆」、「嘉慶」等年號。嗣因覺得有「千古」兩字，恐罹文字獄，抑且割開年號，似欠妥貼，於是悄然告病返回廣東，韜光養晦。

（五）別格

一、人事尋常，翁年七十兒二五；光陰分寸，黃金千兩璧一雙。張季直作

二、虎踞龍蟠，今日中華大一統；山圍水抱，是處名園小五洲。鈕永建題玄武湖五洲公園

三、宦海抽身，不作風波於世上；林泉寄跡，別有天地非人間。隨園楹聯

四、十族何妨，留取精神光綽楔；百步之內，故應明令禁樵蘇。南京雨花台方孝孺墓

五、紅羅帳內，權將心肝呼嫂嫂；黃泉路上，有何面目見哥哥。某顯要與堂兄寡妾私通，人諷以聯。

六、此是何時，豈容有昇平雅頌；君歸大好，便當作供奉神仙。楊億君輓名伶譚鑫培

七、國祚不長，八十幾日袁皇帝；封疆何仄，三兩條街汪政權。汪精衛獨慕袁世凱，迨及賣國成立偽政權後，舉國公憤，只好盤踞扈西，穴居如鼠，人諷以聯。

八、鳥不如人，胸中只少半點墨；軍無鬪志，身邊常倚一枝槍。烏達峰與惲次遠同典浙試，烏文學膚淺，惲有煙霞癖，人以其姓，撰聯贈之。

九、漢室中興，誰憶釣魚嚴處士；香山大會，同拜單騎郭令公。　馮自由壽尤烈

十、歸去來兮，夜月樓臺花萼影；行不得也，楚天風雨鷓鴣聲。　曾國藩輓弟國華

十一、微君之躬，今爲洪憲之世矣；思子之故，怕聞鼓鼙之聲來。　康有為輓蔡鍔

十二、琴瑟琵琶，八大王一般面目；魑魅魍魎，四小鬼各樣肚腸。　此係拆字聯，用下七字，詮上四字。

十三、衣食住行，恪遵生活新規範；禮義廉恥，仍是待人舊準繩。　民國五十九年文化局

十四、昭顯知微，暗中作事難瞞我；明察賞罰，正直無私佑善人。　松山城隍廟昭明宮

十五、並坐橫肱，少是夫妻老是伴；正手拱立，你燒錢紙我燒香。　揚州北門土地廟

十六、山珍海味，且帶兩張嘴享受；釅酒濃茶，只須一個胃窩藏。　昆明大陶園菜館

十七、國破家亡，幾見人來哭祖廟；年荒世亂，請待我去罵閻羅。　汪笑儂，光緒舉人，下海為伶。「哭祖廟」、「罵閻羅」是其拿手好戲，民國七年客死滬上，袁寒雲輓以聯。

十八、此吳地也，試問孫郎有廟否；今帝號矣，何勞曹氏贈侯乎。　杭州關帝廟聯

十九、破虜平蠻，功貫古今人第一；出將入相，才兼文武世無雙。　明太祖御賜中山王徐達

二十、周雅賡歌，如山如川如日月；箕疇斂福，曰富曰壽曰康寧。　般若庵經棚祝康熙皇帝六秩

二一、起八代衰，自昔文章尊北斗；興四門學，即今俎豆重東膠。　京師翰林院土地祠並祀韓文公

二二、馬骨崚嶒，喫豆喫麩兼喫草；車聲歷碌，拉人垃馬不拉錢。王楷堂老於曹郎，家計甚窘。宅邊馬棚，門臨大道，自懸此聯於門柱，過而見者，無不輾然。

二三、爲誰爲誰，行人今古橋南北；無住無住，流水去來海西東。福建洛陽橋南蔡忠惠公祠

二四、寶塔七層，一二三四五六七；算盤分格，萬千百十兩錢分。數字聯

二五、修齊治平，立本於格致誠正；禮義廉恥，表現在食衣住行。民國五十九年文化局

二六、師師庶僚，居安宅而立正位；濟濟多士，由義路以入禮門。朱子題建寧明倫堂

二七、有美一人，中夜聞五珠環珮；遺世獨立，下游起兩點金焦。江西小姑山

二八、先覺先知，爲萬古倫常立極；至誠至聖，與兩間光化同流。山東曲阜孔廟大成殿楹聯

二九、志在春秋，孔聖人未見剛者；氣塞天地，孟夫子所謂浩然。齊梅麓題常州荊溪縣關帝廟

二一、上五下六格：

（一）平起正格　平平仄仄平，仄仄平平仄仄；仄仄平平仄，平平仄仄平平 譜五

一、秦王安在哉，萬里長城築怨；姜女未亡也，千秋片石銘貞。文天祥題山海關孟姜女祠

（二）仄起偏格　仄仄仄平平，仄仄平平仄仄；平平平仄仄，平平仄仄平平 譜六

一、赤水等黃河，自有澄清氣象；東山跨北岱，豈無小魯規模。　王如龍題寧洋東屏山

二、畫閣鏡中看，幻作神仙福地；飛泉雲外聽，寫成山水清音。　濟南趵突泉

三、萬井桑麻中，點綴六橋花柳；一城燈火下，交輝十里湖天。　駱成驤題西湖湖心亭

四、祇一座樓臺，占斷六朝煙景；有幾人詩酒，能爭絕代風流。　隨園楹聯

五、春日百花潭，淘盡鄭公轍跡；秋風一茅屋，經過丞相祠堂。　成都浣花谿杜工部祠

六、爲政有餘閒，不廢登山臨水；與人可同樂，無非明月清風。　秦湘榮題西湖三潭印月

七、著作有千秋，此去震驚世界；精神昭百世，再來造福人群。　于右任輓胡適

八、頭上有青天，作事須憑天理；眼前皆瘠地，存心不括地皮。　陳最峰題府署聯

九、浩氣塞兩間，萬古綱常永賴；威靈宣八表，千秋帶礪全憑。　王父題伏波山關帝廟

十、神德庇三農，統天田以乾象；恩膏流百粵，興雲雨於雩壇。　阮元題廣東省龍王廟

十一、有月即登臺，無論春秋冬夏；是風皆入座，不分南北東西。　岳鍾琪題揚州樂善庵

十二、山色壯金銀，惟以不貪爲寶；江流環鐵石，居然眾志成城。　潤州太守，新修廳事，執贄於吳山尊學士，求一楹聯。學士不假思索，即對客揮毫，上聯用金山銀山，組織成文，以譽太守廉能，觀者歡呼，亟請其下聯。學士率爾操觚，實未有以對也。適幕賓郭香生明經為其續下聯，蓋以鐵甕城為金陵石頭城門名，竟成強對，遂書以應。學士既服其敏，且有解圍之功，因以所得筆潤分贈之。據梁章鉅《楹聯叢話．卷二．廨宇》

十三、高視兩三州，何論二分月色；曠觀八百載，難忘六一風流。梁章鉅題揚州平山堂

十四、兩袖入清風，靜憶此生宦況；一庭來好月，朗同吾輩心期。顏檢題黔中撫署

十五、報國矢餘生，白日青天在上；招魂問何處，青林黑塞之間。成惕軒輓男人

十六、染翰有餘芬，九畹正滋蘭蕙；巡簷同一笑，幾生修到梅花。成惕軒題陶壽伯先生與夫人聯合畫展

（三）別格

一、生活守常規，食衣住行育樂；立身行大道，誠正修齊治平。民國六十年文化局

二、佩鄂國至言，不愛錢不惜死；與文山比烈，曰取義曰成仁。揚州史閣部祠

三、吾見子之出，而不見其入也；天未喪斯文，而忍喪其賢耶。梁啟超輓蔡鍔

四、八百里湖山，知是何年圖畫；十萬家煙火，盡歸此處樓臺。徐渭題杭州吳山城隍廟

五、環座頌臺萊，千百觴欣共舉；收京期李郭，十萬劍看橫磨。成惕軒壽黃上將達雲

三、四、三、四格：

（一）平起正格

平平仄仄，仄平平，平平仄仄；仄仄平平，平仄仄，仄仄平平譜七

落湯蝦子，著紅袍，鞠躬如也；出水蛙兒，穿綠襖，美目盼兮。集成語句

（二）仄起偏格

仄仄平平，仄平平，平平仄仄；平平仄仄，仄平平，仄仄平平八譜

一、奴手作拏，勸先生，莫拏奴手；人言爲信，請東翁，勿信人言。某教師，見主人女婢甚美，俟其送茶時，乘機挪其手，婢羞而告主人，主人乃以上聯示師，師亦對以下聯，主人笑而成其好事。按此聯係拆字對。

二、日朗風清，登斯丘，眞堪覽勝；天空海闊，問何人，具此胸襟。胡傳題臺東鯉魚山，按胡氏為胡適之父

三、白鳥忘機，看天外，雲舒雲捲；青山不老，任泉邊，花落花開。張英題昆明安寧溫泉

四、獨上高樓，是山色，湖光勝處；誰登畫舫，正清歌，美酒酣時。方燕年題濟南大明湖

五、不設樊籬，恐風月，被他拘束；大開戶牖，放江山，入我襟懷。張羽自題吳興別業

六、冬夜燈前，夏侯氏，讀春秋傳；東門樓上，南京人，唱西北廂。此係巧對，以春夏秋冬對東西南北為特色。

七、言易招尤，對朋友，少談兩句；書能益智，勸兒孫，多讀三篇。許世蔭作

八、花藻繽紛，於南田，老人爲近；雲巒秀潤，得西山，逸士之傳。成惕軒題羅茵女士畫展

（三）別格

一、後樂先憂，范希文，庶幾知道；昔聞今上，杜少陵，可與言詩。周元鼎題岳陽樓

二、五夜工夫，鐵脊梁，將勤補拙；二時粥飲，金剛屑，易食難消。福州湧泉寺齋堂聯

三、慧眼光中，開半畝，紅蓮碧沼；煙花象外，坐一堂，白月清風。沈東田題京師陶然亭

四、綠水青山，任老夫，消磨歲月；紫袍金帶，看吾兒，燮理陰陽。桐城張文端公見子文和晉揆席，喜作此聯。

五、磨礪以須，問天下，頭顱有幾；及鋒而試，看老夫，手段如何。石達開題理髮店

六、德必有鄰，把臂呼，岳家父子；忠能擇主，鼎足定，漢室君臣。西湖關帝廟

七、碧樹蒼巃，悟到時，則成貝葉；雲煙縹緲，覆被處，盡屬曇花。關子嶺碧雲寺冠首聯

八、三館六曹，十七科，競稱前輩；一官萬里，二千石，遂老斯人。李堯棟八十自壽，時任湖南巡撫。

九、四大皆空，坐片刻，無分你我；兩頭是路，玩一番，各自西東。明代林英題廈門半山亭

十、貧富何常，能見我，纔許到此；雷霆不遠，試問人，孰敢為非。杭州雷神廟

十一、世事如棋，讓一著，不爲虧我；心田似海，納百川，方見容人。處世格言

十二、看我非我，我看我，我亦非我；裝誰像誰，誰裝誰，誰就像誰。戲臺聯

四、上六下五格：

一、琢句雕詩題詠，文人難免俗；掀天揭地慈悲，古佛祇知空。　臺南竹溪寺

二、願天下有情人，都成爲眷屬；是前生註定事，莫錯過姻緣。　西湖南山月老祠

三、群盜鼠竊狗偷，死者不瞑目；此地龍蟠虎踞，古人之虛言。　民國元年，南京政府成立，同盟會員在南京舉行死難同志追悼會，章太炎輓以聯。

四、下官拼萬個頭，向上司磕去；爾等把一生血，待本縣絞來。　清廷實行賣官，吏治腐敗，民間嘲諷以聯。

五、史無姓傳無名，蓋不可考矣；夫盡忠子盡孝，豈非爲賢乎。　西湖關夫人廟

六、日之升月之恆，萬年延寶祚；天所覆地所載，億祀奠金甌。　浙江省祝康熙皇帝六秩

七、就如日瞻如雲，梯航群介壽；軒乎鼓饕乎舞，衢壤徧熙春。　祝乾隆皇帝八秩

五、上七下四格：

一、一周期甲子迴環，剝極當復；九萬里車書俱在，貞下起元。　民國六十年文化局

二、五千載繼絕存亡，道垂統立；六十年撥亂反正，天與人歸。　仝前

三、平湖湖水水平湖，未饜所欲；無錫錫山山無錫，空得其名。平湖縣令某，無錫人，小有才名，惟貪腐，人贈以聯。

四、奠民國萬世之基，尊爲國父；當丙寅今日而誕，又値寅年。祝國父誕辰

五、讀生前浩氣之歌，廢書而歎；結再世孤忠之局，過墓興哀。蔣士銓題梅花嶺史可法祠

六、使君乃天下英雄，誼同骨肉；壽侯爲人中神聖，美並勳名。方維何題涿州張桓侯廟

七、繼祖宗一脈眞傳，克勤克儉；教子孫兩行正路，惟讀惟耕。梁章鉅家傳楹聯

八、齩定幾句有用書，可忘飲食；養成數竿新生竹，直似兒孫。鄭燮題揚州馬氏小玲瓏館

九、世上幾百年舊家，無非積德；天下第一件好事，還是讀書。姚文田作

十、文如八百里洞庭，波瀾不歇；天予三千年桃實，歲月常新。成惕軒壽魯立法委員若衡

十一、詒謀見雙驥騰驤，杖朝人健；覓句對七鯤浩渺，望海樓高。前人壽丁滌凡，原註：「築有望海樓，以為吟眺之所。」

十二、松聲竹聲鐘磬聲，聲聲自在；山色水色煙霞色，色色皆空。南京觀音山上永濟寺

十三、風聲雨聲讀書聲，聲聲入耳；家事國事天下事，事事關心。顧憲成題東林書院

十四、問斯樓幾經滄桑，鴛鴦一夢；看今日重開圖畫，煙雨萬家。彭玉麟題嘉興南湖煙雨樓

十五、五千里秦樹蜀山，我還過客；一萬頃荷花秋水，中有詩人。曾國藩題桂湖楊慎故宅

十六、著書成二十萬言，才未盡也；得謗偏九州四海，名亦隨之。曾國藩輓湯鵬

十七、浴乎沂風乎舞雩，陽春有腳；教之戰登之衽席，天下歸心。民國五十九年文化局

十八、數十年克勤克儉，祖宗創業；第一等不仁不義，兄弟爭田。臺北大龍峒陳維英楹聯

十九、丈夫當死中圖生，禍中求福；古人有困而修德，窮而著書。曾國藩贈弟國荃

二十、小生無宋玉般情，潘安般貌；鳳凰非竹實不食，梧桐不棲。方地山贈妓「小鳳」冠首聯

二一、此地有崇山峻嶺，茂林修竹；是能讀三墳五典，八索九丘。李因培題隨園

第九章　十二言研究

提要：上五下七平起正格二範例譜一。上五下七仄起偏格二五範例譜二。上五下七仄起偏格一一八範例譜三。上五下七別格三二範例譜四。上六下六平起正格七範例譜五。上六下六仄起偏格一範例譜五。上六下六別格八範例。上四下八格七範例。上八下四格七範例。上七下五格一範例。共二〇八範例，聯譜五副

一、上五下七格：

（一）平起正格

平平仄仄平，仄仄平平平仄仄；仄仄平平仄，平平仄仄仄平平 一譜

一、風雲會有時，柏葉同傾新歲酒；猿鶴應無恙，梅花先報故山春。 民國六十年文化局

二、史無論古今，大漢聲威千載盛；地不分南北，中華兒女一條心。 仝前

（二）仄起偏格

仄仄仄平平，平平仄仄平平仄；平平平仄仄，仄仄平平仄仄平 二譜

一、壯士奮揮椎，報韓已落秦皇膽；大王煩借箸，榮漢終函項羽頭。 陳文瓛題陝西留侯廟

二、巨石咽江聲，長鳴今古英雄恨；崇祠嵩戰績，永奠湖湘子弟魂。 曾國藩題湖南昭忠祠

三、勝境息塵囂，耕田鑿井樂吾樂；游蹤歷山海，醉月眠雲天外天。 巴西中國城及華人示範農場開幕牌坊

四、江石矢丹忱，多君首贊同盟會；軒亭留碧血，恨我今招俠女魂。 國父輓秋瑾

五、邊圉運深謀，當年曾返遼東鶴；巖廊參大政，隔夕驚騎海上鯨。 閻錫山輓吳鐵城

六、期艾應昌褆，七旬赴宴三千叟；埏垓昭景貺，五代同堂二百家。 祝乾隆皇帝八秩

七、坐此似同舟，宦情彼此關休戚；須臾參大府，公事何妨共酌商。金德山題粵西公署

八、泉石衍箕裘，名心早淨雲封岫；翠鈿圍杖履，笑口常開雪避髭。顧蒓壽吳雲，雲有女弟子數十人

九、文許蟹行工，博觀何止甲乙部；壽添鴻案永，新詠爭傳丁卯橋。成惕軒壽男人

十、逸躅寄鵷行，最難大隱兼中隱；哀音傳雁陣，不道元方哭季方。前人輓陳仲經

十一、飭法樹清聲，豈容仕版污三蠹；強身諳妙術，曾見風簷戲五禽。前人輓張鏡影

十二、課士御皋比，直令槐市春無色；揅經粲鴻製，兼有梅園句最工。前人輓戴教授君仁

十三、軼事獨能諳，新成壬父湘軍志；修名應不朽，上擬遺山野史亭。前人輓胡教授耐安

十四、一字抵千金，曾從詞苑留眞賞；孤吟傷九日，不共秋籬對晚芳。前人輓袁教授帥南

十五、聽訟極哀矜，盡多棠蔭留江介；乘桴矢貞亮，直共松枝耐歲寒。前人輓田劭甫

十六、撥亂矢丹心，鯤溟不恨身爲客；教忠償素願，鵬路爭看子克家。前人輓許子光

十七、峰遠雁難回，料多家國無窮感；案空螢亦死，惜此風騷未易才。前人輓袁爵人

十八、與子話鄉情，難忘東渡年間事；逢辰賡褉集，痛失西江社裏人。前人輓吳天聲

十九、梁廡寄瀛洲，案邊春黯鴻無恙；湘君渺雲漢，江上峰青雁不回。前人輓許筠盧教授之妻陳夫人

二十、碧海罷清吟，忽驚詞客遊仙去；黃壚渺高躅，無復芳辰載酒來。前人輓男人

二一、隨地念孤寒，能教雁戶沾慈惠；平生存節概，不共鴟夷變姓名。仝前

二二、大隱閱滄桑，居鄰表聖王官谷；耆齡劬竹素，望擬遺山野史亭。成惕軒贈人

二三、杖國寶駒陰，早栽桃李儲多士；啓山贊鴻業，還課桑麻澤萬家。仝前

二四、驥德驗修塗，持躬白擬無瑕璧；鶯遷傳吉訊，出岫青隨直上雲。仝前

二五、科技擅寰區，蟾宮獨摘千尋桂；篳藍開盛業，鷁海長榮五月花。前人題美國建國二百周年紀念

（三）仄起偏格

仄仄仄平平，仄仄平平平仄仄；平平平仄仄，平平仄仄仄平平。譜三

一、生在百花先，萬紫千紅齊俯首；春歸三月暮，人間天上總銷魂。陸眉生輓周翠琴

二、王業此偏安，一旅猶存明社稷；胡氛今掃盡，孤亭長峙漢江山。金門魯王墓

三、新歲策新猷，成事立功三達德；漢家恢漢業，收京復國一戎衣。民國五十九年文化局

四、東海壯春潮，放眼舳艫千里接；南疆揚漢幟，歸心父老九州同。仝前

五、我輩復登臨，舊業已隨爭戰盡；大江流日夜，天風長送海濤來。鎮江北固山

六、尋鶴倚層樓，曾過晴川留爪跡；訪僧登絕嶠，好將雲海蕩胸懷。　李寅生題黃山天都峰

七、我本楚狂人，五嶽尋仙不辭遠；地猶鄒氏邑，萬方多難此登臨。　彭玉麟登泰山作

八、偉績景鄉賢，萬頃波濤澄海宇；崇祠依勝地，一樓風月是瀟湘。　童光澤題西湖劉公典祠

九、立馬駐斜暉，滄海橫流誰攬轡；舉杯邀明月，湖山無恙且高歌。　許世英題福州西湖澄瀾閣

十、飛絮一溪煙，鳳艒南巡他日夢；新亭千古意，嬋嫣西蜀子雲亭。　陳重慶題揚州北郊長堤春柳亭

十一、槍劍一夫雄，將略應求萬人敵；林泉諸佛性，名山權繫五花驄。　瑯琊山建軍亭

十二、五就豈徒然，公論定當憐此志；萬言可立待，天才端不為常師。　陳少白輓梁啟超

十三、翠籙演天元，泰策揲圖書正位；珠弧環斗柄，壽星輝角亢南纏。　祝乾隆皇帝八秩

十四、田鼓祝桑麻，丹荔黃蕉隆肸蠁；雲旗迴島嶼，珠宮貝闕奠靈長。　福文襄郡王題廣東省龍王廟

十五、造物噍生才，直與杭人多惠比；聖功先養正，果逢山下出泉蒙。　李彥章題西邕書院

十六、客醉共陶然，四面涼風吹酒醒；人生行樂耳，百年幾日得身閒。　蔡錦泉題北平陶然亭

十七、小憩自然涼，何幸今生來福地；登臨莫謂苦，曾當絕頂看朝陽。　四川青城山怡樂窩亭

十八、活水向源頭，七二名泉隨地湧；好山排對面，一千尊佛隔城看。　濟南歷下亭

十九、百尺愛長廊，風景宛如遊北海；四時饒勝境，煙波不再憶西湖。　蔣士松題無錫蠡湖

二十、龍德正中天，四海雍熙符廣置；鳳城回北斗，萬邦和協頌平章。故宮太和殿

二一、翦燭話蕉窗，一夜鳳凰千嶂雨；航琛歸桂棹，滿江蝴蝶萬篷風。鍾孟鴻題潮州鎮平會館

二二、鄉試念嘉賓，綵筆昔曾干氣象；持衡留藻鑑，文昌新入有光輝。林則徐題福州貢院

二三、五月荔枝香，千里鄉心歸未得；六橋楊柳綠，兩家春色共平分。劉問芻自題西湖宅

二四、水木湛清華，堤畔鶯花橋畔月；枝旗疊映蔚，竹邊歌吹柳邊舟。吳引孫題揚州瘦西湖草堂

二五、一室控深廊，竹密花疎生爽籟；兩闌恢靜境，泉流草動盡佳音。蔣士松題無錫蠡園

二六、遺構溯南唐，避暑離宮無片石；新詩吟玉局，臥雲長老有千秋。薛蔚農題南京清涼寺

二七、忠節感蒼穹，大海忽將孤島現；經綸關運會，全山留與後人開。王凱泰題臺南延平郡王祠

二八、酒酌碧筩杯，到此山翁仍一醉；文成青史筆，允宜坡老定千秋。徐文達題揚州歐陽文忠公祠

二九、時局類殘棋，楊柳城邊懸落日；衣冠一坏土，梅花冷豔伴孤忠。朱武章題梅花嶺史可法祠

三十、心痛鼎湖龍，一寸江山雙血淚；魂歸華表鶴，二分明月萬梅花。姚煜題仝前

三一、吐氣飛長虹，天與大江成鎖鑰；騫身摘星斗，人從絕頂看光芒。徐樹錚題湖南昭忠祠

三二、銅雀有遺悲，豪傑功隨三國沒；紫鵑無限恨，瀟湘月冷二喬魂。岳州小喬墓

三三、香草美人憐，千古豔名齊小小；茅亭花影宿，一泓清味問憨憨。虎邱真娘墓

三四、芳冢尚如新，尺地足爲山水重；清宵偏不寐，半天疑有珮環來。徐花農題惠州朝雲墓，朝雲係坡公妾。

三五、鷲瓦貼雲霄，俯挹明星兼玉女；虎賁臥庭廡，猶強周柏與秦松。梁章鉅題華嶽廟

三六、薄宦寄明湖，有夢難尋荊樹影；前因迷法雨，招魂空叩木樨禪。桂杏農題理安寺法雨院

三七、楓葉四絃秋，棖觸天涯遷謫恨；潯陽千尺水，勾留江上別離情。江州白太傅祠

三八、我去太匆匆，騎鶴仙人還送客；茲遊良眷眷，落梅時節且登樓。錢楷題黃鶴樓

三九、攬勝我長吟，碧落此時吹玉笛；學仙人漸老，白頭何處覓金丹。畢沅題黃鶴樓邊太白亭

四十、靈瀆走雙龍，夾岸直疑銀漢落；仙蹤杳孤鶴，隔江但有白雲來。陳望之題晴川閣

四一、一覽極蒼茫，舊苑高臺同萬古；兩間容嘯傲，青天明月此三人。麟見亭題河南三賢祠，祀李白、杜甫、高適。

四二、供梓里謳吟，幾處亭臺成小築；快春秋游覽，一隅邱壑是新開。賀英郵自題雲山閣

四三、一代兩文忠，到處風流標勝蹟；三賢同俎豆，何人尚友似先生。揚州三賢祠，祀歐、蘇二公及王漁洋。

四四、倚樹論功名，爽籟流聲清澗壑；在田占利用，甘膏灑潤普桑麻。陶雲汀題海州雲臺山九

龍將軍廟

四五、學術各門庭，與子平生無唱和；交情同骨肉，俾予後死獨傷悲。　紀昀輓朱筠河

四六、象應少微星，彩落蕭辰悲夜月；名傳耆舊傳，芳留梓里憶春風。　輓處士

四七、少別遽招魂，始信憂勞能損壽；高堂久忘世，那堪遲暮轉摧心。　仝前

四八、別室具銅盤，期爾從容光素業；中庭摧玉樹，愁余遲暮哭窮途。　叔輓姪

四九、同氣遽分途，原隰秋風魂不返；異時誰共被，池塘春草夢難通。　兄輓弟

五十、勁節勵冰霜，定卜瀧岡終有表；衰年鮮兄弟，可堪雷岸更無書。　兄輓妹

五一、有淚灑州門，千古白眉增太息；無才成宅相，廿年青眼益酸辛。　甥輓舅

五二、問字感當年，重謁元亭空灑淚；傳經珍此地，載瞻絳帳暗摧心。　弟輓師

五三、道統闡薪傳，洙泗眞源今未墜；儒型垂梓社，滄州精舍此重開。　林則徐題福州朱文公祠

五四、大隱寄淮壖，十畝芳塘涵德水；高懷擬綠野，滿園花木繡春風。　錢梅溪題張芥航清江浦河帥署

五五、十載共皋比，舊夢荒涼梅嶺樹；諸兒蒙教澤，春風慚愧杏林花。　吳谷人輓梅花書院掌教洪桐生，梁章鉅註：「吳穀人子清鵬肄業梅花書院，正探花及第也。」

五六、河漢隔雙星，可是仙家好離別；梧桐飄一葉，若爲詞客動詩懷。齊梅麓輓劉嗣綰夫人，卒於七夕立秋

五七、一病負殊恩，九派清江懷太守；十年成大覺，二分明月弔詩人。齊梅麓輓居倬，死前奉旨特授九江府，未赴客死揚州。

五八、魏闕鑒誠衷，建議詞臣追汲黯；滇池施善教，酬恩祀典泣侯芭。朱蘭坡輓顧南雅

五九、庚宿掩霜晨，黃菊叢中添淚雨；卯橋嗟月夕，紫藤庵畔景光風。鄭仁圃代輓許作樞茂才

六十、赤手拔鯨牙，卅載詩名傾海內；深心托鳳口，九天簫響落人間。程春海贈譚光祜，按光祜善吹鐵簫。

六一、桑梓同恭敬，伐木歌詩求我友；波濤仗忠信，涉川占卦利同人。徽商木商會館

六二、我亦戲場人，世味直同雞棄肋；卿將狎客老，名心還想豹留皮。嚴問樵贈樂師金德輝

六三、一二畝荒田，雨笠煙蓑朝起早；兩三間破屋，青燈黃卷夜眠遲。隱士山居聯

六四、紫極煥璇題，瑞露凝甘留淨域；丹輪開寶相，香巖擁翠俯晴江。高晉題北固山甘露寺

六五、天上錫麟兒，此是世尊親抱送；山中聞梵唄，原從靈鷲早飛來。查聲山題杭州天竺山送子觀音殿

六六、新水漲三篙，繞檻波光平似鏡；好山環四面，開窗嵐翠拱如屏。富海帆題金沙港

六七、異數超七階，帝眷東山謝太傅；嘉賓佇三肆，天留南國魯靈光。梁章鉅賀阮元重宴鹿鳴，晉加太傅銜

六八、晝錦迓潘輿，忽感鄰春驚罷社；春暉違宋幔，恰當佛誕證生天。林則徐輓顧杏樓比部母蔣太恭人，梁章鉅註：「時比部回籍迎奉，而恭人適於二月十九日，在籍棄養，是日為社日。」

六九、辛苦爲中華，雙鬢早沾秦嶺雪；康強登上壽，九州還望傅公霖。成惕軒壽于院長右任

七十、金鑑佐中興，燕國文章爲世重；玉觴歌上壽，鶴樓風月待公還。前人壽張資政懷九

七一、鳩杖望如仙，耆齒已超唐白傅；龍門容續傳，俠懷寧讓魯朱家。前人壽唐立法委員嗣堯

七二、蓮座得春多，禮佛合臻無量壽；萸觴添客健，看山直到太平年。前人壽吳述齋

七三、壽世棗梨光，朝杖宜尊人八十；當春桃李盛，公門早鑄士三千。前人壽薩立法委員孟武

七四、佳句出鑪錘，一鶴鳴皋詩格雋；稀齡增矍鑠，七鯤觀海歲華新。前人壽王教授質廬

七五、當代議壇高，能以萬言爲國壽；平生詩句好，固知雙井是鄉親。前人壽易國民代表大德

七六、清望坫壇高，鳴世早聞岡噦鳳；耆年腰腳健，還鄉那用杖扶鳩。前人壽張我風

七七、日艾歲華新，萬仞鵬摶雲直上；如珠庭樹盛，百年燕喜日方中。前人贈張教授亞澐

七八、來歲卜鶯遷，補袞明庭才不忝；良辰歌燕喜，含飴廣座樂如何。　前人壽男人

七九、合力濟明時，梓舍才推三鳳盛；齊眉登大耄，華堂春占七鯤先。　仝前

八十、戲綵子能賢，去日曾封陶母鮓；稱觴春不老，明年當進武昌魚。　前人壽女人

八一、歲運今在辰，不道龍蛇成惡讖；年華甫周甲，遽嗟騏驥輟修塗。　前人輓吳廳長兆棠

八二、樞府記初逢，溫樹不言知謹密；舊人驚漸謝，紫薇重對感蕭疏。　前人輓沈開暹

八三、歸夢阻東陽，元暢樓荒成隔世；吟聲賡北宋，紫微詩好有傳人。　前人輓呂夢蕉

八四、爲難弟之兄，義篤鴒原同禦侮；寓嘉言於教，澤遺鯤嶠有傳薪。　前人輓查考試委員良釗

八五、樽俎折衝頻，清議如聞岡鳳噦；死生俄頃耳，長戈難挽隙駒回。　前人輓謝立法委員仁釗

八六、伉健繡衣身，餘事能精五禽戲；崢嶸橫槊氣，平居時作老龍吟。　前人輓王監察委員贊斌

八七、嘉績紀郵傳，早有聲名聞日下；耆年傷旅泊，料應魂魄戀江南。　前人輓錢公南

八八、奉使紀浮槎，早遣天驕識麟鳳；掄才憶圍棘，曾同伯樂辨驪黃。　前人輓溫大使源寧

八九、舊帙葆香芸，詩禮已培佳子弟；寒泉薦秋菊，風雲空憶故將軍。　前人輓闕將軍漢騫

九十、萬眾揭竿從，往事差侔銅馬帝；廿年枕戈待，歸心竟負碧雞山。　前人輓李將軍炳仁

九一、少日起東南，曾與蕭曹同佐命；浮雲黯西北，願生韓范再安邊。　前人代輓朱將軍一民

九二、一病早辭官，槐市賸看遺稿富；廿年同校士，棘闈漸感舊人稀。前人輓黃正銘

九三、盛業續南雍，篳路更開無盡境；新知衍西學，蓬山今有再傳人。前人輓戴運軌

九四、壯抱負風雲，百尺有樓餘晚悔；遺篇託忠愛，九原無憾是中興。前人輓賓教授默園

九五、佳節負重陽，世劫不因萸佩解；浮生嗟一夢，詩人竟以桂冠終。前人輓陳教授邁子

九六、清議動江城，無冕足當王者譽；丹心照瀛海，蓋棺不負黨人身。前人輓萬克哉

九七、珂里失歸期，太息匡廬仍墮劫；騷壇傳秀句，誰云子固不能詩。前人輓曾今可

九八、幾輩識西江，貽我瓌篇餘畫竹；斯文在東海，憐君采筆罷生花。前人輓邱南生，原註：「君曾以陳芷汀先生畫冊見贈。」

九九、故事續青箱，萬紙爭傳今世說；少微沉碧落，一樓空賸古春風。前人輓高拜石，原註：「君撰有《古春風樓瑣記》」

一〇〇、投老五湖舟，海上白鷗同浩蕩；招魂千嶂月，江干黃鶴儻歸來。前人輓高教授笏之

一〇一、盛烈贊中興，況有學傳焦氏易；平居懷故國，可堪夢斷武功天。前人輓焦易堂

一〇二、故物緬黃圖，萬里鄉心縈灞滻；新詞題綠蔭，一時才調擬蘇辛。前人輓雷寶華

一〇三、鶴露警三更，燈下曾傳尋夢術；鴻泥消九域，篋中賸貯紀游詩。前人輓蔣劫餘

一〇四、蓮幕數清才，黃絹有辭眞絕妙；松根埋俊骨，碧山如畫總無情。　前人輓譚魏生，原註：「按魏生為遵魯先生之子。」

一〇五、拜石許爲兄，別有雅懷同海嶽；登高能作賦，即論詞采亦賓王。　前人輓駱香林

一〇六、揮麈恣清談，勝集曾同書畫舫；騎箕驚噩耗，良辰爲罷菊花杯。　前人輓呂著青

一〇七、剛介振頹風，正賴嚮時霜簡肅；艱難到行路，忽驚斜日繡衣寒。　前人輓監委陳之溟，原註：「按陳氏以車禍逝世。」

一〇八、碧海滯歸舟，萬里翻驚騎鶴驟；黃庭傳妙筆，一經微惜換鵝遲。　前人輓黎邵平

一〇九、清議重弘樞，八十高年同渭水；精魂依故宇，二分明月是揚州。　前人輓戴國民代表天球

一一〇、嘗膽預明時，鴻議待紓黔首厄；同心得嘉耦，鳳儀已許白頭偕。　前人輓黃國民代表天鵬

一一一、淑德曜高門，林下之風殊可敬；清輝黯虛幌，天邊有月不長圓。　前人輓章斗航教授之妻姚夫人

一一二、戰陣許忘身，曾共鄂褒膺上賞；高穹終眷命，再生申甫佐中興。　前人輓男人

一一三、南選姓名香，多士於君推驥足；東風消息好，百年祝汝叶鴛盟。　前人賀方妙才處長新婚

一一四、畫苑筆能神，逸足早傳韓幹馬；溪堂春未晚，好音來聽戴顒鸝。　前人題梁鼎銘紀念館

一一五、詩詠白華新，遺澤更培佳子弟；籤分黃卷富，嘉名宜錫小嫏嬛。前人題長源圖書館

一一六、碧宇藹慈雲，終古仁王能護國；靈山參慧業，幾人彌勒與同龕。前人代題慈光寺

一一七、如對畫中山，碧樹千叢綴鷗鷺；待爲天下雨，澄湖萬頃隱蛟龍。前人題大貝湖亭

一一八、北苑煥新縑，咫尺便須論萬里；西山標逸韻，青藍端不愧雙清。前人題蕭一葦畫展

（四）別格

一、教子有遺經，詩書易春秋禮記；傳家無別業，解會狀榜眼探花。崑山徐氏祠堂聯。按徐氏一門，元文係順治狀元；秉義、乾學，皆康熙時探花。梁章鉅云：「並無解元、會元、榜眼，聯語亦不過渾括言之。」

二、說什麼交情，皆因利害分裏外；講這個世態，都以得失作炎涼。諷刺人情世態

三、塵外不相關，幾閱桑田幾滄海；胸中無所得，半是青山半白雲。獅頭山紫陽門

四、王者五百年，湖山具有英雄氣；春光二三月，鶯花合是美人魂。彭玉麟題南京莫愁湖

五、我輩復登臨，目極湖山千里外；奇文共欣賞，人在水天一色中。李春園題南昌滕王閣

六、白首臥松雲，先生有才過屈宋；茅亭宿花影，故鄉無此好湖山。鄒寶傳集句題西湖西爽亭

七、千古一詩人，文章有交神有道；五湖三畝宅，青山爲屋水爲鄰。譚鍾麟題俞樾西湖別莊

八、無奈荔枝何，前度來遲今又早；直欲搖舸去，主人不飲客常醺。何紹基題廣州荔枝灣海山仙館

九、崗上現金身，慧眼放觀三千界；巖中藏寶相，慈心普濟億萬人。（高雄超峰寺）

十、粒片孿塊絲，脆嫩硬爛盤盤別；君煮燉烹炒，鹹酸油辣樣樣精。（成都姑姑筵菜館）

十一、沈淪五十載，文物父老欣拯救；光復第一年，禾黍山川盡向榮。（臺灣光復周年臺北牌樓）

十二、春秋表未成，幸有佳兒述詩禮；縱橫計不就，空餘高詠滿江山。（王闓運自輓）

十三、七十二烈士，酣戰春雲埋碧血；四百兆國子，愁看秋雨泣黃花。（黃興輓黃花崗七十二烈士）

十四、當世失斯人，幾疑天欲亡中國；遺書猶在篋，此行吾愧負平生。（譚延闓輓黃興）

十五、雷霆起卧龍，雨不崇朝遍天下；池塘生春草，花隨流水到人間。（王闓運題南嶽雷池）

十六、無花不成園，端愛綠葉兼白蕊；有樹自引鳥，管他黃鸝或烏鴉。（漳州楊家小園）

十七、來這裏聽聽，總長些尋常知識；對大家講講，全是那有益言詞。（龍溪中學演講廳）

十八、本八字安排，以致累卿貧到老；作一番打算，自然先我死爲佳。（饒心耕輓妻）

十九、三峰三霄通，寶掌千秋留蘚迹；一嶽一石作，金天萬里矗蓮花。（嚴長明題華山玉泉院）

二十、人苦不自知，願諸君勤攻吾短；弊去其太甚，與爾輩率由舊章。（李湖題通永廳署）

二一、林壑妙傳神，獨得西湖煙水氣；縑緗紛照眼，如對南宮書畫船。（成惕軒題傅狷夫書畫展）

二二、七八載夫妻，少米無鹽空嫁我；三兩個兒女，大啼小叫亂呼娘。（某君輓妻）

二三、値明運窮時，故英靈不毓中土；闢炎荒創局，惟烈母乃生佳兒。周懋琦題臺南太妃祠，祀鄭母翁太妃田川氏

二四、引水挹山光，蔚一片赤城霞氣；開簾供野趣，栽四時玄圃仙葩。黃宗仰題上海愛儷園

二五、佛亦愛臨安，法像自北朝留住；山皆學靈鷲，洛迦從南海飛來。張岱題西湖上天竺

二六、一水印天心，指月證三生之果；六根無我相，飲水清萬劫之塵。舒白香題廬山天池

二七、垂老但吟詩，亦先生所不得已；斯人常作客，正天下莫可如何。伍介康題成都杜工部草堂

二八、要看早些來，大關節全憑起首；且聽完了去，好結果盡在後頭。戲臺聯

二九、爵比郭令公，歷中書二十四考；壽同廣成子，住崆峒千三百年。福州鼓山喝水巖

三十、廟垂二千年，問魏闕吳宮安在；人居三代下，比南伊周呂如何。南陽臥龍岡武侯祠

三一、盡此一片心，與點綴湖光山色；收拾數間屋，好勾留墨客騷人。彭玉麟題三潭印月

三二、水月盡文章，會心時原不在遠；星雲燦魁斗，鍾靈處定非偶然。朱棨題臨水文昌祠

二、上六下六格：

（一）平起正格

平平仄仄平平，仄仄平平仄仄；仄仄平平仄仄，平平仄仄平平 四譜

一、依然極浦遙天，想見閣中帝子；安得長風巨浪，送來江上才人。 宋牧仲題南昌滕王閣

二、雲山金石圖書，此地可稱三絕；循吏儒林隱逸，先生自有千秋。 梁止水題隨園

三、來看上苑鶯花，今日幸同良會；記省松陵文獻，他年得似何人。 北京吳江會館

四、前途赤日杲杲，試問能行幾步；這裏涼風瑟瑟，何妨暫坐片時。 福州西禪寺明遠亭

五、敷天長戴仁天，知後天之不老；大地同游樂地，眞應地以無疆。 北京關帝廟祝康熙皇帝六秩

六、青天下鑒此心，敢不光明正直；赤子來游吾腹，願言豈弟慈祥。 呂新吾題公署聯

七、以風月爲談資，今夕倍添逸趣；使將軍有揖客，其人不愧英流。 成惕軒贈張教授佛千

（二）仄起偏格

仄仄仄仄平平，平平平平仄仄；平平平平仄仄，仄仄仄仄平平 五譜

一、開國險阻艱難，在當年爲重鎭；立身光明磊落，本時代一雄才。 于右任輓吳鐵城

（三）別格

一、有四時不謝花，有八節長春草；無市廛塵俗氣，無車馬喧囂聲。 黃宗仰題上海愛儷園

二、一百八記鐘聲，喚起萬家春夢；二十四番風信，吹香七里山塘。 虎邱花神廟

三、為人莫想歡娛，歡娛即生煩惱；處世休嫌勞苦，勞苦可得安康。處世格言

四、我具一片婆心，抱個孩兒送你；汝做百般好事，留此陰騭給他。安溪湖頭送子觀音廟

五、至樂莫如讀書，至要莫如教子；寡智乃能習靜，寡營乃可養生。蔣士銓作

六、東牆倒西牆倒，窺見室家之好；前巷深後巷深，不聞車馬之音。朱子贈漳州士子

七、天惟陰騭下民，止於仁止於敬；帝乃誕敷文德，作之君作之師。蘇州文昌宮

八、總統府新華宮，生於是死於是；擁戴書勸進表，民意耶帝意耶。佚名輓袁世凱

三、上四下八格：

一、佛既稱祖，膝下盡是兒孫沐養；觀而曰音，眼前無非赤子沾恩。赤山龍湖巖

二、去舊迎新，做幾件改頭換面事；克難致果，作一個千錘百鍊人。民國四十二年社會處

三、士飽馬騰，乘長風而破萬里浪；家給戶足，求潤屋更上一層樓。民國五十年新聞處，糧食店用。

四、圉圉洋洋，不知手之舞足之蹈；懃懃懇懇，乃求千斯倉萬斯箱。花蓮阿美族豐年祭

五、會友以文，自西自東自南自北；催詩擊鉢，如蜩如螗如沸如羹。全國詩人大會牌坊

六、虛己受人，彼其之子殊異乎族；實事求是，夫惟大雅卓爾不群。梁章鉅集句贈黃右原

七、既文且武，今之羊叔子杜元凱；能書而壽，前有文徵明梁山舟。成惕軒壽丁似庵

四、上八下四格：

一、歎我只留薄命糟糠，竟歸天上；望卿未遇封侯夫壻，莫到人間。鄭孝胥輓妻

二、衍一人忠恕之心傳，學惟省貫；開萬世治平之事業，道極明新。曾子祠楹聯

三、作育視趙江漢爲多，教何廣也；著述與程瑤田相埒，壽亦如之。成惕軒壽程教授旨雲

四、生爲遺臣歿爲正神，獨有千古；今受大名昔爲賜姓，諒哉完人。張其光題臺南延平郡王祠

五、民猶是也國猶是也，何分南北；總而言之統而言之，不是東西。王湘綺作，時寓北平，南北尚未統一。

六、醴泉無源芝草無根，人貴自立；流水不腐戶樞不蠹，民生在勤。程祖洛題撫吳署

七、善報惡報遲報速報，終須有報；天知地知你知我知，何謂無知。四川萬縣城隍廟

五、上七下五格：

一、想來想去想無法，入廟且看戲；挨東挨西挨過年，出春纔還錢。閩俗，每逢除夕，各地城隍廟、關帝廟，自午夜至凌晨，都演「避債戲」，是聯之意，本此。

都一、一六二副

柳園　楊君潛編著

第一章　十三言楹聯

一、須知除舊迎新，總要改不良習慣；莫說逢年過節，那能忘大陸同胞。春聯

二、驚大地風雷，數六十年英雄事業；撥一天雲霧，看九萬里日月光華。仝右

三、不必定有梅花，聊以志將軍姓氏；從此可過粵海，願毋忘宰相風流。大庾嶺梅關

四、勝地重遊，在紅藕花中，綠楊陰裏；清流自昔，看長天一色，朗月當空。阮元「杭州西湖」

五、僅剩幾樹枇杷，門前車馬猶如此；試問千年明月，樓上風光昔若何？樊蔭孫「成都望江樓」

六、古木一樓寒，烟水人間，笙歌天上；扁舟雙岸遠，鴛鴦何處，雲霧當年。袁克文「嘉興南湖烟雨樓」

七、請看兩字大書，鴻飛去後痕留雪；想見六榕當日，鶯亂啼時葉滿庭。戴季陶「廣州六榕寺左東坡亭」

八、有底忙不來，白日青春，花開水滿；且應醒後醉，傾壺倚杖，燕外鷗邊。　張季直「南通城南公園與眾堂」

九、三徑采新根，卓犖超倫與時殊趣；九畹移佳種，華實異用惟才所安。　楊安國「蘭畦小築」

十、以一簣爲始基，從古天下無難事；致九譯之新法，於今中國有聖人。　左宗棠「船政衙門」

十一、嶺表爲故國屏障，向稱山明水秀；臺灣成中興堡壘，久已馬壯兵強。　鄧青陽「臺北廣東同鄉會」

十二、此地宜有詞仙，山鳥山花皆上客；何人重賦清景，一丘一壑亦風流。　黃季剛題「藍家莊新居」

十三、紅杏領春風，願不俗客來醉千日；綠楊足烟水，在小新堤上第三橋。　盛慶蕃「西湖汾陽別墅」

十四、先生何許人，天半朱霞，雲中白鶴；君言不得意，風情張日，老氣橫秋。　查良亦題「劉莊」

十五、品題金帶玉盤，畢竟楊花難比洛；消受澹雲微雨，果然秋禊不如春。　方濬頤題「洛春堂客舍」

十六、石屋雲開，見大地山河，三千世界；水簾風捲，露半天樓閣，十二欄干。福州方廣寺，寺門聯。

十七、德冠生民，溯地闢天開，咸尊首出；道隆群聖，統金聲玉振，共仰大成。山東曲阜孔廟

十八、當蜀吳魏之交，擾攘一時能擇主；附劉關張而後，偏稗千載竟傳名。余小霞題「荔浦縣周倉廟」

十九、南郡北門，百餘萬蒼生不沈苦海；鯤身鹿耳，十一更水路長沐恩波。南鯤身代天府城隍殿

二十、兵甲富於胸中，一代功名高宋室；憂樂關乎天下，千秋俎豆重蘇台。宋漫堂題「蘇州范文正公祠」

二一、母愛兒嬌，雖七尺之軀，依然在抱；子承父業，縱方寸之地，不肯荒疏。子烝父妾，人諷之。

二二、睡至二三更時，凡功名都成幻境；想到一百年後，無少長俱是古人。邯鄲呂仙祠黃粱夢庵

二三、彼哉彼哉，北方之學者，何足算也；戒矣戒矣，南人有言曰，其無後乎？

涇縣縣令宋某，清苑人，貪而酷，人贈以聯。

二四、粗茶淡飯布衣裳，這些神明已賜；齊家治國平天下，一切兒子承擔。某名士自撰一聯酬神

二五、春殿語從容，十載家山，印心石在；大江流日夜，八州子弟，翹首公歸。

陶澍以兩江總督假歸，左宗棠贈以聯。

二六、出有車，食有魚，當代孟嘗能客我；裘未敝，金未盡，今年季子不還家。

方地山入袁世凱幕，除夕贈主人。

二七、君爲當代偉人，策勳不肯受中將；生乃吾校先進，德劭尤欽勗後來。汪兆銓輓朱執信

二八、世事亦何常，成固欣然，敗亦可喜；文章久零落，人皆欲殺，我獨憐才。

楊度輓梁啟超

二九、揚震旦天聲，前無古人，後無來者；作亞歐盟主，博我皇道，宏我漢京。

西安行營祭成吉思汗，蔣中正頒以聯。

三十、尺土必欲死爭，一島彈丸埋碧血；豪傑本爲世出，千秋俎豆鑒丹忱。佚名輓一江山烈士

三一、凡事總當思，志在大同，胸羅萬有；隨時皆可去，生終一了，道乃千秋。

梁寒操輓閻錫山

三二、弘道由人，定返泥犁，再現眾生相；一朝證聖，長宣佛號，但聽海潮音。

晉江開元寺弘一法師冠首聯

三三、知己二三人，日遊亦可，夜遊亦可；假我一兩屐，風到亭來，月到亭來。

臺北市植物園「亦亭」嵌字聯

三四、山好好，水好好，開門一笑無煩惱；來匆匆，去匆匆，下馬相逢各西東。

濟南一茶亭疊字聯

三五、太湖三萬六千頃，歷盡風帆沙鳥；南朝四百八十寺，多少煙雨樓臺。易君左題宜興大雷灣山上小亭數字聯

三六、南通州，北通州，南北通州通南北；東當鋪，西當鋪，東西當鋪當東西。

掉字對聯

三七、理櫂訪精廬，碧水白蘋，伊人宛在；倚梅尋舊約，青山紅豆，到處相思。

徐樹銘題彭玉麟西湖「退省庵」

三八、級有何高乎？二人之下，一人之上；謀無可參也，小事不問，大事不知。

佚名自嘲「高級參謀」聯

三九、好消息幾時來？春月桃花秋月桂；實工夫何處下？三更燈火五更雞。楊蕙蓀白話書齋聯

四十、你也擠，他也擠，此處幾無立腳地；好且看，歹且看，大家都有散場時。

戲臺聯

四一、洞口開自那年？吞不盡瀟湘奇氣；巖腹藏些何物？怕莫是今古牢騷。湖南羅漢洞

四二、下筆千言，正桂子香時，槐花黃後；出門一笑，看西湖月滿，東浙潮來。

阮元題杭州貢院

四三、漫道不如故鄉，試領取二分月色；難得相逢勝地，願無忘六一風流。蕭紹棻題「揚州江西會館」

四四、莫話白首多情，十年臥病悲元老；爭傳開國遺事，千載風雲識聖人。于右任輓張靜江

四五、扶漢先正名，一統尊而兩雄何有？明倫斯謂聖，三綱立則萬古爲師。洛陽關陵

四六、先武穆而神，大漢千古，大宋千古；後文宣而聖，山東一人，山西一人。

關帝廟聯

四七、兄讓弟，弟讓兄，父命天倫千古重；聖稱賢，賢稱聖，頑廉懦立百世師。
永平府夷齊廟

四八、公昔登臨，想詩境滿懷，酒杯在手；我來依舊，見青山對面，明月當頭。
胡書農題「太白樓」

四九、上客盡知名，杜牧詩才，鮑昭賦手；前賢有遺韻，魏公芍藥，永叔荷花。
王夢樓題揚州府署

五十、波暖塵香，看檻曲縈紅，簷牙飛翠；醉輕夢短，在燈前欹枕，雨外熏爐。
金陵某巨室水榭聯集張炎、姜夔、吳文英、毛澤東句

五一、我輩復登臨，目極湖山千里而外；奇文共欣賞，人在水天一色之中。
李其宴「滕王閣」

五二、湘靈瑟，呂仙杯，坐攬雲濤人宛在；子美詩，希文筆，笑題雪壁我重來。
畢沅「岳陽樓」

五三、光祿詩，文節書，大府來時開勝境；王公冕，將軍畫，名山何日得重來？
卞士雲「桂林獨秀峰五詠堂」

五四、乍來頓遠塵囂，靜聽水聲眞活潑；久坐莫嫌荒僻，飽看山色自清涼。李芸甫自題桂林仙李園茆亭

五五、學古之志未衰，每日必擁書早起；千世之心已絕，無夕不飲酒高歌。申涵光書房聯

五六、包羅海嶽之才，久矣韓文能立制；繪畫乾坤之手，惜哉堯典未終篇。紀昀輓彭文勤公

五七、吟成三影清詞，怛化竟同蝴蝶夢；謝卻九秋芳信，催歸忍聽鷓鴣聲。鄭仁圃代輓張登瀛

五八、到門莫問姓名，花草一庭欣有主；入室自分雅俗，圖書四壁可留人。張伯冶移居

五九、入國朝一百廿年，未有此科之盛；總直省九十七學，誰爭吾邑之先。江陰縣中舉十五人彩聯

六十、漢家樵子亦英雄，漫說雲臺列將；莽世簪纓眞草芥，可憐祿閣書生。豫章樵子廟—樵子代光武死

六一、生爲西土福星，卻許湖山娛晚景；沒與東坡同日，應從仙佛締前緣。林則徐輓朱虛舟

六二、鴻猷有光，作舟楫，作鹽梅，作霖雨；纍壽無極，如山川，如松柏，如岡陵。成惕軒壽黃少谷

六三、一德唯貞，藉議席諍言，毖籌桑土；百年並壽，有璇閨雋侶，修到梅花。

前人壽　吳望伋

六四、滄海龍吟，詩律邁公安三袁而上；布衣鳩杖，風格在香山九老之間。

前人壽　王家鴻

六五、藝林繼起多才，環德門踰三玉樹；瀛海歸逢稀歲，慶生日共萬荷花。

前人壽　鄭曼青

六六、言萬千如綸，所職與陸宣公爲近；歲五十曰艾，其詩視高渤海尤工。

前人男壽聯

六七、調錦瑟五十絃，晚歲彌增鴻案敬；寫修篁千萬个，高標恰稱豸冠清。

仝前

六八、雅座偶趨陪，獨於談藝談玄爲樂；平生多智略，未竟作霖作楫之才。

前人輓　李壽雍

六九、處冀北馬群中，飛騰未遂風雲志；有關西鴻訓在，清白能爲仕宦光。

前人輓　楊有壬

七十、以法治拯衰危，高文獨闡韓非子；爲青年留楷範，抑戒毋忘衛武公。

前人輓　陳啟天

七一、平居最熟宋人詞，集句都成妙品；歷劫遙憐楚天月，招魂況値凋年。

前人輓　黃樾蓀

七二、仙槎不陋九夷，能使殊方知夏典；禊飲又逢三月，那堪往事憶春人。

前人輓　張鏡微

七三、芸編擁海濱，七十古稀，曾吟子美；棣萼輝江右，二難今覯，遽悼元方。

前人輓　賀伯烈

七四、仕路久馳驅，本饒吏才，亦彰儒效；騷壇近零落，纔哭雙井，又弔孤山。

前人輓　林德壐

七五、君不聞籛鏗八百歲耶?今則亡矣;是能讀岐叔五千卷者,誰其嗣之?前人男輓聯

七六、忠信涉波濤,竟負萬里乘風之志;艱貞立頑懦,豈無中流擊楫其人?仝前

七七、以太冲作難兄,左芬才德眞無忝;有微之悼賢婦,長慶詩篇定不磨。前人女輓聯

七八、是謝道蘊後身,清吟不讓因風絮;得惲壽平遺法,妙畫猶傳沒骨花。仝前

七九、綜華夏五千年,將往事鑄成詩史;種梅花三百樹,有冷香飛上吟箋。前人題廖從雲詩鑑

八十、國步日新,仁不憂,智不惑,勇不懼;瀛湄春好,車同軌,書同文,行同倫。前人題民國六十二年元旦

八一、振關學,揚漢聲,一代元勳成獨往;登高山,望遠海,百年宏業啓中興。前人「于右任百年冥誕紀念」

八二、鴂舌已無人,九州之音,斠若畫一;犧身直忘我,卅年日世,功不唐捐。前人「何子祥推行國語三十周年」

八三、紀春王,振夏聲,辛苦十年風雨裏;飾文治,鑄詩史,光芒萬丈海天東。前人「中華藝苑十周年」

八四、是生龍活虎一般人,胡爲中壽死?記斗酒隻雞前度約,纔及好春回。前人輓胡人沛

八五、天與雄區，欲游目騁懷，一層更上；地因多景，喜山光水色，四望皆通。曾承顯北固山多景樓

八六、仰之彌高，鑽之彌堅，可以語上也；出乎其類，拔乎其萃，宜若登天焉。泰山孔子崖

八七、提起小名兒，昔夢已非，新歡又墜；漫言桃葉渡，春風依舊，人面誰家？袁寒雲贈妓小桃紅

八八、當年夢虎因緣，竟留作千秋佳話；後日騎驢歸隱，難與伸三字奇冤。西湖韓世忠祠

八九、此間無這座橋梁，辜負園林一勝；對岸借他人田畝，湊成丘壑雙奇。郭天民題蘇州景園

九十、撫我若親生，慈父心腸，大人風度；現身而說法，桃花舊恨，木蘭新辭。小金鳳挽馬君武

九一、小伙子出嫁，敲鑼打鼓，全村相送；大姑娘招親，鳴鞭放炮，合隊歡迎。賀小伙子出嫁－入贅

九二、我費盡一片婆心，抱個孩兒付汝；你須做百般好事，留些陰騭與他。題送子觀音

九三、春欲暮，思無窮，應笑我早生華髮；語已多，情未了，問何人會解連環？

胡適集詞句

九四、滿身花影倩人扶，我欲醉眠芳草；幾日行雲何處去，除非問取黃鸝。梁啟超集詞句

九五、酒醒簾幕低垂，燭影搖紅夜將半；過雨園林如繡，東風吹柳日初長。仝前

九六、試憑他流水寄情，卻道海棠依舊；但鎮日繡簾高捲，爲妨雙燕歸來。仝前

九七、樓上幾日春寒，杜鵑聲裡斜陽暮；西窗又吹暗雨，紅藕香殘玉簟秋。仝前—上半欠工，因人存聯。

九八、波暖塵香，看檻曲縈紅，簷牙飛翠；醉輕夢短，在燈前欹枕，雨外薰爐。仝前

九九、心目俱寬，對好景良辰，頓忘羈旅；江山如畫，漫裁紅剪翠，盡付沉吟。黃樾蓀集詞句

一〇〇、客來醉，客去睡，老無所事吁可愧；論學粗，論政疏，詩不成家聊自娛。梁章鉅楹聯

一〇一、十二峰送青排闥，自天寶以飛來；五百年逃墨歸儒，跨開元之頂上。朱子書齋聯

一〇二、依然水枕風船，重向煙波尋舊夢；何必淡妝濃抹，一空色相見天眞。總宜船聯

一〇三、載酒來遊，助畫意詩情，歌聲笛韻；引人入勝，在湖光山色，鳥語花香。

郭沛霖題總宜船

一〇四、一肚皮不合時宜，下士聞道大笑；好頭頭誰當斫去，外間有人圖儂。

袁世凱即將稱帝，友人勸汪笑儂稍斂鋒芒，並贈以聯。

一〇五、我猶墮落人間，溷絮飄茵渾未卜；君已皈依淨土，新愁舊恨總成空。

上海名妓挽同行姐妹

一〇六、仙到應迷，有簾幕幾重，闌干幾曲；客來不速，看落葉滿室，奇書滿牀。

薛時雨題新安紅葉讀書樓

一〇七、乍來頓遠塵囂，靜聽水聲眞活潑；久坐莫嫌荒僻，飽看山色自清涼。

李秉綬自題桂林李園

一〇八、自慚一世虛生，不堪劉秀萬錢賀；難得六親共聚，願作平原十日遊。

江津鍾耘舫代父撰六十自壽

一〇九、佳兒早已成仁，秋草茫茫慈母夢；衰世更無可說，夕陽暗暗黨人碑。

陳述叔輓康廣仁

一一〇、不成功，便成仁，五千里外魂來格；可奪帥，難奪志，八百人存島不孤。

佚名輓上海八百壯士首領謝晉元

一一一、晚年竟以舊詩傳，自問恐非初意；老友漸同秋葉盡，竭忠敢惜餘生。

鍾敬文輓聶紺弩

一一二、襟帶七十二泉，到處皆馬蹄秋水；領袖一百八縣，無時不虎尾春冰。

張之洞題歷城縣署

一一三、建標陳肆集梯航，交以道接以禮；德業維新興貨殖，近者悅遠者來。

雪梨建德大廈徵聯亞軍獎

第二章　十四言楹聯

一、五千年文史優美，須告知乃孫乃子；三萬里河山錦繡，莫忘懷若祖若宗。

春聯

二、除舊布新，把胸襟敞開，把眼光放遠；革命建國，要行動歸隊，要精神加盟。

仝前

三、建國重群謀，願士農工商各忠其職；新民求善政，把管教養衛一貫而行。

仝前

四、革命尚未成功，先烈先賢，永懷令德；天道周而復始，自強自立，莫負明時。仝前

五、啓國運六十年，寶島人民，欣承漢臘；盼春風三萬里，神州父老，同復堯封。仝前

六、倘他日蠟屐重來，須記取山中松徑；攜一片紅雲歸去，莫錯認世外桃源。西湖烟霞洞

七、傑閣鎮層城，看山雨江雲，朝飛暮捲；淮流當佛面，對春風秋月，汐去潮來。揚州南門城樓

八、素景護梅殘，向夢裏消春，酒中延晝；雕籠移燭暗，任燈前欹枕，雨外熏壚。蘇州怡園

九、水影動梨雲，是曉鏡窺鶯，冰簾卻燕；霽痕消蕙雪，看隨花甃石，撥葉通池。仝前

十、小有園亭山水，種樹養魚，得少佳趣；雖無管絃絲竹，論文把酒，足敘幽情。革命和尚烏目山僧題上海愛儷園

十一、漣水湘山俱有畫，其秀氣必鍾英哲；聖賢豪傑都無種，在儒生自識指歸。

曾國藩題東漣書院

十二、六經皆載道之書，莫鶩詞章矜博覽；兩浙爲人文所萃，益從根柢下工夫。馬新貽題詁經精舍

十三、地仍虎踞龍蟠，洗滌江山，重開賓館；人似澧蘭沅芷，臺榭賢俊，同話鄉關。曾國藩題北京湖南會館

十四、異代景前修，想石榻攤書，竹枝懷友；新堂還舊觀，對半潭秋水，一柱奇峰。余應松題桂林獨秀峰

十五、終日解其頤，笑世事紛紜，曾無了局；經年袒乃腹，看胸懷灑落，卻是上乘。杭州靈隱寺彌勒佛龕

十六、大地播慧根，使世界花花，全歸淨土；雄州傳佛性，示人生草草，莫上迷途。高拜石題高雄三鳳宮

十七、凌雲玉闕，仰巍峨清明，德表三千界；霄漢皇居，瞻肅穆博孚，恩沾百二州。馬壽華仝前

十八、氣備四時，與天地日月鬼神，合其德；教垂萬世，繼堯舜禹湯文武，作之

師。（杭州文廟）

十九、覺世牖民，詩書易象春秋，永垂道統；出類拔萃，河海泰山麟鳳，莫喻聖人。（山東曲阜孔廟）

二十、立金門以望神州，萬頃恩波迴赤崁；撫銅柱而聽鼙鼓，千秋烈焰鑄黃魂。（黃杰題金門鄭成功祠）

二一、眞能收明運之終，不與諸王爭位號；是足見天心所寄，未曾一女負綱常。（陳謨題臺南寧靜王祠）

二二、何處弔忠魂？看十里平山，空餘蔓草；到來憐我晚，只二分明月，曾照梅花。（吳大澂題揚州史可法祠）

二三、允矣聖人之徒，聞善則行，聞過則喜；大哉夫子之勇，見危必拯，見義必爲。（杭州仲子祠）

二四、大哉夫子之功，訓著遺經，圖傳太極；遠矣斯文之統，上宗鄒魯，下啓程朱。（西湖周元公祠）

二五、希賢希聖希天，尚友詩書，其揆則一；立言立功立德，名山俎豆，不朽者

三。杭州正氣先覺祠｜祀許慎、鄭玄等數百家

二六、十九年大志莫伸，可與盟心惟瞿史；千百載孤忠不泯，依然談笑共楊羅。阮元題杭州張蒼水祠

二七、富貴貧賤總難稱意，知足即爲稱意；山水花月恆無主人，得閒便是主人。張英自題「草堂」

二八、曾從二千石起家，衣缽新傳諸子弟；難得八十翁就養，湖山舊識老詩人。林則徐贈梁章鉅

二九、使當時盡用其謀，知成效必不止此；倘晚節无以自是，則後論又復何如？嚴復年輓李鴻章

三十、兩口住碧水丹山，妻太聰明夫太怪；四周皆青燐白骨，人何寥落鬼何多。陶篁村居近義塚自榜其門聯

三一、揮舞雙拳，打遍天下英雄，莫敢回手；運動寸鐵，削平宇內豪傑，誰不低頭？樊樊山題理髮店

三二、苦我盡頭，祗餘薄命糟糠，猶歸天上；勸君來世，不是封侯年婿，莫到人

間。張恭廑輓妻

三三、想吾生竭力經營，無非是之乎者也；問此去何等快樂，不管他柴米油鹽。某學究自輓

三四、好水好山好林泉，看去莫非王宰畫；寫人寫事寫名勝，迎來都是史遷才。臺灣省文獻委員會堂聯

三五、是李太白後身，冠蓋京華，斯人憔悴；與屈大夫同里，江山文藻，異代風流。羅瘿公輓易順鼎

三六、九萬仞直上扶搖，壯士翻嫌天地窄；數千里縱橫掃蕩，浩氣長爭日月光。張劍蒼輓空軍烈士

三七、爲社稷爭，爲社稷死，嗟何痛，嗟何極；以國士養，以國士報，如其勇，如其仁。佚名輓戴笠

三八、陂塘蓮葉田田，魚戲蓮葉南，蓮葉北；晴雨畫橋處處，人在畫橋東，畫橋西。南通中央公園湖心亭聯

三九、爲名忙，爲利忙，忙裏偷閒，喝杯茶去；勞心苦，勞力苦，苦中作樂，拿壺

酒來。茶館聯

四十、避避避，斷斷斷，化化化，是三步工作；勉勉勉，續續續，通通通，爲一等事功。閻錫山彌留自輓

四一、一樓萃三楚精神，雲鶴俱空橫笛在；二水匯百川支派，古今無盡大江流。薛湘林題黃鶴樓

四二、十五年勝地重遊，雲外神仙應識我；八百里洞庭一覽，湖邊風月最宜秋。曾國藩題岳陽樓

四三、憑欄五月六月涼，人在冰壺中飲酒；放眼千山萬山曉，客從圖畫裡題詩。呂洞賓題岳陽樓

四四、五百羅漢渡江，岸畔波心千佛子；一個美人映月，人間天上兩嬋娟。佚名撰渡江即景

四五、藺相如，司馬相如，名相如，實不相如；魏無忌，長孫無忌，彼無忌，此亦無忌。佚名撰巧聯

四六、男女平權，公說公有理，婆說婆有理；陰陽合曆，你過你的年，我過我的年。樊樊山白話春聯

四七、開口便笑，笑古笑今，萬事付之一笑；大腹能容，容天容地，於人無所不容。昆明彌勒佛龕聯

四八、縱讀數千卷奇書，無實行不爲識字；要守六百年家法，有善策還是耕田。左宗棠家祠

四九、垂訓一無欺，能安分，即是敬宗尊祖；守身三自反，免吃虧，便爲孝子賢孫。王曇家祠

五十、做些魚翅燕窩，歡迎各位老爺太太；剩點殘羹冷飯，養活我們大人娃娃。成都姑姑筵菜館

五一、你本是七品令官，革職原爲唱捉放；此去有三堂會審，問君可敢罵閻羅？方地山輓伶人汪笑儂——渠善演「罵閻羅」

五二、二十年極慾窮奢，但恨黃金無用處，念餘日人亡家破，偏教白髮見收場。杭州胡雪巖窮奢極慾，後潦倒以死人輓之。

五三、放不開眼底乾坤，何必登此樓把酒；吞得盡胸中雲夢，方可對仙人吟詩。岳陽樓聯

五四、釀五百斛酒，讀三十車書，於願足矣；製千丈大裘，營萬間廣廈，何日能之？何栻自題壺園

五五、平生最愛說東坡，日啖荔枝三百顆；天下幾人學杜甫，安得廣廈千萬間。龔易圖集句題福州雙驂園

五六、聚三湘七澤豪傑於一堂，各顯身手；無武當少林派別之惡習，即是英雄。何鍵題國術比賽

五七、謀國之忠，知人之明，自愧不如元輔；同心若金，攻錯若石，相期無負平生。左宗棠輓曾國藩

五八、氣備四時，與天地日月鬼神合其德；教垂萬世，繼堯舜禹湯文武作之師。御製大成殿

五九、大哉夫子之功，百世權衡，六經羽翼；遠矣斯文之統，周程私淑，孔孟聞知。朱子祠

六十、嘉澍慶知時，仰神贊天功，靈噓元氣；大田歌既渥，看澤周南海，福庇東瀛。盧坤題廣東龍王廟

六一、風風雨雨，暖暖寒寒，處處尋尋覓覓；鶯鶯燕燕，花花葉葉，卿卿暮暮朝朝。吳下綱師園

六二、橋跨虎溪，三教三源流，三人三笑語；蓮開僧舍，一花一世界，一葉一如來。唐蝸寄題虎溪三笑亭

六三、足下起祥雲，到此者，應帶幾分仙氣；眼前無俗障，坐定後，宜生一點禪心。李笠翁題廬山絕頂

六四、北院喜新成，有寒碧千層，遠青一角；東君如舊識，正庭槐垂蔭，梁燕將雛。商寶意題桂林仙李園

六五、反己有眞修，須留神撿到心身界上；加工無別法，務著力打開義利關頭。林青圃題福建鰲峰書院

六六、畏簡書，並畏人言，常以無欺盟夙夜；正文風，先正士習，惟將有恥勗膠庠。吳稷堂題湖南學署

六七、有子萬事足，我子作尚書，足而又足；七十古來稀，我年近大耋，稀而又稀。嚴恪自書楹聯

六八、合兩朝宰輔封圻，第一流人終不忝；培四海賢才俊乂，在三事師有同悲。林則徐輓蔣礪堂

六九、三十年人海才名，帝簡方隆天已召；六千里家山歸夢，親心難慰子誰依！前人輓郭尚先

七十、玉敦主詩盟，正東閣梅開，墨花全濕；簇騶迎使節，適西山雲起，甘雨重來。程春海贈鄭祖琛

七一、三十里湖鏡峰屛，擫笛可無人坐月；廿八字雨珠雲墨，凭欄依舊水如天。魏滋伯題望湖樓

七二、何處無明月清風，半郭半村裴綠野；此地有茂林修竹，宜詩宜畫謝青山。鄭子研題京師尺五莊

七三、過九秩以考終，從古名醫，都登上壽；痛三號而未已，傷吾老友，更失詩人。袁枚輓徐爽亭小兒醫

七四、重瀛紀威鳳來儀，道在東方君子國；九域看貪狼盡掃，光騰南極老人星。成惕軒壽蔣公

七五、一柱障橫流，仁不憂，智不惑，勇不懼；千秋樹弘業，和無寡，均無貧，安無傾。仝前

七六、平生富革命精神，壯志遠承錢武肅；晚歲備中樞顧問，大年差比夏黃公。前人壽錢公來

七七、鍾雁峰間氣以生，志業嶙峋爭嶽峻；譜烏府壽人之曲，履綦強健得春先。前人壽陳大椿

七八、牧民則惠，謀國則忠，文學特餘事耳；得蓮之清，如柏之勁，君子其萬年兮。前人壽楊一峰

七九、門無雜賓，惟接踵生徒，問子雲奇字；天錫難老，有等身著述，繼湘綺高文。前人壽魯實先教授

八十、杜門遠萬馬兵塵，海上引年仙棗大；展卷饒五羊風物，春來掞藻木棉紅。前人壽余少帆教授

八一、雄論裕經綸，日齊國海山，漢家鹽鐵；遐齡樂清曠，有淵明菊徑，宏景松風。前人壽陶希聖

八二、並時推幕府雄才，猿臂聲名輝戰史；餘事作騷壇健者，鯤身風月侑吟觴。
前人壽龔孟希

八三、世葆先芬，通猶龍一經，誦倚馬萬紙；天貽晚福，擁雛鳳四座，對圓蟾九霄。
前人壽李靜園

八四、令績著榆枌，曰講席，曰報壇，曰航業；大年樂衡泌，是義人，是志士，是天民。
前人壽阮誠甫

八五、清辭郢雪，妙筆江花，其人不可及也；耆齒渭熊，佳兒池鳳，蓋天所以酬之。
前人壽男人

八六、和羹作傅相梅，穆穆四門，曾輝玉節；舉酒對陶令菊，年年九日，喜醉弧觴。
仝前

八七、賢母具飢溺懷，惠溥青囊，宜添鶴算；佳兒皆琬琰器，歡承絳縵，允遂烏私。
前人壽女人

八八、忘身奮虎旅雄威，藤峽曾聞群盜掃；屈指數烏臺耆彥，桂林又歎一枝摧。
前人輓陳恩元

八九、海上迓旌旗，聽夾道歡聲，曾來竹馬；江南念塗炭，知九原遺恨，不僅蓴鱸。前人代輓郭悔吾

九十、九譯能通，讀申韓未見書，公真健者；百年易盡，求蓬萊不死藥，今竟無之。前人輓史尚寬

九一、是螺江太傅甥，文采猶存，風規未遠；對鯤嶠舊時月，蘭言屢接，薤唱俄驚。前人輓林熊祥

九二、採藥臥雲根，臢老去詩名，仍傳湖海；種花娛歲晚，算年時意匠，都付園林。前人輓李次貢

九三、念天地之悠悠，邦命方新，哲人遽萎；譬江河兮浩浩，遺篇不廢，歷劫彌光。前人輓方東美教授

九四、秉燭最勤，有雪案新編，紀木天舊事；盍簪未幾，正春盤佳節，聽蒿里哀歌。前人輓劉毅人教授

九五、霄鳳自孤騫，承蒸左儒冠，昌茲南學；隙駒真一瞬，聽山陽鄰笛，淒絕東風。前人輓廖華蓀

九六、奇謀以蕩大艱，功在邦家，眞同曲逆；左癖乃爲餘事，名標史乘，詎讓征南？前人輓何雪竹主席

九七、尊翁爲開國人豪，尙禮獨能承戴德；茂績念殊方漢使，浮槎曾不讓張騫。前人輓戴安國

九八、以母儀式其鄉，一鮓能封，豈殊江右？有慈教光於國，三鳳並起，直邁河東。前人輓丁母李太夫人

九九、義方與燕山並稱，有子能爲萬人敵；家祭乃龜堂所望，明年當告九州同。前人輓男人

一〇〇、華國有夫君，如一鶚翔空，先歸閬苑；型家此賢母，看雙麟騰譽，合慰泉臺。前人輓女人

一〇一、令儀爲中閫楷模，比跡無慚車挽鹿；良匹是大廷楨榦，同心忽痛鏡分鸞。仝前

一〇二、題雁塔近三十年，清游每憶長安月；奮鵬溟極九萬里，壯采何殊博望槎。前人贈唐漢儀

一〇三、嘉話十年前，正雁塔高題，雀屏新中；春光三月好，有鳳毛繞膝，鴻案齊眉。前人贈陳坤一

一〇四、學老於年，君眞綉虎才華，多士罕匹；藝進乎道，誰謂雕蟲篆刻，壯夫不爲？前人贈江兆申書畫篆刻展

一〇五、圖像穆清風，對如雪修髯，悅親德宇；垂衣輝盛業，願在天偉魄，長護神州。前人紀念林子超主席百年冥誕

一〇六、天下太平，文官不愛錢，武官不惜死；乾坤正氣，在下爲河嶽，在上爲日星。王犖題岳王墓

一〇七、七里舊池塘，共幾輩交游，連宵詩酒；三更好明月，況萬家燈火，一片笙歌。張問陶自題蘇州景園

一〇八、放不開眼底乾坤，何必登斯樓把酒；呑得盡胸中雲夢，方可對仙人吟詩。吳敏樹題岳陽樓

一〇九、門前生意，好比六月蚊蟲，隊進隊出；櫃裡銅錢，要像冬天虱子，越捉越多。唐寅春聯

一一〇、春滿人間，喜氣洋洋，何異置身仙境；福臨此地，生機勃勃，正是富貴天堂。黃炳岐春聯

一一一、看五嶺迤邐而來，一島重成天下鎮；是萬邦薈萃所在，數亭輕點畫中山。梁耀明題香港壚峰獅子亭

一一二、白玉猶有瑕，求人十全十美那裡遇？青春豈無限，擇偶千挑萬揀幾時休。婚姻介紹所

一一三、獨生子女最光榮，於國於民均有益；雙愛夫妻宜仔細，晚婚晚育產良嬰。大陸提倡「晚婚」、「只生一個就夠」新觀念

一一四、男女合栽連理樹，同心同德干四化；夫妻共育一枝花，利國利民又利家。仝前

一一五、十載許勾留，與西湖有緣，乃嘗此水；千秋同俯仰，惟青山不老，如見古人。徐星北題西湖樓外樓飯店

一一六、終日解其頤，笑世事紛紜，曾無了局；經年坦乃腹，看胸懷灑落，卻是上乘。揚州天寧寺彌勒佛龕

一一七、冷照西斜，正極目空寒，故國渺天北；大江東去，問蒼波無語，流恨入秦淮。梁啟超集詞句

一一八、呼酒上琴臺，把吳鉤看了，欄杆拍遍；明朝又寒食，正海棠開後，燕子來時。仝前

一二〇、泣殘紅，誰分掃地春空，十日九風雨；舉大白，爲舊時月色，今夕是何年？仝前

一二一、高會惜分陰，度萬壑千巖，勝流星聚；瓊糜方一啜，對佳時媚景，險韻詩成。黃樾蓀集詞句

一二二、紅芳庭院，綠蔭窗扉，春色又添多少；眼底河山，樓頭鼓角，壯懷豈肯蹉跎。仝前春聯

一二三、長恐舞筵空，奈愁人庾腸，老侵潘鬢；自憐詩酒瘦，憶呼鷹故壘，截虎平川。樊增祥集詞句

一二四、醒醉一乾坤，仗酒祓清愁，花銷英氣；俯仰悲今古，有絲闌舊曲，全譜新腔。佚名集詞句

一二五、粗衣淡飯好烟茶，這個福老子享了；齊家治國平天下，此等事兒曹任之。林則徐父題書齋

一二六、勝則爲王，敗則爲寇，古分不過爾爾；紅面孔進，白面孔出，婦孺亦復云云。戲臺聯

一二七、擊鼓聽三撾，想老賊阿瞞，曾經奪魄；誤弦邀一顧，憐小喬夫壻，未免癡情。仝前

一二八、一闋荔枝香，聽玉笛吹來，遍傳南海；雙聲楊柳曲，問金樽把處，憶否江南。廣州武林會館

一二九、泛宅便爲家，有紅粉青娥，長新風月；他鄉忘作客，看千岩萬壑，如此江山。江山船聯

一三〇、最憐卿對酒當歌，蹙損眉峰傷墜絮；莫笑我逢場作戲，放開眼界看名花。珠江畫艇聯

一三一、聞說是鄉親，何明月二分，小時不識？誰能不離別，正秋星一點，銀漢無聲。沈衛贈妓小銀子

一三二、篋中疏稿病時賢，杜漸防微謀不用；天上巢痕猶昨夢，傾河注海淚難乾。郭曾炘輓于式枚

一三三、如今馬革裹屍還，且與名關同不朽；未驅殘敵領空外，猶留遺憾在人間。劉隆民輓空軍烈士韋一青

一三四、勝地如畫圖，是賢守遺區，雄藩舊館；靈山托文字，有叔齊作記，孟簡題名。梁章鉅題桂林獨秀峰五詠堂

一三五、且開拓心胸，看漢水波濤，峴山風月；若評論人物，有武侯經濟，工部文章。趙尚輔題湖北襄陽提學

第三章　十五言楹聯

一、到此間遊，莫放過北嶺奇巖，南國寶樹；來人勿躁，且靜觀西山暮靄，東海朝暉。林渭訪題墾丁公園

二、歲計於春，日計在寅，乘時奮發希賢聖；敬以植內，義以方外，正位中和養性

天。春聯

三、仗劍飲屠蘇，難忘故國山河，故園父老；枕戈辭舊歲，猶夢春風玉塞，春雨江南。仝前

四、八方在風雨中，看曉日曈曈，光華復旦；四季入畫圖裡，喜田園井井，樂利生民。仝前

五、峻嶽鎮幽燕，近翊黃圖，風雨永昭和會；靈山鍾畢昴，遙連紫塞，陰陽迭見貞元。恆山南關聯

六、大夢忽聞鐘，任教烟雨迷離，人都醒眼；浮生眞唳雁，盼到天花亂墜，我亦回頭。衡陽迴雁塔

七、英雄兒女各千秋，昭烈有陵，薛濤有井；名士美人同一慨，尚書憐色，節度憐才。胡毅齋題成都望江樓

八、一曲後庭花，夜泊銷魂，客是三生杜牧；東邊舊時月，女牆懷古，我如前度劉郎。薛慰農題秦淮停雲小榭

九、鑿壁開窗，最可喜雪霽南山，霞明東海；庋牀枕水，有幾個春宵聽雨，秋月彈

琴？ 濟南歷下亭

十、經史子集，可法可師，古今之理盡此矣；貧富窮通，如幻如夢，山野所樂在斯夫。 湘東蕚園賜書樓

十一、美擅湖山，留此地萍蹤，好共一觴一詠；歡聯桑梓，問故鄉梅訊，無忘江北江南。 薛慰農題杭州安徽會館

十二、育才閱三十餘年，共勵知行，永垂學統；撥亂得六千君子，各憑忠愛，再奠神州。 政治大學四維堂

十三、四周集奇石幾層，月色當空，如窺古澗；其地有高松百尺，綠陰翳砌，時到異人。 鄧石如題揚州瘦西湖草堂

十四、功烈足千秋，曾匡晉室中興，名垂青史；河山仍半壁，安得斯人再出，力拯蒼生。 陳子波題高雄廣應廟—祀謝東山

十五、至誠之動，孚及豚魚，雖阿瞞莫敢不服；大義所歸，堅如金石，惟使君乃得而臣。 朱誠三題蒲城關帝廟

十六、恢復據桃林，弓劍英雄，無愧陳家臣子；棲眞依桂觀，馨香今古，長爲帝座

星辰。泉州元妙觀—祀陳聖王

十七、南面稱王，歷唐宋元明四代，香烟罔替；鯤鯓開府，合荊吳閩粵諸民，俎豆常新。南鯤鯓代天府

十八、啓草昧而興，有四百兆兒孫，飛騰世界；問龍蹻何處，是五千年文化，翊衛神州。于右任題四川黃帝廟

十九、八一日帶髮效忠，表太祖十六朝人物；三千人同心赴義，存大明二百里江山。江陰閻應元祠

二十、虎口餘生，想來日無多，預作歸山之計；牛眠難卜，喜百年長在，且看逝水如斯。九峰老人題俞樾生壙

二一、孤城抗卅萬賊兵，生仗寶刀，死埋烈焰；一碣題五百壯士，神遊碧海，氣塞蒼溟。陳誠題圓山五百完人冢

二二、抗暴殲仇九百人，壯烈捐生，長埋碧血；褒忠愍難億萬世，英靈如在，永勵黃魂。俞鴻鈞題霧社起義殉難紀念碑

二三、人生惟酒色機關，須百鍊此身成鐵漢；世上有是非門戶，要三緘其口學金

人。張伯冶豪飲健談其妻贈以聯

二四、此地迴非凡，閒聽一曲漁歌，留雲久住；夕陽無限好，尤愛三更人靜，待月歸來。僧名閒雲與尼姑尤月私通人贈嵌名聯

二五、我豈欲扒灰，都緣小子無能，恐其絕嗣；人誰不打算，端因老妻已故，省得重婚。某翁早鰥扒灰子媳撰聯解嘲

二六、出乎其類，拔乎其萃，不容於堯舜之世；未能事人，焉能事鬼，且去夫父母之邦。清郭嵩燾力倡西化頗受排斥後使英人贈以聯

二七、旨酒一壺，佳茗一甌，燈前靜讀書千卷；雲亭半角，清泉半曲，園裡閒開花萬叢。陳雄勳贈程旨雲

二八、座客爲誰，聽二分明月簫聲，依稀杜牧；主人休問，有一管春風詞筆，點綴揚州。李澄題揚州某氏園戲臺

二九、聖出一方，超釋道耶回，長爲生民立命；教垂萬世，合東西南北，齊瞻日月經天。王彥題孔子誕辰

三十、道協天人，繼堯舜禹湯文武周孔之統；手創民國，爲漢滿蒙回藏苗傜黎而

生。國父誕辰

三一、逋寇在吳中，是先帝與藎臣臨終恨事；薦賢滿天下，願後人補我公未竟勳名。曾國藩輓胡林翼

三二、共和告成，溯厥本源，首功自來推人世；革命而往，無問始終，大年不假恨蒼天。段祺瑞輓國父

三三、論齒爲尊，論德爲清，大耄方登同仰望；得天之健，得地之厚，典型已樹永垂存。田炯錦輓陳勤士

三四、爲新文化運動前驅，自有光芒騰萬古；以舊道德楷模後進，即論風節足千秋。周書楷輓胡適

三五、侍從受殊恩，最仰德備行堅，道承孔孟；精誠養浩氣，力挽邦危世亂，功媲文湯。沈昌煥輓蔣公

三六、公居友黨，身忝恩知，勉竭樗庸襄憲政；哀遘國喪，恭承遺訓，尙憑靈爽佑中興。孫亞夫輓蔣公

三七、致其身於言語一科，君是聖門賢弟子；叨同壽于耄及八秩，我愧當時雌甲

辰。丁治磐輓齊鐵恨

三八、南人歸南，北人歸北，小朝廷豈求活耶？孝子死孝，忠臣死忠，大丈夫當如是矣！董其昌題岳王廟

三九、望江樓上望江樓，江樓千古，江流千古；儲水庫中儲水足，水庫萬年，水足萬年。掉字對聯

四十、池畔草青，池中水碧，䲡魚黑鰵逍遙泳；樹間蕾紫，樹外花紅，白蝶黃蜂錯雜飛。張月波題逸園

四一、替鬼化緣，或拜張，或拜李，拾芝痲湊斗；隨人作福，不爭多，不爭少，盡蠟燭唸經。吳稚暉嘲中元盂蘭盆會

四二、兩腳不離大道，吃緊關頭，須認清岔路；一亭俯看群山，占高地步，必趕上前人。貴陽圖雲閣

四三、入則孝，出則弟，守先王之道，以待後學；誦其詩，讀其書，友天下之士，尚論古人。朱彝尊題杭州敷文書院

四四、見樹木交榮，時鳥變聲，亦復欣欣有致；待春山可賞，白鷗矯翼，倘能從我

游乎？張季直題南通師範學校相禽館

四五、善氣迎人，古道照人，是我之平生摯友；熱誠愛國，忠心報國，惟公爲當代偉才。徐傅霖輓吳鐵城

四六、賽春色若賽文章，大塊有靈，應須假我；宰天下如宰祭肉，英雄未出，勿謂無人。羅惇衍少時見老舉人腐筆作元宵聯遂代作

四七、集山海梯航，東鰈西鶼，萬國圖歸王會；感風雲律呂，南兜北昧，九重樂奏鈞天。祝乾隆皇帝八秩

四八、親不負楚，嶼不負梁，愛國忠君眞氣節；騷可爲經，策可爲史，經天行地大文章。長沙屈賈二公祠

四九、中國有聖人，是祖是師，咄咄西來東土；名山藏帝子，亦仙亦佛，元元北鎭南天。浮邱山祖師殿

五十、天意起斯文，不是一封書，安得先生到此；人心歸正道，只須八個月，至今百世師之。潮州韓文公祠

五一、文克經邦，武克定亂，勳名過開元宰相；忠以輔主，哲以保身，理學推大宋

名儒。無錫李綱祠

五二、功在生民，惜傳聞異辭，信史尚留曲筆；德垂奕禩，悵播遷中葉，支流莫溯眞源。錢梅溪題杭州錢武肅王祠

五三、造物本無私，移來檻外烟雲，適開勝境；會心原不遠，就此眼前山水，猶見古人。王惟誠題桂林獨秀峰五詠堂

五四、垂訓一無欺，能安分者，即是敬宗尊祖；守身三自反，會喫虧者，便爲孝子賢孫。蔣士銓楹聯

五五、朝無諫草，家有賜書，卅載清聲光簡冊；公應騎箕，我悲陟岵，一時血淚灑葭莩。梁山舟輓其姑丈張藻川

五六、王業不偏安，拒操和權，諸葛猶非知己；春秋大一統，帝蜀寇魏，紫陽乃許同心。關帝廟聯

五七、三十年宦海平安，旦夕焚香，惟求利濟；一萬里慈雲庇蔭，閒關行役，重許瞻依。楊鶴書題雲南天后宮

五八、名場利場，無非戲場，做得出潑天富貴；冷藥熱藥，總是妙藥，醫不盡偏地

炎涼。藥王廟聯

五九、鐵面無私，凡涉科場，親戚年家須諒我；鏡心普照，但憑文字，平奇濃淡不冤渠。朱文正視學浙中作

六十、職在地方，但無忘該管地方，即爲盡職；民呼父母，倘難對自家父母，何以臨民。嚴問樵楹聯

六一、丸熊助苦，封鮓貽廉，有是母，乃有是子；隔幔傳經，居樓授史，聞其語，今見其人。齊梅麓輓陳文述太夫人

六二、東土徵歌，問表海雄風，今樂何如古樂？南宮奏曲，聽遏雲高響，雅音原是鄉音。嚴問樵題江南會館戲臺聯

六三、寄跡此山中，數畝芳田，日看犁雲耕雨；忘機斯世外，三間古屋，時欣弄月吟風。徐筠田題東楚張氏書屋

六四、南宋溯忠門，香火傳來，猶似錢塘江上；東吳恬德水，帆檣駛過，免經鐵甕城頭。林則徐題丹徒金龍大王廟

六五、青山橫郭，白水繞城，孤嶼大江雙塔院；初日芙蓉，晚風楊柳，一樓千古兩

詩人。李芝齡題江心寺

六六、楚粵盛勛猷，更饒廿載山林，重賡鳴鹿；皖吳尊齒德，何意三春風雨，遽痛驂鸞。林則徐輓吳槐江

六七、當代經師，鄭東海，馬扶風，抗前賢爲伍；此間旅殯，荀蘭陵，蘇玉局，得夫子而三。佚名輓盧抱經學士

六八、新年蓬海鶴添籌，杖國春長，上齊九老；明歲松江鱸作膾，還鄉人健，重進千觴。成惕軒壽狄君武

六九、斯人具公瑾英姿，鯤嶠聯吟，喜親芝宇；來歲還漢家舊物，蠶叢攬勝，添醉桃觴。前人壽周開慶

七十、有白麟奇木雄文，昔號神童，今稱佛士；正紫蟹黃花令節，籌添海屋，觴侑賓筵。前人壽許君武

七一、躋大年最難，況曾壯志屠鯨，高文蔚豹；食積善之報，請看佳兒展驥，快婿乘龍。前人壽林谷孫

七二、一時碩果重烏臺，霜簡繩姦，繡衣肅吏；千丈長松挺黃嶽，鴻鈞轉歲，鶴算

添春。前人壽金幼鞫

七三、鹽梅贊化，棫樸興才，一老猷爲殊卓卓；著作如林，圖書有府，百年名業自堂堂。前人壽王雲五

七四、茅茹選俊，棫樸興才，宜多士頌其壽考；橘叟一枰，蕉天萬紙，問何人擅此精能？前人壽陳雪屏

七五、著書得美人香草之遺，百萬言都付梓；壽世以王母蟠桃爲紀，三千歲一開花。前人壽彭郁文教授

七六、江南種召伯甘棠，四十專城，早稱賢牧；海上食安期仙棗，百年行樂，且作詞人。前人壽阮毅成

七七、綠天書好，黃絹辭工，操翰早成千載業；碧海春回，翠簃人健，侑觴齊誦九如篇。前人壽卓補林

七八、振其弘業，澤彼大群，宜齊嵩華無疆壽；閒寄巢居，靜諳園趣，直比羲皇以上人。前人壽林策勳

七九、引滄海爲池，挈喬嶽爲屏，以四方爲宇；究天人之際，通古今之變，成一家

之言。（前人贈胡秋原）

八十、天生不世出人豪，威德兼隆，實弘黃祚；民戴大有爲政府，河山必復，敢告玄靈。（前人紀念蔣公冥誕）

八一、託根記自海南州，試望鄉關，無忘家祭；繩武期多天下士，遠儀和靖，近法文忠。（前人紀念旅泰海南林氏新建宗祠落成）

八二、篳藍紀創業之艱，樊第陶廬，毋忘締構；孝悌爲齊家之本，田荊孟筍，所願栽培。（前人紀念菲律賓嬀汭五姓總會三十周年）

八三、歎隙中駒，石中火，夢中身，明朝又寒食；願月長圓，花長好，人長壽，千里共嬋娟。（前人集宋詞）

八四、從軍少日，作賦名都，差許登樓擬王粲；問年甫強，得時則駕，未應學圃老樊遲。（前人壽韋蒹堂教授）

八五、春郊聽萬戶農歌，國倚賢郎，同申燕喜；海屋紀八旬母壽，天詒晚福，以報烏慈。（前人壽女人）

八六、越敵壘以宣國威，雪窖冰天，氣何凜冽；有黨碑長峙瀛表，青林黑塞，魂兮

歸來。前人輓王化南

八七、眞趣寄濠濮之間，老去師丹，渾忘近事；直聲動淮淝以外，上希孝肅，猶見遺風。前人輓陳念慈

八八、致用在讀律讀書，磔鼠辭嚴，彫龍辯敏；繼志有佳兒佳女，神駒價重，雛鳳聲清。前人輓汪禕成教授

八九、貢院樹新規，事美傳衣，和凝曾得多士；儒林弘正學，望隆祭酒，荀況最爲老師。前人輓陳大齊

九十、詞華不讓趙吳興，論志節則尤遠過矣；經學差同秦伏勝，惜年壽未足以副之。前人輓溥心畬

九一、一障與乘邊，曾教天馬葡萄，平添吟料；三軍行渡海，那信鱸魚蓴菜，竟負歸心。前人輓李少陵

九二、置身在儒法之間，學治管商，行宗顏閔；得壽與期頤爲近，芳流楚乘，福備箕疇。前人輓范韻珩

九三、閩士例能詩，定知香草齋中，永傳法乳；臺灣曾集禊，忍同新蘭亭畔，重話

流觴。　前人輓　黃仲良

九四、杏林曾續養生方，綵筆閒揮，兼工藻詠；蓬海難求不死藥，玉棺遽下，總惜清才。　前人輓　奚南薰醫師

九五、衣被及千萬家，看曉谷遷鶯，正襄宏業；春秋纔六三歲，歎修途輟驥，未竟長才。　前人輓　胡希枌

九六、馬遷用貨殖名篇，百業所資，莫如鐵冶；鴟夷以苦身致富，千金能散，不負珂鄉。　前人代輓　唐榮董事長

九七、闤中早著賢聲，比往代敬姜，習勞習儉；泉下應無遺憾，有多情元相，營奠營齋。　前人輓　賈韶園妻熊夫人

九八、別婆娑洋，登兜率天，一笑拈花成妙覺；以名父女，作才子婦，幾人詠絮擬清芬。　前人輓　程滄波妻錢夫人

九九、與鹿車並著賢聲，既昌其家，胡靳其壽；有驥子以光懿行，雖死之日，猶生之年。　前人輓　張劍青妻蘇夫人

一〇〇、觀海觀山，趁良辰讀畫評詩，賞聯顧曲；塘南塘北，看勝地飛橋臥隧，闢

土開村。香港觀塘藝術節徵聯亞軍獎

一〇一、豪情跌宕，文采風流，新月新詩廣陵散；逸興遄飛，黃泉碧落，奇人奇死破天荒。錢新之輓徐志摩

一〇二、薄倖翻成小玉悲，折柳分釵，空尋斷夢；舊情漫與桃花說，愁紅汰綠，不似當年。袁寒雲贈妓小桃紅

一〇三、總而言之，統而言之，此日又逢雙十節；民猶是也，國猶是也，對天長嘆兩三聲。劉師亮題民國十二年雙十節

一〇四、七千萬人民火熱水深，擁護那個舅子；一年餘主席頭焦額爛，再來就是龜兒。王纘緒卸任四川省主席，人民贈以聯

一〇五、能攻心則反側自消，從古知兵非好戰；不審勢即寬嚴皆誤，後來治蜀要深思。趙藩題成都武侯祠

一〇六、丘壑在胸中，看疊石疏泉，有天然畫本；園林甲天下，願携琴載酒，作世外清遊。俞樾題蘇州環秀山莊—汪園

一〇七、花深深，柳陰陰，聽別院笙歌，且涼涼去；月淺淺，風剪剪，數高城更

鼓，好緩緩歸。貴陽江南會館

一〇八、埋愁無地，淚眼看天，嘆事事都如前日；剪紙爲花，摶泥作果，又匆匆過了今年。方地山春聯

一〇九、歲序又翻新，莫教牛鬼蛇神，橫行當道；時光難久駐，休向馬蹄狗腿，錯認前程。香港春聯

一一〇、人海人山，不夜城中，看一代琉璃世界；卿雲卿月，長春院裡，好幾處歌舞樓臺。元宵聯

一一一、梅鶴洗寒酸，也教坡老揚眉，葛仙生色；鶯花添富麗，卻稱金牛湖上，寶石山前。俞樾題西湖財神廟

一一二、啓草昧而興，有四百兆兒孫，飛騰世界；問龍蹻何道，是五千年文化，翊衛神州。于右任題青山城黃帝祠

一一三、立志開萬世之太平，草聖詩仙猶末事；遺書望故鄉而痛哭，收京復國告先生。嚴寒晚于右任

一一四、回首昔時春，冰繭同宮，萬縷千絲一夢；傷心三月暮，曉鐘破戶，鳥啼花

落人亡。杜召棠輓婦

一一五、十里故鄉山，最宜勒馬煙凝，新田晚照；一庭疏樹月，盡恣釣魚清興，斗酒豪情。梁耀明題香港泰如漁村酒家

一一六、放歌齊魯，漫步京華，剪接山河爲錦綉；夢斷西廂，魂驚精變，激飛藝海哭良人。香港華文影業經理趙一山去世，其妻輓聯

一一七、方懸四月，疊墜雙星，東亞西歐同殞淚；欽誦二心，憾無一面，南天北地遍招魂。郭沫若輓魯迅

一一八、夏無酷暑，冬不祁寒，四季得中和景象；南倚雪山，西連星海，九州尋岳瀆根源。汪栗庵題敦煌石窟

一一九、興女學爲邦家之光，早有聲名在河北；以婦人憂天下而死，遙知魂夢到江南。馮國章繼室周道如去世其老師孫師鄭輓以聯

一二〇、到處是樓臺，恨無茅屋三間，閒來賞雨；偶然值親友，猶有冰心一片，相與談天。南京玉壺春茶樓

一二一、生不死，命不該死，死裡脫逃，吃杯酒去；有事忙，無事也忙，忙中偷

懶，泡壺茶來。張獻忠屠川，萬縣一酒家聯

一二二二、菩提今菩提，具大神通，忽視千般手眼；自在觀自在，是眞佛力，總由一念慈悲。張維屏題千手千眼觀音

一二二三、見了便做，做了便放下，了了有何不了？慈生於覺，覺生於自在，生生還是無生。成都文殊院

一二二四、十年河東，十年河西，切莫放年華虛度；一腳門裡，一腳門外，可曉得腳步留神。秦州充光孝寺

一二二五、臨流可奈清癯，第四橋邊，呼棹過環碧；此意平生飛動，海棠影下，吹笛到天明。梁啟超贈徐志摩集詞聯

一二二六、最有味，是無能，但醉來還醒，醒來還醉；本不住，怎生去，笑歸處如客，客至如歸。前人贈蹇季常集詞聯

一二二七、笑倦遊猶是天涯，萬里乾坤，不如歸去；望客裡又過寒食，一樁心事，曾有詩無？前人集詞聯

一二二八、羅衣特地春寒，細雨夢回，猶自聽鸚鵡；殊鄉又逢秋晚，江上望極，休去

採芙蓉。仝前

一二九、喚個月兒來，清光更多，已放冰壺一色；從今花影下，嬌紅成暈，染教世界都香。仝前

一三〇、酒酣鼻息如雷，疊鼓清笳，迤邐度沙漠；萬里夕陽垂地，落花飛絮，隨意繞天涯。林宰平集詞聯

一三一、澹泊生涯，任剪雪裁雲，不用買花沽酒；留連倦客，向天涯海嶠，追念輞水斜川。黃樾蓀集詞聯

一三二、寂寞掩屛圍，試飲芳樽，別有傷心無數；淒涼懷故國，且題醉墨，那知怨句難工。仝前

一三三、信沉魚鳥，情滿關山，故人莫詑音書絕；筆走龍蛇，詞傾河漢，妙手都無斧鑿痕。仝前

一三四、誰解此意登臨，正候館梅開，錦城春曉；我欲乘風歸去，看銳師雲合，捷羽東飛。仝前——春聯

一三五、碧山遠水登臨，記題葉西樓，吹花南浦；綠鬢朱顏依舊，喜聽猿楚峽，學

劍秦川。樊增祥集詞聯

一三六、月夜歸來，此地宜有詞仙，擁素雲黃鶴；蘆花共色，獨客又吟愁句，對萬壑千巖。朱彊村集詞句題兩浙詞人祠堂

一三七、花前閒整衣巾，看煙佩霞紡，細憑商略；竹外有些亭榭，把詩囊酒具，早已安排。陳荊鴻集香港修禊詞聯

一三八、白髮蕭然，看他人兒女夫妻，千般恩愛；黃金盡矣，數此日油鹽醬醋，百計安排。王扶九題除夕

一三九、結習難忘，袖中携一卷離騷，美人香草；觀風所至，天外見三峰落雁，玉女蓮花。柯逢時楹聯

一四〇、老的少的，村的俏的，睜睜眼，看他怎的；歌斯舞斯，哭斯笑斯，點點頭，不過如斯。戲臺聯

一四一、勝概跡滕王，一曲鳴鸞，記否閣中歌舞；新詩吟杜牧，幾人騎鶴，來聽橋畔簫聲。揚州江西會館戲臺聯

一四二、遊目騁懷，此地有崇山峻嶺，茂林修竹；賞心樂事，則爲你如花美眷，似

水流年。（江山船聯）

一四三、出岫笑閒雲，居然大白狂浮，小紅低唱；入簾憐瘦燕，卻好桃兒粉薄，杏子衫輕。（廣州珠江畫舫聯）

一四四、相逢在天上人間，銀漢月圓，金樽月滿；最好是昨宵今夕，海棠初睡，木筆初開。（蔡枚功贈妓「月初」）

一四五、罷學救亡，罷市救亡，我商界挺身先起；民心不死，民國不死，願諸君努力進行。（五四運動商界罷市支援）

一四六、非無福澤，也有才華，誤去半生都是懶；既到人間，終歸地下，從來萬古總難逃。（佚名自輓）

一四七、不跌死，必餓死，同一死，遲死何如早死；悔前生，怨今生，莫再生，有生孰若無生。（仝前）

一四八、慕南皮勝流，朱李甘瓜，願十日平原住；憶西湖好景，風裳水珮，作三潭印月觀。（姬佛陀題上海愛儷園）

一四九、共學東湖，同客西湖，坐對臘燈懷舊雨；五年遲我，一日先我，互斟春酒

祝長生。俞樾壽沈蘭舫

一五〇、藺相如與廉頗交，方之古人寧無愧色；諸葛亮哭周公瑾，從此天下更少知音。江孔殷輓簡照南

一五一、是二千年亞洲英雄，未許後人論成敗；爲四百兆國民痛哭，豈徒知己感生平。鄭辛樊輓唐景崧

一五二、不見南大洋漂流狂浪，少談曾經滄海；未遇北美洲龍捲墨雲，休誇除卻巫山。地理學家鄒豹楹聯

一五三、銜遠山，呑長江，其西南諸峰林壑尤美；送夕陽，迎素月，當春夏之交草木際天。徐仁山題揚州平山堂

一五四、宛在水中央，聚千古名士忠臣人兩個；生成香世界，看滿湖春風秋月花四時。費道純題四川桂湖升庵殿

一五五、司法著爲特權，孟德斯鳩揭政家創論；沛人古多奇傑，漢蕭相國亦法律專家。吳恭亨題安徽高等審判廳

柳園聯語

下

張定成題

目次

下冊

卷三

卷四

卷五

卷六

第四章　十六言楹聯

一、大地少閒人，誰能作風月嘉賓，湖山勝友？六朝多古跡，我愛此荷花世界，鷗鳥家鄉。彭玉麟題南京劉園

二、有志事竟成，破釜沉舟，百二秦關終屬楚；苦心天不負，臥身嘗膽，三千越甲定吞吳。春聯

三、眞博愛，眞平等，眞自由，眞理直超心物外；新國防，新社區，新科技，新機都作膽薪中。仝前

四、舞劍起中宵，寄語江南，春至萬家寒自解；揮毫昭盛歲，傳書天下，旗開上國日重光。仝前

五、砥勵廉隅，效往哲躬行，贏得此心無愧怍；伸張正義，趁履端肇始，好憑眾志策澄清。仝前

六、何處結仙緣，儘流傳千載赤松，一拳黃石；此間眞福地，且領略萬竿烟雨，四面雲山。白延燮題陝西麓授書樓

七、作湖山一日主人，看萬派爭流，諸峰羅列；歷唐宋百年過客，有少陵詩筆，曾鞏文章。濟南北極閣

八、聚散總前因，最相宜明月一船，清風兩岸；古今幾名士，且合唱大江東去，秋雁南來。王曇題九江琵琶亭

九、斯世竟何之，幸得傍孤嶼梅花，岳墳忠柏；此心無所戀，卻未捨錢江夜月，珠海鄉雲。許奏雲題西湖雲亭

十、一水抱城西，煙靄有無，拄杖僧歸蒼翠外；群峰朝閣下，雨晴濃淡，倚欄人在畫圖中。楊慎題昆明太華寺

十一、萬里一枝筇，傲世忘榮，但得煙霞供歲月；五湖三畝宅，依林吟嘯，宛如平地作神仙。革命和尚烏目山僧題上海愛儷園

十二、大比重三年，舉孝興廉，是古今求賢準的；澄懷盟五夜，除奸剔弊，還國家取士規模。徐樹銘題杭州貢院

十三、月是故鄉明，邗水來遊，更照金樽開別館；星垂平野闊，蕪城倚望，同占珠斗耀長淮。李昭慶題揚州安徽會館

十四、金谿小築，宛在一方，其地爲虞伯生故址；玉水分流，滙成五畝，此中有唐山人詩瓢。俞樾題西湖唐莊

十五、竹報平安，靈應香煙，石上三生，回頭存舊；蓮修因果，莊嚴樓閣，空中萬象，彈指現新。新竹竹蓮寺

十六、土宇闢滄溟，移孝作忠，天爲孤臣留片壤；血誠矢皦日，原心略跡，帝頒曠典報馨香。方祖蔭題臺南延平郡王祠

十七、孤臣秉孤忠，五馬奔江，留取汗青垂宇宙；正人扶正義，七鯤拓土，莫將成敗論英雄。白崇禧仝前

十八、儒術豈虛談，水利書成，功在三江宜血食；經師偏晚達，篇家論定，狂如七子也心降。林則徐題歸有光祠

十九、出西州門，風景不殊，難忘聖相經營之烈；此一湖水，潢汙可薦，留與後人謳詠而歸。許振禕題南京莫愁湖曾國藩祠

二十、我久住西湖，晴好雨奇，曾向春隄吟柳色；公連渡東海，珠崖儋耳，何如此地近梅花。惠州東坡祠

二一、是父生是子，家學一門，自昔聲名彌宇宙；難兄更難弟，象賢兩世，至今俎豆重鄉邦。蔡宗建題四川眉州三蘇祠

二二、銅柱鎮鳶飛，顧盼生風，意氣眞能吞浪泊；金門留馬式，男兒報國，姓名何必與雲臺。余應松題橫州馬伏波祠

二三、天誥極哀榮，無欲則剛，直節眞堪比南嶽；帝恩容退省，有功斯祀，專祠長許傍西湖。卞寶第題西湖彭剛直祠

二四、笠履寄生涯，剔蘚摩苔，四面青山應笑我；蓬萊原咫尺，吟風嘯月，一枝綵筆屬何人？福州莊鼎元止止堂

二五、不羨官高，喜案牘無多，疊石林間開勝境；居然吏隱，把管絃麾去，扶筇亭畔聽流泉。徐韻珊題衙署

二六、魂兮歸來，三藐三菩提，梵曲依然破陣樂；悲哉秋也，一花一世界，國殤招以巫陽詞。李秀成輓太平天國陣亡將士

二七、往事溯從頭，深入不毛，子夜淒涼常獨宿；大功曾復辟，每戰必克，琴心挑動又私奔。張勳有妾名小毛子，又納名伶王克琴為簉室，小毛子鬱鬱以終，及張敗，王捲席而去，人贈以聯。

二八、吹徹玉笙寒，休去倚闌，絮絮說東風昨夜；生愁金漏轉，偶來聽雨，匆匆又深巷明朝。（方地山贈妓小樓）

二九、師範仰崇巍，問道執經，青年才士欣依附；大成賅德智，承先啓後，義路仁門樂適中。（師大附中校慶嵌「師大附中」）

三十、歌舞慶豐年，如茨如粱，如坻如京，至足矣；衣冠來遠客，自西自東，自南自北，其庶乎。（花蓮阿美族豐年祭）

三一、七千里外策中原，有東海涵天，西巖捧日；五百兆民徯我后，看南辰增算，北斗揚輝。（祝蔣公誕辰）

三二、天下一戎衣，父作子述，以保我子孫黎民；奕世兩賢哲，蕭規曹隨，俾躋民虞夏殷周。（仝前）

三三、兩個寧馨兒，曰絳曰青，到頭只好由他去；一篇糊塗帳，是紅是綠，結算終須待汝來。（南京名醫葉古紅，其妻魏新綠，生子女二，一名絳，一名青，古紅臨終自輓。）

三四、一飯尚銘恩，況襁褓提攜，祇少懷胎十月；千金難報德，論人情物理，亦當泣血三年。（曾國藩輓乳母）

三五、拋湘上漁簑，雲起龍驤，從古功名關際會；問江南別墅，鳥啼花落，惟餘風景閱興亡。　趙啟霖輓袁樹勳

三六、大度領江淮，寵辱胥忘，美謚終憑公論定；前型重山斗，步趨靡及，遺章慚負替人期。　林則徐輓陶澍

三七、開億載宏基，奕代光昭，鄰服亦知崇德厚；爲兆民立極，萬方雨泣，此生長憶受恩深。　田炯錦輓蔣公

三八、曠代數奇勳，炳日熙天，峻德允孚霖雨望；元良驚溘逝，椎心泣血，沈哀永繫國人思。　何宜武輓蔣公

三九、傾耳共清談，老去秋郎，別有幽懷人不識；極峰尊小品，久湮雅舍，卻因采筆史長存。　張佛千輓梁實秋

四十、善渡羣生，人成即佛成，到此悉由忠孝路；導歸極樂，心淨即土淨，從茲共入聖賢門。　臺北市善導寺

四一、未免有情，憶酒綠燈紅，一別竟驚春去也；誰能遣此，悵梁空泥落，何時重盼燕歸來？　曾國藩贈妓春燕嵌字聯

四二、有堂、有庭、有橋、有船、有書、有畫、有歌、有酒；無賤、無貴、無貧、無富、無隱、無私、無忌、無憂。上海亦是園

四三、臺榭漫芳塘，柳浪蓮房，曲曲層層皆入畫；煙霞籠別墅，鶯歌蛙鼓，晴晴雨雨總宜人。俞樾題西湖湖心亭

四四、乃聖乃神，乃文乃武，扶四百載承堯之運；自西自東，自南自北，如七十子服孔之心。趙翼題關帝廟

四五、上上下下，男男女女，老老少少，都除舊歲；戶戶家家，談談笑笑，喜喜歡歡，齊過新年。廣州某學堂春聯

四六、蔣百里，英千里，屈萬里，相去不可以道里計；孫二娘，趙五娘，杜十娘，說來都是些女娘群。姓名捉對巧聯

四七、梁啓超，林子超，葉公超，馳名全在於高超輩；班定遠，張文遠，王任遠，持論何須用遠近分。仝前

四八、還不起來嗎？此等工夫，怕是懶人常藉口；何妨睡著吧，這般時代，倘成好像也歡心。蘭州崇慶寺睡佛聯

四九、憑咱這點切實工夫，不怕二三人是少數；看你一團孩子脾氣，誰說五十歲爲中年？胡適五十初度人壽以聯

五十、地近杏花村，闌檻留春，瀟灑林泉新畫稿；我來梅子雨，琴樽消夏，清涼世界小神仙。劉銘傳題南京愚園

五一、珥筆共登壇，懷瑾握瑜，先向儒流覘器識；投戈重講藝，敦詩說禮，長留絲蕝鎭湖山。蔣益澧題崇文書院

五二、天地一英雄，出生入死，提挈河山還故有；邦家兩愁慘，眼枯淚盡，艱難身世復何言？譚延闓輓蔡鍔

五三、學成君子，如麟鳳之爲祥，如龍虎之爲變；德在生民，如雨露之爲澤，如雷霆之爲威。朱子題松溪縣學明倫堂

五四、鍊石補星辰，兩月興工當萬曆，纘禹之緒；鑿山振河海，千年遺跡在三江，于湯有光。徐文長題湯紹恩祠－有功除水患

五五、伊呂允堪儔，若定指揮，豈僅三分興霸業；魏吳偏並峙，永懷匡復，猶餘兩表見臣心。諸葛武侯祠

五六、九伐竟無成，心師武侯，能繼祁山六出志；三分不可恃，計誅鄧艾，已復陰平一敗仇。蜀中姜伯約祠

五七、大海茫茫，到無岸無邊，觀於天，天高在上；颷風發發，正可危可懼，徯我后，后來其蘇。張南山題姑米洋天后宮

五八、忠愛著朝端，即蜑雨蠻煙，魂夢仍依北闕；文章行海外，想賦詩飲酒，勾留又在西湖。嵇承志題惠州東坡亭

五九、地軸轉洪濤，月湧星垂，三楚江聲分浦漵；天關開重鎮，煙霏霧斂，六朝山色擁臺隍。陳桂生題江浦縣浦口鎮城樓

六十、海甸涌名山，煙複雲回，位業眞靈參五嶽；洞天開福地，陽舒陰雪，馨香瑞應啓三元。陶雲汀題海州雲臺山

六一、談性命則先賢之說已多，何似求之踐履；學考訂則就衰之年無及，不如返諸身心。孟超然自書楹聯

六二、爲政不在多言，須息息從省身克己而出；當官務持大體，思事事皆民生國計所關。趙愼畛題桂林撫署

六三、欣戚相同，爲人莫想歡娛，歡娛即是煩惱；福命不大，處世休辭勞苦，勞苦乃得安康。蔣士銓自書楹聯

六四、望重南陽，想當年羽扇綸巾，忠貞扶季漢；澤周西蜀，愛此地浣花濯錦，香火擁靈祠。鄂鄂山題四川成都丞相祠

六五、地獄即在眼前，莫到犯了罪時，方纔省悟；業鏡雖懸臺上，只要過得意去，也肯慈悲。宋鳴琦題桂林城隍廟

六六、士所尚在志，行遠登高，萬里鵬程關學問；業必精於勤，博聞強識，三餘蛾術惜光陰。朱蘭坡自題志勤堂

六七、坐臥一樓間，因病得閒，如此散材天或恕；結交千載上，過時爲學，庶幾炳燭老猶明。林則徐印篆作

六八、領三楚雄藩，來旬來宣，問何以推心赤子；承九重懿訓，有爲有守，要無慚對面青山。孫玉庭題公署

六九、海徼樹豐功，水利邊防，廿載宏宣經世略；宮銜隆晉錫，易名延賞，九原還切報恩心。林則徐輓孫爾準

七十、德性秉忠龢，兩入瓊林，稽古榮躋卿貳貴；文章崇軌範，七持玉尺，愛才羣仰老成型。前人輓　陳用光

七一、風節樹朝端，鳴鳳聲高，爲感恩慈酬再造；文章驚海內，登龍望峻，更餘書畫重千秋。前人輓　顧南雅

七二、拯弱舊同心，才德兼資，如此循良曾有幾？籌謀今盡瘁，設施未竟，畢生懷抱向誰開？前人輓　俞德淵

七三、隻手障狂瀾，立德立功，水土平成君不朽；八年聯舊雨，如兄如弟，芝蘭凋謝我何堪！孫寄圃輓　黎世序

七四、節署久宣勞，公爾忘私，盡瘁遽聞歌薤露；草廬留賜翰，賞延于世，印心好爲嗣芸香。龔季思輓　陶雲汀

七五、廿載報君恩，眞不負日下探花，江南秉節；卅年敦友誼，最難忘吳中分袂，漢上題襟。前人輓　陳芝楣

七六、三尺好頭銜，執簡無緣，報國空懷萬言疏；一家大手筆，修文有命，奉親先赴九重泉。齊梅麓輓　萬啟昀

七七、千里銜哀，奉靈輿言邁，驚說莪詩初罷誦；廿年遺愛，悵絃歌遽息，慘教棠樹不成陰。　鄭仁圃輓言朝標

七八、香象奉金仙，傑閣凌雲，日麗中天通上界；煙霄騫鐵鳳，華鐘度水，風回大海引慈航。　魏滋伯題接待寺出海觀音神龕

七九、先世著勳猷，憶當年龍虎風雲，楸枰一局；熙朝隆享祀，忻此日蘋蘩澗沼，湯沐千秋。　金陵莫愁湖上勝棋樓楹聯－相傳明太祖與徐中山王，賭棋於此樓，以湖輸與徐氏，聽其收租

八十、攀桂天高，憶八百孤寒，到此莫忘修士苦；煎茶地勝，看五千文字，箇中誰是謫仙才？　林則徐題福州貢院

八一、恩命方新，悵籍甚聲華，身後遷除空撒手；官逋未了，歎蕭然環堵，庭前俯仰劇傷心。　前人輓王紫瀾

八二、紗幔仰傳經，八座起居，彤管頻題香茗集；板輿隆養志，三春報答，碧幢忽廢蓼莪篇。　前人輓麟見亭母惲太夫人

八三、五省奉安輿，一品封崇，況見孫曾繇甲第；卅年隆祿養，百齡算近，忽悲仙佛渺旛幢。　前人輓周雅圭母陳太夫人

八四、煒管擅清詞，紅藥階前，曾伴郎君吟彩筆；繩床驚噩夢，綠莎廳上，忍教司馬濕青衫。前人輓江芝亭室顏宜人

八五、民頌海東春，富壽有加，欣覩一夔臻上理；道援天下溺，耄期無勌，行驅萬馬復中原。成惕軒壽蔣公

八六、攝游搦心影於詩歌，撰述之工，豈惟白話？爲民主科學而奮鬥，古稀雖屆，仍是青年。前人壽羅志希

八七、百年看並臂馳驅，有績懋戎旃，聲蜚議席；千騎擁上頭夫壻，正月圓鈴閣，春滿蓬山。前人賀李立柏將軍葉叶琴女士嘉禮

八八、誰能並此孤芳，格雋逋仙梅，韻高陶令菊；我欲貽君十字，書摹李北海，畫肖蔣南沙。前人贈劉友愷

八九、善政澤龍荒，弘扇先芬，春風再綠雄關柳；稀齡歌燕喜，健揮彩筆，詩國還開現代花。前人贈左曙萍

九十、世澤長綿，人謂洞庭水、嶽岳山鍾其靈秀；襟懷最淡，公於萬戶侯、八州督視若煙塵。前人贈人

九一、濠濮得春多，花前斟綠螘三杯，幽懷暢矣；樓臺隨地起，海上倚元龍百尺，豪氣依然。仝前

九二、自田橫五百士以來，取義成仁，別開青史；復燕雲十六州之舊，滌瑕蕩穢，且看黃河。前人代題五百完人祠

九三、董生不窺園者三年，學海勤探，勖爾多士；鄴侯於插架且萬軸，名山永寶，傳之其人。前人題華岡中正圖書館

九四、池館入荒寒，忍重看王母碧桃，湘君斑竹；閨襜數才傑，更誰似茂漪書法，漱玉詞華。前人紀念張默君逝世一週年

九五、溯三十年創業精神，計日程功，難忘篳路；作億萬眾同胞喉舌，采風弼治，豈讓輶軒。前人紀念大華晚報創刊三十周年

九六、爲葩經一十五國所無，采風蓬島開新運；繼蘭亭千六百年之後，修禊華岡集勝流。前人紀念詩學研究所成立周年

九七、東坡以笑罵爲文章，如子鴻篇，正堪嗣響；西湖有空濛好煙水，異時鳩杖，定許同游。前人壽陳季碩

九八、杖國炳英姿，逢辰慶七秩年華，爭趨柏府；收京宏壽宇，來歲對八公山色，再進桃觴。　前人壽陳訪先

九九、幕府久聲名，及賦專城，桑下迭傳馴雉績；璜溪同壽考，即論餘事，案頭紛擁換鵝書。　前人壽朱玖瑩

一〇〇、國漸老成稀，天道茫然，又弱秋官大司寇；雲仍西北翳，耆英渺矣，那堪春望古涼州。　前人輓田炯錦

一〇一、綜古今學術之精研，會廣鵝湖，論宏虎觀；爲作育英才而盡瘁，家榮寶樹，國蔚菁莪。　前人輓錢思亮

一〇二、隔湘水一方，蘭芷含愁，已矣不迴羈客棹；少康成四歲，龍蛇應讖，傷哉未定禮堂書。　前人輓王鳳喈

一〇三、絳帳樹清聲，人望所歸，遂以讜言參國是；青箱承舊業，父書能讀，固知文學本家傳。　前人輓洪炎秋

一〇四、議席子能賢，餘事爲文，別有筆花璀璨處；賓筵秋共醉，舊游如夢，更無杯茗笑談時。　前人輓喬鵬書

一〇五、所病在膏肓，極蓬萊方丈之遙，竟無靈藥；平生宏著述，繼周髀算經而後，卓有新編。　前人輓 周鴻經

一〇六、三舍早傳經，旁及龜文，能爲讀書留種子；一塵同託命，晚虛鯉對，最憐扶病有衰親。　前人輓 魯實先教授

一〇七、治學於南北史尤精，世重通儒，天詒上壽；友仁則東西鄰在望，室諧賢匹，庭秀佳兒。　前人輓 張儐生

一〇八、熱不因人，獨持墨翟子之言，以自苦爲極；詩非媚俗，始信歐陽公所說，蓋愈窮乃工。　前人輓 余天民

一〇九、蛾術許專精，汗青有成，正當漢室求書日；駒光驚易逝，草玄將老，忍失芭車載酒人。　前人輓 其弟子婁良藥

一一〇、鯉庭承先德遺規，刊粵秀歌詩，永存邦獻；鯤海贊中興大業，論漢家鹽鐵，誰嗣嘉言？　前人輓 張茲闓

一一一、清韻叶朱絃，曾遠隨博望仙槎，坡公試院；遺徽播彤管，問誰似崔盧世胄，鍾郝坤儀。　前人輓 程天放妻黃夫人

一一二、象服善持家，記游何將軍山林，曾叨美饌；豸冠宜列傳，安得劉中壘辭翰，爲補新篇。前人輓丁似庵妻章夫人

一一三、楚些那堪聞，蕭瑟江關，正歲暮天寒時節；賈生今不作，崢嶸襟抱，剩久安長治文章。前人輓男人

一一四、眼前養一片生機，正槐綠王庭，絮飛謝砌；塵外饒四時樂趣，任書攤鄴架，墨洗羲池。前人贈江際雲教授

一一五、青史不磨，本禹稷饑溺懷，成湯武征誅業；黃圖必復，仗慈湖一片月，開衡嶽萬重雲。前人紀念蔣公冥誕

一一六、卅載府中趨，績懋忠勤，緘口不言溫室樹；七旬身更健，天貽福壽，紀年應比漆園椿。前人壽許靜芝

一一七、乘衛星繞天軌飛行，既失重心，何分上下；自明月觀地球運轉，因無方向，莫辨東西。佚名題人造衛星上天

一一八、觀無盡，大厦連綿，喜善政愛民，萬家蒙蔭；塘有源，長江浩瀚，感良工澤世，一池沾光。香港觀塘藝術節徵聯冠軍獎

一一九、家國一淒然，誰使魏公子醇酒婦人以死；文章餘事耳，亦有李謫仙寶刀駿馬之風。陳涵洛輓袁寒雲

一二〇、上擬陳思王，文采風流，豈止聲名超七子；近追樊山老，才人凋謝，懸知姓氏各千秋。朱奇輓袁寒雲

一二一、賴社稷之靈，國已有君，自分一腔拋熱血；竭股肱之力，繼之以死，獨留青白在人間。董其昌題于謙墓

一二二、亭立湖心，儼西子載扁舟，雅稱雨奇晴好；席開水面，恍東坡遊赤壁，偏宜月白風清。鄭燁題西湖湖心亭

一二三、南宋到於今，流水空山，四壁但聞蟲太息；西湖渾似舊，清泉白石，一亭引得鶴歸來。西湖葛嶺枕漱亭

一二四、地拓三弓，喜几靜窗明，柳眼花鬚齊掩映；塘開一鑑，看鳶飛魚躍，山光雲影共徘徊。竇鎮山題蘇州西園放生池

一二五、如上岳陽樓，對萬頃湖光，重憶希文椽筆；遙瞻於越界，指一帆風影，可來范蠡扁舟。陸曜星題無錫萬頃堂

一二六、笠屐此東來，風月依然，魚娃學打花邊槳；古今同一局，湖山再造，國手能生劫後棋。劉銘傳題南京莫愁湖

一二七、客已倦遊，偶然小住湖山，便欲乘風歸去；人生如寄，留得現前指爪，不妨踏雪尋來。曹汲珊題吳城望湖亭

一二八、從南海來時，經卷藥爐，百尺江樓飛柳絮；自東坡去後，夜燈孤塔，一湖煙月冷梅花。伊秉綬題惠州朝雲墓

一二九、北宋負孤忠，春夢一場，忘記翰林眞富貴；南荒留雅化，清風百世，闢開瘴海大文章。蘇駿烈題東坡書院

一三〇、小月西沉，看一棹空明，搖破寥天孤鶴影；大江東去，聽半灘嗚咽，吹殘後夜洞簫聲。阮元題黃岡赤壁

一三一、全國亂，全家亡，怕看財神爺爺，虛張聲勢；一尺布，一碗粥，但求觀音奶奶，大發慈悲。佚名作於清末民初財神廟聯

一三二、主辱臣憂，尚在外從亡，一飯已經肝膽碎；功成身退，問諸君食祿，千秋留得姓名無？山西沁州介之推祠

一三三、大筆撼乾坤，革命精神，橫掃滿清開運會；長歌昭日月，忠貞心跡，匡扶華夏哭元勛。政治大學　輓于右任

一三四、訂交四十年前，往事縈心，令我無言一哭；思鄉八千里外，餘歌載篋，知公有恨多端。魯蕩平輓　于右任

一三五、碧潭觀畫，有約未來，寸幅湖山，緣慳一面；紅橋泛舟，舊遊如夢，重簾風月，喚不回頭。杜召棠輓　蔣士傑

一三六、化身爲自由神，姓氏皆香，劍花飛上天去；嘔心作長吉語，龍泉一嘯，詩章還讓君傳。佚名輓　秋瑾

一三七、八百萬臺灣剛醒同胞，微先生何人領導？四十年祖國未竟事業，今我輩與誰分擔？北京臺灣學生會輓國父

一三八、來去太匆匆，一代佳人，只許紅塵看白髮；死生長惻惻，千秋香島，獨留青塚向黃昏。佚名輓　林黛

一三九、有曠代才華，爲國爲人，每於行藏見高節；是菊壇宗匠，其功其藝，長留天壤作新聲。何賢輓　梅蘭芳

一四〇、躍進勤勞，傷塵世永辭，半紀行圓新任務；剛健婀娜，恍豐神仍在，千秋藝就舊精華。黃居素輓梅蘭芳

一四一、翠閣我迎賓，數不盡，甘脆肥濃，色香清雅；園庭花勝錦，祝一杯，富強康樂，山海騰歡。廣州翠園酒家徵聯冠軍獎

一四二、春色似行人，莫負清歡，尋花不用持銀燭；高會盡詞客，且留芳宴，祓禊相期落錦帆。陳荊鴻集香港修禊詞聯

一四三、更躡最高樓，檢點風光，畫棟飛雲簾捲雨；尋思行樂地，商量春事，落花浮水樹臨池。仝前

一四四、隨夢逐潮還，無限江山，對衰草斜陽淚滿；苦吟清夜永，非關風月，有青松綠竹心知。黃樾蓀集詞聯

一四五、窮已徹骨，尚有一分生涯，餓死不如讀死；學未愜心，正須百般磨練，文通即是運通。金聲少時書齋聯

一四六、風月話秦淮，豪竹哀絲，依然半壁昇平象；鶯歌連蜀道，金戈鐵馬，譜出全民抗戰聲。抗戰時重慶某鼓書場聯

一四七、天道好還，許多興廢存亡，造端皆由粉黛；仙才誰是，只此喜怒哀樂，中節便是文章。北方某茶園—戲臺聯

一四八、談言微中可解紛，當入古史記滑稽列傳；聲音之道通乎政，請看新世界戲曲改良。劉葆良題改良戲曲

一四九、誰蒼鶻？誰參軍？描摹得世間人鬚眉畢現；有院本，有雜出，難爲他說戲的口舌都忙。社戲聯

一五〇、今古事同悲，只自扮白臉出臺，藍面當道；西南方不靖，最好使拖刀一計，回馬三槍。戲臺聯

一五一、是一般傀儡登場，漫道這臺上衣冠是假；不要與痴人說夢，休認作眼前富貴爲眞。傀儡戲聯

一五二、泛宅逍遙，願終老是鄉，座上主人燈下酒；歸帆無恙，問尋幽何處？荔灣春漲柳波風。珠江畫艇聯

一五三、同譜三十年，舊雨關懷，訪我扁舟來白下；作客六千里，秋風憶遠，與君剪燭話巴山。薛時雨贈王星橋

一五四、百歲一剎那，把等閒富貴功名，付之雲散；再來成隔世，似這樣妻兒子女，切莫雷同。佚名自輓

一五五、絲竹即東山，任老夫大白高浮，小紅低唱；英雄本無賴，看幾輩爛羊作尉，屠狗封侯。謝伯英自輓

一五六、尋江令宅，訪段侯家，流水聲中，六朝如夢；賭太傅棋，弄野王笛，夕陽檻外，雙槳徐停。薛時雨題秦淮林氏水閣

一五七、每思所過名山，坐看奇石皴雲，依然在目；漫說曾經滄海，靜對明漪印月，亦足凝神。鄔燕天自題餘蔭山房玲瓏水榭

一五八、妾描月下雙眉，幾經花落花開，何曾上鬢；君在天涯一角，試睇潮來潮去，尚有回頭。戴鴻慈勸華僑歸國聯

一五九、藕孔寄吟身，海國塵揚，仙蹤定躡羅浮蝶；藥州沉舊夢，風微人往，詩事長留癸酉箋。吳用威輓汪兆鏞

一六〇、保越大名垂，日記一篇，戰績早教敵膽落；割臺遺恨在，諫書七上，孤忠惟有帝心知。鄭辛樊輓唐景崧

一六一、天壤薄王郎，節見窮時，各有清名揚海內；乾坤扶正氣，神傷雨夜，好憑血債索遼東。郁達夫輓長兄華—被汪政權暗殺

一六二、大地一畫圖，尋勝探幽，山海名區權管領；畢生耽文墨，揀金斫玉，古今佳句費平章。劉隆民楹聯

一六三、迷惘幾經春，到此豁然，聖域賢關由我去；鴻蒙才革面，殊堪莞爾，山光雲影接天來。橫貫公路豁然亭

一六四、青雲直上，來聽高唱大風，喚起國中猛士；年序推移，好教連擿羯鼓，催開坪上桃花。陳德超題邵陽青年戲院

一六五、遺址在棲霞，稚竹老槐，風景模糊今異昔；開軒借眞賞，焚香酹酒，仙蹤戾止弟從師。揚州谷林堂

一六六、勝跡表宮亭，況恰當廬阜南橫，大江東去；平湖滿煙月，誰補種四圍楊柳，十里荷花。陳次亮題九江煙水亭

一六七、工堪比官，斧斤利刃，隨手攜來，因材而用；醫可喻政，硝磺猛劑，有時投下，看病何如。武承謨題縣署

第五章　十七言楹聯

一、有志者事竟成，濟河焚舟，十萬秦師終入晉；苦心人天不負，臥薪嘗膽，三千越甲足呑吳。章太炎贈東京同盟會

二、湯武征誅，唐虞揖讓，道統五千年，惟公爲大；河山永壽，蓬萊始清，磻溪八百載，如日方中。孫克寬壽蔣公

三、師事近三十年，薪盡火傳，築室忝爲門生長；威名振九萬里，內安外攘，曠世難逢天下才。李鴻章輓曾國藩

四、頻年遷播異鄉，最難忘三晉雲山，六朝城郭；今日歡欣佳節，且來看淡江春水，橫海樓船。閻錫山春聯

五、備戰未遑，誰當燕語鶯啼，能不悠然懷故國；反攻在望，春到江南塞北，好將消息告同胞。春聯

六、挽百尺狂瀾，喚醒革命青年，共作中流砥柱；應三陽泰運，誓掃瀰天赤燄，重光大漢河山。仝右

七、六合春明，天時、地利、人和，行道行仁歸正統；十年聚訓，老安、少懷、友信，足兵足食看中興。右仝

八、以主義建國，以民治開基，北伐東征成一統；是眞理屏藩，是洪流砥柱，天心人望屬中興。右仝

九、望望七十二峰，工部遊時，詩聖有誰能繼響？遙遙一千餘歲，文公去後，嶽雲從此不輕開。衡山南嶽

十、佛地本無邊，看排闥層層，紫塞千峰平檻立；清泉不能濁，笑出山滾滾，黃河九曲抱城來。梁章鉅題蘭州五泉山

十一、俯仰亭中，何人吹鐵笛幾聲，喚醒滄桑世界；徘徊欄側，豈我抱布衣素志，盱衡日夜乾坤。沈葆楨題閩江邊仰止亭

十二、湖本無愁，笑南朝疊起群雄，不及佳人獨步；棋何能勝，爲北道誤投一子，致教此局全輸。雪岩居士題南京莫愁湖

十三、勝景畫圖開，憶老杜當年，豪氣縱橫傾北海；酒痕襟袖滿，自杭州至此，風光明媚似西湖。王士楨題大明湖

十四、玉鏡淨無塵，照葛嶺蘇堤，萬頃波澄天倒影；冰壺清濯魄，對六橋三竺，九霄秋靜月當頭。德馨題杭州西湖

十五、古井冷斜陽，問幾樹枇杷，何處是校書門巷；長江横曲檻，賸一樓風月，要平分工部祠堂。成都薛濤井

十六、勝地據淮南，看雲影當空，與水平分秋一色；扁舟過橋下，問簫聲何處，有人吹到月三更。江湘嵐題揚州二十四橋

十七、歌詠擅風流，縱僕射多情，難得青樓拼一死；芳心嗟寂寞，賴香山絕句，頓教紅粉艷千秋。程與九題徐州燕子樓

十八、風物正淒然，望渺渺瀟湘，萬水千山皆赴我；江湖常獨立，念悠悠天地，先憂後樂更何人？楊度題岳陽樓

十九、十萬劫危樓尙存，問誰摘斗摩星，目空今古；五百年故侯安在，祇我憑欄說劍，淚灑英雄。李棣華題廣州鎮海樓

二十、江上此樓高，問坡潁而還，千載讀書人幾個？蜀中遊跡遍，信嘉峨特秀，扁舟載酒我重來。何紹基題樂山蘇子樓

二一、東望石城春，問杜牧何之，故國杏花太零落；南招彭澤隱，看淵明在否，隔江楊柳要平分。安慶大觀亭

二二、秋色滿東南，自赤壁以來，與客泛舟無此樂；大江流日夜，問青蓮而後，舉杯邀月更何人？右仝

二三、卜築踞層巔，看浪影茫然，一曲漁歌山月白；栽培思舊德，顧桑陰沃若，千家蠶織夜燈紅。方士模題福安天馬山亭

二四、山從南嶽分來，數雲外芙蓉，畫本都收眼底；水向蒼梧重滙，聽江頭琴筑，元音猶在人間。桂林南薰亭

二五、歷宦海四朝身，且住爲佳，休孤負清風明月；借他鄉一壘地，因寄所託，任安排奇石名花。盛宣懷自題留園

二六、楩欀萃杞梓楩楠，帶來衡嶽春雲，蔭留白下；江水滙湘資沅澧，分得洞庭秋月，照澈秦淮。曾國藩題金陵湖南會館

二七、化雨無私，憶往昔踏雪來過，曾話春風一席；摩雲有志，願諸生淩霄直上，勿忘燈火三更。陶澍題四川摩雲書院

二八、山水足清香，近鄰花港觀魚，大有濠濮間想；琴棋消永晝，高臥蕉窗夢蜨，

自是羲皇上人。許應鑅題蘇堤紅櫟山莊

二九、仍從水竹開軒，免孤負十里春風，二分明月；偶向湖山放棹，好領略紅橋煙

雨，白塔晴雲。徐兆裕題揚州瘦西湖

三十、九重瑞氣疊繽紛，鳳誥鸞章，萬古聿彰厥德；五色卿雲常煥爛，山屏水色，

千秋長發其祥。臺南大仙寺

三一、述格致，誠正、修齊、治平之傳，萬世咸承厥訓；超德行，言語、政事、文

學而外，一人獨得其宗。杭州曾子廟

三二、一畫本天開，破上古洪荒，草昧無須繩更結；六書隨世換，供後人摹寫，英

雄未免筆難投。彭玉麟題杭州倉頡廟

三三、父子北征時，痛一片精忠，未抵黃龍殲北虜；君臣南渡後，仰千秋生魄，猶

依蒼柏向南枝。麓山樵題西湖岳廟

三四、赤面稟赤心，乘赤兔追風，間關中無忘赤帝；青燈觀青史，仗青龍偃月，隱

微處不愧青天。趙翼題陽湖關帝廟

三五、桃園繼首陽，或異姓或同胞，千古難爲兄弟；將軍與丞相，一託孤一寄命，萬世知有君臣。臺南關帝廟

三六、春耕夏耘，秋收冬藏，萬物育焉，鬼神之爲德；雷出地奮，雲行雨施，百室盈止，膏澤下於民。嚴學淦題湘鄉龍王廟

三七、呼吸震垣，輕收萬里煙雲，聚入龍峰增勝概；吐吞河漢，細挹九霄雨露，匯來鄞水作恩波。陳錫藩題汀州北極觀

三八、日月如梭，霎時貧富已循環，須當急急爲善；人生若夢，轉瞬黃童成白髮，還宜事事留餘。褚世鏞題杭州城隍廟

三九、藍可染乎？合青黃赤白黑，絢出文章同錦繡；田宜耕也，本仁義禮智信，培成秋實與春華。南投文昌廟

四十、惟君克振祖風，乃使骨肉情中，生許多媒孽；有婦能完夫志，求之鬚眉隊裡，恐無此從容。陳謨題寧靖王祠後監國祠

四一、唐嗟末造，宋恨偏安，天地幾人才置諸海外；道繼前賢，教興後學，乾坤有正氣在斯祠中。海南島五公祠

四二、歌吹有遺音，溯坡老重來，此地宜賡楊柳曲；宦遊留勝跡，訪先人手澤，幾時開到木蘭花。歐陽正庸題揚州歐陽文忠公祠

四三、水石適幽居，想溪外微吟，翠竹白沙依草閣；樓臺開暮景，結花間小隊，野梅官柳接春城。常明題成都杜工部祠

四四、小謫住神仙，感身世茫茫，誰代寫當年笠屐？大江流日夜，歎英雄袞袞，可留得幾處亭台？宋牧仲題黃州蘇東坡祠

四五、忠愛著朝端，即蜑雨蠻煙，魂夢裡仍依北闕；文章行海內，想賦詩飲酒，勾留處又得西湖。嵇承志全前

四六、陵邑久蒿萊，緬江左衣冠，尚有文章傳勝遠；登臨發感慨，望中原戎馬，莫教人物負溪山。紹興王羲之祠

四七、割據湖山少許，操草木鳥獸之權，是亦爲政；遊戲世界無量，極水石煙霞之勝，聊樂我云。康有為顏西湖「康莊」別墅

四八、總督王懿德，名藏兩心，一心害民，一心誤國；巡撫呂荃蓀，姓有二口，上口吸血，下口吸煙。閩督王懿德，撫院呂荃蓀，均不惬民望，人贈以聯

四九、堯舜生，湯武淨，桓文丑末，古今來幾多腳色；日月燈，雲霞彩，風雷鼓板，宇宙間一大戲臺。圓明園戲臺聯　相傳明太祖作

五十、認餘杭為本家，灰子灰孫，東魯武夫充地主；是悟空之轉世，三月三日，西湖賀客鬧天宮。某君諷壽孫傳芳

五一、總角結苔岑，歎會少離多，白首相逢重話舊；苦心商藥石，恨情長術短，青囊無計再回春。朱湛清輓儒醫某友

五二、立殘楊柳風前，十里鞭絲，流水是車龍是馬；望盡玻璃格裡，三更燈影，美人如玉劍如虹。江孔殷題廣州東園酒家。有好事者修正江聯云：「披襟珠海樓頭，千里來賓，流水比車龍比馬；著眼玻璃格裡，滿堂倩影，美人如玉劍如虹。」

五三、靈藥未曾偷，看碧海青天，夜夜此心何所寄；明月幾時有，怕瓊樓玉宇，依依高處不勝寒。方地山贈妓嫦娥

五四、百折不回，十七次鐵血精神，始有去年今日；一筆勾盡，四千年帝王歷史，才成民主共和。民國元年武漢慶雙十節

五五、放眼千秋，說甚麼天上人間，到此無非幻境；回頭一笑，歷多少塵途魔劫，而今還我前身。沈利澤自輓

五六、京華一見便傾心，當時書肆訂交，早欽宿學；江表十年常聚首，今日樽酒和淚，來弔詩人。曾國藩輓莫友芝

五七、盡力民國最多，締造艱難，回首思南都儔侶；屈指將才有幾，老成凋謝，傷心問東亞海權。國父輓黃鍾瑛

五八、一舉奪得揚子江，漢勢不孤，黯收幕南王氣；六州齊傳奈爾遜，將星忽殞，猶存海上雄風。黃興輓黃鍾瑛

五九、秀才肩半壁東南，方期一戰成功，挽回劫運；當世號滿門忠義，豈料三河灑淚，又隕台星。唐鶴九輓曾國華

六十、韓柳無武，郭李無文，集數子所長，勛華巍煥；衡嶽之高，洞庭之大，歎哲人其萎，雲水蒼茫。彭昌禧輓曾國藩

六一、詩酒自名家，更勳業燦然，長增畫苑梅花價；樓船欲橫海，歎英雄老矣，忍說江南百戰功。王湘綺輓彭玉麟

六二、佛法得心通，知並世英雄，成敗一般皆畫餅；人間誰國手，數滿盤勝負，江山無限看殘棋。楊雲史輓段祺瑞

六三、侍中節適廿年，百事縈心，萬里家園空在目；進湯藥凡三月，群醫束手，五更燈火祇乎天。曹浩森病逝其妻輓以聯

六四、開創紀宏猷，更著述等身，名世名山同不朽；艱難昭大節，聽遺言在耳，人饑人溺總關情。沈鴻烈輓閻錫山

六五、齒德俱尊，更卅載柏台，以風憲護天人綱紀；詩文兩絕，有百篇珠玉，並翰墨爲世代楷模。于右任墓聯

六六、繼往聖心傳，承總理遺志，革命救民迴國運；開五族共和，行三民主義，奠基垂範表群倫。白雲梯輓蔣公

六七、我無相，樹無根，我樹無塵，冰心一片禪初悟；山有雲，人有伴，山人有興，道義千秋果正圓。峨眉山伏虎寺

六八、去老范一千年，後樂先憂，幾輩能擔天下事？攬太湖八百里，南來北往，孤帆曾作畫中人。易實甫題岳陽樓

六九、天賜湖上名園，綠野初開，十畝荷花三徑竹；人在瀛洲仙境，紅塵不到，四圍潭水一房山。程雲俶題三潭印月

七十、曹操云，毋人負我，寧我負人，惟公善體斯意；桓溫曰，不能留芳，亦當遺臭，後世自有定評。好事者輓袁世凱

七一、史官擬議曰矜，誤矣，視吳魏諸人，原如無物；後世尊崇爲帝，敢乎？論春秋大義，還是漢臣。鄭州關帝廟乩筆聯

七二、漢封侯，晉封王，有明封帝，聖天子可謂厚矣；內有姦，外有敵，中原有賊，大將軍何以待之？北平關帝廟

七三、聽我輩從演說場中，講幾句緊緊切切言語；勸諸君在偌大國內，做一番轟轟烈烈事功。武漢某講堂

七四、地獄就在眼前，莫到犯了罪時，方纔求省悟；業鏡雖懸台上，只要過得意處，也肯發慈悲。宋梅生題桂林城隍廟

七五、爲人果有良心，初一十五，何用你燒香點燭？作事若昧天理，半夜三更，須防我鐵鍊銅叉。林大川題潮州城隍廟

七六、我門中締結佛緣，豈惟一炷清香，幾聲佛號；你心裡能全善果，自然秋生桂實，春茁蘭芽。寧波送子觀音廟

七七、一雙嘉耦小比肩，堂上拜生辰，閨中慶滿月；七十老翁大稱意，今年娶新婦，明歲抱金孫。祝人父壽子婚

七八、選勝到湖中，過蘇堤第二橋，距花港不數武；維舟登小榭，有奇峰四五朵，又老樹兩三行。俞樾題西湖高氏園

七九、敦其所行，自立、自愛、自強，習業先存天下；說之以道，惟誠、惟忠、惟恕，樹人常具百年心。臺北強恕中學敦說堂

八十、痛哭西台，當年航海孤臣，知己猶餘瞿相國；羈棲南嶽，此後名山著作，同心惟有顧亭林。許乃普贈王夫之

八一、八月際昌期，玉琯金鐘，譜出一十三徽律呂；億年開景福，丹緘翠籙，歌成萬八千歲春秋。祝乾隆皇帝八秩

八二、百行孝爲先，論心不論事，論事貧家無孝子；萬惡淫爲首，論事不論心，論心終古少完人。張南山題城隍廟

八三、直道莫能容，卻聽雨登樓，薄醉平生無此快；大名長不死，慕落星結屋，論詩異代久相師。李彥章題黃山谷祠

八四、勝地怕重經，記當年絲竹宴諸生，回頭似夢；名園須得主，幸此日樓臺逢哲匠，著手成春。袁枚題南京邢氏園

八五、守郡繼先人，看江水長流，剩幾個當年父老？析薪綿世澤，願黃堂少住，留一枝此日甘棠。梁章鉅贈陳省齋

八六、到此間權作居停，半是錦里衣冠，玉樓粉黛；向何處同參靜悟，也有離亭風笛，遠寺霜鐘。岑光樾題香港東華醫院義莊牌樓

八七、檻外山光，歷春夏秋冬，萬千變幻，都非凡境；窗中雲影，任東西南北，去來淡蕩，洵是仙居。沈斌題廣陵杏軒

八八、於三綱五常內，力盡一分，就算一分眞事業；向六經四子中，尙論千古，纔識千古大文章。劉定逌題桂林秀峰書院

八九、君不可負，只是心難負，負心者不容於堯舜；天不可欺，誰言人易欺，欺人者如見其肺肝。趙申喬題公署

九十、虧他人，便虧自己，須記朝虀暮鹽，我亦寒士；要公道，還要虛心，試看畹蘭畝蕙，楚自有材。姚頤題公署

九一、民心即在吾心，信不易孚，敬爾公先愼爾獨；國事常如家事，力能所勉，持其平，還酌其通。呂璜題公署

九二、我也曾爲冤枉痛入心來，敢糊塗忘了當日；汝不必逞機謀爭個勝去，看終久害著自家。仝前

九三、前公山，後文山，一氣蜿蜒，知天地精華所萃；始小學，終大學，眞源脈絡，統聖賢體用之全。周學健題延平朱文公祠

九四、十年三建戎功，帝賴重臣，回紇蠻猺皆懾魄；九省七膺節鎭，人懷遺愛，山河嶺海總銘恩。林則徐輓盧坤

九五、臺館式前型，溯中外回翔，直節清嚴猶在望；屏藩聯宦轍，悵老成徂謝，名賢言行未終編。前人輓陸心蘭

九六、同譜最相親，憶白髮青燈，昨歲尚陪連夜話；名山期共往，歎太行盤谷，此生無復並驂遊。史望之輓康紹鏞

九七、君乃長於情者，爲戚友關心，終歲勞人草草；文固無如命也，以孝廉沒世，當今天道茫茫。鄭仁圃輓何玉田

九八、大千春色在眉頭，尋遍翠暖珠香，重遊瞻部；五萬鶯花如夢裡，記得丁歌甲舞，曾醉崑崙。 龔鼎孳題北京慶和園劇樓

九九、一例坤貞，論育才之功，當令北宮嬰兒斂衽；三臺春好，歌介壽之什，喜有東海麻姑侑觴。 成惕軒壽任培道

一〇〇、分泰山北斗萬丈光芒，吏部鴻文，維公克企；是綺里東園一流人物，漢廷鳩杖，異代同榮。 前人壽陳含光

一〇一、來年看節鉞重膺，登岱嶽千尋，掃齊煙九點；吉日舉壺觴為壽，對官梅初放，歌人月雙圓。 前人壽秦紹文

一〇二、鳩笻待續清游，勝境難忘，葛嶺煙霞嚴瀨月；鳳紙頻宣忠悃，前修可企，稼軒詞句放翁詩。 前人壽李俠廬教授

一〇三、治生踵陶令高風，五十畝種粳，五十畝種秫；介壽借莊生吉話，八千歲為春，八千歲為秋。 前人壽男人

一〇四、試院記相從，為五百完人塚製聯，曾邀俊賞；仙槎嗟不返，願千萬革命軍破賊，早慰遐靈。 前人輓鈕惕生

一〇五、畢生歲月不曾閒，是革命人豪，亦匡時國彥；曩日風規仍宛在，對召公棠舍，念晏子狐裘。　仝右

一〇六、薄俗化祥刑，賡愛樹美談，都下早傳司寇績；高文揮健筆，數臨池餘事，坊間猶見擘窠書。　前人輓謝冠生

一〇七、列郡紀宏施，種湖上甘棠，南國早傳開府績；殊鄉傷永逝，檢篋中舊草，北屯曾和卜居詩。　前人輓熊天翼

一〇八、棠蔭話鯤瀛，看比戶熙春，遺愛猶存開府地；蕪辭愧燕許，紀長橋跨海，不才曾是捉刀人。　前人輓陳大慶

一〇九、萃多藝於一身，髯也絕倫，詎意霎時歌薤露；逾稀齡纔五稔，天乎不弔，可堪生日問荷花。　前人輓鄭曼青教授

一一〇、綠螘記消寒，問九老年華，洛社耆英推最長；黃雞驚斷夢，數並時科第，貞元朝士嘆無多。　前人代輓胡商彝

一一一、是多才多藝人，算無慚博望仙槎，坡公試院；當好水好山處，賸付與信陵醇酒，柳七清詞。　前人輓胡慶育

一一二、一官具清愼勤，林壑既歸，仍覺風儀存獬豸；三絕爲詩書畫，耄期將及，不圖歲運厄龍蛇。前人輓馬壽華

一一三、得何水部之遺，鯤嶠昌詩，清哦風月三千首；與榮啓期同壽，鹿裘委化，飽閱波雲九十秋。前人輓何武公

一一四、芸閣憶憂時，於先德宗留守其人，不忘述事；玉臺慚作序，以當年李審言許我，恐負知音。前人輓宗孝忱教授

一一五、浮海等居夷，坐幼安榻幾穿，無改儒生本色；操觚工體物，誦陽明山一賦，尤留文苑清芬。仝前

一一六、具珂鄉前輩風範，理財若潤之，能文如敏樹；當蓬島暮春時節，招魂隨宋玉，聽曲渺鍾期。前人輓楊綿仲

一一七、浮家避萬里烽煙，遙追遼海高風，無慚皂帽；繼志盛一門才俊，若比謝家故事，豈讓烏衣。前人輓簡叔乾

一一八、百戰數前勳，縱龍劍韜鋩，猶見干城英邁氣；一椽過故宅，賸鵑花濺淚，更無杯酒笑談時。前人輓成應時

一一九、照影六朝山，算頻歲唱隨，差遂鹿門偕隱願；招魂二分月，嘆故交零落，更無鴻廡過談時。　前人輓傅霞先伉儷

一二〇、當蓬嶠自強年，儻盡修能，雲路早看鵬競上；是棘闈所得士，驟傳噩耗，鹽車終歎驥難前。　前人悼張玉衡

一二一、所學洞中西，從管子海王篇，至亞丹國富論；平生矜志節，無清狂名士習，有謇諤古人風。　前人輓翁之鏞

一二二、平生盛四海交游，雅座招邀，曾記燕談偶預；抵死望九州光復，英姿颯爽，還看螢幕如新。　前人輓梅長齡

一二三、立命繫綱常，雖身集萬蓼而不辭，坤儀偉矣；隆家資聖善，有子視雙珠爲尤勝，世論榮之。　前人輓馬鶴凌母向太夫人

一二四、賢母得安仁以奉板輿，秩秩閒居，已綿鶴算；冢嗣若次耕之邃經術，皇皇懿教，早勵熊丸。　前人輓潘重規母劉太夫人

一二五、別畿夏近卅年，樂育英才，桃李海濱春自永；適中秋纔一日，追從賢伉，桂華天上影非孤。　前人輓張梓銘妻黃夫人

一二六、珂里劫塵飛，歎松菊無存，竟負高賢偕隱願；蓬山家祭設，看蘋蘩有飭，稍紓季子遠遊哀。前人輓男人

一二七、白雲司，紅蓮幕，細柳營，槖筆所經，都留嘉譽；仲圭畫，梅村詩，愙齋篆，傳薪有自，並紹清芬。前人題吳梅川書畫冊

一二八、死綏乃眞將軍，碧血不磨，合與祁連峙高塚；招魂有賢弟子，長歌當哭，如聞漢水咽秋濤。前人紀念張自忠將軍殉職三十周年

一二九、宛然海上三山，藐矣安期，先我亭前探棗實；猶是江城五月，似乎太白，與君笛裡聽梅花。黃鶴樓邊太白亭

一三〇、異代不同時，問如此江山，龍蟠虎臥幾詩客？先生亦流寓，有長留天地，月白風清一草堂。成都杜工部祠堂

一三一、勝跡長留，即今歷劫重新，共話瑞雲來父老；奇峰特立，依舊干霄直上，旁羅拳石似兒孫。蘇州留園

一三二、卻怪武陵漁，自洞口歸來，把今古游人忙煞；欲尋彭澤宰，問秦人安在，惟桃花流水依然。佚名題桃花源

一三三、清風徐來，水波不興，少焉月出於東山之上；霜露既降，木葉盡脫，遙有鶴鳴掠予舟而西。樊增祥題黃岡赤壁

一三四、頗有幾文錢，你也求，他也求，到底給誰是好？不作半點事，朝來拜，暮來拜，怎麼教我開銷。財神廟聯

一三五、任憑你無法無天，到此孽鏡懸時，還有膽否？須知我能寬能恕，且把屠刀放下，回轉頭來。彭玉麟題城隍廟

一三六、元龍幣聘以來，澤被廣陵，到此日青囊未盡；孟德頭顱安在？煙消漳水，讓先生碧血常存。揚州華佗廟

一三七、孤塚傍寒潭，有銜石冤禽，欲抱此心填恨海；清流漩濁浪，誤穿墉飢鼠，竟教捨命赴深淵。杜召棠輓臺南工學院女講師朱振雲，被院長王石安誘姦羞憤自沉日月潭死。

一三八、樹弱小民族解放先聲，列寧而還，公眞健者；與帝國主義奮鬥救世，斯人已往，誰其嗣之？柳亞子輓國父

一三九、先覺覺後覺，先知覺後知，其自任天下之重；有飢由己飢，有溺由己溺，微斯人吾誰與歸？譚延闓輓國父

一四〇、洪以甲子滅，公以乙丑殂，六十年間成敗異；生襲中山稱，死傍孝陵葬，一匡天下古今同。章太炎輓國父——洪指洪秀全

一四一、發揚少穆遺風，抗斥強梁，烈烈雷霆走精銳；生長延平故壘，高標志節，昭昭寶氣藏光華。香港新晚報輓陳嘉庚

一四二、三疊響清潭，正像三教同歸，流澤何分派域？萬峰朝大帽，自教萬年無改，山門共仰宗風。梁耀明題香港荃灣玄圓學院

一四三、芳馥滿人寰，仰藝術生平，光霽豈徒沾我輩；聲華冠當代，歷舞臺半紀，堅貞足以勵來茲。楊作甫輓梅蘭芳

一四四、蔣百里，英千里，屈萬里，相去不可以道里計；鄧小平，許廣平，玉幼平，孰重豈純用天平秤。臺灣周凡出上聯，大陸某君對下聯；另有一聯云：「今小平，漢陳平，日大平，孰重豈純用天平秤」

一四五、嘆老夫無命作官，才租這大花園承包酒席；替買主下厨弄菜，好像那巧媳婦侍奉公婆。黃敏自題成都姑姑筵餐館。按作者於清末民初曾兩任縣官。

一四六、留守重東都，試看朔洛諸賢，多屬和羹能手；園名擅中夏，移借扶桑一角，招邀環海英豪。日本華僑開設「留園餐廳」

一四七、我門中締結佛緣，豈唯一炷清香，幾聲佛號；你心裡能全善果，自然秋生桂實，春茁蘭芽。（題送子觀音）

一四八、歌扇輕約飛花，高柳垂陰，春漸遠汀州自綠；畫橈不點明鏡，芳蓮墜粉，波心蕩冷月無聲。（陳衡格集姜詞）

一四九、會眞古記性情多，小字低呼，北曲好如南曲；春戲今年重疊做，大家高興，西村看到東村。（社戲聯）

一五〇、正值柳梢青，乍三疊歌來，勸君更進一杯酒；如逢李太白，便百萬和去，與爾同銷萬古愁。（酒業戲臺聯）

一五一、怕聽曲板當筵，流水大江，別有閒情淘不盡；況對離樽今夜，酒闌燈炧，可無細語慰相思。（廣州珠江畫艇聯）

一五二、笑攜仙子同舟，一曲未終，明月替人圓好夢；怕對離筵今夕，三杯更盡，春風吹我上長安。（仝前）

一五三、少角藝，老論文，客裡追隨，把盞各驚雙鬢雪；我擁氈，君聽鼓，閒中慰藉，扶笻同看六朝山。（薛時雨贈江小松縣令）

一五四、山水有清音，歌於斯，哭於斯，未免風煙黯淡；椒薑是本性，知我者，罪我者，任憑月旦批評。方傳莊自輓

一五五、同是白頭人，記十五年時，識我在岳陽樓下；那堪黃葉地，偕二三朋輩，弔君於賈傅祠前。李壽蓉輓友人楊某

一五六、煙雨鎖西泠，剩孤塚殘碑，浙水咽餘千古憾；琴樽依白社，看明湖翠嶼，鶯花猶是六朝春。麓山樵客題蘇小小墓

一五七、寄言異域遊人，歲久忘歸，萬貫纏腰空想爾；頃念深閨繡婦，夜寒思寐，幾番抱影錯疑夫。戴鴻慈勸華僑歸國聯

一五八、隔開銀漢兩邊，昔日仙緣，都繫一年能會聚；那怕金山萬里，昨宵妾夢，居然半夜可回來。仝前

一五九、掛角何時，偶爲嶺上主人，猶想像千秋風度；舉頭欲問，可許山中置我，試管領萬樹梅花。觀瑞題大庾嶺梅關

一六〇、數不完世上苦人，最憐厄運同丁，窮民無告；願普救劫餘群類，敢云博施濟眾，先聖猶難。葉也愚代題南寧廣善堂

第六章　十八言楹聯

一、近四旁惟中央，統泰華恆衡，四塞關河拱偉嶽；歷九朝爲都會，包伊洛瀍澗，三臺風雨作高山。吳慈鶴題嵩山

二、勝跡別嘉魚，何須訂異箋訛，但借江山攄感慨；豪情傳鶴夢，偶爾吟風弄月，毋將賦詠概平生。何紹基題黃州赤壁

三、杯酒弔南朝，空餘半壁殘山，長向江流搘砥柱；梯雲登北固，願借一盂甘露，化爲霖雨灑蒼生。張紹華題北固山多景樓

四、我從千里而來，看江上梅花，已開到紅羊劫後；誰云一去不返，聽樓中玉笛，又吹起黃鶴高飛。何紹基題武昌黃鶴樓

五、引袖拂寒星，古意蒼茫，看四壁雲山，青來劍外；停車竚涼月，予懷浩渺，送一篙春水，綠到江南。顧復初題成都望江樓

六、終南泰華鎭東方，楊柳金城，萬井挹關中紫氣；葱嶺崑崙睇西極，葡萄玉塞，一樽饌天上黃河。裴福景題望河樓

七、出東郭門半里而遙，春水綠波，處處美人畫舫；與南堰鎮隔湖相望，夕陽芳草，尋尋高士祠堂。嘉興南湖煙雨樓

八、明月幾時有？更上層樓，聽棋子聲中，誰操勝算？美人猶未來，且搖小艇，向藕花香裡，自遣閒情。劉淳題南京莫愁湖勝棋樓

九、掃開嶺上雲，好攜鐵板銅琶，滾滾唱大江東去；看透波心月，悟到是空即色，明明證我佛西來。鄧新熾題凌雲寺大佛頂八角亭

十、千里長驅，伯樂所識，能駛復能馴，冀北非嶺北；一程可憩，霞客嘗稱，好山帶好水，濟南似江南。濟南歷下亭

十一、印豈無源，讀書坐風雨晦明，數布衣曾開浙派；社何敢長，識字僅鼎彝瓴甓，一耕夫來自田間。吳昌碩杭州西泠印社

十二、好句屬吾曹，幾度閒吟，正綠翦煙蕪，紅吹雲樹；憑欄剛落日，千年此地，有泉名第五，花種無雙。劉湘年題揚州瘦西湖

十三、金湯依舊扼荊揚，風起雲飛，不盡悲歌懷壯士；銀漢何時洗兵甲？內憂外患，似留艱鉅待英才。安慶迎江寺

十四、禪味滿丹邱，最高梵典低吟，清磬疏鐘明月夜；光輝環碧麓，絕妙溪山入畫，長橋流水夕陽天。臺中王田善光寺

十五、九土足農田，但期膏不離屯，霖雨遍敷天下望；三吳稱澤國，更願流無旁濫，江河長向地中行。齊梅麓題蘇州龍神廟

十六、聰明正直之謂神，清夜焚香，惟願斯民敦孝悌；雨暘寒燠以成歲，豐年報享，長期列部頌昇平。蔡佛田題四川灌縣城隍廟

十七、奇節信無雙，若論正統存刪，前事又當今日鑑；良時眞不再，願助王師掃蕩，中興好副萬方期。朱久瑩題臺南鄭成功祠

十八、鐵板下山城，至今蘆荻秋風，猶是軍聲動鼓角；銀塘開水榭，對此芙蓉映日，最難清氣得乾坤。濟南鐵公祠

十九、地有千秋，南來尋丞相祠堂，一樣大名垂宇宙；橋通萬里，東去問襄陽耆舊，幾人相憶在江樓。沈葆楨題成都杜工部祠

二十、忠愛託詩人，李謫仙差許齊名，奚屑三唐科第；棲遲因地主，嚴節度頗稱知己，尚留數畝湖山。陸次山仝前

二一、勤王事大好兒孫，三世忠臣，史筆猶褒陳庶子；出師表驚人文字，千秋涕淚，墨痕同濺岳家軍。成都武侯祠

二二、巾扇任逍遙，試看抱膝長吟，高臥尚留名士跡；井廬空眷戀，可惜鞠躬盡瘁，歸耕未遂老臣心。南陽卧龍岡武侯祠

二三、久要不忘平生之言，古誼若龜鑑，忠肝若鐵石；敢問何謂浩然之氣？鎮地爲河嶽，麗天爲日星。溫州文天祥祠

二四、鞠躬盡瘁，死而後已，比之殷有三仁，同一肝膽；託孤寄命，節不可奪，語云天無二日，銘諸腹心。崖門三忠祠

二五、萬里掃妖氛，收還三竺六橋、龍韜虎鈐初試手；千秋隆廟祀，對此湖光山色，鳶飛魚躍亦銜恩。李光文題西湖彭剛直祠

二六、十七載教育生涯，若論操持，自覺能爲學子範；廿五史聖賢道術，如談修養，我誠愧作後生師。陳雄勳楹聯

二七、共和誤民國，民國誤共和，百年而後，再評是案；君憲負公明，公明負君憲，九泉之下，三復斯言。楊度輓袁世凱

二八、繼大明夢祖而興，玉步未更，綏寇豈能干正統？與五色國旗同盡，鼎湖一去，譙周從此是元勳。章太炎輓黎元洪

二九、生未及見北極新朝，與洪憲皇帝勢不兩立耳；死猶得葬西湖片土，問興武將軍有此一抔無？劉大白輓王季高

三十、或爲君子小人，或爲才子佳人，一例登場便見；有時歡天喜地，有時驚天動地，彼此轉眼皆空。戲臺聯

三一、是天臺古洞煙霞，眷念舊遊，蓬山此去無多路；問當日楚宮心事，淒涼故國，鸚鵡前頭不敢言。江湘嵐題漢陽桃花夫人廟

三二、公其如命何，可以爲朱大興，並弗能比李文正；此不足論矣，豈眞有黨錮傳，或且期之野獲編。張季直輓翁同龢

三三、殷禮不足徵，已經如聵如聾，漫許文章量玉尺；周任有言曰，難得恩科恩榜，好憑交易集金錢。光緒癸巳恩科，殷如璋，周錫恩典試舞弊，人贈以聯

三四、憑欄望韓夫子祠，如此江山，已讓前賢留姓氏；把酒弔馬將軍墓，奈何天地，竟將殘局付英雄。丘逢甲題潮州金山酒樓

三五、四萬里皇圖，伊古以來，從無一朝一統四萬里；五十年聖壽，自今而後，尚有九千九百五十年。紀昀壽乾隆皇帝五秩

三六、名利啓萬物爭端，看破此二字關頭，才算好漢；去來順兩間定數，還了這一回俗債，再問閻王。羅敬卿自輓

三七、兒輩莫愁貧，尚留滿架殘書，好與諸生尋舊業；老夫非怕死，只恨盈樽美酒，不能一滴到重泉。李一塵自輓

三八、仗祖宗在天呵護，獲享大年，明月清風成把素；喜子孫入世純良，各謀自立，絮衣蔬食豈憂貧。劉翼明自輓

三九、儒家學，漢人文，落落幾知心，公自有書貽後世；定王臺，賈傅井，行行重回首，我從何處哭先生！左宗棠輓賀蔗農

四十、魂魄異鄉歸，于今豪傑爲神，萬里江山皆雨泣；東南民力盡，太息瘡痍滿目，當時成敗已滄桑。楊度輓蔡鍔

四一、富貴不能淫也，貧賤不能移也，威武不能屈也；泰山其已頹乎？梁木其已壞乎？哲人其已萎乎？王叔珉輓傅斯年

四二、首義仰元勳，畢生黨國宣勞，卓犖聲名仰中外；同舟敦夙契，一夕膏肓作古，淒涼風雨慟人琴！何應欽輓吳鐵城

四三、杖履夙常親，更來台嶠十年，爲問起居成古道；滄桑經久歷，已冠耆英一世，永垂壽考槪平生。王德溥輓陳勤士

四四、歸槎壯萬里風雲，國倚賢郎，合移大孝援天下；清議重一時壇坫，霜凋碩果，尚有餘芬被海壖。成惕軒輓前人

四五、名既大，謗亦隨然，學術之爭，猶有待千秋定論；健則行，倦則睡耳，哲人遽萎，究難消一代沈哀！梁寒操輓胡適

四六、天下不可無公，慟柱折維傾，淚雨甯惟溢江海；至德難乎爲繼，秉文謨武烈，精誠誓必復山河。嚴家淦輓蔣公

四七、畢生見天下之憂，力障橫流，要挈斯民登袵席；中興以得人爲本，矢遵遺訓，廣羅多士利家邦。楊亮功輓前人

四八、直諒復多聞，拜承諍論嘉言，黯櫬深情猶昨日；精誠而不息，珍重雲箋雅什，南雍舊雨更何人？周邦道輓胡耐安

四九、青蛾皓齒鎮相憐，唱遍那醜奴兒令，粉蝶兒令；鳳泊鸞飄同一慨，既醉倒黃四娘家，吳二娘家。于右任贈妓青鳳冠首聯

五十、壺裡滿乾坤，須知游刃有餘，漫笑解牛甘小隱；天下無爾我，但願把杯同醉，休談逐鹿屬何人？廣州壺天酒家嵌名聯

五一、大車駟馬撲塵來，問客何能？一飯王孫興漢室；慶雲景星占候見，功名無闕，十年宰相宿邯鄲。長沙大慶旅館

五二、紅紅綠綠，老老少少，近近遙遙，處處啼啼哭哭；暖暖寒寒，壘壘堆堆，朝朝暮暮，年年冷冷清清。泉州東嶽山墓園

五三、十五年生面獨開，羽轂飆輪，從此東莊通海嶼；三百丈岩腰新闢，天梯石棧，居然人力勝神工。劉銘傳題獅球嶺隧道

五四、問爾輩，從前何等樣人？爾自摸心頭，再來拜佛；朝我過，往後莫行歹事，我這條鞭下，不肯容情。西湖下天竺地藏王殿

五五、滾滾江山，只爲大花面爭權，國老無能終散局；紛紛世界，怎得正武生掌印，奸臣盡滅始收場。何淡如題戲臺聯

五六、佳趣此偏多，量來秋水平篙，照我全身都入畫；吟懷閒不得，攜有清風兩袖，看花沿路去尋詩。朱彝伯題西湖平湖秋月

五七、覽勝西泠西，窩雲懶，洞霞棲，知此中必有高士；結廬曲院曲，武穆右，文忠左，喜比鄰都是奇人。劉裔祺題西湖道村

五八、雖聖難免過差，願諸君讜論忠言，常攻吾短；凡堂屬略同師弟，使僚友行修名立，方盡我心。曾國藩題公署

五九、眼中人立腳誰牢？四顧茫茫，獨有千秋昭日月；天下事放心不了，孤忠耿耿，彌留一語動風雲。王紫田輓左宗棠

六十、取長江水奠重泉，交集百端，共飲翕受群流量；去中山陵不數里，相依終古，仍是彌綸六合心。譚延闓墓

六一、由孔孟而來，二千年衛道傳經，獨振斯文統緒；當光寧之世，五十日格非陳善，允宜此地烝嘗。朱文正題西湖朱文公祠

六二、謝宣城何如人？只憑江上五言詩，要先生低首；韓荊州差解事，肯讓階前盈尺地，容國士揚眉。吳山尊題焦山太白樓

六三、天下名山僧占多，也該留一二奇峰，供吾道友；世間好語書說盡，曾記得五千妙諦，出我宗傳。李文貞題廬山道院

六四、汾陽王名位相同，功業常新，萬里有將軍壁壘；忠武侯經綸未盡，英靈如在，百蠻拜丞相祠堂。紀昀輓福康安

六五、讀書經世即眞儒，遑問他一席名山，千秋竹簡；學佛成仙皆幻境，終輸我五湖明月，萬樹梅花。畢沅自題生壙

六六、以其所有，易其所無，四境之內，萬物皆備於我；或曰取之，或曰無取，三年無改，一介不以與人。典肆聯集四書句

六七、前杜氏而好春秋，仗義宣威，此老原非徒左癖；後岑侯而鎭荊楚，奉詞伐罪，彼蒼何忍聽彭亡。朱箎題浦城關廟

六八、籌策在攻心，當年化洽賓幪，冠帶百蠻歸典屬；安邊曾叱馭，此日風清甌脫，雲霄萬古仰宗臣。戴三錫題四川寧遠丞相祠

六九、合官紳締構維艱，革故鼎新，拓我宏模歌夏屋；願婦孺帲幪有托，泰來否去，看他聯步上春臺。岑光樾題香港保良局

七十、溯後先三百載游蹤，異代同堂，能結有情香火；冠今古第一流人物，文章事業，也如無盡江山。李蘭卿題甘露寺三賢祠

七一、博愛之謂仁，當知拯難扶顛，愷惻常同施補救；見險而能止，但願風帆浪舶，倉皇轉得報平安。朱蘭坡題銅陵大通鎮救生船局

七二、聞使君講院新開，說禮敦詩，名相風流推後起；願諸生賢關早闢，讀書論道，大儒理學有眞傳。費庚吉題河南汜川書院

七三、卌三年，才不虛生，帝簡方隆，誰料謫仙歸紫府；重五節，縷難續命，名心不瞑，應教詞客祀紅橋。林則徐輓李彥章

七四、受寵轉愁顏，歷官河北淮南，濟世經綸殊未展；訂交從總角，重過三山二水，賞心詩句與誰論？齊梅麓輓王鳳生

七五、仙蹤曾現宰官身，濟世度人，水利農田蒙惠澤；道力能迴元始劫，通靈贊化，和風甘雨錫康年。林則徐題蘇州呂祖廟

七六、加數年，公即百齡，才筆依然，胡不憖遺嗟一老；傳三世，孫纔五尺，書香長在，好教一髮引千鈞。前人輓吳玉松

七七、清秘昔忘形，況經兩地同舟，逾艾年華頻話舊；旬宣今盡瘁，空說五絲續命，懸蒲時節正傷神。前人輓 熊聲谷

七八、瑋行比北宮嬰兒，爲國抒忠，更有高文耀彤管；清宴傍西池王母，自天錫嘏，乍傳嘉實熟蟠桃。成惕軒壽 錢韻荷

七九、清望豸冠尊，懸弧紀蓬島春來，直躋一百廿歲；壯懷龍劍在，歸棹指蔣山青處，再舉五十二觴。前人壽 陳雄夫

八十、先生是江漢英流，有筆如椽，文成玉案人同壽；令子膺樞垣顯秩，自公退食，饍進蘭陔日正長。前人壽 魏紹徵

八一、豪情於叱馭可徵，萬里長驅，總角有交多任俠；晚計與盟鷗相狎，一椽偕隱，齊眉無恙到期頤。前人壽 王亞明

八二、釣鰲承百代高風，宜家學遞傳，一樣青蓮詩好；稱兕値重陽令節，喜賓筵同醉，四圍黃菊香清。前人壽 男人

八三、領棘院近十年，看鳳翥瀛洲，藻鑑不曾遺李薦；別蓬山才半月，歎鶴歸華表，莊容無復覿伊川。前人輓 程天放

八四、維君贊一代宏規，簿籍鉤稽，未許蠹侵妨上計；有子爲五經博士，箕裘紹述，固知燕翼盡詒謀。 前人輓張國維

八五、驥櫪委殘年，臏相如臥病身，耿耿君猶憂國步；魚書貽隔日，攜謝朓驚人句，茫茫我欲叩天心。 前人輓曾望生

八六、開國重巍科，看長安一日花，藉甚聲華誰與並？稽天傷巨浸，問遼海千年鶴，劫餘城郭近何如？ 前人輓師連舫

八七、譬牛刀小試其才，豪氣未除，座上每酣文舉酒；負馬革前驅之志，壯懷安寄？篋中還臏放翁詩。 前人輓李俠廬

八八、威鳳其德，良驥其才，宜斯人荷兩紀非常之遇；歸馬於山，放牛於野，願來者賡百年未竟之功。 前人輓趙孟完

八九、孤楫擊長淮，直令狂寇無歸，血濺江花紅幾許；大旗懸太武，都道將軍不死，手栽營柳綠千行。 前人輓胡伯玉將軍

九十、試諸生以周官司虣之能，蕊榜頻登，允徵善教；尊聖學於論語當薪之日，芸編不廢，終挽橫流。 前人輓趙龍文校長

九一、浮海望齊煙，定知故宇縈懷，曲阜春風鍾阜月；傳經昌漢學，更有高文華國，靈均騷賦大均詩。前人輓屈萬里教授

九二、卜式羊何足道哉？興國毀家，藍篳有功歸信史；緱山鶴渺然去矣，撫今追昔，海天無際寄哀思。前人代輓張靜江

九三、雅範重烏臺，誦先德嶺雲海日詩篇，知曾勗志；仙槎渺鯨渚，當舊鄉臘鼓春燈時節，忍爲招魂。前人輓丘念臺

九四、薄俗賞音稀，訝曾青睞便蕃，下里每承推郢雪；舊時清議在，愁絕白頭羈旅，家山何忍問齊煙。前人輓裴鳴宇

九五、一德矢貞純，難忘奉手陪都，蜀道鵑聽趨府日；兩京待光復，獨惜抽身秘省，蓬山鶴化枕戈年。前人輓謝耿民

九六、九秋餘楚客深悲，古調罷彈，江上更無人頌橘；卅載憶黃壚舊事，俊遊難續，尊前況是海生桑。前人輓曾履川

九七、有夙諾在秋初，折簡許相招，塵鞅竟乖雞黍約；以直聲著天下，埋輪今不作，歲寒長憶鶴松姿。前人輓黃寶實

九八、驪山黿鼉弭妖氛，一德貞純，晚節彌彰行在日；鵠渚鳴珂留治譜，萬家謳頌，豐碑早樹去思年。前人輓萬武樵

九九、良醫三折肱，如何偶墮胡床，中夜竟熸丹灶火；浮生一彈指，忍憶相逢講舍，隔宵猶話碧山詞。前人輓嚴賓杜教授

一〇〇、佳句逼唐賢，若從隔代采風，詩筆豈居錢起下；高年逾絳老，所惜收京指日，壻鄉不共阮郎歸。前人輓錢逸塵

一〇一、有細君並育英才，志切中興，豈共伯鸞歌五噫；於諸史最饒述作，緒宏前軌，不徒司馬號三長。前人輓沈剛伯

一〇二、慧業自多生，結紺宇勝緣，直與龍樹馬鳴爲友；詞華本餘事，歌鼎湖遺烈，尚聞黃鐘白雪之音。前人輓張劍芬

一〇三、耆齒富吟篇，教孝教忠，宜爲鯤嶠采風者告耳；子身興礦業，其人其事，安得龍門列傳以張之。前人輓李紹唐

一〇四、益友感頻凋，那堪遠道懷人，愁添梅子黃時節；槃材嗟未竟，況是殊方跨鶴，夢斷蓬萊別後山。前人輓賀仲烈

一〇五、迴霄翔鳳世爭期，命厄才人，偏似絳雲消壯采；落葉哀蟬天不管，詞遺幼婦，可堪黃絹著啼痕。 前人輓龔理珂

一〇六、平陸黯煙塵，方期上續千燈，長駐靈山飛錫影；澄潭昭日月，不道東來一葦，竟虛寰宇訪碑緣。 前人輓道安法師

一〇七、樽酒接朋談，最憐萬里羈棲，汐社舊人今向盡；楹書承世澤，知有九泉遺恨，雪橋叢著未新刊。 前人輓楊鑑資

一〇八、稽首大羅天，從萬劫裡安禪，未信晚來輸玉局；嘔心文字海，於十年前談藝，可堪高處憶瓊樓。 前人輓萬君默

一〇九、具天官司會專長，卅載育才，豈無主計同陽武；溯京國卜鄰往跡，一朝嘆舊，直有深哀過杜陵。 前人輓梅嶺涵

一一〇、以己飢己溺爲懷，金帛頻施，勸世如聞獅子吼；有可大可久之業，箕裘弗替，傳家共許鳳毛良。 前人輓陳邦榮

一一一、令子奉安仁板輿，克抒孝思，使絕裾遠遊者愧；諸生侍季長絳帳，須知教澤，自鳴機課讀中來。 前人輓巴壺天母薛太夫人

一一二、鶴齡近上壽期頤，驚聽哀音，正當臘鼓催年候；驥子爲中興楨榦，追思懿範，合寫鳴機課讀圖。（前人輓劉先雲母盧太夫人）

一一三、太丘以清德型家，蔚起槃才，梓舍更弘君子澤；洛社有耆英再世，方期上壽，蓬山忽隕老人星。（前人輓男人）

一一四、百歲幾人曾，祗憐南國歸驂，不及含桃薦清廟；一棺萬緣盡，試聽東風啼鴃，那堪芳樹黯山川。（仝前）

一一五、有白石道人遺風，祖硯遙承，幾卷歌詩能嗣響；是青衿秀才本色，議壇盡瘁，萬方憂樂總關情。（仝前）

一一六、有子效廬陵大賢，健筆能文，荻畫固知緣懿教；此日念孟郊慈母，征衣濺淚，蓬山猶是隔春暉。（前人輓女人）

一一七、並時重萱閣徽音，耄壽流光，郝法鍾儀今再見；有子負柏臺清望，孝思錫類，姜魚孟筍世爭傳。（仝前）

一一八、機祥假象緯爲言，運際朱明，曾抒大猷資締造；俎豆奉虬髯勿替，名齊諸葛，載瞻遺像肅清高。（前人題青田誠意伯祠）

一一九、平生以報國相期，幸毋忘董子天人，范公憂樂；得士爲經邦之本，願博採漢唐遺法，歐美新規。前人題考政學會會場

一二〇、四明爲萬山所宗，龍馭難回，薄海謳歌懷上德；十月正一陽來復，鴻鈞待轉，在天靈爽護中華。前人紀念蔣公冥誕

一二一、湘靈揚鼓瑟新聲，詩好能傳，一老蓬萊推鉅匠；楚些翻招魂舊調，朋來自遠，百年蘋藻薦嘉辰。前人紀念錢逸塵百年冥誕

一二二、得士比初盛唐，緬黃閣清猷，儲才早闢弘文館；傳經若大小戴，數華林故事，歷劫難忘問禮亭。前人紀念戴季陶逝世五周年

一二三、香山老居士，宗之美少年，接座題襟，都成勝侶；石門文字禪，清河書畫舫，攬奇擷秀，並入新編。前人紀念暢流雜誌周年

一二四、以鄒魯正學爲宗，鉛槧研摩，兼及酉陽千卷富；繼鄭莫諸賢而起，江山嘯詠，但看甲秀一樓高。前人贈人

一二五、明月皓無邊，安排鐵板銅琶，我欲唱大江東去；春風睡正美，迢遞珠崖瓊島，更誰憐孤鶴南飛。江逢辰題惠州蘇東坡祠

一二六、何時黃鶴重來，且自把金樽，看洲渚千年芳草；今日白雲尚在，問誰吹玉笛，落江城五月梅花。宋犖題黃鶴樓

一二七、同榜貴人多，任他穩坐青牛，也向塵中談道德；相交知己少，笑我重遊黃鶴，枉拋家累學神仙。李鴻章題黃鶴樓

一二八、故鄉信有湖山，看秋月春花，一樣登臨成往事；此地偏宜煙雨，聽樵歌漁唱，半年管領亦前緣。許溎光題嘉興鴛鴦湖煙雨樓

一二九、你在拖，我亦在拖，中華版圖，竟因此弄成兩塊；公有理，婆亦有理，民國幸福，總算是飽受十年。劉師亮題民國十年雙十節

一三〇、年年辦會，誰敢不來？咬著牙巴，哭瞼裝成笑臉；處處張燈，實在熱鬧，敞開腳板，這頭跑到那頭。劉師亮雙十節諧聯

一三一、塵劫歷一千餘年，重復舊觀，幸有名賢來作主；詩人題二十八字，長留勝跡，可知佳句不須多。俞樾為寒山寺補書立石，鄒福保因題一聯

一三二、近郭古招提，毗連滸墅名區，漁火秋深涵月影；傍山新結構，依舊楓江野渡，客船夜半聽鐘聲。陸潤庠題寒山寺

一三三、時局類殘枰，羨他草味英雄，大地山河贏一著；湖名傳軼乘，對此荷花秋水，美人心跡證雙清。彭玉麟題南京莫愁湖

一三四、只知有國，不知有身，任憑千般折磨，益堅其志；先其所憂，後其所樂，但願群才奮起，莫負斯樓。海口五公祠

一三五、能詩能筆即眞才，且休說萬古奇寃，燕山夜話；爲國爲民皆實跡，更那堪一生心事，碧海青天。楊沫輓鄧拓

一三六、果然冷面寡情，這眞是守財奴，倒要與他幾個；若使扶危濟困，竟成了耗錢鬼，休來想我分文。財神廟聯

一三七、公去幾何年，留存半角閒亭，權與寒梅成眷屬；我來數千里，憑弔孤山坏土，好從明月認前身。林鶴年題孤山放鶴亭

一三八、淚酸血鹹，悔不該手辣口甜，只道世間無苦海；金黃銀白，但見了眼紅心黑，那知頭上有青天。定遠城隍廟聯

一三九、名以草書傳，每當絕壁危崖，俯仰如椽大手筆；功於簡史見，到處田夫野老，侈談開國美髯公。杜召棠輓于右任

一四〇、英雄作事無他，只堅忍一心，能成世界能成我；自古成功有幾？正瘡痍滿目，半哭蒼生半哭公。楊度輓國父

一四一、仗匹夫節，輓九廟靈，其志堪哀，其愚不可及也；有六尺孤，無一坏土，斯人已死，斯事誰復爲之。徐樹錚輓張勳

一四二、公誼不妨私，平生政見分歧，肝膽至今推摯友；一身能敵萬，可惜霸才無命，死生自古困英雄。楊度輓黃興

一四三、傾力興學育才，仗義疏財，樹工商界千秋良範；畢生愛鄉報國，斥邪持正，爲華僑中一代完人。費彝民輓陳嘉庚

一四四、我來倚嘯長天，問如此江山，可有詩人留句在？是乃濟川寶筏，看載歌士女，儼同西子踏波來。梁耀明題香港梅窩拯溺會

一四五、冤家路窄竟相逢，驀記起秋水春雲，青梅竹馬；怨偶到頭何所有？只剩下孤雛老母，碎玉零縑。佚名輓林黛

一四六、顧曲我情移，最憐絳樹雙聲，碧玉毫無小家氣；蓋棺卿論定，杜盡鑠金眾口，木蘭猶是女兒身。孫谷紉輓名坤伶金玉蘭

一四七、典型悲溘逝，緬懷半世紀白雪陽春，光風霽月；新人欣掘起，佇看這年忞團花簇錦，姹紫嫣紅。香港新晚報輓梅蘭芳

一四八、剛過新新年，又過舊新年，新新年舊，舊新年新；先娶小小姐，後娶大小姐，小小姐大，大小姐小。某政界人物在過新曆年時娶某翁之次女，過舊曆年又娶其大女，好事者慶以聯

一四九、大包易賣，大錢難撈，針鼻削鐵，只向微中取利；同父來少，同子來多，簷前滴水，幾曾見過倒流。廣州大同酒家嵌名聯

一五〇、萬貫解腰纏，莫愁買醉無資，虛度春秋拋好景；花叢添眼福，但願司香有主，都成眷屬補情天。徐琪題廣州萬花酒樓嵌名聯

一五一、誰爲翔渚靈妃，倒三尺金樽，杯底邀來焦嶺月；我是倚樓舊主，仗一枝玉笛，袖邊吹起大江潮。趙小亭題鎮江酒樓

一五二、看下方擾擾紅塵，富貴幾時，只抵五更炊黍夢；溯上界茫茫浩劫，神仙不老，全憑一點度人心。嚴乘湖題臺州呂祖殿

一五三、阿姨渺何存，想當環珮歸來，應共話洞庭夜月；老瞞空欲鎖，對此松楸憑弔，最難忘赤壁東風。岳陽小喬墓聯

一五四、十八年古井無波，爲從來烈歸貞媛，別開生面；千餘載寒窯向日，看此處曲江流水，想見冰心。西安王寶釧墓

一五五、道邊躑躅一詩癯，京國十年，贈畫忽憐難再得；天上淒涼此秋夕，鍾山一老，寄書不忍問何如。黃秋岳輓陳師曾

一五六、不信畫圖工，山上精廬，多少好風光，畫圖難足；自憐詩酒瘦，天涯倦旅，俛仰悲今古，詩酒相逢。黃檝蓀集詞聯

一五七、有酒且醉瑤觥，看雲外河山，淒涼又作他鄉客；疎簾半捲愁雨，對望中天地，慷慨須乘駟馬歸。仝前

一五八、遊賞賦閒情，最憐舞絮飛花，綠皺小池紅疊砌；惜芳追勝事，自有茂林修竹，繡園春水錦籠山。陳荊鴻集香港禊詞聯

一五九、都要你拜相封侯，卻也不難，這裡有現成榜樣；最好是忠臣孝子，看來容易，問他做幾許功夫。左宗棠題甘肅戲臺聯

一六〇、功名富貴盡空花，玉帶烏紗，回頭了千秋事業；離合悲歡皆幻夢，佳人才子，轉眼間百歲風流。蒲松齡戲臺聯

一六一、我本林下書生，登百尺高樓，嘗遍覽六朝金粉；卿是仙曹謫吏，聽幾聲長笛，且同歌一曲霓裳。陳方鏞贈妓林仙

一六二、楊柳萬千絲，從茲京洛風塵，未知明年在何處？鶯花二三月，多少樓臺煙雨，捲上珠簾總不如。鄭燕餘贈妓明珠

一六三、鴻雪乍留痕，憶從珠海評花，舊雨喜添今夕話；月華欣對影，聽到蘇臺折柳，春風撩起故園情。上海鴻月樓妓院

一六四、文宴昔追陪，客如隔世重來，花鳥有情應笑我；湖山今似舊，春在詞壇片席，漢唐而後幾傳人。周鐵山贈易君左

一六五、爾何人，我何人，無端六禮相成，惹出這番煩惱；生不見，死不見，倘若三生有幸，願圖來世因緣。佚名輓未婚妻

一六六、人如黃菊凋殘，會中酒寒深，秋黯園林病司馬；我亦青蓮搖落，念解衣情重，春沉潭水哭汪倫。李壽蓉輓汪孝廉

一六七、往事不堪提，也曾嫁婿登龍，花好月圓無限恨；多情難自諱，縱使歸魂化蝶，風流雲散有餘哀。厲南溪輓賽金花

一六八、無狂放氣，無迂腐氣，無名士怪誕氣，方稱達者；有誦讀聲，有紡織聲，有小兒啼哭聲，才是人家。佚名楹聯

一六九、片壤割青山，任他陵谷變遷，忠骨長埋成畏壘；一泓沉碧血，到此林亭清曠，客星飛過總停車。徐申如題浙江海寧縣紫薇山莊並憑弔縣官沈桂森

一七〇、勝地接蘇杭，贏得合冷泉惠泉，不作第二流想；新亭感風景，到此招大隱小隱，卻聚五百里賢。程學川題海寧白水泉山莊

一七一、軒開別有風光，割半壁紫薇，還繼昔賢傳韻事；世變遑論清濁，留一泓白水，聊爲過客滌塵襟。陳方墉仝前

一七二、夙與賢郎相期，欲其道繼胡先生，名過冒公子；來爲長者致祝，惟有壽之狼山石，酌以東海波。范當世壽沙元炳父

一七三、我亦痴翁，願再撫汝五十年，壽汝乎？抑自壽也；身臨大邑，豈獨有民數萬戶，保民者，則天保之。樊增祥壽其子—時任縣令，故云「身臨大邑」

一七四、今已無聞，再十年恐亦無聞，著意功名徒費力；未能不惑，只一點堪稱不惑，存心仁厚自延齡。佚名四十自壽

一七五、夙有才名，那提防一事無成，空受用半方山水；今當壽宇，願馨祝長生不老，好商量千古文章。王鑾自壽

一七六、子美臥滄江，寄身濠鏡煙波，釣罷嚴灘客星殞；仲宣哀故國，慘目海珠烽燧，歸來華表鶴聲淒。陳鴻慈輓汪兆鏞

一七七、折節是英雄，略如周處平生，柳下猶留垂釣史；成仁在倉卒，不負中山家世，江南遙對勝棋樓。許蓉題揚州徐園

一七八、攻文史，撰影評，方期更上層樓，遽惜英年早逝；愛讀書，勤寫作，專業竟忘家室，最傷故里魂招。梁羽生輓高朗

一七九、滾滾黃河水，長流五千四百里，俯瞰一條鞋帶；巖巖泰山石，高壽二十七億年，傲視五洲群峰。鄒豹題泰山

一八〇、大雄聲教被西來，猶儼見鷲嶺談經，龍宮說法；覺海圓澄非動靜，莫錯認鯤聲雲起，鹿耳潮來。基隆市十方大覺寺

一八一、曾從山水窟中來，秋色可人，征袂尚留巫峽雨；欲向海雲深處住，郵程催我，扁舟又向浙江潮。丁紹周題揚州平山堂

一八二、眞者無庸我力，枉者我無庸力，何敢貪天之功；恩則以奸爲賢，怨則以賢爲奸，豈能逃鬼之責。呂坤題公署

一八三、政事値餘閒，且喜門近東塘，放眼觀朝潮夕汐；官箴期共守，卻好地鄰北寺，警心聽暮鼓晨鐘。海寧許村場場官門聯

一八四、司法雖獨立尊嚴，倘判斷不平，按級盡堪上訴；任事豈全權集合，是民刑各掌，開庭且許旁聽。民初某地方審判廳聯

一八五、心寬天地遠，把酒憑欄，聽玉笛梅花，此時落否？我辭江漢去，推窗寄語，問仙人黃鶴，何日歸來？彭玉麟題黃鶴樓

第七章　十九言楹聯

一、旂鼓漢家威，效黃花碧血精神，丕振紀綱光史跡；詩書秦火劫，承白鹿紫陽規範，復興文化固邦基。春聯

二、開正朔于六十年前，興讓懷仁，萬姓歡騰歌化日；望故鄉在數千里外，弔民伐

罪，片帆飛渡趁春風。仝前

三、一枝孤塔，似白鶴飛來，試添金碧樓臺，便成北海；幾度遊人，被黃雞催老，那得乾嘉耆舊，與話南巡。陳重慶題揚州白塔

四、一灣水曲是月宮，仙境滌塵心，頓起煙霞泉石念；五色沙堆成山嶽，晴天傳逸響，恍聞絲竹管絃聲。黃萬春題敦煌月牙泉

五、三百年方策猶存，賸鳧渚鷗汀，時有雲煙入圖畫；四十里昆明依舊，聽菱歌漁唱，不須鼓角演樓船。薛時雨題玄武湖湖神廟

六、風雨透新涼，看一派柳浪竹煙，空翠染成摩詰畫；湖山開晚霽，愛十里紅情綠意，冷香飛上浣花詩。袁枚題大明湖

七、一碧浸孤亭，看參差煙柳樓臺，繞岸幾人沽酒去；明漪比西子，有多少青紅兒女，停橈都學捧心來。陳小豪題西湖湖心亭

八、踞鷲嶺，傍桃源，面芝塢，小築茅亭，是林巒最幽處；曲江濤，吳山雲，西湖月，生成畫本，極宇宙之大觀。蔣汝藻題西湖來鶴亭

九、莫輕他北地燕支，看畫舫初來，江南兒女無顏色；盡消受六朝金粉，只青山依

舊，春時桃李又芳菲。王壬秋題南京莫愁湖

十、何處白雲歸，有鄉里古招提，步西郊不半日而至；前生明月在，是佛門新公案，言東坡於五戒後身。俞樾題蘇州留園

十一、不二題堂，銀鉤鐵畫，論當年合班顏柳歐虞之列；無淫箴室，神窺天鑒，待後學直開關閩濂洛之先。何喬遠題歐陽詹不二堂

十二、浙水重敷文，看此山左江右潮，千尺峰頭延俊傑；英才同樹木，願多士春華秋實，萬松聲裡播絃歌。蔣益澧題敷文書院

十三、合忠臣名士爲我築樓，不待五百年後，斯樓成矣；傍水北山南循地選勝，適在六一泉側，其勝如何。俞樾自題西湖俞樓

十四、以全湖作明鏡觀，此處綠雲多，好似一彎螺黛影；於夏日奏邀涼曲，泊船斜月後，最宜四面藕花香。陳重慶題揚州瘦西湖

十五、今月古月，皓魄一輪，把酒問青天，好悟滄桑小劫；長橋短橋，畫欄六曲，移舟泊煙渚，可堪風柳多情。仝前

十六、緬英姿於第一泉邊，仇復君親，賜劍尚留遺恨在；隆馨香以二千年後，神依

吳越，靈旗猶擁暗潮來。楊昌濬題杭州伍公廟

十七、賜國姓，家破君亡，永矢孤忠，創基業在山窮水盡；復父書，詞嚴義正，千秋大節，享俎豆於舜日堯天。劉銘傳題鄭成功祠

十八、英雄應厄運而生，赤手擎天，存故國四十年正朔；開闢在神州以外，紅毛避地，啓遐荒百萬眾提封。王懋官仝前

十九、殉社稷祇江北孤臣，剩水殘山，尚留得風中勁草；葬衣冠有淮南坏土，冰心鐵骨，好伴取嶺上梅花。黃文涵題史可法祠

二十、遠稽晉代，近逮熙朝，俊烈清芬，豈僅詩文垂浙派；山號武林，湖名明聖，鍾靈毓秀，不須聲望借嚴陵。杭州府學鄉賢祠

二一、岳麓起書生，溯中興草莽英雄，應不愧入關鄧禹；湖波皆惠澤，薦一酌桃花春水，倍難忘前度劉郎。徐琪題杭州劉公典祠

二二、傷心亭子間中，自擁電燈，直替學生改麼呢的了；疾首故紙堆裡，未留稿費，可爲舉家供柴米油鹽。徐枕亞代窮文人妻輓夫

二三、傷心夜雨蕉窗，點半盞寒燈，替諸生改之乎者也；回首秋風桂院，賸一枝禿

筆，爲舉家謀柴米油鹽。李璧瑜楹聯

二四、摘蓮子，問心苦因誰？夢去無痕，又對朱顏驚絕艷；算芳年，正月圓滿夜，花開當折，不歌金縷更何時？陳含光贈妓蓮芳

二五、黌宇壯規模，卅五載啓後承先，教澤廣施天下士；瀛洲遍桃李，四千人立身建業，農功長頌隴頭春。宜蘭農校三十五周年校慶

二六、饔飧之後，耕鑿之餘，老幼尊卑，揖讓一堂談建設；休戚相關，守望相助，族鄰州里，謳歌四季樂安榮。古坑鄉民衆活動中心落成

二七、積僑胞奕葉之勤，海外闢洪荒，作黃帝子孫世界；揚儒者睦鄰之道，人間開勝境，得尼山來悅宗風。巴西中國城開幕

二八、幸值建元年，壽屆耆齡，好分天上恩光，徵爲家慶；剛逾重九日，香留晚節，且借階前秋色，以報春暉。貢子賓壽陳方鏞母

二九、既死勿傷心，好料理身後事宜，莫弄得七顛八倒；再來還是我，且拋下生前眷屬，重去尋三黨六親。許芝瑛自輓

三十、不有廢，誰能興？十年補苴艱危，直愚公移山已耳；均是死，庸奚擇？一朝

感激意氣，遂捨身飼虎爲之。 梁啟超輓 林長民

三一、大地干戈十二年，舉室效愚忠，自稱家國報恩子；諸兄離散三千里，音書寄涕淚，同哭天涯急難人。 曾國藩輓 弟國葆

三二、百年之政，孰若民先？曷居乎一言而興，一言而喪；十稔以還，使無公在，正不知幾人稱帝，幾人稱王？ 徐樹錚輓 國父

三三、宗慤墮馬竟戕生，虛我期望乘長風破海浪之志；汪琦雖殤何所憾，恨汝不能執干戈衛社稷而亡。 張之洞悼 孫剛孫

三四、君是帝旁星宿，下掃濁世粃糠，又騰身騎龍雲陛；儂慚江上琵琶，還惹後人涕淚，謹拜手司馬文章。 好事者代 賽金花輓劉半農

三五、君雖死猶生，人間歷歷，贋烈女弱姬，奇文名硯；誰能免於今世，天下荒荒，遍瘟疫盜賊，饑溺刀兵。 袁寒雲輓 林白水

三六、乘桴浮海，其道大光，師五湖陶朱遺風，是眞高士；以財發身，爲仁亦富，自西漢卜式而後，更見斯人。 嚴家淦輓 胡文虎

三七、明德啓後人，有弟開國，有兒建國，共仰一門英傑；鴻猷展議席，悉心制

憲，悉力行憲，又樹千秋典型。 王鳳喈輓陳勤士

三八、論武功有韜略，論文事有經綸，參古今以成名著；爲近代惜耆英，爲上庠惜國老，對風雨而慟斯人。 白崇禧輓閻錫山

三九、文武兼資，翊贊功偉，盛業閎謀，惜君子從多不器；才德並懋，重任獨膺，中興在望，悵賢者殊未大年。 胡適輓陳誠

四十、繫天下憂樂以萬幾，盛德難名，衣缽早承先聖志；共薄海生民爲一慟，神皋待復，箕裘乃仗後來賢。 徐慶鐘輓蔣公

四一、蕩蕩乎，民無能名焉，梁壞山摧，惟有蒼生同涕淚；滔滔者，天下皆是也，頑廉懦立，誓從墨経掃欃槍。 王雲五仝前

四二、江河行地，日月經天，仰偉烈豐功，亘千秋而不朽；薪火相傳，羹牆在念，誓收京復國，堅百忍以圖成。 薛岳仝前

四三、曠代鍾河嶽之靈，革命在行仁，盛烈允宜光宇宙；微軀竭忠誠以報，遺言惟復國，前驅應許負弓旌。 張寶樹仝前

四四、聽百丈濤聲，最難忘鐵馬金戈，萬里遊蹤眞臘棹；揮滿堂豪翰，果然是錦袍

紅燭，千秋高會斐亭鐘。唐景崧題斐亭

四五、尹公他，拖孟姜女之女，入張子房之房，非姦即盜；閔子騫，牽冉伯牛之牛，耕鄭子產之產，爲富不仁。戲謔聯

四六、學韓愈，百無他長，只這般視茫茫，髮蒼蒼，齒牙搖動；慕莊周，十有一似，可能觳夢蘧蘧，覺栩栩，色相將空。方地山自壽

四七、算來半世夫妻，朝也愁，暮也愁，卻把你眞苦死了；丟下千斛擔子，男難管，女難管，倒比我實快活些。張慕道輓妻

四八、你竟了去麼？從此一般小小兒女，叫我怎樣管法？我悔已遲囉，若使三年好好醫藥，諒你不致於斯。方志仁輓繼室

四九、率土盡同文，願此邦易俗移風，欲使偏陬如上國；登堂能講學，與多士敦詩說禮，須知太守本書生。李彥章題西邕書院講堂

五十、載酒偏催耕，願無忘兩字豐農，爲政先勞原自近；索綯仍合力，正難得一家和氣，耘田孝悌本同科。仝前—題豐農亭

五一、萬戶侯何足道哉，顧烏帽青鞋，難得津梁逢大佛；三神山如或見之，問黃樓

赤壁，何如鄉郡挾飛仙。郭尚先題四川凌雲寺東坡讀書處

五二、代裴公稱一日主人，風月江山，與此老平分千古；到石上問三生舊跡，宰官仙佛，想當年定許重來。郭頏石題資江裴公亭

五三、酒闌興倦，事往情遷，祇不忘游過名山，別來舊雨；春去仍歸，人老難復，更休詑殿前起草，海外題詩。費錫章楹聯

五四、八百年寰海昭靈，溯湄嶼飛昇，九牧宗風榮廟祀；四萬頃具區分派，喜婁江新濬，三吳水利沐神庥。林則徐題劉河鎮天后宮

五五、同德即同心，從教救病噓枯，體天意好生而布惠；善終如善始，願得提綱挈領，遵聖言思永以圖功。朱蘭坡題漢口同善堂

五六、八州都督，五柳先生，經濟文章，百代心傳家學遠；六甲初周，一陽來復，富貴壽考，兩朝身受國恩長。齊梅麓壽陶澍

五七、薇省早抽簪，憶卅年鍵戶獨居，清品咸推無玷玉；枌鄉常設帳，悵五集編詩未就，蕭辰忽折後凋松。林則徐輓游輿詩

五八、關心夜雨疎簾，費半盞寒燈，爲來日謀朝齏夕韭；回首春風上苑，賸一枝禿

管，與諸君寫近水遙山。嚴問樵贈黃均

五九、祠廟肅滄浪，更尋來一萬字穹碑，新煥巖阿榱桷；威靈震吳越，還認取七百年華表，遙傳江上旌旗。林則徐題蘇州韓蘄王廟

六十、澤被十閩，深溯頻年砥節奉公，薦鶚名留金筴重；靈歸三泖，遠悵暑月殫精校士，驂鸞人赴玉樓寒。前人輓陸萊藏

六一、淡泊任天眞，憶掉頭苜蓿闌干，八十翁自耕鐵硯；老成悲電謝，試屈指枌榆甲第，廿三科誰共瓊林。前人輓江清渠

六二、求之昔賢，在漢爲蕭曹，在唐爲房杜，在宋爲韓范；巋然大老，其量若江海，其施若霖雨，其壽若江陵。成惕軒壽張岳軍

六三、威弧與秋月同懸，數蟾兔虧盈，曾閱瀛寰多少事；高詠以浣花爲則，對魚龍寂寞，再賡詩史百千章。前人壽王家鴻

六四、西鵑再拜，早厲艱貞，載筆許昌詩，吟向錦官城好；東鰈雙諧，齊登耄耋，還鄉看作伴，壽同金佛山高。前人壽劉懷園

六五、閱世若雪柏霜筠，久則彌光，宜與天姥麻姑並壽；滿庭皆芳蘭玉樹，溯其所

自，請觀機聲燈影之圖。（前人壽蕭青萍母林太夫人）

六六、張仲以孝友入詩篇，海屋傳看，宛對驪珠中夜出；桂林有山水甲天下，珂鄉在望，行教鳩杖好春回。（前人壽男人）

六七、與閑鷗野鶴爲鄰，軒冕謝殊榮，讓德差同吳季子；極奔驥怒猊之妙，縑緗寶遺墨，工書直比李陽冰。（前人輓吳稚暉）

六八、惟公具九牧聲華，對晚節黃花，獨與天龍宏慧業；諸子皆一時秀傑，數故家喬木，還看琴鶴衍高風。（前人輓趙夷午）

六九、惟公先天下而憂，至計繫安危，衡文禮佛都餘事；更誰教國人以孝？遺徽在倫紀，正俗經邦此大原。（前人輓戴季陶）

七十、稟碧雞金馬靈秀以生，於品則圭璋，於文則珠玉；當風虎雲龍經綸之會，在國爲柱石，在黨爲干城。（前人輓張維翰）

七一、締交在卅載之前，記斗室徘徊，君方嘆鳳思玄聖；問齒推十年以長，數名山纂述，我自雕蟲愧壯夫。（前人輓徐復觀）

七二、大筆何淋漓，爲我書渝市感春詞，題瀛洲校士記；募年最蕭瑟，知公有傾河

千斛淚，寄沉陸萬家哀。 前人輓狄君武

七三、高吟承屈翁山陳獨漉之遺，粵海詩豪，相望異代；茂行合文苑傳黨人碑爲一，梁園風采，永憶當時。 前人輓梁寒操

七四、以濁醪澆塊壘，以修竹寫嵯峨，雅度去俗流遠矣；於帷幄運籌謀，於樞垣參密勿，舊勳竢惇史書之。 前人輓陳芷町

七五、大江掀革命新潮，與萬駿齊驅，壯舉合傳開國史；晚歲極天倫樂事，有雙麟環侍，英姿靡忝出群才。 前人輓張皥樂

七六、廿年浩劫甚焚書，河嶽入高吟，北雁不來空寄恨；幾日清游同蠟屐，湖山虛後約，東鯤重到祇增哀！ 前人輓易君左

七七、正義本乎麟經，最難瀛海槎浮，別成信史揮雄筆；上壽期之鴻廡，不道蓬山春好，忽報文光斂客星！ 前人輓梁和鈞

七八、挈葡萄以奉漢家，若論絕域宣勤，茂績豈輸汗馬；歌杕杜兮出巫峽，那忍層樓憶舊，殊方又聽啼鵑。 前人輓王化成

七九、投老效北宋司馬公，史局隨身，洛下汗青餘斷簡；漫遊作東海釣鰲客，書堂

歷劫，匡山頭白負歸期。 前人輓劉壽朋

八十、慧心共靈運生天，賸萬紙流芬，釣鰲海上傳高躅；摰語過衡山與婦，想九原遺恨，歸雁江南闕報書。 前人輓譚遵魯

八一、棠坰永百世謳歌，更橫海宣勤，懋績合書名將傳；松徑同萬家憂樂，知杜門卻掃，深衷無改秀才時。 前人輓沈成章

八二、高第記華年，入仕則砥礪廉隅，曾無范蠡千金產；同舟懷舊侶，耗精於簿書期會，微惜陳王八斗才。 前人輓曹子羽

八三、圓山話雨記連宵，值邦命維新，共信河清當及見；廬阜招魂今萬里，縱巢痕依舊，可憐頭白不曾歸。 前人輓陳宗鎣

八四、白袷尋春數妙年，但蔬食終身，異代卻同江子一；紅樓隔歲餘陳跡，對曉風殘月，令人長憶柳耆卿。 前人輓江絜生

八五、孝尊章比賓敬尤難，一室和愉，能共伯鸞棲海曲；視賢胤知母儀足式，廿年督勵，固應雛鳳起雲霄。 前人輓錢鞮男妻屠夫人

八六、賢郎是郭筠仙李元度一流，早試鵬摶，彌光鯉訓；今日隔嶽麓山洞庭湖萬

里，遙歌楚些，共弔周遺。前人輓男人

八七、玉樹早臨風，與賢匹鴻案相莊，琴瑟十年敦靜好；丹心長捧日，驚刹那鵬程竟蹶，雲霄萬里想英姿。仝前

八八、江漢美中興，願諸君努力匡時，莫但賞樓頭風月；輶軒訪文獻，記早歲放懷遊覽，曾飽看春暮煙花。張之洞題黃鶴樓

八九、青蓮莫怪我來遲，不敢亂題詩，恐被隔江鸚鵡罵；黃鶴已隨仙去久，倘教重弄笛，定驚遠岫鳳凰飛。佚名題黃鶴樓

九十、湖水本無愁，問如何千古英雄，只許一樓分黛色；佳人空絕代，看多少六朝金粉，更誰此地鬥蛾眉。湯蟄仙題莫愁湖

九一、人言爲信，我始欲愁，仔細思量，風吹皺一池春水；勝固欣然，敗亦可喜，如何結局，浪淘盡千古英雄。黃漱蘭題莫愁湖

九二、百尺樓憑遍欄干，極目古雲山，問國族幾經隆替；一江水洗清霾瘴，手懸新日月，信人民才是英雄。陳凡題越秀山五層樓

九三、公來四載居儋，闢開海外文明，從此秋鴻留有爪；我拜千年遺像，彷彿翰林

富貴，何曾春望了無痕。謝尚瑩題儋耳東坡書院

九四、高人庭院故依然，何時載酒尋詩，重約田家笠屐；學士文章今見否，此地標奇攬勝，請看大海風濤。汪國霖仝前

九五、你的算計非凡，得一步，進一步，誰知滿盤都是錯；我雖糊塗不過，有幾件，記幾件，從來結帳總無差。上海城隍廟聯

九六、孫郎使天下三分，當魏德初萌，江表豈能忘襲許；南國是吾家舊物，怨靈修浩蕩，武關無故入盟秦。章太炎輓國父

九七、唯英雄能活人殺人，功罪是非，自有千秋青史在；與故交曾一戰再戰，公仇私誼，全憑一寸赤心知。陳炯明輓國父

九八、寫白話文，傳白話詩，能使普天下讀者如親謦欬；為青年師，向青年學，願告吾輩中褺士共守儀型。郭紹虞輓朱自清

九九、子未必肖，孫未必賢，屢忝科名，只為老年娛晚景；夫豈能剛，妻豈能順，重諧花燭，幸邀天眷賜遐齡。馮成修自題重逢花燭—即鑽石婚

一〇〇、新春佳節，愛侶重圓，應考慮人口普查，已超十億；吉日良宵，情人敘

舊，莫忘懷計畫生育，只許一胎。大陸提倡計畫生育

一〇一、風雨我來頻，憶昨秋賓簋朋尊，屛後搗重陽菊葉；環珮仙去早，祝來歲暌綳文褓，墓前拜寒食梨花。龔自珍輓吳紅生妻

一〇二、有詩書，有田園，家風半讀半耕，但以箕裘承祖澤；無官守，無言責，世事不聞不問，且將艱巨付兒曹。曾國藩父楹聯

一〇三、廣廈集鴻賓，試看大啓文明，金石千聲，雲霞萬色；和風諧鳳律，爲問幾多變化，古今一瞬，天地雙眸。北京廣和園戲臺

一〇四、灣有廿三，鬧吵吵白叟黃童，賞此乍暖乍寒天氣；班名四六，亂紛紛高冠長劍，演出半文半武排場。戲臺聯。該鄉有二十三灣，戲班名四六班。

一〇五、小鳳本無愁，更願卿珍重年華，流水因緣休眷戀；寶蟾曾有約，可憐我荒涼席帽，惜花心事費思量。寒士落第贈妓

一〇六、吃一世虧，受千般氣，俟命考終，賴有乾坤大父母；快讀詩書，早成事業，敦宗睦族，便是繼述好兒孫。自輓並留給子孫

一〇七、江南紅豆最相思，才調重烏衣，曾偕王儉居蓮幕；枕上黃粱都是夢，秀名

艷蟾窟，較勝吳剛斫桂枝。吳熙輓王麓坡

一〇八、名公之子亦卿才，鋒銳不可當，湖海難容豪士氣；舉世忌君唯我愛，善交原有道，泉臺應諒故人心。前人輓黎佑生

一〇九、墩本屬劉公，問當年處士遺蹤，花落無言人已往；山仍依蔣阜，想此日草堂新建，桃開應笑我重來。劉基墓聯

一一〇、坐曝書亭，登小倉山，文采風流，二百餘年無此盛；對退省庵，近巢居閣，勛名德業，兩三間屋並生春。徐琪題俞樓

一一一、記故鄉亦有仙潭，看一樣湖山，添得石橋長九曲；至此地宜邀明月，問誰家秋思，吹殘玉笛到三更。沈閬昆題三潭印月

一一二、事父母，畜妻兒，當思家計非輕，半刻憑誰擔得起；賭番攤，嫖妓女，勿謂洋飄常慣，一時變鬼去難回。戴鴻慈勸華僑歸國

一一三、這一條路遠八千，豈堪久住番邦，候補此方土地；有幾何人生七十，若不早還故里，依靠那個鄉親？仝前

一一四、奚止十萬眾出洋，縱使富或有人，到底終天抱恨；至多五六成返里，與其

魂歸異域，無如早日回頭。仝前

一一五、國仇家恨，萃於一身，居夷廿餘年，何慚西山高臥；孔思周情，期望終古，著書數百卷，卓然東塾正傳。張爾田輓汪兆鏞

一一六、四十年憂患飽經，嘆白髮早生，靜意已如古井水；二千石謀猷初試，只丹心不死，精魂長繞敬亭山。曾國藩輓黎壽民

一一七、草澤起英雄，痛我公衣被江淮，萬口碑中留恨史；湖山增異彩，看昔日壺漿仕女，二分明月迓靈旗。陳倧萬題揚州徐園

一一八、以君年正富強，方期奮跡雲霄，作吾國補天妙手；痛我身肩艱巨，遽折高飛羽翼，恨招魂搶地無靈。陳炯明輓飛機師葉少毅

一一九、最憐兒女無知，猶自枕畔嬌啼，問阿父再歸何日？但願蒼穹有眼，補得人間缺憾，許良緣重結來生。空軍孫鐵之妻輓夫

一二〇、濯足萬里流，愛山間一脈溫泉，好共幽人消俗慮；當關千仞峙，指天外幾泓溪水，都從高巘溯源頭。谷關聯

一二一、湘灘異源非異源，自來地志紛紛，忘了相離二字；秦漢雜霸不雜霸，留此

江堤寸寸，亦當雄視千秋。湘灘分界嶺

一二二、古者關無征，後世不得已而設關，愼勿失其初意；國家賦有式，小民如其分以輸賦，何可使有怨言。阮元題杭州關

一二三、三年燈火，原期此日飛騰，倘或片面偏私，有如江水；五度秋風，曾記昔時辛苦，仍是一囊琴劍，直到鍾山。汪廷珍題金陵貢院

一二四、此地有首陽在前，握篆撫殘黎，貪吏豈能識清聖；況我是謫仙之後，下車宰故土，昧心何以對先人。李壽蓉題隴西縣署

一二五、世界三權，法亦特權，獨立示尊嚴，竊願後有來者；西南諸國，滇爲大國，百城忝表率，相期下無冤民。吳恭亨題雲南高等審判廳

一二六、歷長廣溪，曲曲清流，一水回環，入室猶通香雪海；與東西山，遙遙對峙，片帆時渡，滿船合載洞庭春。無錫梅園

第八章 二十言楹聯

一、春光駘蕩，萬物敷榮，膏澤被寰區，欣逢天地開新運；政治修明，廿年成化，樓船橫海域，爭看王師復舊疆。春聯

二、城東佳景，常繞夢魂，歎半世飄零，遂與名山成久別；嶺表舊都，屢經喪亂，望故鄉英俊，共籌長策致昇平。馬君武題桂林棲霞洞

三、英雄兒女，將相王侯，小閣坐人家，終古江流淘不盡；世局滄桑，樓臺煙雨，名湖猶昔日，幾回劫夢醒無痕。薛福成題南京莫愁湖

四、形勢拓南徐，對秣陵烟樹，瓜步江光，何處平分吳楚？畫圖開北固，有米老庵存，衛公塔在，依然映帶金焦。曾文弢題江東勝概樓

五、境隔塵囂，左有龍，右有虎，平地風雲，不著箇中色相；巖名方廣，水爲簾，石爲瓦，嵌空樓閣，別成世外乾坤。福州方廣寺天泉閣

六、隔岸眺仙蹤，問樓頭黃鶴，天際白雲，可被大江留住？繞欄尋勝跡，看樹外烟波，洲邊芳草，都憑傑閣收來。裘可亭題南昌滕王閣

七、莽乾坤能得幾人閒，且安排鐵板銅琶，唱大江東去；好風月不用一錢買，休孤負青山紅樹，伴爽氣西來。安慶大觀亭

八、梗楠杞梓，喬木非耶？歷劫望家山，登樓合寫懷鄉賦；曾左彭胡，群賢往矣，中興論大業，憑軒誰是濟時才？朱久瑩題臺南湖南同鄉會

九、自直肅公後，代有聞人，不愧爲三祖支流，五仲門第；於明聖湖邊，大開詞宇，最好在金沙巷內，玉帶橋頭。俞樾題西湖唐莊

十、補天媧神，行地母神，大哉乾，至哉坤，千古兩般神女；治水禹聖，濟川后聖，河之清，海之晏，九州一樣聖功。鄭仁圃題九江天后宮

十一、想像背嵬軍，敵愾同仇，肯遂令外族橫行，中原板蕩；蒼涼南渡事，傷心異代，且莫話西湖歌舞，大將風流。黃文叔題西湖岳廟

十二、於東坡外有此五賢，自唐宋迄今，公道千秋定論；在南海中別成一郡，望雲煙所聚，天涯萬里見孤忠。徐琪題海南島五公祠，祠祀李德裕、李綱、趙鼎、胡銓、李光。

十三、立品於莘野渭濱之間，表讀出師，兩朝勛業驚司馬；結廬在紫峰白水以側，曲吟梁父，千載風雲起臥龍。南陽臥龍岡武侯祠

十四、千古痛錢塘，並楚國孤臣，白馬江邊，怒捲千堆夜雪；兩朝冤少保，同岳家父子，夕陽亭裡，傷心兩地風波。吳偉業題西湖于謙祠

十五、浙東西冤獄，鼎足成三，前岳後于，浩氣英雄歸女子；湖南北高峰，舉頭有兩，殘山賸水，驚魂血淚葬斯人。西湖秋瑾墓

十六、畫竹畫菊畫蘭，四時皆畫，風雨無阻，在求甑甕不罄；講詩講文講史，三餘亦講，睡眠除外，所幸口舌長靈。李璧瑜楹聯

十七、公生則百姓死，公死則百姓生，生死相環，互爲因果；天視自我民視，天聽自我民聽，視聽洞澈，不爽毫釐。佚名輓袁世凱

十八、繼薑齋後，爲百世師，賢士竟如何，祗怕周公來問禮；登湘綺樓，望七里瀨，佳人猶宛在，不隨王子去求仙。王闓運喪偶，與傭婦同居，王死人諷以聯。

十九、福如東海，壽比南山，福壽本全歸，到了歸期偏不去；文充省長，武兼督辦，文武稱雙絕，居然絕處又逢生。佚名壽韓國鈞

二十、聲名具稀世之長，於今南內無人，偏又是落花時節；滄海下揚塵之淚，從此廣陵絕響，再休提天寶當年。樊樊山輓伶人譚鑫培

二一、卿不死孤不得安，自來造物忌才，比庸眾忌才更甚；壯之時戒之在鬥，豈但先生可痛，恐世人可痛尤多。易實甫輓宋教仁

二二、天有酒星，地有酒泉，飲者舊留名，莫使金樽空對月；一顧傾城，再顧傾國，佳人本難得，休將錦色誤年華。廣州有酒樓兼歌館徵聯，孫鵬人入選。

二三、雍容樽俎，望晴川閣聳，黃鶴樓高，慷慨重談天下事；混一車書，看五色旗，萬方冠冕，聯翩高會武昌城。民國元年，武漢慶祝國慶。

二四、述先聖之玄意，整百家之不齊，入此歲來，已七十矣；奉觴豆於國叟，致歡忻於春秋，親受業者，蓋三千焉。梁啟超壽康有為

二五、做不完身修心正工夫，願來生百行無虧，五倫克盡；嘗遍了國難家愁滋味，到今日一肩可卸，兩手空歸。清末某政客自輓

二六、思危授命，是公本懷，惻惻感前言，所悲未竟平生志；忘年下交，視余猶弟，冥冥負知己，悽切難爲後死人。譚延闓輓黃忠浩

二七、能擒賊先能擒王，歷數千古英雄，威風冠絕麒麟閣；有難兄更有難弟，痛煞兩江士庶，大星遽隕鳳凰臺。劉秉璋輓曾國荃

二八、進退上下，式躍在淵，以師長責言，匡復深心姑屈己；詼詭譎怪，道通為一，逮梟雄僭制，共和再造賴斯人。章太炎輓梁啟超

二九、天乎太忍，殲我良人，仗烈祖英靈，鑒得孤臣求死志；魂兮歸來，化為朱鳥，看中原城郭，誰懷九世復仇心。誤傳易實甫遇害，王夢湘輓以聯

三十、扁舟白髮話興亡，傷心湘綺樓空，贏得東洲雙槳在；鄰舍青燈驚暗談，悵望夕陽渡渺，恍疑夜雨一簑歸。王闓運晚年講學船山書院，校役陳八為其舟渡；王死，無何陳亦亡，祝炳熊輓以聯

三一、敦槃英彥，鼎革勳賢，美譽亘卅年，風虎雲龍懷往績；出領疆圻，入參樞密，靈旗歸一夕，海鯨遼鶴有餘悲。賈景德輓吳鐵城

三二、領導抗戰，光復臺疆，兆眾慶重生，至德深恩長感戴；黨失總裁，國喪元首，精誠勵團結，嘉言遺訓矢遵循。謝東閔輓蔣公

三三、拜德範始自髫年，追隨甲子將周，未效涓埃慚報稱；感知遇重恩往事，勉誨終身在念，豈容怠忽負培成。沈怡恭輓蔣公

三四、名世以五言長城，每逢勝日探驪，壇坫詩人尊北斗；讜論關中興大業，何意清秋騎鶴，枌榆羈客哭南天。黃立懋輓姚琮

三五、生蒲州，輔豫州，保荊州，鼎抵西南，掌底江山歸統馭；主玄德，友翼德，仇孟德，威震華夏，眼中漢賊最分明。廈門關帝廟

三六、放一夜花炮，轟到新年，鬧鬧熱熱，大家想過好日子；開雙扇大門，迎來喜氣，整整齊齊，小孩盡量出風頭。白話春聯

三七、眼前百姓即兒孫，莫言百姓可欺，當留下兒孫地步；堂上一官稱父母，漫說一官易做，還盡些父母恩情。王玉池題公署

三八、騎鯨海上憶英風，重看一旅中興，更無缺憾留天地；焚服世間傳偉業，願種十圍大木，長有奇材作棟樑。梁寒操題二二八公園大木亭

三九、閉門宛在深山，好花解笑，好鳥能歌，盡是勝天活潑；開卷如遊往古，幾輩英雄，幾番事業，都成文字波瀾。張南山題懸陳園

四十、淮蔡之功茂矣，抑又過之，大難削平，重奠東南半壁；琴鶴之操凛然，於今為烈，名賢繼起，恰符五百餘年。李之芳平耿精忠之變，三衢軍民，為立生祠

四一、可託六尺之孤，可寄百里之命，君子人歟？君子人也；隱居以求其志，行義以達其道，吾聞其語，吾見其人。諸葛武侯祠集句

四二、樽前帆影，檻外嵐光，數勝跡重重，都向江頭開畫本；樓上仙人，閣中帝子，溯遊蹤歷歷，又來亭畔弔忠魂。陶澍題安徽余忠直祠

四三、良辰盡爲官忙，得一刻餘閒，好誦史繙經，別開生面；傳舍原非我有，但兩番視事，也栽花種竹，權當家園。盧雅雨題篠園蘇亭

四四、必孝友乃可傳家，兄弟式好無他，即外侮何由而入？惟詩書常能裕後，子孫見聞止此，雖中材不致爲非。吳氏宗祠

四五、龍虎忌爭行，廿四番花信吹餘，致雨興雲，勿張旗鼓；豚魚占利涉，七二候箕神簸後，飛芻輓粟，好送帆檣。齊梅麓題蘇郡風神廟

四六、先有本而後有文，讀三代兩漢之書，養其根，竢其實；舍希賢莫由希聖，守先正大儒之說，尊所聞，行所知。呂月滄題秀峰書院

四七、商彝周鼎，漢印唐碑，上下三千年，公自有情天得度；酒膽詩腸，文心畫手，縱橫一萬里，我於無佛處稱尊。嚴問樵贈吳門大雲庵六舟上人

四八、昌黎起八代之衰，想當年苜蓿齋中，不過尋常博士；文正以天下爲任，問今日齏鹽隊裡，可有此等秀才。汪舟次題山陽學署

四九、天數五，地數五，五十五年，五世一堂，共仰一人有慶；春八十，秋八十，八旬八月，八方萬國，咸呼萬壽無疆。寶東皋壽乾隆皇帝八秩

五十、藩國多方，蓋合詩敦厚，禮莊敬，易貞恆諸德爲用者；杖朝有慶，請舉日又新，月長圓，世滋大三語以壽之。成惕軒壽蕭化之

五一、歇歷中外，逾三十年，鵬翼路方賖，來日勳名期魏丙；歌詠臺萊，爲千萬壽，鯤身春正好，並時仙眷數劉樊。前人壽馬蘊華

五二、令德世增華，獨能兼潁川政事，叔度風儀，梨洲史識；大年天錫嘏，更誰似仙眷齊釐，佳兒展驥，快壻乘龍。前人壽黃季陸

五三、操三寸管，作萬夫雄，清談每薄王何，邪說必袪楊墨；稱五日觴，介百齡壽，鴻案長諧德曜，鳳毛更蔚超宗。前人壽胡秋原

五四、白雪陽春有曲，美人香草有辭，精厥藝焉，道斯寓矣；治繁理劇曰能，成德達材曰教，壽其世者，天必疇之。前人壽張太翔

五五、東來炎徼國魂蘇，此老平生，有博浪鐵椎，曲江金鑑；西望黔靈山色好，他時介壽，更蘆笙十萬，珠履三千。前人壽張道藩

五六、棣萼耀清班，伯氏吹壎，仲氏吹篪，各有鴻文動僚宷；桑弧紀多壽，八十日耋，九十日耄，還添鶴算到期頤。前人壽陳遲莊琴樓兩昆仲

五七、綸扉績茂，祕閣官清，視成都八百樹桑陰，無慚廉介；海屋春融，賓筵酒美，藉王母三千年桃實，爲祝康寧。前人壽黃伯度

五八、學有成，傳馬帳，書無價，敵羊裙，清望允孚，匪阿私好；門以外，謝六騶，陔之南，萃三鳳，老懷彌適，宜致修齡。前人壽賀仲烈

五九、半山文卓，雙井詩雄，落落輩流稀，摛藻鳳城無與匹；東縣春回，南州人壽，翩翩腰腳健，看花鳩杖不須扶。前人壽男人

六十、遭逢絕異屈靈均，如何五日剛臨，也共纍臣歸地下；纂述方期鄭漁仲，不道一編未竟，遽嗟書種謝人間。前人輓賈宣之

六一、汗馬茂前勳，齒近百歲，心雄萬夫，公眞不愧楊家將；隻雞招近局，春暖四筵，潭深千尺，我亦難忘稻子園。前人輓楊子惠

六二、樹人從政，並見修能，記播越相逢，曾聽啼鵑當蜀道；望嶽懷鄉，竟成遺恨，知精靈不昧，定隨歸雁到衡陽。前人輓杜元載

六三、煙月如新，竹樹如新，萬紙喚春回，推韋偃畫牛兼擅；人民猶是，城郭猶是，一廬看鼎立，料令威化鶴重來。前人輓藍蔭鼎

六四、校士木柵，課士華岡，僑札偶相過，百步村鄰通縞紵；識君南泉，哭君東海，膺滂定誰是，卅年人事感滄桑。前人輓羅佩秋

六五、壯為循吏，老作經師，浮海寄仙槎，詩虎酒龍爭矍鑠；重過黃壚，空搔白首，招魂懷故國，碧雞金馬悵迢遙。前人代輓胡商彝

六六、平生贊湯武革命雄圖，讀律讀書，直憑治術馴梟獍；奕葉承吳越世家舊澤，教忠教孝，宜見英才起鳳麟。前人輓錢西樵

六七、桂攀月窟，花種雷封，百雉靖妖氛，名業合歸循吏傳；筆灑韓潮，詞翻郢雪，七鯤遺翰藻，光芒猶認老人星。前人輓張魯恂

六八、於結鄰日，締忘年交，一字許推敲，贈我瑤章森健句；以等身書，貽克家子，二難宏繼述，照人玉樹蔚清姿。前人輓史壽白

六九、手書多朱孝定格言，駟乘大閭門，遺澤自流千載永；家祭見陸放翁詩句，鳳毛在瀛海，明年當告九州同。前人輓吳雪香

七十、蘭臺視草，櫻嶠觀風，卓立粲勳施，一鶚早爲當世重；芸砌流芬，槐庭濟美，多才弘繼述，雙麟眞覺近時稀。前人輓張厲生

七一、馳軺鯤嶠，罷采新聲，料魂返湘濱，珂里蘭荃應有淚；捧檄龍荒，遞承先澤，悵春殘塞外，玉關楊柳不勝情。前人輓左曙萍

七二、大耋彌尊一布衣，嚮時絕意榮途，獨爇瓣香歸鹿苑；佳兒信有三珠樹，異日奉安故壤，定看阡表峙瀧岡。前人輓黃麟書

七三、有佳兒問學重瀛，定知回味熊丸，陟屺倍增茲夕痛；隨諸佛往生淨土，祇惜乍辭鴻廡，營齋難遣所天哀。前人輓周邦道妻楊夫人

七四、與夫子並承閥閱門風，舉案平生，卻自布衣甘德曜；看諸郎盡是璠璵國器，授經少日，固應紗幔表宣文。前人輓陶希聖妻萬夫人

七五、名喧夏口，績著秋曹，回首少年場，裘馬清華誰與並？室叶瑤琴，庭環玉樹，浩歌萬人海，雞蟲得失底須論。前人贈胡經明

七六、降生於馬關條約之年，及身見東虜行成，滄溟鯨盡；夙昔以燕山義方爲教，有子歌南陔潔膳，博士羊多。前人題劉隆民浮生小記

七七、忠以報宋，勇以抗金，五嶽炳祠盟，豪傑如公曾有幾？文不愛錢，武不惜死，同舟循寶訓，河山還我定無疑。前人題岳武穆祠

七八、舊雨新雨，西泠橋畔各題襟，溯兩漢淵源，藉被鴻雪；文泉印泉，四照閣邊同剔蘚，挹孤山蒼翠，合仰名賢。西泠印社

七九、歸神於九霄之間，直看噫籟成詩，更憶拈花微笑貌；北來無三日不見，已諾為余編劇，誰憐推枕失聲時。梅蘭芳輓徐志摩

八十、文章不能與氣數相爭，時際末流，大名高壽皆為累；人物總看輕宋唐以下，學成別派，霸才雄筆固無倫。吳熙輓王闓運

八一、危身何事南遷？只一句美睡詩成，妙語竟遭時宰忌；遠謫幾曾北返，詎四載居儋錄就，除書欲遣逐臣回。謝尚瑩題海南島東坡書院

八二、豈徒黎子追陪，人更從文教昌明，見當日雪鴻不偶；非是荊公善妒，無故假茲遊奇絕，博先生詩酒餘歡。謝樹椿仝前

八三、文章流傳八百年，我自黃州來時，猶聽歌聲連漢水；家鄉阻隔五千里，公從赤壁游後，可餘清夢到眉山。蘇繼祖題黃州赤壁

八四、農務不違時，與諸父老，對此鎡基，共話桑麻今樂事；公餘容退息，偕都人事，攜來樽酒，追懷笠屐古風流。林翰高題海南島東坡書院

八五、去京華萬里，化蠻煙瘴雨，普澤詩書，從此遂稱名郡；距唐代千年，撫古椽蒼松，猶欽山斗，況在親炙芳徽。潮州韓祠

八六、從龍逐鹿兩茫然，我思妙用無方，何害英雄同婦女；黃石赤松皆戲耳，獨懷善全有術，不遭烹醢即神仙。陝西張良廟

八七、語讖無端，聽大江東去歌殘，忽焉感流不盡英雄血；邊才正亟，嘆薄海西顧事大，從何處更得此龍虎人。張謇輓徐樹錚

八八、憂國如先生有幾人，滬瀆起雄獅，子弟八千忞決蕩；殉難與遯初同一例，星辰垂變象，男兒七尺付仇讎。林伯渠輓陳英士

八九、其魄至弱，其魂至強，死者亦有知，豺狼當道豈能久；為道太厚，為身太薄，天下正多事，麟鳳非祥奈若何！胡漢民仝前

九十、卅年苦心，創廈大集美，矗立黌宮，總為邦家培後進；萬人灑淚，思囊螢映雪，光分內舍，仰瞻風範哭先生。香港廈大校友會輓陳嘉庚

九一、客有攜筑來，問春藏何處？試覓柳外桃邊，水村山廓；店方新釀熟，記觴飛舊事，曾賦回塘曲檻，蟹舍漁家。（梁耀明題香港泰如漁村酒家）

九二、從來褒貶筆無阿，誰能煙浦沉香，後史定教判袞鉞；莫道貪廉泉不與，我自柳亭酌茗，奚囊私欲括江山。（前人題廣州吳隱之祠堂）

九三、都佇看春到人間，誰知玉殞香消，轉眼又春歸天上；若說到恩將仇報，拼得海枯石爛，而今始恩怨分明。（香港大公報輓女星阮玲玉，《春到人間》是其主演中國第一部有聲片。）

九四、存一腔心，至莫可言時，落落孤懷，知所惡有甚於死；鏟萬古愁，無大不了事，庸庸流俗，笑若輩半是偷生。（林黛秘書劉恩娣輓林黛）

九五、玉堂春竟作尾聲，者回宣武城內，眞個曲終人不見；廣陵散今成絕響，若過正陽門外，只餘花落水流紅。（易實甫輓名伶金玉蘭）

九六、發皇藝術，作育人才，桃李顯芳華，成一代泰山北斗；熱愛國家，效忠社會，聲光被遐邇，傳千秋亮節高風。（蘇務滋輓梅蘭芳）

九七、事業文章，幾人得就，永別不須哀，大夢醒來原是客；國家鄉黨，唯我皆違，此行終太急，高堂垂老已無兒。（楊杏園自輓）

九八、都忘身世，眞在仙鄉，歌嘯墜綸巾，薄暮歸吟芳草路；閭里俱非，山川略是，登臨望故國，舊遊夢掛碧雲天。黃樾蓀集詞聯

九九、世事作如是觀，大舞臺開，數角色有幾個本來面目；故國不堪回首，流民圖上，請看官發一點慈悲心腸。長沙水災籌賑會戲臺聯

一〇〇、萬事皆雪浪淘沙，問誰鐵板銅琶，爲我唱大江東去？一年如春風過眼，只剩鯤弦羯鼓，留人到紅日西斜。社戲聯

一〇一、舞臺迭見英雄，願同胞尚友古人，忠國愛民全種族；世界極臻險象，倘傀儡重描曲本，空前絕後大奇觀。八年抗戰後上海大世界木偶戲舞臺聯

一〇二、豔跡易消磨，老吾重來，喜煙月如新，鈎起卅年綺夢；名區資點綴，干卿底事，對鴛鴦莫打，留伴六代風流。秦淮畫舫聯

一〇三、岐王宅裡，崔九堂前，好景憶江南，曾經滄海難爲水；群玉峰頭，瑤臺月下，輕妝倚飛燕，除卻巫山不是雲。仝前

一〇四、野鷗不競，雲鶴不羈，到處盡堪遊，怕遇彼黨員政客；以畫陶情，以詩言志，閒人自有樂，奚問他世變時危。陳方鏞楹聯

一〇五、仰弗足事，俯不能畜，空餘青氈一片，今朝虧得早死；兩袖清風，滿身臭汗，枉費寒窗十載，來世莫作先生。窮塾師自輓

一〇六、紫光有像，青史有名，叱咤變風雲，灌夫罵座皆奇氣；報國最先，歸田最早，優遊美第宅，王翦閒居到暮年。吳熙輓王明山

一〇七、鳳城東屹，鷺水中分，於此峙名墩，別有高風齊謝傅；桃樹千株，梅花百本，撫今尋舊碣，宛然前度見劉郎。盧岑古題劉基墓

一〇八、壤錯江南，評二分明月，十里紅橋，桑梓風光應讓美；歡聯觴詠，望皖水名流，黃山巨賈，魚鹽澤藪莫傷廉。薛時雨題揚州安徽會館

一〇九、湖名合杭潁而三，水木清華，惜不令大蘇學士到此；山勢分村廓之半，樓臺金碧，還須倩小李將軍畫來。蔣厚傳題潮州西湖

一一〇、前詞苑，後封疆，頻年養望湖山，綠野優遊，共推老福；內儒書，外釋典，每夕縱談名理，青燈滋味，還似兒時。俞樾壽許乃釗

一一一、學昌黎百無他長，只這般視茫茫，髮蒼蒼，齒牙搖動；慕莊周萬有一似，可能夠夢蘧蘧，覺栩栩，色相皆空。吳步韓五十自壽

一一二、有許多高壽老人，我這周甲年華，還算是後生小子；就講到稱觥掛匾，自覺滿容羞愧，對不起宗族鄉鄰。吳似鴻六十自壽

一一三、嶺南文獻賴公傳，驚聞絕筆空山，薄海共悲頹魯殿；濠上風煙堪自悅，留得避兵故宅，小樓長記榜湖船。王惺岸、徐佩芝輓汪兆鏞

一一四、水雲大隱，志節皎然，著述有千秋，身後益爲公論重；汐社舊遊，凋零盡矣，遷流方萬變，海內彌傷吾道孤。張學華仝前

一一五、是名宰相，是眞將軍，當代郭汾陽，到此頓驚樑木壞；爲天下悲，爲後世惜，傷心宋公序，從今誰誦落花詩。俞樾輓曾國藩

一一六、當年拓地過烏孫，從玆春入玉門，傷心無限新栽柳；此日陳書經白下，正待臚傳金殿，放眼爭看舊養花。王麓坡輓左宗棠

一一七、同儕只幾輩僅存，那堪霧暗星沉，南嶽又驚奇士殞；隔水向湘潭小住，際此風和日暖，西湖應盼主人歸。陳雋丞輓彭玉麟

一一八、山以合歡名，東西北三面開通，玉嵌銀雕，合歡世界；地因人傑著，退除役齊頭並進，幽錘險鑿，人傑精神。合歡山埡口

一一九、登堂如見其人，我曾經泰岱黃河，舉酒遙生千古感；飲水當同此味，且莫道峨嵋太白，隔江喜看六朝山。龔易圖題揚州平山堂

一二〇、弔明妃墓，入雁門關，積雪滿長空，塞外風雲來鼓角；濯難老泉，謁叔虞廟，名園留片刻，眼中雞犬亦神仙。香翰屏題雁門關

一二一、到此間懊悔已遲，何苦作歹爲非，竟致捉將官裡去；出獄後光陰尚早，務要循規守法，莫教再入我門來。淮安監獄聯

一二二、勤補拙，儉養廉，更無暇饋問送迎，來往賓朋須諒我；讓化爭，誠去僞，敬以告父兄耆老，教誨子弟各成人。陳文述題縣署

柳園聯語　卷三　都三九二副

柳園　楊君潛編著

第一章　二十一言楹聯

一、興廢總關情，看落霞孤鶩，秋水長天，幸此地湖山無恙；古今纔一瞬，問江上才人，閣中帝子，比當年風景如何？劉坤一題南昌滕王閣

二、泉石憩名賢，伴具區煙水，林屋雲巒，獨向塵寰留勝跡；簿書逢暇日，更解帶園亭，停車問俗，豈徒長詠事清遊。張樹聲題蘇州滄浪亭

三、拙補以勤，問當年學士聯吟，月下風前，留得幾人詩酒；政餘自暇，看此日名山雅集，遼東冀北，蔚成一代文章。蘇州拙政園

四、清福幾時修，伴逋仙高隱，少尉孤忠，一嶺梅花尋冷趣；遺風三代上，繼白傅呼賓，蘇公判事，兩堤楊柳繫謳思。周錫蕃題西湖林社

五、看江水潮落潮生，粵海中國尚有君，何處問關從二帝？聽秋聲風來風去，崖山下天教絕宋，至今氣節屬三人。崖門三忠祠

六、福祿晉八旬，任多子多孫，齊捧出王母碧桃，麻姑仙草；壽誕剛二月，看難兄難弟，正開到尙書紅杏，宰相梅花。李篁仙壽李鴻章母八秩

七、武昌據天下上游，看郎君整頓乾坤，縱橫掃蕩三千里；陶母爲女中人傑，痛仙馭永辭江漢，感激悲歌百萬家。曾國藩輓胡林翼太夫人

八、以勇健開國，而寧靜持身，貫徹實行，是能創作一生者；曾送我海上，忽哭君天涯，驚起揮淚，難爲臥病九州人。蔡鍔輓黃興

九、所至以整軍保民爲要圖，眾論之歸，大將慈祥曹武惠；平時惟讀書致用相敦勉，公言不死，秀才憂樂范希文。唐繼堯輓蔡鍔

十、堅貞爲黨，精誠爲國，任他積是成非，獨往寧辭天下謗；淡泊忘貧，憂勞忘疾，猶是嘔心瀝血，但悲不見九州同。張道藩輓陳果夫

十一、忠黨愛國，偉績長留，久欽伯仲齊名，革命精神昭奕世；反共抗俄，先機獨燭，況有文章不朽，等身著作滿瀛寰。莫德惠仝前

十二、逝矣孝廉船，數江關詞賦，淮海風流，今日眞成廣陵散；淒其鄉國夢，賸千樹綠楊，二分明月，遺編猶記漢家春。成惕軒輓陳含光

十三、乃開國元勳，溯三十餘載保障封疆，久有豐功昭史乘；是中流砥柱，繼五百完人同歸天上，常留正氣壯河山。張延諤輓閻錫山

十四、世界領袖，民族救星，一己長繫綱維，震鑠古今崇至德；天地含悲，山川飲泣，萬民如喪考妣，哀號靈爽佑中興。倪文亞輓蔣公

十五、熙熙攘攘，暮暮朝朝，多謝爾去去來來，個個勞勞碌碌；老老少少，家家戶戶，但願皆平平穩穩，天天喜喜歡歡。福州某雜貨店疊字聯

十六、四百八十寺，過眼成墟，幸嵐影湖光，猶有天然好圖畫；三萬六千場，回頭是夢，問善男信女，可知此處最清涼。薛慰農題南京清涼寺

十七、不孝男陳三立、徐仁鑄，罪孽深重，不自隕滅，禍延顯考；草莽臣康有為、梁啟超，末學新進，罔知忌諱，干冒宸嚴。好事者諷戊戌政變，中嵌四人名

十八、汝母吃盡萬苦千辛，頻年忍凍挨餓，活兒命強留世上；諸孤快須用心努力，他日成家立業，報親恩全在書中。泉州開元寺孤兒院

十九、五十新郎，十五新娘，天數五，地數五，但願兒孫添五代；兩三好友，三兩好士，損者三，益者三，互相談笑到三更。某煙館主年五十，娶少妻年十五，章太炎賀以聯

二十、先生太得便宜，祇弄了一張琴，把千古湖山，盡行買去；我輩適當閒暇，聊憑這三杯酒，將兩人心跡，仔細評來。漢陽伯牙琴台

二一、放開眼界，看朝日纔上，夜月正圓，山雨欲來，浮雲初起；洗淨耳根，聽林鳥爭鳴，寺鐘響答，漁歌遠唱，牛笛橫吹。龔正謙題邵武熙春山醒翁亭

二二、數定三分，扶漢室，削吳吞魏，辛苦備嘗，未了平生事業；志存一統，佐熙朝，伏寇降魔，威靈丕振，只完當日精忠。張大美題山東關帝廟

二三、違親不孝，背君不忠，敢辭瘴雨蠻煙，採藥當年心最苦；傳季而王，皆仲而霸，豈意吳頭楚尾，瓣香到處德維新。蘇州泰伯墓

二四、儒館闢邊城，漸戶多絃誦，士勵廉隅，快養人材爲世用；郡齋鄰講院，喜公暇論經，夜深聞讀，不忘書味似兒時。李彥章題西邕書院

二五、七萬人相慶更生，計農桑教化兵防，名世允推儒作將；十五卷共遵遺集，兼道學文章經濟，此邦尤願士希賢。前人題王文成公祠

二六、說一聲去也，送別河頭，嘆萬里長驅，過橋便入天涯路；盼今日歸哉，迎來道左，喜故人見面，握手還疑夢裡身。貴州省城北關外頭橋

二七、卅年來，同譜同舟，忽魂歸縹緲峰前，轉悔量移空借箸；一門內，難兄難弟，竟望斷逍遙堂後，不教舊約踐連床。 林則徐輓廖鴻荃

二八、即心即佛，但從彼岸問迷津，渡頭寶筏開時，慈航有路；是色是空，誠向茲山瞻法相，洞口祥雲護處，變化無方。 葉赫實題普陀山

二九、依靜土以印靜心，回峰現億萬化身，覺悟群迷成淨果；引慈航而宏慈量，慧日照三千法界，莊嚴重耀證慈緣。 梁楚香題杭州西湖淨慈寺

三十、匡世以才，樹人以學，華國以文章，嶽嶽不群，斯爲楚寶；怡情有菊，益壽有芝，承歡有蘭桂，綿綿多祜，永紀王春。 成惕軒壽張懷九

三一、居裴公綠野，對魏國黃花，翛然與造物者游，意何遠也；闡周孔微言，距楊墨邪說，卓爾立生民之命，壽莫大焉。 前人壽陳立夫

三二、兼義理辭章考據之長，纂述擬龍門，一例名山傳世必；攬蓬萊方丈瀛洲之勝，嘯歌在鴻廡，百年仙眷占春多。 前人壽高仲華

三三、戟門桃李粲三春，溯國老華勳，有郡列甘棠，營連細柳；錦閣鳳鸞添百福，數天倫樂事，正歡承驥子，笑索麟孫。 前人壽萬武樵

三四、若朝陽鳴鳳之著於時，一德不踰閑，烏府柏枝標勁節；有博士分羊以隆其養，諸生同介壽，鯉庭桃李發新陰。 前人壽王德齋

三五、兼文學政事之長，懸鞭則化洽鷺江，染翰則名高鯤嶠；以人綱國維爲念，淑世當道弘鹿洞，葆躬當壽過龜堂。 朱人壽朱玖瑩

三六、持龔黃名績，以慰親心，子舍善承歡，棠蔭早隨慈蔭遠；數荊楚歲時，怡逢春首，辛盤欣介壽，婺星長共壽星明。 前人壽劉先雲母盧太夫人

三七、病榻揭遺言，公所爲沒世難忘，是長白家山，炎黃國祚；巖廊親雅範，我欲舉昔賢相況，曰隆中寧靜，柳下寬和。 前人輓莫德惠

三八、當國難中克顯忠貞，其義以管仲攘夷，句踐復仇爲大；於言責外不忘纂述，所詣在香山樂府，柳州遊記之間。 前人輓楊一峰

三九、數春風詞筆，獨擅妍華，柳永遇何窮，井水千秋應有恨；聽霜夜鐘聲，頓成淒楚，姑蘇潮正落，江流一碧總無情。 前人輓喬大壯

四十、經師難，人師尤難，問子卿消息如何，曾共胡羝淹朔雪；秋聲作，筑聲不作，念燕市蕭寒特甚，可堪越鳥眷南枝。 前人輓沈兼士

四一、同甫中興論，湖州治事齋，異代相望，惟先生克宏紹述；秋風南海園，暮雨華岡路，九原不作，使多士頓失瞻依。前人輓 張曉峰

四二、青衫奮起夜郎西，數明時際會雲龍，一德差酬元首眷；白日昭回霄漢上，願毅魄馳驅風馬，九州早遣赤眉平。前人輓 張道藩

四三、諳韜鈐曰武，具述作曰文，鵬翮高騫，諸將孰如投筆早；負伊呂之才，行巢由之志，鴻施未罄，斯人竟以灌園終。前人輓 嚴立三

四四、平生唯覺群弘道是期，早儕雲路鵷鸞，兼伍佛門龍象；同輩以政事文學相許，種罷河陽桃樹，吟添水部梅花。前人贈 無諍居士

四五、開國懋鴻規，積二百年滋長繁榮，不獨親其親，子其子；寰區瞻馬首，作憶萬人和平保障，願皆宅爾宅，田爾田。前人題美國建國二百周年紀念

四六、十七年家國久魂銷，猶餘剩水殘山，留與纍臣供一死；五千卷牙籤新手觸，待檢契文奇字，謬承遺命倍傷神。陳寅恪輓 王國維

四七、生我者親，知我者師，憶昔函丈趨承，青眼常垂憐蹇剝；教之以道，化之以德，從此溫顏永訣，傷心無處質疑難。蕭一葦輓業師溥心畬

四八、先生眞移我情，挹湖上清風，尚留弦外餘音，曲中天籟；此地適如我意，訪漢南春色，恰有夾隄楊柳，隔岸桃花。陳沆題漢陽伯牙古琴臺

四九、兩卷新詩，廿年舊友，相逢同在天涯，只爲佳人難再得；一聲河滿，九點齊煙，化鶴重歸華表，應愁高處不勝寒。郁達夫輓徐志摩

五十、觀瞻氣象耀民魂，喜今朝祠宇重開，老柏千尋抬望眼；收拾山河酬壯志，看此日神州奮起，新程萬里駕長安。趙樸初題岳王墓

五一、說甚神仙，看千年石洞開時，城廓人民，還是耕田鑿井；閱成今古，聽半夜金雞叫醒，興亡秦漢，都歸流水桃花。佚名題桃花源

五二、無怪倏爾而秦，倏爾而漢，但與君談笑移時，便成旦暮；看來何必有洞，何必有花，得此地棲遲畢世，即是神仙。仝前

五三、才子重文章，憑他二賦八詩，都爭傳蘇東坡兩遊赤壁；英雄造時勢，待我三年五載，必豔說湖南客小住黃州。黃興題黃州赤壁

五四、陰曆上面注陽曆，陽曆下腳注陰曆，是陰陽不可偏廢；舊年前頭過新年，新年罷手過舊年，知新舊仍要並存。春聯

五五、六街星火，萬疊晴瀾，行看水族三千，樓臺影裡翻銀浪；五色雲煙，一輪皓月，佇見金龍十二，爆竹聲中搶寶珠。元宵聯

五六、有史公作傳如生，愛客若君，眞令讀者慷慨悲歌不已；其門館風流未謝，於今視昔，問誰能拔抑塞磊落之才？開封信陵君祠

五七、譯著峙兩雄，若論昌科學，植民權，收功應比又陵爲偉；國家値多難，方賴造英才，匡正義，惜壽不及相伯之高。李任仁輓馬君武

五八、是中國自由神，三民五權，推翻歷史數千年專制之局；願吾儕後死者，齊心協力，完成先生一二件未竟之功。蔡元培輓國父

五九、南平承謦欬，鷺島受薰陶，興學毀家，潛德幽光垂青史；北京主僑務，星島傳盛業，振鄉愛國，豐功偉績足千秋。劉季伯輓陳嘉庚

六十、妻子莫痛，朋友休悲，且遵遺囑，管自己的事，越專越好；民族將亡，奴隸更苦，若求生存，學先生一樣，不屈不撓。施佳輓魯迅

六一、有生來爲藝術獻身，造詣極妙窮微，早播聲華滿天下；抗敵時以蓄鬚見志，行藏光風霽月，更留氣節在人間。大公報輓梅蘭芳

六二、耆舊半凋零，亦友亦師，菊部坐春風，望鄉長動遲歸恨；聲容猶彷彿，疑眞疑假，梨園遺絕響，擊節空餘死後哀。胡譞仝前

六三、爲國捐肝膽，爲家嘔心血，生誤於醫，一夜悲風騰四海；論交兼師友，論親逾骨肉，死不能別，九天遺恨付千秋。袁寒雲輓馮國璋繼室周道如

六四、縣長稱民父，縣署娶民母，公堂禮堂，端的是父母親舍；爲官重生男，爲姬重生女，今日何日，始有此男女洞房。某縣長任內成婚，好事者贈以聯。

六五、得世外清涼境界，正好談詩，況當荷露新烹，竹泉初熱；澆胸中塊壘閒愁，有何下酒，好把寒梅細嚼，秋菊狂餐。江鶴琴題廣州文園酒家

六六、舊雨盡來遊，破些些忙裡工夫，休說鄉村四月閒人少；浮雲俄頃過，看出空中樓閣，須知世上千官似此多。四月社戲聯

六七、畫船煙雨下潭州，正此間檀板金樽，樂府翻成望湘曲；瑤瑟清泠懷帝子，更隔岸梅花玉笛，天風吹送過江來。李壽蓉題漢口長沙會館。

六八、已作皇帝，又想神仙，縱能永遠長生，欲望難塡無底洞；便到百年，只爭一瞬，曷若逍遙歸去，精魂終隱莫愁湖。鄧燭光自輓

六九、有子萬事足，無官一身輕，蒓菜秋風，枌社久停張翰舫；春已隔年來，君今何處去？梅花人日，草堂空寄杜陵詩。吳熙輓張雲濤

七十、退食有餘閒，當載酒人來，莫辜負萬頃波光，四圍山色；臨流無俗慮，看採蓮船去，只聽得一聲漁唱，幾杵疎鐘。彭玉麟自題退省庵

七一、比夢窗白石，老宿成家，儘低唱淺斟，一代詞人千古在；溯滬尹缶廬，殷勤共話，愴小樓清夜，十年江國幾回逢。袁寒雲輓況蕙風

七二、太息斯人去，蕭條徐泗空，莽莽長淮，起陸龍蛇安在耶；回首山河非，只有夕陽好，哀哀浩劫，歸遼神鶴竟何之？梁啟超輓李鴻章

七三、梨花淡白，楊柳深青，迎來歐美人豪，玉宇瓊樓開境界；山月清輝，海濤澎湃，陶鑄炎黃兒女，南張北溥寫山河。橫貫公路梨山賓館

七四、崎嶇世路頓天衢，逢逢傳社鼓之音，萬古長春人宛在；浩蕩雲程拚血肉，冉冉下桂旌之影，九歌作頌燕飛來。橫貫公路長春祠

七五、大江南北，亦有湖山，來自衡嶽洞庭，休道故鄉無此好；近水樓臺，盡收煙雨，論到梅花明月，須知東閣占春多。彭玉麟題揚州平山堂

七六、吳先生爲天下人才謀，不得而思之一鄉，其苦心可想；諸君子皆神明黃帝冑，力學以競於萬族，看異日何如？吳汝綸創桐城中學，嚴復題以聯。

第二章　二十二言楹聯

一、除舊歲，須知遵行舊道德，孝悌、忠信、禮義、廉恥，並非守舊；迎新年，如能實踐新生活，整齊、清潔、簡單、樸素，就是革新。春聯

二、人倫求本，民主求行，科學求新，三民主義精華，光被四表；天命是崇，輿情是順，厚生是用，一統山河氣象，永保太平。仝前

三、居艮位而踐離躔，溥雷池風穴之功，柱鎮天南，斗横地北；列三公而配四嶽，標月館露臺之勝，帆隨湘轉，雁到峰迴。衡山南嶽

四、身世總虛浮，釃酒臨江，笑孫郎宮名避暑，霸業而今安在；江山眞面目，登高作賦，獨東坡亭稱九曲，風流千古猶存。徐子星題武昌西山寺九曲亭

五、是名教內老頭陀，與尼山有香火因緣，薄薦藻芹供灑掃；作冷宦中騃腳色，爲

浙水典膠庠首領，廣栽桃李待芳菲。沈濤題仁和縣學

六、論古今興廢，百感蒼茫，登樓望山嶺鳳凰，何處故宮離黍；得山林幽深，數椽小築，此地有桑麻雞犬，自成塵世桃源。劉學詢自題西湖劉莊望山樓

七、三足鼎安在哉？我來尋丞相遺跡，賸沔水湯湯，流千古恨；五大洲多事矣，誰能挽先生復起，奮天威赫赫，攻百蠻心。楊龢父題沔陽定軍山武侯祠

八、邗水萃鄉賢，歷推後起人文，誰能爲一代經師，三朝相業；吳山崇廟貌，恰好重陽福地，眞個看西湖月滿，東浙潮來。劉克成題杭州阮公祠

九、三頓飯，數杯茗，一爐香，萬卷書，何必向塵寰外求眞仙佛；曉露花，午風竹，暮山霞，夜江月，都於無字句處寓大文章。陳維英自題太古巢

十、稗官彰其事，婦孺彰其名，廟貌彰其節，誰料丈夫出巾幗；貧賤不能移，富貴不能淫，威武不能屈，自古貞女即神仙。西安古寒窯

十一、文章政事，久著聲華，視古今人物如何，洛社耆英尊國老；壽考康強，佇看平治，祝表裡山河無恙，晉祠泉石養天倫。李不韙壽賈景德

十二、英名百戰總成空，淚眼看河山，憐余保此人民，拓此疆土；慧業多生磨不

盡，癡心說因果，來世再爲哲弟，並爲勳臣。曾國藩輓弟國葆

十三、赤手定神州，日月重光，力毅心雄，開創華夏四千年奇局；大星沈歇浦，烽煙甫息，功成身死，淚隨洞庭八百里橫流。湖南旅滬同鄉輓黃興

十四、廿年角藝，半月聯床，最可憐作客他鄉，中道秋風扶病別；丹桂前宵，黃花今日，更休論登科結識，漫天寒雨哭君來。張季直輓同學湯文鑑

十五、又不是新婚垂老無家，如何利重輕離，萬古蒼茫爲此別；且休談過去未來現在，但願魂魄凝固，一朝歡喜博同歸。范肯堂輓元配吳孺人

十六、一夕遽離塵，頓興驟雨挾雷霆，眞如地坼天崩，同深震悼；全民皆飲泣，待化沈哀爲力量，定使乾旋坤轉，共睹中興。余俊賢輓蔣公

十七、亦知吾故主尚存乎？從今後走遍天涯，再休言萬鍾千駟；曾許汝立功乃去耳，倘他日相逢歧路，豈敢忘杯酒綈袍。許州關帝廟

十八、念老夫畢世辛勤，藏書數萬卷，讀書數千卷，著書數百卷；喜小孫連番僥倖，院試第一人，鄉試第二人，廷試第三人。俞樾喜其孫陛雲中舉

十九、忽然有，忽然無，有生必有死，能活到上壽百年，莫非做夢；何處來，何處

去，來世即來歸，倘果合輪迴一說，豈應傷心。李一粟自輓

二十、香江一別，轉瞬多年，最難忘北角樓頭，促膝暢談天下事；異域長眠，收京何日，每念及中原板蕩，痛心怕讀黨人碑。胡國偉輓張君勵

二一、孝父悌弟，爲吾輩第一人，惟我是神交，萬劫不枯知己淚；嫁女婚男，報故人之兩事，因君幾腸斷，九泉且慰托孤心。林紓輓王薇庵

二二、積忠孝以成神，典桂籍科名，予奪後先，十五國文章司命；舉陰騭而垂訓，鑒槐區德行，權衡富貴，億萬年造化樞機。高士鑰題揚州梓潼殿

二三、庭餘嘉蔭，室有藏書，天下事隨處而安，即此是雕梁畫棟；卜得芳鄰，居成美境，田舍翁問心已足，漫言應列鼎鳴鐘。林青圃官邸聯

二四、人生窮達豈能知，趁早須立此可爲聖賢，可對帝天之志；客告是非且莫管，得閑要讀我有益身心，有關世道之書。丁善慶題粵西公署

二五、士恆士，農恆農，工恆工，商恆商，族少閒民，便有興隆景象；父是父，子是子，兄是兄，弟是弟，門無乖氣，方爲孝友人家。齊梅麓自題教思堂

二六、西曹法律，南紀封圻，溯三朝中外勳猷，范富歐陽同著望；閩嶠襜帷，吳趨

杖履，憶卅載因緣香火，李張皇甫愧知名。林則徐輓韓崶

二七、弓裘紹述，視河東三鳳有加，卓爾諸郎，何止經傳秦伏勝；杖履婆娑，喜海上七鯤無恙，巋然一老，正宜賦續魯靈光。成惕軒壽熊翰叔

二八、炳靈江漢，弼建新邦，立朝總風度推公，餘事孤鴻傳雅詠；比跡綺黃，默匡宏業，華國以文章許我，平生一鶚負深期。前人輓張懷九

二九、讀書擊劍，友光黃間異人，鴻抱世誰知，表微合待東坡筆；廣座明燈，話江淮中遺事，麈談今不再，感舊難忘北海樽。前人輓劉啟瑞

三十、白眉賢子，善讀父書，數崔琳往代英風，踵美無慚三戟竝；黃髮耆儒，早稱人瑞，賸放翁平生憾事，考終未見九州同。前人輓彭蘚青

三一、佐命比鄧仲華，耿伯昭，若論裘帶雍容，雅範更同羊叔子；遺愛在武昌柳，漢陽樹，所惜鄉邦殄瘁，歸心竟負鵠磯潮。前人輓何雪竹

三二、愷悌心，澄清志，幹練才，正來日堂堂，天忽靳年，萬緣都了；巴山雨，楚江潮，蓬海月，數前游歷歷，我今懷舊，雙淚空彈！前人輓程元藩

三三、歷萬海千桑之劫，寄百年一夢之身，晚贊中興，蒲輪世重；忘白衣蒼狗於

懷，習清磬紅魚於耳，上登極樂，桂宇秋澄。前人輓李子寬

三四、璚戈彩筆，有佳兒並著聲華，雲路風高，薛鳳聯翩眞不忝；黑塞青林，向故宇一招魂魄，玉棺天遠，蜀鵑淒怨那堪聞。前人輓男人

三五、小住憶坡仙，幾經瘴雨蠻煙，依然是風月當頭，羅浮對面；憑欄俯城郭，趁此落花飛絮，最難得嶺南春駐，江左人來。伊墨卿題惠州蘇東坡祠

三六、新詩傳宇宙，竟爾乘風飛去，同學同庚，老友如君先宿草；華表托精靈，何當化鶴歸來，一生一死，深閨有婦賦招魂。郁達夫輓徐志摩

三七、眞美術專家，稱壽於藝，壽不稱於名，才士數奇，如是如是；亦學詩女弟，視余猶父，余得視猶子，夫人爲慟，喪予喪予！張謇輓沈壽

三八、卅年前曾記來遊，登樓看雨，倚檻臨風，俯仰已成今昔感；三徑外重增結構，引水通舟，因峰築榭，吟歌常集友朋歡。張之萬題蘇州留園

三九、是南來第一雄關，只有天在上頭，許志士生還，將軍夜渡；作西蜀千年屏障，會當秋登絕頂，看滇池月小，黔嶺雲低。雲南雪山關

四十、張昔窮時，錢亦無，米亦無，其誰忘八丘九，肯爲雪中送炭？群今貴矣，親

也來，戚也來，毋論豬三狗四，皆思錦上添花。佚名調張群冠首聯

四一、帶甲滿天地，詞賦動江關，惟戰士文人，到此偏多千古恨；煙波渺何處，齊魯青未了，只湖光山色，而今猶是六朝春。李爕和題南京清涼寺

四二、以近古稀之齡，奏鳳求凰之曲，九九丹成，恰好三三行滿；登朱庭祺之庭，睹毛彥文之顏，雙雙如願，誰云六六無能？民初，年六六國務總理熊希齡，娶年三三毛彥文，介紹人是朱庭祺，友人撰聯以賀。

四三、大包不容易賣，大錢不容易撈，針鼻鐵，盈利只向微中削；同父飲茶者少，同子飲茶者多，檐前水，點滴何曾見倒流？廣州大同酒家徵聯冠軍

四四、兩手將山河大地揑扁搓圓，掏碎了遍撒虛空，渾無世相；一棒把千古孽魔打死救活，喚醒來放入微塵，共作道場。虛雲和尚題昆明華亭寺

四五、明月不常圓，醒復醉，醉復醒，願爲蝴蝶一生思量都是夢；好花難入眼，意中人，人中意，試把鴛鴦兩字顛倒寫來看。珠江畫艇聯

四六、想生前如經史如詩文，未用功也曾用功，卻是功夫欠足；記閑日若醫卜若命數，非正業乃作正業，到來業多不精。一雜學無成文士身輓

四七、岐王宅裡，崔九堂前，風景憶江南，値得杜拾遺一個正是；瓊玉山頭，瑤臺月下，新妝擬飛燕，難怪李謫仙兩字可憐。吳獬贈前清室宮女

四八、醉翁之醉，狂夫之狂，四十年舊雨無多，屈指誰爲三徑客？南嶺以南，北海以北，千萬里閒雲自在，到頭還愛六朝山。湯貽芬楹聯

四九、佳人才子總情痴，女愛男歡，願生女皆佳人，生男皆才子；花好月圓無量壽，天長地久，看地下花常好，天上月常圓。易順鼎壽如夫人

五十、五歲即知書，彈指到五十年，半百平頭，非我童時非少壯；千秋仍幻夢，放眼觀千萬輩，尋常色目，幾人傳世幾神仙。佚名五十自壽

五一、邁蕭曹郭李范韓而上，大勛尤在薦賢，悵望乾坤一灑淚；窺道德文章經濟之全，私淑亦兼親炙，追隨南北感知音。薛福成輓曾國藩

五二、公著述等身，憤薄俗少完人，厚黑一篇，指佞發奸揮鐵筆；我慚爲半子，念賢郎皆早逝，嫠孤滿目，臨流迸淚灑西風。女婿楊履冰輓厚黑教主李宗吾

第三章　二十三言楹聯

一、積善成家，詩書傳家，慈孝齊家，勤儉保家，全家快樂度春節；革命開國，文化立國，仁愛治國，忠誠衛國，舉國歡騰祝過年。春聯

二、我輩復登臨，河山極目，風景生憐，直將把酒問天，拔劍斫地；漢皇今安在？野卉縈眸，流泉聒耳，想像旌旂耀日，管籥喧雲。安徽武陟山門聯，相傳漢武帝嘗登臨。

三、畫棟久消沈，問何時燕子歸來，只空嗟名士青衫，美人黃土；瓊樓新結構，爲絕代蛾眉生色，又重睹香山月旦，坡老風流。胡佐卿題徐州燕子樓

四、到岸猛回頭，聽潕陽第一灘聲，浪與篙爭，好仗神威資利濟；順流須努力，看黔國萬重山水，峰隨舵轉，全憑忠信涉波濤。鎮遠大王灘亭

五、李北海亦豪哉，杯月相邀，頓教歷下古亭，千載歸詩人吐屬；杜少陵已往矣，湖山如昨，試問濟南過客，有誰繼名士風流？濟南歷下亭

六、廿四風吹開紅萼，悟蜂媒蝶使，總是姻緣，香國無邊花有主；一百年繫定赤繩，願穠李夭桃，都成眷屬，情天不老月長圓。魏滋伯題西湖花神月老祠

七、焉能辨我是雌雄，想華月金樽，也曾脂粉登場，爲他人作嫁；畢竟可兒好身手，趁椒風錦帳，切莫葫蘆依樣，舍正路不由。袁寒雲賀某坤伶新婚

八、北自南來，道路亦云遠矣，可憐三寸金蓮，踏遍衡山峰七二；卿辭我去，枕畔豈不孤哉，惟恨一堆玉骨，葬埋湘水浪三千。一老婦沈溺湘水，其夫哀輓之

九、田舍郎我豈妄哉，憶顧曲當年，最不忘崔九堂前，岐王宅裡；廣陵散自今絕矣，悵舊遊何處，再休說貞元朝士，天寶宮人。王澤山輓名伶程長庚

十、江漢以濯之，秋陽以曝之，革新中國河山，憶自去年今日始；爵祿可辭也，白刃可蹈也，崇拜英雄義烈，知從九死一生來。民國元年，武漢慶祝雙十節國慶。

十一、八千爲春，八千爲秋，八方向化，八風和慶，聖壽八旬逢八月；五數合天，五數合地，五世同堂，五福備至，昌期五十有五年。紀昀壽乾隆皇帝八秩

十二、康萬民，雍和其度，乾健其行，嘉惠普眾生，道統效羲皇堯舜；熙一乘，政治在朝，隆平在野，慶雲飛五色，光華如日月星辰。蕭史樓壽道光皇帝六十，嵌「康熙」、「雍正」、「乾隆」、「嘉慶」、「道光」五朝年號。

十三、七十有二春，糊糊塗塗，官界耶？商界耶？流水無心，隨他去罷；四月初三

日，清清楚楚，醉醒了，夢醒了，拈花微笑，待我歸來。趙俠齋自輓

十四、夢中已迓接引，我去禪院仍落松花，免問石不點頭龍不語；案上猶存貝葉，爾在梵宮豈容塵跡，勿使香無飛篆磬無聲。泉州碧霄岩釋智化自輓

十五、平生以霍子孟，張叔大自期，異代不同功，戡定僅傳方面略；經術在紀河間，阮儀徵以上，致身何太早，龍蛇遺恨禮堂書。王闓運輓曾國藩

十六、萬里南天鵬翼，直上扶搖，那堪憂患餘生，萍水姻緣成一夢；幾年北地胭脂，自歎淪落，贏得英雄知己，桃花顏色亦千秋。易蔚儒代小鳳仙輓蔡鍔

十七、爲國家民族存亡絕續所關，鼎鑊甘如飴，四海雄風橫劍珮；邁田橫太原精勁堅貞之節，頭顱眞有價，一江忠烈壯山河。黃杰輓一江山烈士

十八、左舜生姓左不左，易君左名左不左，二君何適？其于右任乎？梅蘭芳伶梅之梅，陳玉梅影梅之梅，雙玉徐來，是言菊朋也。戲謔聯

十九、諸君到此何爲？豈徒學問文章，擅一藝微長，便算讀書種子；在我所求亦恕，不過子臣弟友，盡五倫本分，共成名教中人。廣州香山書院

二十、朝有奸黨，豈能成將帥之功，若教仗越專征，蛟虎猶非對手敵；世無聖人，

不當在弟子之列，誰信讀書折節，機雲曾作抗顏師。齊梅麓題宜興周孝侯祠

二一、地當黃運之中，水欲治，漕欲通，千里河流，涓滴皆從心上過；官作軍民之主，寬以恩，嚴以法，一方士庶，笑啼都到眼前來。張鼎題公署

二二、小朝廷難與圖功，看戰壘千層，遇毒含冤，知魂魄不忘故土；舊令尹行將歸去，借泰山片壤，題楹志別，願威靈長衛吾民。鄭鑾題牛總管祠

二三、湖山本毓秀之區，看桃花開落，燕子西東，奩爾未銷情欲障；天地有好生之德，願嘉門善祥，明神祐助，螽斯無妬子孫多。章次白題杭州天竺山送子觀音殿

二四、以法去害群馬，以言救在澤鴻，議席戎旃，各有千秋光楚乘；或閒釣東海鼇，或健射北平虎，心從耳順，定教一例到彭年。成惕軒壽何總監雪竹六十孔參政雯掀七十

二五、才高而斂，位顯而謙，從太學以逮容臺，五十年來，不更儒素；身敬則強，心仁則壽，數良辰剛逢大耋，八千春好，定見河清。前人壽劉季洪

二六、明時唯禮修樂正是期，集群力共贊中興，白水威儀光漢業；吉人以人壽月圓爲祝，俟百齡再歌難老，綠楊城郭醉揚州。前人壽杜負翁

二七、於詠絮頌椒而外，弘衍心傳，推船山一家言，說橫渠四句教；當佩萸簪菊之

先，樂介眉壽，分陶公九日酒，醉王母萬年觴。前人壽張默君

二八、勤宣箑輅，上承楚國遺風，懸思梅落江城，定有窮黎知愛樹；采曜桑弧，生與田文同日，喜見榴開海屋，紛於大耋報添籌。前人壽何雪竹

二九、采筆富鴻篇，數十年議壇建策，講舍傳薪，共羨讀書兼讀律；仙籌添鶴算，三千客珠履生光，瑤觴介壽，高歌如阜復如陵。前人壽陳顧遠

三十、傳家采筆，已看光粲孤星，定知鹽絮清才，繼述異時添鳳藻；貢君玉堂，幸未目迷五色，所惜齒牙餘論，吹噓無力上鵬霄。前人輓劉孝推

三一、別纔旬日，記曾假越縵殘篇，把卷我重來，仙馭已歸蓬島鶴；求之昔賢，差足擬都亭故事，埋輪今不起，啼聲怕聽柏臺烏。前人輓李夢彪

三二、懋修名業，孰與比倫，草檄在柳營，司憲在柏臺，傳經在槐市；略舉生平，公應無憾，同棲有鳳侶，趨庭有驥子，鳴世有鴻篇。前人輓蕭一山

三三、繼大君子之後，翰藻曾賡，若論步武前賢，華國我慚燕許筆；慨舊史氏之亡，高文垂絕，試與盱衡當代，立言誰副馬班才。前人輓但植之

三四、考古歷艱劬，問漢家器物由來，曾遠溯地下龜文，史前蠶繭；著書期碩老，

值瀛海商飈驟作，竟驚傳隙中駒逝，案上螢枯。前人輓李濟之

三五、卅六郡漢家城郭，待補金甌，棘院與量才，嘗恐一夫遺側陋；五十年文苑風雲，罷揮綵筆，松阡如表行，毋忘百里紀循良。前人輓陳敬之

三六、倚闌干聽蓬山萬戶秋聲，那堪錦瑟絃摧，又報哀音來谷口；有夫婿是陶侃一流人物，詎料玉臺蹤杳，不隨歸轡向江皋。前人輓女人

三七、詞爭錦艷，詩比冰清，餘事養天和，借琴一張，酒一壺，棋一局；谷報鶯遷，堂歌燕喜，新居宜市隱，祝人長壽，花長好，月長圓。前人賀劉宗烈喬遷

三八、阻嘉陵衣帶水，未接麈譚，誰知冥誕招魂，翻遺望京隔南斗；列元祐黨人碑，永彰鴻烈，即論清吟拔俗，也應名世繼東坡。前人紀念楊滄白八旬冥誕

三九、數千里奔湍激浪，到此樓前，公暇一憑欄，江漢雙流相映照；十餘年人物英雄，恍如夢幻，我來重訪鶴，滄桑三度記曾經。李鴻章題黃鶴樓

四十、有所懷便寫，無可道便罷休，君莫問神仙，試想想崔李本事；一自下故深，百能容故博大，我來望江漢，常殷殷官胡替人。曾國藩題黃鶴樓

四一、紅妝齊下淚，青鬢早成名，最憐落拓奇才，遺愛新詩雙不朽；小別竟千秋，

高談猶昨日，憑弔飄零詞客，天荒地老獨飛還。楊杏佛輓徐志摩

四二、天涯飄泊，故國荒涼，有酒且高歌，誰憐舊日王孫，新亭涕淚；芳草淒迷，斜陽黯淡，逢春復傷逝，忍對無邊風月，如此江山。張伯駒輓袁寒雲

四三、說什麼佛法輪迴，禍福竟靡常，懺悔潛修，積德何須來逆報；計剛過強年知命，功名全泡影，超生長逝，招魂忍聽誦南無。孫傳芳被刺，其堂叔輓以聯。

四四、混之爲用大矣哉，大吃大喝，大搖大擺，命大福大，大到院長；球的本領滾而已，滾來滾去，滾入滾出，東滾西滾，滾進棺材。譚延闓死，上海某小報諷以聯。

四五、初選值錢，復選值昂，兩三字換幾許金銀，投票遠比投稿樂；買者得名，賣者得利，千萬人舉一個寶貝，代表原從代理來。曹錕賄選人諷以聯

四六、學問不如人，才華不如人，只有煎茶熬湯，才能算我眞本事；親戚休笑我，朋友休笑我，安於捉刀弄鏟，正是文人下梢頭。黃敬臨棄縣長職，在四川開「姑姑筵」餐廳，自撰楹聯。

四七、因果證殊難，看殘棋局光陰，試問轉瞬重來，幾見種桃道士？黃粱炊漸熟，閱遍枕頭世界，樂得飽餐一頓，做成食飯神仙。蔡錦泉題呂仙祠

四八、喚醒痴迷，上臺容易下臺難，看粉墨登場，優孟衣冠原是假；演成今古，一

代興亡千代恨，問文章名世，史遷紀傳尚非眞。（戲臺聯）

四九、七八載夫婦，胡遽分離，看良人踽踽堪哀，想這心腸丟不去；四九天嬰兒，誰爲哺乳？聽此日呱呱而泣，可憐骨肉竟何依。（婦人產後病危自輓）

五十、非儒非佛非仙，廿四番花信，關心天上傳呼，我欲乘風歸去；是夢是眞是幻，七十載春光，彈指人間遊戲，誰能繫日長留？（佚名自輓）

五一、勝地足清遊，開門對劫後湖山，兒女歌功，殘月河橋聽簫管；將軍許長揖，把酒覓當年煙水，神明鑒我，秋風俎豆薦蘋花。（吳策題揚州徐園）

五二、高處峙雙山，毓秀鍾靈，冀多儲經緯奇才，一代文章增藻采；別來剛十稔，撫今追昔，願更溥蠶桑美利，萬家燈火試機聲。（時慶萊題浙江海寧絲業會館）

第四章　二十四言楹聯

一、持躬要有方，須依整齊、清潔、簡單、樸素諸端，厲行新生活運動；救國無他術，應本忠孝、仁愛、信義、和平八字，恢復舊道德精神。（春聯）

二、繡嶺委荒榛，祇餘候館留賓，過當年賜浴池邊，長恨空吟白傳；環園新結構，云是唐宮舊址，問我輩沈香亭畔，雅才誰繼青蓮。陝西臨潼華清池

三、漢水接蒼茫，看滾滾江濤，流不盡雲影天光，萬里朝宗東入海；錦城通咫尺，聽紛紛絲管，送來些鳥聲花氣，四時佳興此登樓。楊宗蔚題成都望江樓薛濤故居

四、排闥兩峰青，欣輪奐齊雲，環雉堞更上一層，盡見匡廬眞面目；干霄千丈紫，恐鋒鋩過露，斂龍光深藏什襲，如羅星宿壯心胸。鄭仁圃題九江匣劍樓

五、百花潭煙水同清，年來畫本重摹，香火因緣，合以少陵配長史；萬里流風波太險，此處緇塵可濯，林泉自在，從知招隱勝遊仙。薛時雨題蘇州滄浪亭

六、地以人傳，溯自周郎習戰，蘇子題詞，仙吏將才，千古各成奇跡；天留我住，故教彭蠡風帆，匡廬瀑布，水光山色，一時都入壯觀。彭玉麟題江西鄱陽湖望湖亭

七、百千年大匠宗師，是仁政亦巧工，豈僅比秦代城長，隋朝渠廣；億萬姓買絲繡佛，看當前與過去，何處尋王家碑淚，孟宗棠恩。四川灌縣二王廟—祀李冰父子

八、當河山破碎之時，以海島抗中原，百折不回，天命有歸標大節；處骨肉分離而後，以孝思爲忠藎，千秋共仰，此心無愧即完人。何如瑾題臺南延平郡王祠

九、奇才因嫉妒以彌彰，此日憑弔古今，無怪藩鎮亂唐，金人亡宋；名節經折磨而大著，及時立功中外，那怕歐風震地，亞雨滿天。廖士龢題海南島五公祠—祀李德裕、李綱、趙鼎、胡銓、李光。

十、休羨他快意登場，也須夙昔根基，才博得屠狗封侯，爛羊作尉；姑借此寓言醒世，一任當前炫赫，總不過草頭富貴，花面逢迎。薛時雨戲臺聯

十一、始作，鞠躬如也，入公門，仰之彌高，鑽之彌堅，赧赧然，強而後可；以成，美目盼兮，策其馬，油然作雲，沛然作雨，洋洋乎，欲罷不能。方地山賀人新婚

十二、答君恩，敬慎忠勤，數十年盡瘁不遑，解組歸來，猶自心存軍國；殫臣力，崎嶇險阻，六千里出師未捷，騎箕化去，空教淚灑英雄。清文宗輓林則徐

十三、記得周松庵公車上書，朝市忽移，高節著江南，既遯世，自無悶；那堪春申浦歲時把酒，蕨薇采盡，詩名滿天下，已不朽，復何求。康有為輓李瑞清

十四、夢裡人，生勿見，眼中淚，死勿枯，黃土莫埋情，午夜鴛鴦華表月；心上事，天爲憐，身後名，地爲載，白梅堪作伴，千秋冰雪墓門花。某女未嫁而夫死，亦殉節死，葬湘潭梅花坡，吳劭之輓以聯。

十五、與田橫島睢陽城壯烈何殊，同時集體成仁，正氣長留光宇宙；看黃巾賊赤眉

盜滅亡何待，指日王師破敵，英靈仍望護旌旗。黃仁霖輓一江山烈士

十六、潮用錢弩射，功用鐵券銘，念先人鐵石心腸，百世勳名高鐵柱；族以錢山稱，縣以錢塘著，願我輩錢家子弟，千年祠墓守錢王。錢汝雯題西湖錢王祠，反覆嵌「鐵」、「錢」二字。

十七、得意時，清白乃心，不納妾，不積金錢，飲酒賦詩，猶是書生本色；失敗後，倔強到底，免出洋，免走租界，灌園抱甕，眞個解甲歸田。吳佩孚楹聯

十八、莫尋仇，莫負氣，莫聽教唆，到此地費心，費力、費錢，就勝人，終累己；要酌理，要揆情，要度時事，做這官不清，不勤，不愼，易造孽，難欺天。河南高等法院楹聯

十九、佳人才子總情癡，女愛男歡，願生女都像佳人，生男都像才子；花好月圓無量壽，天長地久，看地面花能常好，天上月能常圓。易實甫贈妾生日

二十、大老爺慶生，銀也要，錢也要，票子也要，紅黑一把抓，不分南北；小百姓該死，穀未收，麥未收，豆兒未收，青黃兩難接，送甚東西。民初諷縣長做生日聯

二一、呂道人太無聊，八百里洞庭，飛過去，飛過來，一個神仙誰在眼；范秀才亦多事，數十年光景，甚麼先，甚麼後，萬家憂樂總關心。湖南岳陽樓

二二、一甌香茗，滌我塵襟，借問往來船，載多少畫意詩情，好傳韻事；萬里晴空，豁人心目，欲語登臨者，看幾次朝暾夕照，珍惜流光。重慶北涪韻流茶室炭字聯

二三、抗節濟時艱，論當年守禦聲威，實先郭汾陽、李臨淮，功存廟社；顯忠關世教，考茲土烝嘗舊典，當與伍子胥、陳武烈，氣壯湖山。無錫張睢陽廟

二四、感恩知己兩兼之，擬今春重謁門庭，誰知一紙音書，竟成絕筆；盡忠補過今已矣，憶平昔雙修儒佛，但計卅年宦績，也合生天。林則徐輓張蘭渚

二五、我別君去，君何患無妻，倘異時再叶鸞占，莫謂生妻不如死婦；兒隨父悲，兒終當有母，願他日得酬烏哺，須知養母即是親娘。林姓婦中年遽卒自輓

二六、爲青年彈哲理，爲白話創文風，盛業在培才，蘭臺棘院都餘事；於佛國紀遊縱，於天山抒吟興，清時驚換劫，雪屐星槎更幾人。成惕軒輓羅家倫

二七、脂車歷交廣巴渝楚越之郊，若論幕府崢嶸，軍略早諳李元度；長物賸義理考據詞章諸籍，太息江關蕭瑟，鄉思未了庾蘭成。前人輓盧滇生

二八、豈眞猿臂數奇乎？豐於才，嗇於遇，富於春秋，八秩更添來歲健；是乃馬蹄餘事耳，摯者詩，豪者詞，雋者憶語，一篇寧讓古人工。前人題胡勉修《八十憶語》

二九、以忠勤式僚屬，以誠樸化生徒，身教久彌彰，絕勝臯比千萬語；有儉德型其家，有清芬播於國，世風今漸替，誰念狐裘三十年。前人紀念張孝仲百年冥誕

三十、史徵篳輅，毋忘熊繹山川，元辰告列祖列宗，三戶定能光夏宇；人在蓬瀛，彌念鵠磯風物，嘉會祝新年新運，萬方同與履春臺。前人題湖北旅臺同鄉春節祭祖大會

三一、來游凡幾，不提防瓦礫場空，回思畫意重重，白酒黃花渾一夢；報最何從，且整頓湖山名勝，留取泥痕點點，殘棋剩粉亦千秋。蒯德模重建莫愁湖名勝，竣工日題以聯。

三二、當年有痛哭流涕文章，問西京對策孰優，惟董江都後來居上；今日是長治久安天下，幸南楚故廬無恙，與屈大夫終古相依。李壽蓉題長沙賈太傅祠

三三、財原注定，非可強求，彼四萬萬人相率前來，剪紙化錢難應付；神在幽冥，那能保護？你一件件事不肯去做，燒香點燭也徒然。財神廟

三四、藝隆一代，譽滿四方，劇苑著聲華，繼往開來，朗朗元音傳盛世；交篤卅年，別才三月，海隅傳噩耗，私情公誼，淒淒零雨哭先生。費彝民輓梅蘭芳

三五、不衫不履，居然名士風流，只因醜陋形骸，險湮沒了胸中錦繡；能屈能伸，自是英雄本色，可惜崢嶸頭角，誰識你的筆底珠璣。魁星神像聯

三六、白社論交，留此間香火因緣，割半壁棲霞，暫歸結十六年塵夢；青山有約，期他日煙雲供養，挈一肩行李，重來聽八百杵鐘聲。薛時雨自題西湖「薛廬」

三七、六朝金粉，十里笙歌，裙屐昔年遊，最難忘北海豪情，西園雅集；九曲清波，一簾風月，樓臺依舊好，且消受東山絲竹，南部煙花。薛時雨題秦淮楊氏水閣

三八、出將入相，大名與曾李相參，豈知巨任獨肩，勛業最高心最苦；互市叩關，隱患非漢唐可比，太息老成不作，人才彌少事彌艱。李士棻輓左宗棠

三九、當群狙而立，撲擊遂以喪君，一瞑有餘愁，亂沮何時？國亡無日；顧二雛在抱，教養總須責我，千回思往事，生離飲恨，死別吞聲。趙志道輓夫楊杏佛

四十、遵大路兮，自東自西，自南自北，爲之範我馳驅，今天下車同軌；登斯堂也，如切如磋，如琢如磨，爾尚一乃心力，有志者事竟成。嚴復題武昌鐵路學校

四一、故紙堆中，鉤沈輯軼，細評說千古文字，對千古前賢得無愧矣；新苗圃內，樹李植桃，共領略一代風騷，聯一代後繼大有功焉。李國勝題《對聯》雙月刊，嵌「對聯」二字

第五章　二十五言楹聯

一、當年創建亞洲第一民主共和，數歷朝開國規模，超漢、軼唐、邁宋；此日復興中華固有倫理文化，奠世界大同基礎，正德、利用、厚生。春聯

二、附公者不皆君子，間公者必是小人，愛國忘家，二百餘年遺直在；廟堂倚之爲長城，草野望之如時雨，出師未捷，八千里路大星頹。左宗棠題福州西湖荷亭—林則徐讀書處

三、講藝重名山，與諸君夏屋同居，豈徒月夕風晨，掃榻湖濱開社會；抽帆離宦海，笑太守春婆一夢，贏得椶鞋桐帽，扶筇花外聽書聲。薛時雨題崇文書院

四、討滿克金陵，志略縱未伸，三百載後，光復告成，勳著權輿天地會；驅荷跨黑水，精神長不死，五十年來，沈淪終起，氣張京觀赤崁樓。黃純青題臺南延平郡王祠

五、誓欲龍驤虎視，以掃蕩中原，驚風雨、泣鬼神、前出師表，後出師表；時當地裂天崩，求纘承正統，失蕭曹、見伊呂，西漢功臣，東漢功臣。陳桐偕題成都武侯祠

六、及時行樂也，春亦樂，夏亦樂，秋亦樂，冬來尋詩風雪中，不樂亦樂；翹首仰仙跡，白也仙，林也仙，蘇也仙，我今買醉湖山裡，非仙也仙。西湖樂仙酒樓

七、結美眷亘四十年，是良母，是賢妻，親友早交推，標準夫人卿不愧；療沈痾住兩頭屋，未問疾，未視殮，糊塗成永訣，負心男子我何辭。賈景德輓繼室

八、放幾千爆竹，把窮鬼轟開，幾年來被這小畜生，弄得我一雙空手；點數炷清香，將財神請進，從今後願你老人家，保祐俺十萬纏腰。某翁財產被不肖子毀盡，登報脫離父子關係，並於歲首貼此春聯

九、起匹夫而驅累世之讎，變百王之政，迴首百年，大智大仁兼大勇；創新說以盡庶物之用，厚萬民之生，流恩萬國，爲人爲聖復爲神。紀念國父百年誕辰

十、馬革裹屍還，是男兒得意收場，惟憐室有雙親，瞑目尚餘難了事；鵑聲啼血盡，痛夫子招魂不返，更苦孤無六尺，傷心猶賸未亡人。太平軍之役，李續賓戰死於三河鎮，其妻輓以聯。

十一、祝宗祈死，老眼久枯，翻幸生也有涯，卒免睹全國陸沉魚爛之慘；西狩獲麟，微言遽絕，正恐天之將喪，不僅動吾黨山頹木壞之悲。梁啟超輓康有為

十二、嫉惡如仇，以歷史爲經，以民主爲緯，正義永彰，繼起斯文望我輩；愛才若命，爲學術而生，爲教育而死，典型猶在，共揮熱淚哭宗師。臺大全體學生輓傅斯年校長

十三、晉國天下莫強焉，四十年太原節度，召虎夔龍，一代羽儀尊漢室；都督閻公

之雅望，五百個孤島完人，金戈鐵馬，八方風雨黯神州。張其昀輓閻錫山

十四、華北作長城，會師燕薊，抗敵河汾，勳業輔元戎，一片丹心行主義；嶺南支大厦，轉戰蜀山，播遷臺島，艱貞存國脈，千秋青史紀完人。石覺輓閻錫山

十五、堅基督信仰，道重福音，澤被全民，雙手挽狂瀾，百代英名垂宇宙；興中華文化，德臻至善，功濟圜海，萬人承遺訓，一心矢志復河山。于斌輓蔣公

十六、章士釗，王世昭，姓不同，名不同，韻相同，音相同，同是文人分左右；仇碩甫，易實甫，時難並，地難並，詩能並，詞能並，並爲才子別明清。以古今人名巧撰成聯

十七、雙峰雲起，孤寺鐘鳴，且試把酒臨流，恰對著曲院風荷，六橋烟柳；三面山環，一亭水繞，縱使倚欄憑弔，猶想見舊時帝子，何處人家。陳覺是題湖心亭

十八、官有典常，任一日，則盡一日之心，況兼地廣事繁，敢不夙興夜寐；民供正課，寬幾分，則受幾分之惠，縱使時豐歲稔，常如怨暑咨寒。孫治題徐州府署

十九、舉案有賢匹，荷薪有令子，立雪有高材，百劫成不壞身，健徵龍德；勸學若荀卿，衛道若退之，能文若永叔，千觴介無量壽，懽溢鱣堂。成惕軒壽熊翰叔教授

二十、自黃埔建軍伊始，密贊機衡，磐石屹無移，宜其爲蒼生安危所寄；舉青田誠意相方，交輝名業，大星驚忽隕，何以紓元首宵旰之憂。前人輓陳副總統辭修

二一、雲龍道洽，琴鶴風清，世方以和羹補袞相期，詎料玉棺自天而降；楚箪開荒，騫槎致遠，我欲爲塹海移山作頌，忍聽蒿里誰地之歌。前人輓趙孟完

二二、清望若陳伯玉、王子淵，記蜀道相逢，說士能甘，增價幾人由藻鏡；高會對蔣山青、秦淮碧，嘆重陽剛到，游仙遽渺，袪災無地覓萸囊。前人輓曹纕蘅

二三、記瓊樓高處，偶接清言，冠帶見從容，眞無忝奕葉勛華，珥貂家世；當曲水良辰，驚傳噩耗，人琴感寥落，更那堪落花時節，啼鴂山河。前人輓曾昭六

二四、著賢母之德，兼著賢母之勞，五十載儒素能安，合借高風箴末俗；有詩人爲夫，更有詩人爲子，三百篇管彤續詠，憑添大句播遺芬。前人輓何武公妻曾夫人

二五、主校政廿五秋，持躬以正，治事以勤，接物以廉，一德永留彝訓在；歷世途萬千劫，遺澤不湮，盛業不隳，令名不朽，百齡宜致瓣香虔。前人紀念張孝仲百齡冥誕

二六、爲地方興教養諸業，繼起有人，豈惟孝子慈孫，尤屬望南通後進；以文學名光宣兩朝，日記若在，用裨徵文考獻，當不讓常熟遺篇。蔡元培輓張謇

二七、昔我來時花未開，今日花時我未來，也算神交，難道是前生緣法；搔首問天天不語，低頭問花花笑予，別無好句，那許作大地閒人。蘇州梅園

二八、五年間謫宦棲遲，試較量惠州麥飯，儋耳蠻花，那得此清幽山水；三蘇中天才獨絕，若尚論東坡八詩，赤壁兩賦，還是公遊戲文章。張之洞題黃州蘇東坡祠

二九、金吾不禁，玉宇無塵，賽燈會，猜謎題，短巷長街，勝負拚將今夜月；世界澄平，國家安乂，歌黃鶯，舞藍蝶，紅男綠女，聯翩共祝太和春。元宵聯

三十、要打叭兒落水狗，臨死也不寬恕，懂得進退攻守，豈僅文壇闖將；莫作空頭文學家，一生最恨幫閒，敢於喜笑怒罵，不愧思想權威。陳毅輓魯迅

三一、車站未敲鐘，請諸君小坐片刻，談什麼圖利求名，且用些點心去；蒸籠才揭蓋，就此處飽餐一頓，若不是價廉物美，又誰肯掉頭來。上海火車站小吃館

三二、翹首仰仙蹤，白也仙，林也仙，蘇也仙，我今買醉湖山裡，非仙也仙；及時行樂地，春亦樂，夏亦樂，秋亦樂，冬天尋詩風雪中，不樂亦樂。西湖「仙樂處酒家」

三三、新舊書不詳冀國崇封，但傳奮臂一呼，爲夫子守城，代小郎破賊；三四月歷數成都盛事，且先遨頭大會，以流觴佳節，作設帨良辰。成都浣花夫人祠

三四、遊子何之，只是北燕南楚，落拓江湖，忍負了芳辰，萬事不如歸也；阿儂儂矣，最憐酒釀花穠，逍遙文史，問誰是豪傑，幾回搔首茫然。佚名集詞聯

三五、享清福不在爲官，只要囊有錢，倉有粟，腹有詩書，便是山中宰相；祈大年無須服藥，但願身無病，心無憂，門無債主，即稱地上神仙。李鴻章楹聯

三六、五千里北轍南轅，看人富貴受人憐，落拓窮途，何處灑狂生涕淚？十一試東塗西抹，嘔我心肝摧我命，倉皇歧路，再休提名士風流。落第生自輓

三七、十年爲婦婦無成，恨事翁不逮，事姑不終，辜負有情郎，痛深鰥淚；一語告君君必記，嘆夢熊未卜，夢蛇未協，毋戀薄命女，緩續鸞膠。婦人嘆沒生兒女臨終自輓

三八、戎裝朝見九重天，大將軍節鉞江淮，項羽臺前，坐鎮北門司管鑰；猛氣縱横三萬里，古烈士姓名伯仲，張巡傳裡，許同南八作男兒。吳熙輓徐州守將雷玉春，下聯次句指唐睢陽守將雷萬春

三九、傲骨比黃花，正秋來景物多佳，笑看說劍堂前，珠樹三株供指使；詩情寄紅豆，便老去風流猶昨，艷說剪松閣上，月華雙照畫眉痕。陳蝶仙壽潘蘭史

四十、福壽偕徐長洲，潘吳縣鼎足而三，數江左耆英，此日更後來居上；仕學合唐

內相，宋象山爐冶爲一，溯平原華冑，惟公能兼綜眾長。單慎之賀陸潤庠雙壽，徐長洲指徐陶樟，潘吳縣指潘世恩，二人皆狀元，切地；唐內相指陸贄，宋象山指陸九淵，切人。

四一、驅除倭寇，還我河山，惟此民族英雄，人人值抗戰史中，各書一頁；彌天芳草，大地皆春，行見萬家寒食，年年赴崑崙關上，爲賦招魂。柳州各界輓克復崑崙關陣亡將士，關在南寧。

四二、梨花肝膽共冰心，攬景莫辭春去也，且看他浩浩巍峨，放懷天下；山日乾坤敷玉鏡，照人無寐夜何其，盡容我茫茫空闊，望眼神州。橫貫公路梨山賓館

四三、北起荊山，南包衡嶽，中更九江合流，形勝稱雄，楚尾吳頭一都會；內修史治，外肆兵戎，旁兼四裔交涉，師資不遠，林前胡後兩文忠。張之洞題湖廣督署

四四、莫尋仇，莫負氣，莫聽教唆，到此地費心，費力，費錢，就勝人，終累己；要酌理，要揆情，要度時事，做這官不清，不勤，不愼，易作孽，難欺天。民初河南高等法院聯

四五、造物本無私，願諸君仰體蒼穹，危而持，顚而扶，莫使人間留恨事；同儕膺保障，爲若輩安排身世，女有家，男有室，都成眷屬補情天。香港保良局聯

第六章　二十六言楹聯

一、海嶠正除舊布新，聽野歌擊壤，廟唱卿雲，還看萬戶桃符，爭迎歲首；故國滿長蛇封豕，問西子煙波，秦淮風月，知否一年春訊，又到江南。春聯

二、維皇大德曰生，用夏變夷，待驅歐美非澳四洲人，歸得版圖乃一統；於文止戈爲武，撥亂反正，盡執藍白紅黃八旂籍，列諸藩服斯萬年。太平天國宮殿聯

三、花香鳥語，莫輕抛島上風光，雅誼勝同舟，異地相逢，不比浮雲流水；草長鶯飛，恰好似江南春色，放懷舉杯酒，收京在望，可期指日還鄉。杜召棠題嘉義江蘇同鄉會

四、烏有先生好大言，問誰能吞盡雲夢，想管領八百里重湖，君其人矣；龍迎神女爲良匹，請更聽空中玉笛，忽吹出二三分明月，客亦仙乎？吳劭之題西湖洞庭君祠

五、昔日洛陽，今日岳陽，孚威威不行，帶三百名衛兵，同是囹圄拘法艦；勝者奉系，敗者直系，秀才才已盡，放四十架煙火，幾疑烽燧遍榆關。民國十四年，二次直奉之役後，吳佩孚由盛而衰，退至岳州，誕辰日人賀以聯

六、我別良人去矣，大丈夫何患無妻，他年續絃房中，休向生妻談死婦；子依嚴父

哀哉，小孩兒終當有母，異日承歡膝下，須知繼母即親娘。歐陽巽婦何氏自輓

七、生平爲作輓聯多，未知吳季子異日蓋棺，還有幾首佳章，送來悅目；此世已經窮餓死，非得趙公明親自畫押，許我百萬家財，誓不投胎。吳劭之自輓

八、爲國家整頓乾坤，耗完心血，隻手挽狂瀾，經師人師，我侍希文廿載；痛郯城睽違函丈，永訣顏溫，鞠躬眞盡瘁，將業相業，公是武鄉一流。彭玉麟輓曾國藩

九、功蓋桓文，才逾湯武，九萬里震威名，天授如斯，前無古人，後無來者；運籌帷幄，持節疆場，二十年共患難，山頹安仰，上爲國痛，下爲私悲。李烈鈞輓國父

十、少年時同學，從政時共事，老居在鄰右，最難忘抗戰艱辛，流亡困苦；初患肺氣腫，繼攖風濕症，藥石竟無能，未忍對閨中弱婦，階下孤兒。阮毅成輓楊在亭

十一、川流不息，挺一身保數百人安全，縱遭慘死何妨，智仁勇信眞兼備；血印猶存，傍三塔留千萬人業跡，早自破天飛去，貪痴嗔愛了無關。易君左題嘉興南湖血印寺

十二、光天開糾縵之祥，雨非恆雨，暘非恆暘，二十四氣成四時，群生並茂；化國衍舒長之祚，朝不廢朝，夕不廢夕，三百六旬有六日，庶績咸熙。齊梅麓題蘇郡太陽宮

十三、夫作宰相，子作宰相，佇見文孫成宰相，古今一品太夫人，能有幾個；天許

長生，帝許長生，更聞多士祝長生，富貴百年日壽考，請增十齡。吳山尊代朱文正壽劉文清太夫人九秩華誕

十四、論交近四十年，翩其書記，早數元瑜，往事隙駒過，幕府英僚今大耋；堆案踰三千牘，明悉朝章，宜咨伯始，遐齡仙鶴並，議壇耆彥是清流。成惕軒壽鄧鶴九

十五、贊天人業，兼文武資，荊山靈秀挺雄才，洵不愧楊僕樓船，九齡金鑑；以壽世心，爲養生術，蓬島婆娑臻大耋，更那須安期仙棗，四皓神芝。前人壽沈鴻烈

十六、蕉窗執手，謂臣精已亡，渺渺鄉愁，那堪病肺孱軀，更在茂陵秋雨外；蒿里招魂，歎書種將盡，茫茫灰劫，差幸嘔心秀句，早收昌谷錦囊中。前人輓李漁叔

十七、負笈兩大洲，嗟壯志未酬，竟孤負書生燕頷，海客虬髯，將軍猿臂；結鄰亘十餘載，溯前塵如夢，最難忘燈火秦淮，煙波湓浦，風雨巴山。前人輓周琥彝將軍

十八、維公標格與阮嗣宗嵇叔夜相侔，平生雅善說詩，海內同聲推巨匠；許我篇章爲元好問陸放翁之續，並世更誰知己，燈前攬涕誦遺箋。前人輓伍叔儻教授

十九、是儒家本來面目，作先覺覺後工夫，選士樹宏規，開國得人稱最盛；與菩薩同一心腸，爲自利利他功德，捨身完夙願，生天成佛更何疑。前人輓戴季陶

二十、懸車而年未六十，僉謂其賢，讓水有餘甘，正宜敬藹鴻眉，秀鍾犀角；插架則卷逾五千，誰如子富，書城無限樂，況復陰添桃李，景麗桑榆。前人贈陳起鳳

二一、山溫水膩，風月長存，幾人打槳清游，倩小伎新弦，翻一曲齊梁樂府；局冷棋枯，英雄安在？有客登樓憑眺，仰忠臣遺侃，壓當年常沐威名。薛時雨題莫愁湖，常、沐指常遇春、沐英。

二二、定安全之策，坐鎭瓊山，開樂會以會同官，統府州縣群僚，獨臨高位；澄邁往之懷，清揚陵水，佐文昌而昌化理，合萬儋崖諸邑，共感恩波。海南島合十三州縣地名聯

二三、舉世崇拜，舉世仇恨，看清崇拜或仇恨是些什麼人，愈見先生偉大；畢生革命，畢生治學，倘把革命與治學分成兩件事，便非吾黨精神。邵力子輓國父

二四、眞與幻分得太清，死與生了得太早，一曲正酣嬉，江上峰青人不見；妻對夫縱覺愛短，母對子應覺愛長，孤雛方待哺，梁間泥落燕何依。影迷輓林黛

二五、是梧桐庭院，是楊柳樓臺，天開酒國長春，任教名士美人，勾留裙屐；有槐火石泉，有杏花村釀，地接南園故址，好趁秋風明月，重論詩文。江鶴琴題廣州文園酒家

二六、一部廿四史，演成古今傳奇，英雄事業，兒女情懷，都付與紅牙檀板；百年三萬場，樂此春秋佳日，酒座簪纓，歌筵絲竹，問何如綠野平原。俞樾戲臺聯

二七、最恨蔡中郎身事權門，官不辭，祿不卻，單愛千金，一笑春風傾粉黛；堪憐趙氏女心全孝道，容可描，髮可剪，獨行萬里，兩行珠淚濕琵琶。張輔贊題《琵琶記》戲臺

二八、隻手提三萬水犀，六十海舶，七下西洋，威靈震千島百嶼，古今誰匹；後人效太公封神，玄奘取經，廣搜異說，恣縱寫神燈寶艦，童叟艷稱。王蘧常題三寶太監鄭和紀念館

二九、合千古之壽壽公，永保用，永保昌，左鼎右彝，坐兩罍軒，居然三代上；以十年之長長我，六十耆，七十老，望衡對宇，隔一條巷，有此二閒人。俞樾壽吳雲

三十、萬緣今已矣，新詩數卷，濁酒一壺，疇昔絕妙景光，只贏得青楓落月；孤憤竟何如，百世貽謀，千秋盛業，平生未完心事，都付與流水東風。曾國藩輓梅鍾樹

三一、草澤識英雄，憶當年探虎穴，入龍潭，交訂杯酒間，得意書生誇隻眼；梓邦資保障，嘆此日歷豺牙，吹虺毒，圖窮匕首見，驚心巨蠹壞長城。陳重慶輓徐寶山

三二、公眞一代人豪，爲新河山草木增輝，瞻舊日弓刀，水殿空明式靈爽；我愧此邦民牧，與諸父老湖天把酒，聽夕陽簫鼓，畫船來去說英雄。周光熊題揚州徐園

三三、品聖賢常作翻案，抒思想好作奇談，孤憤蘊胸中，縱有雌黃成戲謔；算年齡遜我二籌，論學問加我一等，修文歸地下，莫將厚黑舞幽冥。佚名輓厚黑教主李宗吾

三四、殉社會者則甚易，殉工藝者尤甚難，一霎墜飛機，青冢那堪埋偉士；論事之成固可嘉，論事之敗亦可喜，千秋留實學，黃花又見泣秋風。佚名輓中國第一個飛機製造家馮如

第七章　二十七言楹聯

一、履端開四序，穀旦延釐，吉星在戶天垂象，百祿並臻，萬里和風生柳葉；泰運應三陽，椒盤獻歲，玉琯盈門氣轉鴻，千祥雲集，五陵春色泛桃花。春聯

二、大江東去，浪淘盡千古英雄，問樓外青山，山外白雲，何處是唐宮漢闕；小苑春回，鶯喚起一簾風月，看池邊綠樹，樹邊紅雨，此間有舜日堯天。金陵藩署楹聯，原明中山王徐達故邸，相傳出自錢謙益手筆

三、最難得過來人，相逢香火有緣，即色即空，正婆娑春夢一場，蘇臺歸鳥；何處尋乾淨土，大好林園無恙，宜晴宜雨，卻彷彿西湖三月，花港觀魚。劉文珍題蘇州戒幢寺放生池臨水軒

四、志存明社，力抗虜廷，挈一旅海上縱橫，珪土舊提封，遺像清高留浩氣；地闢草萊，誕敷文教，亘三紀荒州殷阜，河山今復旦，崇祠展拜佩雄圖。王東原題臺南延平郡王祠

五、忽然聚，忽然分，忽然向清，忽然親袁，恨你一事無成，空有文章驚四海；是君妻，是君妾，是君執役，是君良友，歎我孤棺未蓋，憑誰紙筆論千秋。王闓運喪偶，與傭婦同居，王死，好事者代傭婦輓以聯

六、東海中銜石以來，可憐暗裡魂消，恨未能三日入廚，常把羹湯供二老；北山下張羅未歇，既是今生薄命，倒不如一刀兩斷，好留臉面見亡夫。陳澹然為某烈女撰自輓聯

七、成不居首功，敗不作亡命，誓師二語，何等光明，故一旅突興，再造共和；下無逞意見，上無爭利權，遺書數言，如斯深切，問舉國朝野，奚慰英靈？丁石生輓蔡鍔

八、一萬里蒼皇風鶴，遍乞援師，此志竟無成，睎髮咸池，去矣排空訴閶闔；二十

年追逐雲龍，頓悲隔世，吾生亦何樂，側身天地，凄然隕淚看神州。光緒二十一年，易順鼎憤中日戰役敗績，上書論事，不用，因走臺灣。謠傳遇害，摯友王夢湘作輓聯四對，此其一。其實，易未死，因係名作，傳誦一時。餘三首分在二十、廿八、卅一言。

九、天下無公，正未知幾人稱帝，幾人稱王，奠國著奇功，大好河山歸再造；時局至此，皆誤在今日不和，明日不戰，憂時成痼疾，中流砥柱失元勳。吳佩孚輓段祺瑞

十、元首明哉，六十年宵旰經綸，至誠至公，復國瘁淵衷，悵深禹甸來蘇望；先生往矣，廿五載星宿趨侍，即師即長，椎心承末命，痛絕堯階受記時。秦孝儀輓蔣公

十一、大慈悲能佈福田，曰雨而雨，曰陽而陽，祝率土豐穰，長使群生蒙樂利；諸善信願登覺岸，說法非法，說相非相，學普門功德，祗憑片念起修行。揚州天寧寺彌勒佛龕

十二、交通、內政、教育、一次、兩次、三次、是何其次也，豈眞萬不得已而求其次；革命、著書、作畫、才長、藝長、心長、既莫不長矣，無妨一場括子以盡其長。陳布雷題贈張道藩

十三、當蟾兔明滅間，哀音驟至，記七年掌院，歎今夕騎箕，正中秋之後二日；於夔龍勳業外，清望尤高，洞百國寶書，操連番玉尺，是北斗以南一人。

成惕軒輓
孫哲生

十四、皎皎南天片月，永鑒丹心，領棘院近十年，多士雲興，方企滄溟鯤轉化；迢迢西海靈槎，驟傳噩耗，別蓬山纔廿日，長空雨泣，賸看華表鶴歸來。前人輓程天放

十五、倚馬文工，換鵝書好，少遊曾預英流，更看耄齒談玄，衛玠神清猶曩日；鏡鸞影並，庭鳳雛添，怛化應無遺憾，祇惜靈區墮劫，匡山頭白負歸期。前人輓彭醇士

十六、宮牆擫笛，得吳霜厓盧飲虹一脈之傳，從者數千人，雅調能賡楊柳岸；詩會停杯，繼彭素庵姚味笥諸公而逝，傷哉重九節，清吟不共菊花天。前人輓盧元駿教授

十七、槃材爲粵秀所鍾，有猷有守，無黨無偏，謀國矢公忠，曾預巖廊三獨坐；耆齒與伏生相埒，既博既文，亦玄亦史，等身饒述作，合稱曠代一奇人。前人輓王雲五

十八、松筠無改歲寒姿，訂忘年交近四十年，佳句偶評量，輒承拊掌稱知己；桑梓每深吾土戀，飲元日酒纔二三日，良辰驚幻化，誰料招魂在異鄉。前人輓李棟材

十九、於鶴算古稀之際，叨承嘉約，偶預華筵，清醑照榴紅，十載難忘康定路；自鯤瀛光復以來，默數吟儔，當推鉅匠，古芬流竹素，一編曾誦了翁詩。前人輓魏清德

二十、多少前塵成噩夢，五載哀歡，匆匆永訣，天道復奚論，欲死未能因母老；萬

千別恨向誰言？一身愁病，渺渺離魂，人間應不久，遺文編就答君心。陸小曼輓夫徐志摩

二二一、薦汾陽再造唐家，並無尺土酬功，只落得采石青山，供當日神仙笑傲；喜妃子能讒學士，不是七言感怨，怎脫去名繮利鎖，讓先生詩酒逍遙。采石磯謫仙樓

二二二、願得黃金無量數，交盡美人名士，結盡燕邯俠子，更填平世路不平處；剩攜綠酒幾多觴，覓個月地花天，做個煙火神仙，且還了人生未了緣。吳恭亨以龔自珍詞為上聯，徵下聯，此其一。另一下聯云：「縱觀青史若干年，許多盜賊聖賢，幾多詩酒神仙，總難了風塵未了緣。」

二二三、情殷報國，臣之壯也不如人，仗藥爐經卷，了卻三生，更休提如花美眷；志在養親，富可求乎聊復爾，幸楚尾吳頭，剛通一水，定能容若葉浮萍。陳裴之楹聯

二二四、平生惟作輓詞多，試看吳道子臨到蓋棺，能有幾十幅佳章，送來悅目？今世已拚窮餓死，非得趙元帥親自畫押，許我數千萬家產，誓不投胎。湘潭製聯名家吳熙劭之自輓

二二五、後青年而名，先高年而去，名何在？去安歸？算贏得一事勝人，清貧二字；做人之時少，做鬼之時多，少似此，多可知，但又大造阨我，靈爽重來。

二六、誰拔君抑塞磊落之奇才，奔走迫饑寒，無限傷懷，遊子衣裳慈母線；竟與我生死別離唯一瞬，江山揮涕淚，不堪回首，板橋煙柳木蘭舟。（一中年才成名作家自輓）（吳熙輓楊漱胦）

二七、爲詞客，爲宰官，爲老漁，卅載風塵，歷幾多人海波濤，才得小園成退步；愛詩書，愛花木，愛絲竹，四圍溪水，喜就近佛門煙雨，且營閒地養餘年。（張維屏自題聽松園）

二八、畫圖勝景待君開，對平湖煙月，舊地重經，最難忘柳外聽鶯，梅邊放鶴；潭水多情留客住，趁佳日春秋，及時行樂，休認作鳴騶入谷，張蓋遊山。（孫嘉穀題彭玉麟西湖退省庵）

二九、俯仰兩間，縱橫萬里，百戰著英名，取義成仁，贏得抗戰史中輝煌一頁；禹甸重光，金甌無缺，普天慶勝利，報功崇德，比美黃花崗上俎豆千秋。（劉隆民代空軍機校輓空軍烈士）

三十、馬上得之，馬上治之，造億萬年太平天國於弓刀鋒鏑之間，斯爲健者；東面而剿，西面而征，救廿一省無罪良民於水火倒懸之會，是曰仁人。（洪秀全題太平天國）

宮殿聯

三一、是鰥寡孤獨外別一種無告窮民，只當我兒女看來，欲借慈航渡孽海；於罟擭陷阱中開這條放生大路，要把他繁華喚醒，不留地獄在人間。吳恩棠題揚州濟良所

三二、新刊首創自山西，宮商別調，絕妙同工，集腋度金針，墨舞筆飛歌盛世；伯樂目能空冀北，牝牡忘形，知音感遇，點睛資玉尺，珠聯璧合顯才華。王體誠賀山西《對聯》創刊

第八章　二十八言楹聯

一、公等都游俠兒，我也有幽燕氣，可憐北去滯蘭城，聽鼙鼓一聲，愴然出涕；醉後摩挲長劍，閒來收拾殘棋，慚愧西來依劉表，看春江萬里，別樣傷心。民國九年，陳光遠逐張宗昌於袁州，楊雲史悼陣亡將士。

二、人們論勳業，但謂如周召虎，唐郭子儀，豈知志在皋夔，別有獨居深念事；天下誦文章，殆不愧韓退之，歐陽永叔，卻恨老來湜軾，更無便坐雅談時。

孫琴西輓
曾國藩

三、位冠百僚，而勞謙自牧，威加四海，盛德若愚，不震不騰，隱几獨居勳業外；
年躋大耋，以神觀弗衰，病至彌留，鞅掌靡息，如臨如履，易簀猶在戰兢中。

李眉生輓
曾國藩

四、揮不返魯陽日，補不盡女媧天，入夜海門潮，白馬素車，穿脅靈胥同一慟；生
無負左徒鄉，死無愧延平國，思君廬山月，青楓赤葉，讀書狂客好歸來。王夢湘輓易實

甫，受訛傳而作，詳廿七言楹聯註。

五、三民仁政，八表睿圖，爲耄勤常禱康寧，何期遽見登遐，在莒竟淹回日馭；望
秉忠貞，兩參密笏，愧駑鈍難酬高厚，惟有矢遵遺訓，收京再造在天靈。鄭彥棻輓蔣公

六、收二州，排八陣，六出七擒，五丈原前，點四十九盞明燈，一心祇爲酬三顧；
定西蜀，伏南蠻，東和北拒，中軍帳內，卜金木土行爻卦，水裡偏能用火攻。

成都武侯祠，一聯分嵌一
二三四五六七八九十。

七、大人，大人，大大人，大人一品高陞，陞到三十六天宮，替玉皇大帝蓋瓦；卑
職，卑職，卑卑職，卑職萬分該死，死落十八層地獄，爲閻羅老爺挖煤。清廷貪腐，民間

嘲諷以聯。

八、跨太白樓之上，鴛瓦排雲，倚畫檻，一味鄉愁，已漸近鍾阜晴嵐，六朝城郭；
橫彭蠡江而西，鷺濤堆雪，喚沙鷗，共談宦跡，最難忘峨眉春水，萬里風帆。

江恩一題安徽余忠直祠

九、丹橘絳梅時節，碧雞金馬山川，天爲降人豪，光贊中興，豸閣廿年清望重；明
珠仙露詞華，白鶴朱霞風采，世方尊國老，慶逢大耋，鸞觴四座勝流俱。

成惕軒壽張蕁鷗

十、當聖言垂廢之時，虔事黃君，以上接餘杭君，薪盡火傳，照海高文能載道；於
經術專精而外，別諳紅學，並深通敦煌學，星鈔雪纂，藏山盛業與延年。

前人壽潘石禪教授

十一、曠懷非于定國所能，榮踰華衮，樸若布衣，觴詠接孤寒，那復門風矜駟乘；
同里繼李衛公而起，胸抒雄謨，手光舊物，鼎鐘銘閥閱，固應海客陋虬髯。

前人輓于右任院長

十二、鳧舄臨民，勇袪帝制，豸冠匡國，清厲官常，餘事託高吟，名重坫壇還下

士；鶴觴介壽，曾許蕪辭，鴻著彙刊，且徵拙序，平生叨夙契，交深翰墨直忘年。前人輓張維翰

十三、八公草木震威聲，拒胡虜以障青徐，鐵血鑄孤城，壯烈豈在張睢陽之下；萬古梅花表芳躅，登岷山而望淮海，衣冠峙雙塚，精魂應與史閣部爲鄰。前人代王之鍾上將輓

十四、雁澤蠲災，鯨溟奉使，每以盤錯昭其能，暮齡密贊洪樞，更爲沼吳陳奧略；鼇山裁句，鳳閣綴文，未嘗揄揚絕諸口，今日肅瞻遺像，可堪說項溯平生。前人輓黃伯度副秘書長

十五、堯舜生，湯武淨，五霸七雄丑末耳，其餘創業興基，大都搖旗吶喊稱奴婢；四書白，六經引，諸子百家雜說也，以外咬文嚼字，不過沿街乞食鬧蓮花。圓明園戲臺聯

十六、西北揭陽嶺，東南太平洋，此樓萃山海奇觀，望遠登高，頓生八表經營志；刺史韓昌黎，衙官趙天水，所學得聖賢宗旨，讀書論世，莫負千秋尚友心。丘逢甲題潮州金山藏書樓

十七、世無光武，何有岑彭，其曹孟德之典韋乎？刺客亦英雄，破壁竟來盜雙戟；
時非周宣，怎生吉甫，乃趙匡胤之鄭恩耳！君王休痛哭，殺身猶勝斬黃袍。

袁世凱親信鄭汝成被刺，章太炎諷以聯

十八、賊子於人間得失，渺不關懷，獨與公親炙數年，見爲老書生，窮翰林而已；
國史對大臣功罪，向無論斷，得吾皇褒忠一字，傳俾內諸夏，外四夷知之。

范當世輓李鴻章

第九章　二十九言楹聯

一、別邗水五六年，風亭月榭，記當時蠟屐頻遊，喜今我來思，依舊琳宮環北郭；
距平山三四里，雲岫煙巒，割隔江螺鬟一角，恨古人不作，更無玉帶鎮東坡。

陸費垓題揚州瘦西湖

二、君德難回，當此眾叛親離，若但如微子去，箕子奴，無以激億萬人忠貞氣節；
臣心不死，即茲魂飛血濺，猶得以周日興，殷日喪，上而訴六七王陟降神靈。

河南汲縣比干廟

三、由總統而皇帝，由皇帝而總統，爲日縱無多，備收人世尊榮，雖死亦可瞑目；是國民之中國，是中國之國民，仔肩原甚重，凡有奸魔出現，欲得始肯甘心。袁世凱死人諷以聯

四、學君臣，學父子，學夫婦，學朋友，彙千古忠孝節義，重重演出，漫道逢場作戲；或富貴，或貧賤，或喜怒，或哀樂，將一時離合悲歡，細細看來，管教拍案驚奇。北平廣和樓戲臺聯

五、一枝筆挺起江漢間，到最上頭放開肚皮，直吞得八百里洞庭，九十里雲夢；千年事幻在滄桑裡，是眞才人自有眼界，那管它去早了黃鶴，來遲了青蓮。陳兆慶題黃鶴樓

六、辛勤有此廬，抽身歸矣，喜鳥啼花笑，三徑常開，好領取竹簟清風，茅簷暖日；蕭閒無箇事，閉戶恬然，對茶熟香溫，一編獨抱，最難忘別來舊雨，經過名山。秦澗泉自題瞻園

七、誰能醉眼知英雄，郭汾陽纍囚耳，功業冠三唐，死而生之，未及酬庸眞缺典；

咸道雪夜入淮蔡，韓吏部偉人哉，文章高八代，碑以記之，歸功良相豈公平。

李仙友題霍山李氏宗祠，上用李白，下用李愬故事。

八、盡孤城四百餘戰，功艱李郭，力障江淮，慟當時妾醢僮烹，列帳呦呦聞鬼哭；
同畢命三十六人，祠號協忠，史稱雙廟，問何時鬚裂眥張，登堂凜凜見神威。

鄭鑾題魯山睢陽張許二公祠

九、少日爲神童，中年爲良相，晚塗爲碩學弘儒，粵海地鍾靈，威鳳一時推間出；
藎猷在樞府，教澤在膠庠，餘事在書林詩苑，梁園春不老，明蟾百歲祝長圓。

成惕軒壽梁均默

十、距詖辭而鐸鐘振響，標勁節而刀鋸失威，固知芸案披尋，屬草不忘匡濟略；列高弟則龍象傳衣，擁佳兒則驊騮跨竈，更祝蘭閨靜好，看花直到太平年。　前人壽林景伊教授

十一、篤生於藍田種玉之鄉，觀風贊化，課士掄才，樹立足千秋，況有遺篇傳棘院；相勗以羲易斷金之義，接席聯鑣，望衡對宇，睽違纔數日，可堪熱淚灑松丘。　前人輓陳固亭

十二、泰伯以天下讓，早化吳疆，即今菲島僑居，五十年篳路開基，猶是遠承祖武；季子爲上國賓，曾觀周樂，緬此延陵舊澤，三千里瀛波在望，合教同被華風。前人紀念菲律賓讓德堂成立五十周年

十三、此間尋校書香冢白楊中，問他舊日風流，汲來古井餘芬，一樣渡名桃葉好；西去接工部草堂秋水外，同是天涯淪落，自有浣箋留韻，不妨詩讓杜陵多。薛濤故居成都望江樓

十四、宦跡渺難尋，只博得三傑一門，前無古，後無今，器識文章，浩若江河行大地；天心原有屬，任憑他千磨百煉，揚不清，沉不濁，父子兄弟，依然風雨共名山。楊慶遠題眉山三蘇祠

十五、這身邊一具空囊，若界包得住往古來今，何不將他打開，也好教大家看看；那手中半根小杵，業已撐不起上天下地，只合索性放倒，莫只顧一味哈哈。杭州靈隱寺布袋和尚龕

十六、這班蠢類有何能，試問胡行亂搞，蔽日遮天，一經風雨飄搖，子子孫孫安在？若是衣冠休說壞，縱非鐵板銅琶，鸞簫鳳管，演出古今事業，善善惡惡

無差。張曷園題「完蝗蟲願」戲臺聯

十七、選艷得神人，爭羨冰肌浣月，玉貌羞花，經者番著意評量，秋水芙蓉比傾國；鍾情宜雅士，曾記紅袖添香，綠窗聯句，悔前度輕言離別，春風楊柳暗消魂。香奩體「國魂」嵌字聯

十八、功業在天下，聲名在地下，我懷姻婭私情，只論退省庵中，歷歷心頭廿年事；哭別於九月，聞訃於三月，公已支離病榻，獨有吟香館內，匆匆口授數行書。俞樾輓彭玉麟

第十章　三十言楹聯

一、東流江海匯，覽此地一亭佳景，休忘卻幾輩前賢，百戰餘生，鵜鶘千軍雄劍吼；南渡古今悲，拚吾家兩字精忠，莫撐起中原殘局，九州大錯，龍鼉萬派怒潮生。湖南岳障東聯

二、江水滔滔，洗盡千秋人物，看閒雲野鶴，萬念都空，說甚麼晉代衣冠，吳宮花

草；天風浩浩，吹開大地塵氛，倚片石危欄，一關獨閉，更何須故人祿米，鄰舍園蔬。揚州永濟寺

三、日日攜空布袋，少米無錢，卻賸得大肚寬腸，不知諸檀越信心時，用何物供養；年年坐冷山門，接張待李，總見他歡天喜地，試問這頭陀得意處，是甚麼來由。福州鼓山湧泉寺彌勒佛龕

四、史筆炳丹書，眞耶？僞耶？莫道那十二金牌，七百載志士仁人，更何等悲歌感泣；墓門棲碧草，是也，非也，看跪此一雙鐵像，千萬世奸臣賊婦，受幾多惡報陰誅。彭玉麟題西湖岳王廟

五、撼山抑何易，撼軍抑何難，願忠魂常鎮荊湖，護持江漢雄風，大業先從三戶起；文官不愛錢，武臣不怕死，奉讜論復興家國，留得乾坤正氣，新猷端自四維張。孔庚題武昌蛇山岳武穆遺像亭

六、忠臣魂，烈士魄，英雄氣，名賢手筆，菩薩心腸，合古今天地精靈，同此一山結束；蠡水煙，湓浦月，潯江濤，馬當斜陽，匡廬瀑布，挹南北東西勝景，全憑兩眼收來。彭玉麟題湖口湘軍水師昭忠祠

七、弔古且登臨，見青山如舊，碧血常新，十族效孤忠，取義成仁，在先生已無憾
事；碑亭誌景仰，瞰祠宇侖奐，松林葱鬱，千秋存正學，扶綱立紀，俾後世尚
有準繩。江蘇雨花臺，方孝孺殉難紀念地聯。

八、嘗觀城市富豪家，簀山沼水，籠鳥盆魚，縱繁華整飭，究無活潑潑機，似雅而
俗；幸得林泉幽僻地，屏嶂襟江，茵花幄樹，只潦草安排，使成坦蕩蕩境，宜
酒與詩。陳維英自題太古巢

九、豐功偉業，震古鑠今，畢生爲造福人群，威加宇內，德澤無疆，四海橫流資砥
柱；聖明睿智，牖民覺世，臨崩猶縈懷國是，天縱神武，浩氣長存，萬民敬仰
悼元勳。劉廣凱輓蔣公

十、繼國父革命精神，力挽狂瀾，昌隆國運，睿略策中興，行見華夏河山重光故
宇；承先聖救世道統，宏揚教化，霑溉儒林，甄陶感峻德，痛偕辟雍士子肅奠
英靈。臺大校長錢思亮輓蔣公

十一、滿窗明月，半榻茶煙，多少可憐宵，庸知碧水無情，楊柳千絲，繫不住芳魂
一縷；既告家亡，又驚國破，悽其寒食節，慢道紅顏薄命，梅花深處，已贏

得香塚千秋。杜召棠題嚴淑端烈婦

十二、成佛豈無慧業，出家尚有名心，文字本難工，試聽暮夜鐘聲，詩境何如禪境趣；我猶帶水拖泥，君已拈花種果，鄰居緣太淺，惟祝靈山香火，來世毋忘今世恩。趙士諒輓僧亦葦

十三、生無補乎時，死無關乎數，辛辛苦苦，著二百五十餘卷書，流播四方，是亦足矣；仰不愧於天，俯不怍於人，浩浩蕩蕩，歷數半生三十年事，放懷一笑，吾其歸乎？俞樾自輓

十四、見州縣則吐氣，見道梟則低眉，見督撫大人茶話須臾，只解得說幾個是是是；有差役爲爪牙，有書吏爲羽翼，有地方紳董袖金贈賄，不覺得笑一聲呵呵呵。清廷貪腐民諷縣官以聯

十五、子不子，亦各言其子，委而棄之，是可忍也，孰不可忍也，先王斯有不忍人之政；幼吾幼，以及人之幼，比而同之，有以異乎？曰無以異也，大人不失其赤子之心。育嬰堂聯

十六、鍾靈自衡嶽諸峰，是勁士，是通儒，驥足騁修塗，作清議之干城，廣新聞於

寰宇；介壽當豳風七月，曰古稀，曰今始，鵬溟開勝境，蔚芝蘭其在室，粲桃李於盈門。（成惕軒壽成舍我校長）

十七、既富既教，驅彼犯圉豺狼，從知循吏弘施，直合荊公都保法、管氏牧民篇爲一；作舟作霖，付之過庭鵷鳳，若數耆賢晚福，蓋並涑水獨樂園、香山九老會而三。（前人壽張魯恂）

十八、斯人具南山隱豹之姿，學道儗黃石，工詞似白石，能輕萬戶虎符，且類貫雲石；晚歲與東海閒鷗爲侶，遭時異梅村，治生勝茶村，相祝百年麋壽，還過朱彊村。（前人壽江絜生教授）

十九、義旗樹江漢先聲，任學生軍統領，作革命黨前驅，赫赫風雲，開國相看幾元老；文字見秀才本色，譜齊天樂十章，撰行役吟三首，拳拳名教，蓋棺無愧一耆儒。（前人輓居覺生）

二十、此役自馬援南征而後，足令銅柱增光。天聲揚大漢威靈，古有名將，今有名將；問誰挫蝦夷西犯之鋒，直向鐵關鏖戰，熱血爲神州揮灑，成亦英雄，敗亦英雄。（前人代輓戴將軍安瀾）

二一、好事苦多磨，同心無結，拭淚有痕，幾番款款拜來，祝上天賜我國香，溫添寶鴨；春光憐欲老，芳草含愁，落花寫怨，一霎沉沉睡去，怕向曉鶯人魂夢，打起黃鶯。香奩體「國魂」嵌字聯

二二、負元龍豪氣，子固奇才，行路數萬里，下筆數千言，傲骨依然，海上歸來曾一見；憶建業論交，長沙對酒，出門必共車，入室必同席，知心何往，靈前哭奠訴初衷。吳熙輓楊漱腴

二三、右江道謝恩折奏，曾借重法書，癸卯年，初與我題襟，介紹人，桂林侍郎於晦若；廣德樓改良劇文，皆有裨風化，庚娘傳，更推君絕筆，私淑者，梨園弟子鮮靈芝。易順鼎輓梁巨川

二四、內界木蘭，外界羅蘭，壯氣壓千軍，誰言生作裙釵，不能與有志男兒，同心愛國？吳宮西子，衛宮南子，芳姿傳萬古，即今薄施脂粉，亦足令多情仙侶，注目銷魂。江紉蘭「國魂」嵌字聯

都一一八副

柳園　楊君潛編著

第一章　三十一言至三十二言

一、**宋鑛新題漢陽晴川閣**三十一言，合計六十二言

棟宇接層霄，幾番仙人解佩，詞客題襟，風日最佳時，坐倒金樽，卻喜青山排闥至；

川原攬全省，不盡鄂渚煙光，漢陽樹色，樓臺如畫裡，臥吹玉笛，還隨明月過江來。

二、**何健題桂林月牙山觀音寺**三十一言，合計六十二言

覺來事事皆非，功勳也，聲望也，無在不爲虛僞，看破了這關，軍閥誰做，貪官誰做；

悟時頭頭是道，喜怒也，好惡也，自然悉具中和，基原乎此理，人心以平，世

界以寧。

三、薛時雨題蘇州留園三十一言，合計六十二言

迤邐出金閶，看青蘿織屋，喬木干雲，好樓臺舊址重新，盡堪子敬清游，元之醉飲；

經營參畫稿，鄰郭外楓江，城中花塢，倚琴樽古懷高寄，想見寒山詩客，吳會才人。

四、王夢湘輓易實甫三十一言，合計六十二言。詳二十七言註

奉嚴命，入危疆，天所棄，我所爭，報國即報親，開盤古百千萬年，孝子忠臣之奇局；

踐前言，蹈東海，歿有爲，生有自，獨清還獨醒，問光緒二十一載，鐘鳴鼎食又何人？

五、王士介輓羅倫三十一言，合計六十二言

不才渥荷滋培，高誼一天雲，化雨春風偏厚我，詎料變起昨夜，空仰遺容揮熱淚；

此病竟成緜惙，舊遊三尺雪，耳提面命更何人，難免回想當年，那堪薤露起哀歌。

六、林白水壽西太后三十一言，合計六十二言

今日幸頤和，明日幸北海，何日再幸古長安，億兆民膏血全枯，秖爲一人歌慶有；

五十割交趾，六十割臺灣，七十更割遼東地，廿餘省版圖漸蹙，預期萬壽祝疆無。

七、郭嵩燾輓曾國藩三十一言，合計六十二言

論交誼在師友之間，兼親與長，論事功在唐宋之上，兼德與言，朝野同悲為我最；

其始出以奪情為疑，實贊其行，其練兵以水師為著，實發其議，艱難未與負公多。

八、成惕軒壽王雲五三十一言，合計六十二言

於東閣嘉猷而外，富汪洋浩瀚之文，螢案夜生光，是能論同甫中興，志茂先博物；

乃南維間氣所鍾，與山阜岡陵並壽，燕居天錫嘏，那用食安期仙棗，茹綺里靈芝。

九、前人輓男人三十一言，合計六十二言

湯旱仗無憂，嗷嗷鴻雁，托庇慈雲，驚心生佛遽西歸，八百孤寒，齊向翳桑哭宣子；

楚氛嗟漸惡，渺渺龍鸞，飛昇淨土，回首故山忍南望，二三耆舊，又凋碩果到中郎。

十、前人紀念李石曾百年冥誕三十一言，合計六十二言

有瓌才與薛鳳荀龍相伍，一門實萃諸英，匡時承名父遺徽，爲邦國楨，爲邦國榦；

導革命於碧雞金馬之鄉，萬死不更其守，犧己樹黨人清範，以布衣始，以布衣終。

十一、佚名輓影星林黛三十一言，合計六十二言

林月朦朧，現頃刻曇花，如露電泡影，頓教青冢埋香，一代紅星，空剩得畫中人面；

黛煙縹緲，作諸般色相，有愛恨嗔痴，從此銀壇絕跡，四番亞后，再難見世上仙姿。

十二、鄒文懷輓林黛三十一言，合計六十二言

五年共事，十載交誼，前夕尚歡談，今朝竟永別，痛惜銀漢星沉，白幔空留藍與黑；

一代藝人，四屆影后，扶搖方直上，造極正高峰，耐何璇閨月落，華山誰煉寶蓮燈？

十三、海州陶澍祠三十一言，合計六十二言

改鹺法，近悅遠來，試觀淮浦連年，浩浩穰穰，豈惟追齊相夷吾，府海功施稱再造；

薦馨，春祈秋報，況對郁州勝境，熙熙皞皞，眞可繼晉賢靖節，名山祀典配三光。

十四、徐申輓子志摩三十一言，合計六十二言

考史詩所載，沉湘捉月，文人橫死，各有傷心，爾本超然，豈期邂逅罡風，亦遭慘劫；

自襁褓以來，求學從師，夫婦保持，最憐獨子，母今逝矣，忍使淒涼老父，重賦招魂。

十五、吳熙輓徐寶銓三十一言，合計六十二言

懶到不看山，懸車致政，解組歸田，我曾一棹武昌遊，父老殷勤，爭問及先生安否？

處亦能化俗，講席三年，瓣香千古，公有半囊詩稿在，後人摩撫，猶想見前輩風流。

十六、民國六十年春聯三十二言，合計六十四言

六十年甲子重新，念吾曹聞雞此夜，磨劍明朝，家家簫管沸瀛洲，寶島桃符迎旭日；

九萬里坤輿復舊，看健兒躍馬中原，橫戈朔漠，處處旌旗飛漢塞，玉關楊柳引春風。

十七、黃建筦題南京雞鳴寺三十二言，合計六十四言

遙對青涼山，近臨北極閣，更看臺城遺址，塔影橫江，妙景入樽前，一幅畫圖傳勝跡；

昔題憑野處，今日豁蒙樓，卻喜玄武名湖，荷花連沼，好風來座右，數聲鐘磬答瑤歌。

十八、彭孟緝輓蔣公三十二言，合計六十四言

覆載同天地，作育兼君師，難忘耳提面命，默化潛移，四紀仰栽成，長向慈湖懷遺愛；

是古今完人，承炎黃正統，故能澤被遐荒，勳隆往昔，一朝悲殂落，誓遵明訓挽狂瀾。

十九、俞濟時輓蔣公（三十二言，合計六十四言）

勳烈威名震九萬里，虎略龍韜，立於功，立於德，立於言，盡瘁鞠躬，按劍唯期安反側；

侍從追隨逾五十載，耳提面命，作之君，作之師，作之親，椎心泣血，啣環無以報高深。

二十、成惕軒輓許靜仁（三十二言，合計六十四言）

年踰九十，望則視伏勝尤高，溯甘棠聽政，英蕩修盟，歷極清華，垂老仍參夔契席；

節近重陽，公又繼韜園而逝，悵萸佩無靈，薤歌載唱，山邱正零落，撩人偏送鯉魚風。

二一、清末有以象棋子名出上聯而徵下聯，有人嵌入牌九名對之三十二言，合計六十四言

大帥用兵，士卒效命，車轔轔，馬蕭蕭，氣象巍巍，祝此去一炮成功，方不愧出將入相；

至尊在野，長短休論，文泄泄，武沐沐，議和疊疊，到後來萬人失望，直落得搶地呼天。

二三一、成都姑姑筵菜館三十二言，合計六十四言

右手拿菜刀，左手拿鍋鏟，急急忙忙幹起來，做出些魚翅燕窩，供給你們老爺太太；

前頭烤柴灶，後頭烤炭爐，烘烘烈烈鬧一陣，落得點殘湯剩飯，養活我家大人娃娃。

一三、倪嗣冲賀馮國璋新婚 三十二言，合計六十四言

將略裼輕裘，奪龍蟠虎踞，好作洞房，從茲兒女莫愁，想顧曲英姿，當不愧小喬夫婿；

家風寄蕪蔞，喜裙布荊釵，迎來瓊島，爲報湖山罨畫，有執柯元首，始得歸大樹將軍。

一四、李瀚章戲臺聯 三十二言，合計六十四言

誰云皮裡陽秋，直繪出聖賢面目，奸佞心腸，是是非非，憑半日小輪廻，喚醒渴睡漢；

我亦登場傀儡，須扮就名士風流，英雄氣概，磊磊落落，做一個奇腳色，留與看戲人。

二五、一自負不凡者自輓三十二言，合計六十四言

煩惱皆由自取，英雄氣，兒女情，歷盡了無數酸辛，今朝脫卻牢籠，得衝霄漢升箕尾；

文章本是天成，六經義，百家言，辨正他許多疵謬，異日藏於石室，定有靈光射斗牛。

二六、福建幕府公輓左宗棠三十二言，合計六十四言

幕府疆圻，書生侯伯，孝廉宰輔，疏逖樞機，繫中外安危者數十年，毅魄長依天左右；

湖湘巾扇，閩浙戈船，沙漠輪蹄，中原羽檄，揚朝廷威德越五萬里，聲名遠震海東西。

第二章　三十三言至三十四言

一、于右任輓國父 三十三言，合計六十六言

綜四十年胼手胝足之功，眞是爲生民主命，爲天地立心，歷程中，揖讓征誅，視同塵土；

流九萬里志士勞民之淚，始知其來也有由，其生也有自，瞑目後，精神肝膽，猶照人間。

二、毓賢被八國聯軍處死前自輓 三十三言，合計六十六言

我殺人，朝廷殺我，誰曰不宜，所難堪老母八旬，嬌女七齡，耄幼偏全，未免有傷慈孝志；

臣死君，妻妾死臣，夫復何憾？祗自恨歷官三省，事主卅載，涓埃莫報，空嗟永負聖明恩。

三、謝維藩輓曾國藩三十三言，合計六十六言

吾楚多武功，新寧偉節羅山邃學益陽雄略，湘陰衡陽皆卓犖勳名，相度恢然眾賢滙；

國朝六文正，睢州巨儒諸城名相大興賢傳，歙縣濱州並承平宰輔，公時獨較昔人難。

四、鄭畹生輓妻三十三言，合計六十六言

如此艱辛知卿必死，所恨者，夫妻十六載眉皺未舒，頓教夜榻風淒，夢裡時驚兒覓母；

幾經飄泊於我何堪，今已矣，雲水數千里歸期難卜，從此秋砧月冷，天涯應嘆客無衣。

五、徐渭題城隍廟聯三十三言，合計六十六言

侵早燒香，午夜燒香，早燒早香，夜燒夜香，正神難講私情，殿上嚴刑，處置惟均無枉縱；

爲善有報，作惡有報，善有善報，惡有惡報，陰律禁通賄賂，堂前孽鏡，錙銖不爽最公平。

六、陳豪題西湖劉莊三十三言，合計六十六言

泉石亦經綸，攬全湖多少樓臺，試大開綺戶，遍倚雕欄，對西子新妝，如此文章眞富麗；

琴樽容嘯傲，看佳日聯翩裙屐，有萬樹琪花，四圍嵐翠，話天台軼事，本來家世是神仙。

七、陳梓濤自輓三十三言，合計六十六言

五十年經史羅胸，也喜飲酒，也喜看花，昇平喪亂飽經過，百事無成，只詩卷長留天地；

八十載光陰彈指，不願升仙，不願作佛，富貴功名如夢幻，一端最好，有書香付與兒孫。

八、佚名自輓三十三言，合計六十六言

問誰弗想大年？禱無靈，祝無靈，醫藥更無靈，一口氣不來，別下了老母嬌妻幼兒稚女；

是人都有此日，生爲幻，死爲幻，皮肉皆爲幻，百般心怎用，講什麼恩潭怨海利鎖名韁。

九、歐陽兆熊輓曾國藩 三十三言，合計六十六言

矢志奮天戈，憶昔旅雁傳書，道精衛塡海，愚公移山，竟歷盡水火龍蛇，成就千秋人物；

省身留日記，讀到獲麟絕筆，將汗馬勛名，問牛相業，都看作粃糠塵垢，開拓萬古心胸。

十、陳鳳兮女士輓振興古典詩大師聶紺弩 三十三言，合計六十六言

新聞記，古典編，雜文寫，無冕南冠，白髮生還，散木豈不材，瘦骨嶙峋，絕塞挑燈題野草；

史詩作，狂熱問，浩歌寒，盛世頹齡，青春煥發，故交傷永別，千蝶曠代，騷壇刮目看奇花。

十一、熊一本題吳淞陳化成祠三十四言，合計六十八言

昔時未讀五車書，雅量清心，溫如玉，冷如冰，是大將實是大儒，使天下講道論文人愧死；

此日竟成千載業，忠肝義膽，重於山，堅於石，忘吾生不忘吾主，任世間寡廉鮮恥輩偷生。

十二、康有為輓戊戌政變殉難同志譚嗣同、林旭、楊銳、劉光第、楊深秀、康廣仁等三十四言，合計六十八言

逢比孤忠，岳于慘戮，昔人尚爾，於汝何尤，朝局總難言，當隨孝孺先生，奮舌問成王安在？

漢唐黨錮，魏晉清流，自古維昭，而今猶烈，海疆正多事，應與子胥相國，懸眸看越寇飛來。

十三、曾廣熙題南京莫愁湖三十四言，合計六十八言

憾江上石頭，抵不住仙流塵夢，柳枝何處，桃葉無蹤，轉羨他名將美人，燕息能留千古跡；

問湖邊月色，照過來多少年華，玉樹歌餘，金蓮舞後，收拾這殘山賸水，鶯花猶是六朝春。

十四、嘉興南湖煙雨樓三十四言，合計六十八言

樓臺圍十萬人家，看檻外波光，郭外山光，如此水天，要有李北海豪情，方許到庭中飲酒；

魚鳥拓三千世界，正蘆花秋日，荷花夏日，是何景物，倘無杜少陵絕唱，切莫來湖上題詩。

十五、袁世凱死人諷以聯（三十四言，合計六十八言）

稱得上四十餘年來天下英雄陡起野心，借籌安兩字名詞一意進行，居然想學袁公路；

僅作了八旬零三日屋裡皇帝傷哉短命，援快派一時諺語互相比較，畢竟還勝郭彥威。

十六、何應欽輓蔣公（三十四言，合計六十八言）

追隨逾五十年，誼爲部屬，情若家人，兩語憶親題安危，恆仗甘苦同嘗，彌感深知蒙重任；

哀思合億兆眾，世事方艱，大星遽隕，全民勉奮起團結，自強中興復國，完成遺志慰公靈。

十七、黃杰輓蔣公三十四言，合計六十八言

一日之師，終身之父，況五十年督勉提攜，挾纊至今溫，回思震耳嘉言，奮袂要靖全禹甸；

九州待復，元惡待誅，匯億萬眾哀傷憂戚，深恩何日報，省識銘心警句，攀轅長愧老門生。

十八、黃季陸輓蔣公三十四言，合計六十八言

元首明哉，溯從民初承教相濡以沫，嶺表受知交感以誠，黃埔奮前驅，使節當年公最健；

泰山頹矣，忍見大陸同胞引領而悲，海疆士庶椎胸而泣，白頭憐後死，憑棺此日我尤傷。

十九、許世英輓段祺瑞三十四言，合計六十八言

一生剛介，三造共和，定大難，決大疑，峙如泰山，淳如止水，晚節愈堅貞，莽莽乾坤能有幾？

卅載論交，百年知己，言可坊，行可表，進思盡忠，退思補過，衷腸今割裂，茫茫人海更何之！

二十、易君左輓盧前三十四言，合計六十八言

烽火亂離天，一別倉皇，與我只數語匆匆，看苦臉愁眉，小立黃浦江邊，帶女挈兒尋友去；

才人坎坷命，半生落拓，從此更前程寂寂，倘歸魂入夢，永憶采蘋橋畔，攜風抱雨挾詩來。

二一、李壽蓉輓繼室 三十四言，合計六十八言

千里遠偕鸞鳳，支撐門戶，勝似丈夫，那堪柴米縈懷，空負卿百轉柔腸，難帶些須泉下去；

十年兩折鴛鴦，問訊夜臺，應呼姐妹，倘使蘼蕪憶舊，當憐我獨居苦況，相邀同入夢中來。

第三章　三十五言至三十六言

一、楊以迴題臺南延平郡王祠 三十五言，合計七十言

名世挺篔門，旋乾轉坤，一再傳自治冠裳，尚論古今，當合漢遼東，唐河西，宋吳越，並垂史冊；

洪荒留異境，茹毛飲血，數千里躬勞篳路，兼資教養，直繼禹敷土，益掌火，稷興農，同著聲靈。

二、四川灌縣二郎廟聯（祀李冰父子，三十五言，合計七十言）

鑿內江口以平秋汎，導外江水以慰春耕，盈虧繫此身，二千年利溥害除，恩波永照秦明月；

深灘低堰乃安其流，截角抽心乃順其勢，典型在西蜀，十四字科金律玉，敷土同垂禹貢經。

三、王德三五十自壽（三十五言，合計七十言）

內無德，外無才，無好無惡，無是無非，更無點些些產業，直弄到無米無柴，五十載光陰荏苒；

老有母，長有兄，有妻有女，有子有孫，還有個小小功名，也算得有福有壽，兩三代骨肉團圓。

四、佚名輓陶澍三十五言，合計七十言

答眷恩，智勇忠勤，凡如籌海運，策河防，改鹽政諸大端，皆我公力瘁封疆，事業稱三江柱石；

持政體，和平寬厚，尤以培士氣，察民隱，勵官方為先務，聽此日哀闐衢市，英靈仰萬古雲霄。

五、李元度輓曾國藩三十五言，合計七十言

是衡嶽洞庭間氣所鍾，為將為相為侯，自吾鄉蔣安陽後，歷三朝兩宋迄元明，二千年僅見；

與希千君實易名同典，立功立言立德，計昭代湯睢州外，較諸城大興暨曹杜，一個臣獨隆。

六、姜桂題輓馬玉崑 三十五言，合計七十言

干戈未定，與君早歲行間，憶裏創血戰，艱苦備嘗，偉績壯山河，生有自來，七秩考終遺恨少；

壁壘依然，慨我代膺閫寄，當佈奠傾觴，英風宛在，大名垂宇宙，賞延後世，一門餘蔭受恩多。

七、成惕軒輓張默君 三十五言，合計七十言

伯姬無其壽，茂漪無其位，木蘭良玉，無其文采詞華，隻身看眾美能兼，彤史所徵，允推間出；

革命本乎誠，選士本乎公，建策陳言，本乎湛思達識，垂死嘆兩京未復，湘靈如在，定佑中興。

八、**齊梅麓輓陶澍**三十五言，合計七十言

以寬厚孚民望，以忠誠結主知，敬賓朋，體僚屬，教育英才，二十年節鉞尊嚴，未改書生本色；

爲畿輔急糧儲，爲東南興水利，拯災黎，化梟徒，恤慈孤幼，數十里帡幪蔭庇，何殊菩薩心腸。

九、**胡耐安自輓**三十五言，合計七十言

生當亂世，著什麼書？立什麼說？累自己妻兒啼饑號寒，問店掌櫃學術啥行情，究値幾文大？

死有餘辜，既不事主，又不事夷，誤人家子弟履仁蹈義，請閻羅爺律條重修訂，加深十九層。

十、黃少伯題江西甘棠湖煙水亭（三十五言，合計七十言）

那堪吟白傅詩，琵琶人老，楓荻秋深，嘆幾輩遷謫飄流，相逢處，且休說故里繁華，他鄉淪落；

此便是邯鄲道，午夢初醒，黃粱未熟，覺畢生功名富貴，霎時間，都付與微茫煙水，縹緲江波。

十一、署名「瘋九」者輓袁世凱（三十五言，合計七十言）

賣康梁而寵幸位，撫山東，督保定，直入內閣，十數年立地頂天，居然豪傑，誰不說龍騰滄海；

抗孫黃以作總統，先臨時，後正式，旋改國號，一片心稱皇呼帝，忽焉取消，我也笑鱉入紫泥。

十二、賀毅仁贈金陵海軍學堂 三十六言，合計七十二言

惟先王耀德不觀兵，慨餘灰蒼黑，捲土重來，漫云鐵鎖沉江，也須知橫海伏波，自有健兒身手；

當今日明恥而教戰，喜半壁東南，異軍突起，合頌銀河洗甲，惟相與敦詩說禮，待寄公侯腹心。

十三、吳超題杭州張曜祠 三十六言，合計七十二言

中興名將，浙水無人，惟我公提筆從戎，文階授武，武秩晉文，二十年回部銘勳，獨得湖山間氣；

同姓專祠，清河競爽，兩先生鞠躬盡瘁，死戰者節，殺賊者果，千百載睢陽繼軌，齊蜚桑梓英聲。

十四、張文蔚輓姪 三十六言，合計七十二言

十數年形影追隨，抱扶教誨，視余猶父，如此情深，且問爾絕命時，執手黯然，喚汝聲聲胡不應？

廿餘日家庭團聚，合巹結褵，爲歡幾何，已成過客，尚記取行篋中，詒書俱在，讀來字字痛人心！

十五、袁世凱死人諷以聯 三十六言，合計七十二言

刺遯初而遯初死，酖智庵而智庵死，最後殺夔丞，而夔丞又死，死者長已矣，陰府三曹誰折獄？

使朝鮮而朝鮮亡，臣滿清而滿清亡，及身帝洪憲，則洪憲亦亡，亡之命也夫，輕舟兩岸不啼猿。

十六、謝俠遜輓周煥文（三十六言，合計七十二言）

雙龍鬥角，兩虎磨牙，放眼看山河，等是棋爭一著，每當雨雪敲殘，馬跡車塵，更得何人能對壘？

潮咽瀘江，風淒邗水，撫懷數耆舊，誰知夢隔重泉，猶幸箕裘克紹，筆歌墨舞，依然擁我獨登壇。

十七、張伯駒輓陳毅（三十六言，合計七十二言）

仗劍從雲作干城，忠心不易，軍聲在淮海，遺愛在江南，萬庶盡銜哀，回望大好山河，永離赤縣；

揮戈挽日接樽俎，豪氣猶存，無愧於平生，有功於天下，九泉應含笑，佇看重新世界，遍樹紅旗。

十八、黃興夫人徐宗漢逝世其女友輓以聯 三十六言，合計七十二言

我亦畸零女子，不獲與孤寒八百，教養同霑，花棣幾低徊，試翻來歸國胡笳，調苦終多遺劍恨；

君眞節孝完人，更參透塵世三千，去留自若，蓮臺如點綴，願盡個添香侍女，此生聊慰碎琴心。

十九、陳君葆輓陳嘉庚 三十六言，合計七十二言

四十年前，倡興學育才，曾手創集美廈大華中，南海著聲聞，仍指某水某山，至竟息壤歸故里；

八千里外，念披荊斬棘，且慢數弦高陶朱卜式，西州遺愛澤，見道即家即國，幾回低首悼斯人。

二十、何栻輓陶澍三十六言，合計七十二言

天賜印心石屋，豈偶然哉！萬卷書，五色筆，來從南岳千尋，知他年史館評論，泰華恆嵩山並峙；

帝嘉幹國良臣，而今已矣，百世系，八齡兒，留待西江一脈，到此日哀聲傳播，泗淮河漢淚同傾。

第四章　三十七言至三十八言

一、民國六十年春聯三十七言，合計七十四言

大撓受命，甲子初編，夏禹建寅，歲時始定，書正統，史正統，一脈相承，已開創萬古中華，千秋民國；

祖逖渡江，臨流擊楫，班超投筆，異域揚威，彼何人，我何人，同心協力，莫辜負廿年海角，百煉金身。

二、陳謨題臺南延平郡王祠（三十七言，合計七十四言）

縱絕島別開生面，移山塡海，三百年社稷，係以存亡，仿箕子，比田橫，志士苦心，特向膠庠留氣節；

是勝代第一完人，起敝振衰，十七載勳猷，明同日月，坼滇南，連浙江，英雄無命，長懸肝膽照波濤。

三、山東兗州城盜跖廟（三十七言，合計七十四言）

得失乃古今亡羊，任他們爲帝爲皇，爲王爲霸，大踏步跳出簪纓範圍，說甚麼柳下聖兄留青史；

富貴亦英雄走馬，像俺者不仕不農，不工不商，小發身坐享早晚香火，也有那花間賢姊唱黃梅。

四、唐寅書齋聯三十七言，合計七十四言

滄海日，赤城霞，巫峽雲，洞庭月，彭蠡煙，瀟湘雨，武彝峰，錢江潮，匡廬瀑布，合宇宙奇觀，繪吾齋壁；

少陵詩，摩詰畫，右軍書，左氏傳，南華經，馬遷史，薛濤箋，相如賦，屈子離騷，集古今絕藝，置我山莊。

五、濟南大明湖三十七言，合計七十四言

游宦卅年餘，僅飽看畫舫蒹葭，朱樓楊柳，天生俊傑，嘆少陵北海，繼起屬誰何，峻業高名傳不朽；

雄心千里遠，祇贏得營巢燕雀，隔座笙歌，地接滄溟，見蜃市蠻煙，紛來工變幻，驚奇感俗暗先機。

六、王叔蘭壽梁章鉅 三十七言，合計七十四言

二十舉鄉，三十登第，四十還朝，五十出守，六十開府，七十歸田，須知此後逍遙，一代福人多暇日；

簡如格言，詳如隨筆，博如考證，精如選學，巧如聯語，富如詩集，累數平生著述，千秋大業擅名山。

七、曾任縣令佚名聯 三十七言，合計七十四言

笑從前蠻觸微名，先教官，繼部曹，終縣令，南船北馬，鑄就勞人，憶當邊徼投荒，生怕陽明巾瘞旅；

留是後崦嵫晚景，屋數椽，米五斗，菜一畦，布袜青鞋，還吾眞面，自此楹書授讀，天教彭澤賦歸來。

八、馬新貽剿捻殉職其幕客輓以聯三十七言，合計七十四言

朝廷以艱巨任公，中外以安攘期公，肘腋變非常，飲恨騎箕，合江左右，浙東西，遐邇驚傳同一哭；

作吏則國士待我，罷官則賓師禮我，平生感知己，擓門寄慟，悵石城隅，鍾阜側，旌騶過訪更何人。

九、民國六十年春聯三十八言，合計七十六言

三萬里金馬臺澎，喜今朝玉峰雪霽，淡水河清，阿里雲開，陽明春曉，大地啓生機，滿眼頻添新氣象；

二十年生聚教訓，看此日樓船横海，銀翼凌空，鐵甲飛霜，琱戈耀日，王師傳捷報，從頭收拾舊山河。

十、卓高煊題臺南延平郡王祠三十八言，合計七十六言

是大將實是大儒，拓土建邦，有明二百餘年，宗社繫之一身，沈毅仰精誠，荒島落暉，留取風中勁草；

忘吾家不忘吾國，懷恩效義，惟公三十九歲，春秋壽以千古，艱難感楮柱，孤忠亮節，想像祠內寒梅。

十一、康有為自題西湖「康莊」別墅三十八言，合計七十六言

滄桑多變，陵谷多易，宗教多劫，國土多淪，亭閣雜蟲看得失，無一物當情，歷盡成敗往空，覺來栩栩；

天地不大，毫末不細，大椿不壽，朝菌不短，微塵世界何愛憎，嘆我生自度，仍行慈悲喜捨，想入非非。

十二、**圓明園戲臺聯**三十八言，合計七十六言

堯舜生，湯武淨，五霸七雄丑末耳，伊尹太公便算一隻耍手，其餘拜將封侯，不過搖旗吶喊稱奴婢；

四書白，六經引，諸子百家雜說也，杜甫李白會唱幾句歪詩，此外咬文嚼字，大都沿街乞食鬧蓮花。

十三、**吳熙題湖南昭潭書院飯堂**三十八言，合計七十六言

今試思世變何如哉？橫流滄海，突起大風波，河山帶礪屬誰家？願諸生嘗膽臥薪，每飯不忘天下事；

士多爲境遇所累耳，咬得菜根，才算奇男子，公侯將相寧有種？看前賢斷虀划粥，立身端在秀才時。

第五章　三十九言至四十言

一、杭州阮元祠三十九言，合計七十八言

殊遇紀三朝，入翰林者再，宴鹿鳴者再，綜其七年相業，九省封疆，想當日臺閣林泉，一代風流推謝傅；

宏才通六藝，覽詞章之宗，萃金石之宗，重以四庫搜遺，百家聚解，到於今馨香俎豆，千秋功德報湖山。

二、楊濟華輓其姑丈兼恩師李深洲三十九言，合計七十八言

師何憾乎？生平肆志詩書，有先疇，有舊業，有祖德宗功，獨嗟蔘藥無靈，侵二豎膏肓，數月病魔惟一室；

姑其寡矣，半世躬操井臼，能茹苦，能含辛，能相夫教子，怎奈芙蓉開老，灑雙行血淚，所天痛永別千秋。

三、**江忠源題長沙天心閣**三十九言，合計七十八言

攜酒上層樓，想屈子招魂，賈生對策，縱談楚國多才，二千年往事猶存，秋雨正吟詩，遺興豈徒韓吏部；

憑欄添逸氣，望星沙夕照，湘水歸帆，好寫江城如畫，數萬里遊蹤幾遍，岳陽曾攬勝，關心還是范希文。

四、**羅茗香輓陳仲雲**三十九言，合計七十八言

追思患難相依，感適館授餐，談經講學，薪傳已閱廿年，詎者番頻阻風帆，致我遲來，空展遺容成沒世；

可惜封圻未轉，算巡方煮海，陳臬維藩，棠蔭僅留三省，慟此際纔停露冕，值君小極，誤投蠲痹喪斯文。

五、某秀才鄉試中舉撰門聯三十九言，合計七十八言

回憶去歲飢寒，六七八月間，柴米盡精光，貧無一寸鐵，賒不得，久不得，雖有近親遠戚，誰肯雪中送炭？

僥倖今年科舉，頭二三場內，文章皆合式，中了五經魁，名也香，姓也香，莫分張龍趙虎，都來錦上添花。

六、黃兆梅題長沙天心閣四十言，合計八十言

岳麓西橫，湘波北逝，得屈、賈、朱、張點綴，便成絕勝江山，此地好遊觀，把平生道骨騷心，一證皇虞三古夢；

軫旁星小，湖外雲蠻，自胡、羅、曾、左崛興，遂創可驚事業，孤城入爭戰，聚無數青燐碧血，化爲煙火萬家春。

七、**賴名湯輓蔣公**四十言，合計八十言

五十年總領王師，歷經靖逆攘夷，鋤奸戡亂，百戰著聲威，仰崇勳，宇宙同高，惟能作君作親而尊公爲父；

九萬里待收國土，忽訝天傾地裂，梁壞山頹，兆民齊慟哭，繼遺志，關河重整，務在矢勤矢勇更責我三軍。

第六章　四十一言至四十二言

一、**紀昀祝乾隆皇帝七秩華誕于時乾隆五十五年**四十一言，合計八十二言

龍飛五十又五年，慶一人五數合天，五數合地，五星呈，五雲現，五代同堂，祥開五鳳樓前，五色斑斕輝彩帳；

鶴算八旬剛八月，祝聖壽八千爲春，八千爲秋，八元進，八愷登，八方從化，歌舞八鸞隊裡，八仙會繞詠霓裳。

二、陳建中輓蔣公（四十一言，合計八十二言）

是中華民族救星，領導革命五十年，內聖外王，功高日月，遽驚中道崩殂，恭誦易簀遺言，舉國軍民齊痛哭；

爲國民大會代表，督行憲政念餘載，耳提面命，推置心腹，揮淚滿懷感奮，緬仰在天靈爽，藐躬矢志竭忠純。

三、朱大可集彊村詞輓朱彊村（四十一言，合計八十二言）

煩憂沉陸，孤夢攀天，白髮重來，傍滄江經年堅臥，山河異，風景是，愁著倚欄時，千首塡詞，誰家嘖起中原笛？

故國驂鸞，飛仙控鶴，紫雲一去，莽亂雲殘照無情，塵世事，水雲鄉，怕說菟裘計，百身何贖，瞥眼驚藏巨壑舟。

四、佚名壽吳佩孚五十華誕嵌「佩孚」「子玉」四十二言，合計八十四言

一生劍佩走東西，有併吞八方之志，有縱橫百萬之師，幾番破石驚天，成亦英雄，敗亦英雄，餘子紛紛何足數；

十載中孚震華夏，無廁名賄選之譏，無賣國媚鄰之誚，贏得輕裘緩帶，兵知儒行，將知儒行，戛玉鏗鏗豈等閒。

五、成惕軒輓陳布雷四十二言，合計八十四言

人每以燕許擬公，實則機務頻參，功符內相，鞠躬盡瘁，事類武侯，勳名讓青史安排，誠閒衡嶽雲，清飲建業水；

我方冀夔皋再世，豈料高丘寥廓，哀並靈均，滄海橫流，嘆深尼父，心血爲蒼生嘔盡，國逢多難日，天隕少微星。

六、國魂報徵聯，有署名稽山一鶴者首尾雙嵌「國魂」四十二言，合計八十四言

國以教育隆，今朝廷銳意維新，男校十之七，女校十之三，脂奩粉匣，屏棄時妝，血性效羅蘭，各抱熱忱思愛國；

魂從軀殼出，在閨閣自由已慣，一則曰平權，再則曰平等，革履操衣，釀成奇獄，風潮起秋瑾，誰依冷歠賦招魂？

第七章　四十三言至四十四言

一、康有為六十自壽四十三言，合計八十六言

傀儡曾遺登場，維新變法，備歷艱辛，廿年出奔已矣，中間灰飛草易，幾閱滄桑，壽人笙磬忽聞，北海劫來如夢幻；

歌舞業經換劇，得失存亡，空勞爭攘，一世之雄安在？此時霧散煙消，徒留感慨，老子婆娑未已，東山興罷整乾坤。

二、胡維藩題南京莫愁湖四十三言，合計八十六言

有何勝算各爭先，望虎踞龍蟠，袞袞英雄安在？休論他揮戈除暴，竊鼎稱尊，到頭來一局終場，好夢都成千古恨；

至此愁關眞打破，嘆梁空燕逝，茫茫世事如斯，且任俺引水流觴，催花擊砵，放眼去全國入畫，青山猶作六朝春。

三、顧子山集辛稼軒詞題蘇州「怡園」四十三言，合計八十六言

古今興廢幾池臺，往日繁華煙雲忽過，這般庭院，風月新收，人事底虧全，美景良辰，且安排剪竹尋香，看花索句；

從來天地一稊米，漁樵故里白髮歸耕，湖海生平，蒼顏照影，我志在遼闊，朝吟暮醉，又何知冰蠶語熱，火鼠論寒。

四、伊墨卿題揚州平山堂四十三言，合計八十六言

幾堆江上畫圖山，繁華自昔，試看奢如大業，令人訕笑，令人悲涼，應有些逸興雅懷，才領得廿四橋頭，簫聲月色；

一派竹西歌吹路，傳誦於今，必須才似盧陵，方可遨遊，方可嘯涼，切莫把濃花濁酒，便當作六一翁後，餘韻風流。

五、朱珪自輓四十三言，合計八十六言

酸苦記心中，吃點兒，喝點兒，講究點兒，百歲幾何時，提起老奴，也能放，也能收，算來作嫁從公，朱氏這支深愧我；

死生拋度外，說自由，愛自由，儘管自由，一朝千古恨，叫聲小子，無用憂，無用哭，論到在家如客，青山何處不埋人。

六、岑襄勤祭清廷助越南抗法陣亡將士（四十四言，合計八十八言）

是誰浩劫催成，馬革分歸，蟲沙競化，更摧殘瘴雨蠻煙，試回看越裳殄瘁，漢幟蒼茫，造無限國殤，各向天涯遙布奠；

何處巫陽招得，關門月黑，塞上雲昏，盡淹滯忠魂義魄，倘他時三界輪暤，九幽度脫，願都為壯士，重來邊圉愾同仇。

七、王士禎題安徽鳳陽譙樓（鳳陽為明太祖發祥地，陵寢在焉，作者著墨維艱，仍委婉而言，沈雄得體。四十四言，合計八十八言）

相陰陽，度原隰，想前朝創業艱難，只贏得陵寢盤空，江淮帶郭，秀離離滿目舊山河，伊何人斯，頓傷心於青袍白馬；

省刑罰，薄稅斂，沐當代深仁厚澤，試看那閭閻撲地，舸艦迷津，瑞藹藹一天新雨露，登斯樓也，豈徒觀乎綠樹紅雲。

八、章德俊嵌三「國魂」題「國魂」嵌字聯四十四言，合計八十八言

國是未可爲，德日英俄，實逼處此，識時稱俊傑，紛紛競尚維新，老成人回首前塵，劇憐祖國千年，無復文明輝上國；

魂兮今安在？詩詞歌賦，盡付淪胥，吾道嘆陵夷，落落轉慚寡合，有志者熱心風雅，留得吟魂一縷，居然縹緲笠歸魂。

第八章　四十五言至四十六言

一、滇南雞足山金頂寺四十五言，合計九十言

寶塔干霄，借佛光普照，將天人鬼畜盡超出生死輪迴，此地有因緣，但記取林中獅子，梯上胡孫，洞裡神仙，壁間羅漢；

高樓縱目，見山脈千層，似動植飛潛都縛在乾坤圈套，何時能解脫，且消磨玉洱鏡臺，銀蒼書案，金江圍帶，雪嶺屏風。

二、黃州蘇東坡祠 未審出於何人手筆，文情並茂，無異評傳。四十五言，合計九十言

一生與宰相無緣，始進時魏公誤抑之，中歲時荊公力扼之，即論免役，溫公亦深厭其言，賢奸雖殊，同悵君門違萬里；

到處有西湖作伴，通判日杭州得詩名，出守日潁州以政名，垂老投荒，惠州更寄情於佛，江山何幸，但經宦轍便千秋。

三、王風題上海文明雅集園 四十五言，合計九十言

際茲美景良辰，聚集些紅男綠女，白叟黃童，無忌無猜，都來坐坐，黜陟不知，理亂不聞，惟願那花長好，月長圓，人長壽；

趁此明窗淨几，搜羅點劍膽琴心，詩情畫意，有滋有味，隨便談談，奇文共賞，疑義共析，更喜是酒常滿，茶常熱，香常溫。

四、蔡慶仁題臺北景美江西同鄉會四十五言，合計九十言

彭澤詩，廬陵文，山谷書，白石詞，玉茗曲，臨川經濟，吉水正氣，馬氏通考，易堂節義，兩千年流風綿延，數不盡地靈人傑；

豐城劍，景德瓷，萍鄉煤，大庾鎢，南康錫，三湖柑橘，萬載夏布，樟樹藥材，瑞金菸葉，八一縣泥土芬芳，最難忘天寶物華。

五、嘲清末新學堂教習四十六言，合計九十二言

難哉教習，凡職業技能應全，有時兼法官，兼隊長，兼醫生，兼保姆，諸般事項，盡加一身，計領略三年風味，識見增得不少；

蕞爾學堂，而世界雛形畢具，其間若政府，若戲園，若議院，若軍營，幾個鐘頭，紛陳萬狀，設細編十載歷史，笑話諒來必多。

六、民初地方區公所，主事者稱「總董」；而新學堂男女教師均稱「先生」，守舊者看不順眼諷以聯 四十六言，合計九十二言

議事稱總董，辦事亦稱總董，總董何價値哉？況以僞總董混合眞總董，董有幾總？總無一董，莫可名焉，名之曰懵懂懵懂；

教習號先生，唱書又號先生，先生失尊貴矣，若因女先生交結男先生，生未得先，先捨其生，是奚說也？說者謂犧牲犧牲。

第九章　四十七言至四十八言

一、彭玉麟題吳城望湖亭 四十七言，合計九十四言

戰艦列千軍，想當年小喬夫婿，破浪乘風，多少雄姿英發，今我戈船來擊楫，弔古憑欄，嘆幾許事業興亡，只贏得殘灰劫火；

湖天開一壁，看此日大地山河，落霞孤鶩，無非活潑生機，誰家鐵笛暗飛聲，

悲歌擊筑，把那些滄桑感慨，都付與芳草斜陽。

二、方東新題《對聯》雙月刊 四十七言，合計九十四言

對語始於桃符，言對，事對，正對，反對，工對，巧對，流水，疊詞，盡情發揮，隻言片語，深淺成趣，欣聞雜著成家，文壇從此添異朵；

聯帖源自律詩，壽聯，婚聯，輓聯，春聯，短聯，長聯，集句，嵌字，隨意拾綴，三教九流，雅俗共賞，喜見期刊問世，藝苑於今綻新花。

三、陳立夫輓蔣公 四十八言，合計九十六言

總理以革命未竟事業付公，自受命而還，歷東征北伐，戡亂抗日，憲政樹宏規，溯五十年沾溉追隨，飽飫領袖深情，叔姪契誼；

昊天俾曠代出類聖哲降世，從獻身厥後，秉大公至正，盛德休容，闓澤流寰宇，縱一夕間盡瘁溘逝，長留民族浩氣，黨國馨香。

四、陳祖平以姪輩輓陳勤士（四十八言，合計九十六言）

今數儒宗，論年齒與伏勝齊，緯服丰儀，具瞻朝右，況復蘭陔繼美，領疆圻而懋績，居台閣而宣猷，作楫翊中興，更以貽謀昌厥後；

昔聞庭訓，憶兒時伴長公讀，青燈況味，恍在目前，何期萊曆倏更，既風木之興悲，又德輝之失蔭，沈星昏大野，豈徒傾淚哭其私。

五、老同盟會會員劉天囚輓黃興（四十八言，合計九十六言）

甲也爲先生友，乙也爲先生敵，丙也與先生叛離，丁也得先生親信，三三兩兩，幸當大會齊臨，試俯首捫心，亦曾愧對先生否？

成則受國人歡，敗則受國人罵，生則遭國人猜忌，死則令國人悲哀，是是非非，直到蓋棺定論，願從頭細想，果何辜負國人乎？

六、姜宸英自輓 四十八言，合計九十六言

這回算吃虧受苦，乃因入了孔氏牢門，坐冷板凳，作老猢猻，是只說限期弗滿，竟挨到頭童齒豁，兩袖俱空，書呆子何足算也！

此去卻喜天歡地，必須假得孟婆村道，賞劍樹花，觀刀山瀑，方可稱眼界別開，和這些酒鬼詩魔，一堂常聚，南面王無以加之。

七、橫貫公路太魯閣 四十八言，合計九十六言

從茫茫綠浪中，矗起百壑千岩，量衡山徑，則長江失其汪洋，匡廬失其奇突，巫峽失其幽深，幾億年霧鎖雲封，渾然淋漓眞宰；

向煜煜煙霞外，飛來鬼斧神工，盧牟禹績，似孟賁爲之效力，五丁爲之驅馳，共工爲之役使，數萬人驚錘險鑿，完成坦蕩康莊。

第十章　四十九言至五十言

一、民國元年元旦慶祝　國父就任臨時大總統 四十九言，合計九十八言

滾滾長江，流不盡我族四千六百餘年無量辛勞無量血，放眼覘鍾山王氣，楚水霸圖，半壁奠東南，大野玄黃，已逐秋風齊變色；

茫茫震旦，要爭個全球八十三萬方里自由民意自由魂，舉手慶漢日再中，胡塵掃盡，雄師指西北，卿雲糾縵，重安禹甸仗群材。

二、王闓運嘲新式結婚 四十九言，合計九十八言

兩間化育，靜觀皆魚躍鳶飛，洎乎世風變，廉恥亡，民風變，道德亡，五倫從禮學產生，把數千年哥哥妹妹，我我卿卿，弄成平等國；

一代文明，注重在男婚女嫁，當此聖教衰，邪說起，禮教衰，淫欲起，二姓本愛情結合，率四百兆夫夫婦婦，鶼鶼鰈鰈，同醉自由天。

三、許君武輓馬太夫人五十言，合計一百言

守寡逾卅年，以手杖教兒子讀書，以工資給兒子喫飯，夜半且縫衣，且課讀，往事歷歷如在目前，至今辜負慈恩，大罪此生莫可贖；

離鄉廿九載，以祈禱祝國家興盛，以悲哀嘆國家危亡，年來益思鄉，益念舊，天下滔滔未能歸去，自有永生樂土，靈魂不死豈須招。

四、香港襟江酒樓嵌字聯五十言，合計一百言

襟青袖翠，履舃交錯一堂，看舉座歡呼，弗羨的，濠鏡風光，弗愛的，海珠花韻，錢沽勿吝，只求襟影無慚，襟前有酒好談天，與天同醉；

江碧雲藍，帆檣遠來萬里，試憑欄顧盼，這邊是，鯉門雙峙，那邊是，龍嶺九回，國運終興，勿謂江流不返，江上盡人皆見月，得月誰先？

柳園聯語　卷五

都三十三副

柳園　楊君潛編著

第一章　五十一言至五十五言

一、何紹基題岳陽樓

五十一言，合計一〇二言

一樓何奇，杜少陵五言絕唱，范希文兩字關心，滕子京百廢俱興，呂純陽三過必醉，詩耶？儒耶？吏耶？仙耶？前不見古人，使我愴然涕下；

諸君試看，洞庭湖南極瀟湘，揚子江北通巫峽，巴陵山西來爽氣，岳州城東道巖疆，瀦者，流者，峙者，鎮者，此中有眞意，問誰領會得來。

二、鄭板橋六十自壽

五十二言，合計一〇四言

常如作客，何問康寧？但使囊有餘錢，甕有餘釀，釜有餘糧，取數葉賞心舊紙，放浪吟哦，興要闊，皮要頑，五官靈動勝千官，活到六旬猶少；

定欲成仙，空生煩惱，只令耳無俗聲，眼無俗物，胸無俗事，將幾枝隨意新花，縱橫穿插，睡得遲，起得早，一日清閒似兩日，算來百歲已多。

三、彭玉麟題安徽大觀亭 五十二言，合計一〇四言

五千年皖公何在？地接東南，消除浩劫，選勝快登臨，盡鶴唳丹霄，鷗盟黃浦，拓此一亭佳景，盪滌胸襟，寄語墨客騷人，莫孤負新秋風月；

卅六載賤子重來，天開圖畫，俯仰狂吟，憑欄休感慨，看龍巒疊翠，鵝嶼浮青，騁我百戰壯懷，放開眼界，收覽練湖潛嶽，依然是舊日山河。

四、浙江都督朱瑞輓秋瑾 五十三言，合計一〇六言

大通講學，光復聯盟，按劍說同仇，不圖三十三齡弱女兒，成仁取義，腥血先埋，抱沉痛四年餘，竟英靈旋轉乾坤，試想貴福奸奴，而今安在？

春社留題，西泠感舊，拈花談慧果，長作六月六日新紀念，崇德報功，豐碑重樹，垂令名千載後，使民黨眷懷風雨，當並伯蓀諸烈，終古難忘！

五、李聯芳題黃鶴樓　五十五言，合計一一〇言

數千年勝跡，曠世傳來，看鳳凰孤岫，鸚鵡芳洲，黃鵠漁磯，晴川傑閣，好個春花秋月，衹落得剩水殘山，極目古今愁，是何時崔顥題詩，青蓮擱筆？

一萬里長江，幾人淘盡，望漢口斜陽，洞庭遠漲，瀟湘夜雨，雲夢朝霞，許多酒興詩情，僅留下蒼煙晚照，放懷天地窄，都付與笛聲縹緲，鶴影蹁躚。

第二章　五十六言至六十言

一、鄒志奮輓吳鐵城　五十六言，合計一一二言

公致力革命四十餘年，人盡皆知，忠黨愛國，事總理若父母，事總裁若師長，勛勷開國，討袁討陳，北伐統一，抗日戡亂，功勳勿居，留得千秋青史在；

僕忝託帲幪一十五載，我尤深諗，親民善鄰，視同志如兄弟，視同胞如手足，翊贊中樞，治滬治粵，促進團結，海外宣勤，怨勞不計，自有萬世赤心銘。

二、袁枚題某地關廟 五十七言，合計一一四言。或曰好事者為之，非出自子才手筆

識者觀時，當西蜀未收，昭烈尚無尺土，操雖漢賊，猶是朝臣，至一十八騎走華容，勢方窮促而慨釋，非徒報德，祇緣急國計而緩奸雄，千古有誰共白；

君子論義，恨東吳割據，劉氏已失偏隅，權即人豪，詎應抗主，佔八十一州稱敵體，罪實難逃以拒婚，豈曰驕矜，明示絕強援以尊王室，寸心只有自知。

三、左宗棠自輓 五十八言，合計一一六言

慨此日騎鯨西去，七尺軀委殘芳草，滿腔血灑向空林，問誰來歌蒿歌薤，鼓琵琶塚畔，掛寶劍枝頭，憑弔松楸魂魄，奮激千秋，縱教黃土埋予，應呼雄鬼；

倘他年駕鶴東歸，一瓣香祝成本性，十個月現出金身，願廝後為樵為漁，訪鹿友山中，訂鷗盟水上，銷磨錦繡心胸，逍遙半世，惟恐蒼天厄我，再作勞人。

四、戲臺聯 五十八言，合計一一六言

生平讀野史稗官，凡可恨可悲可歌可泣之事，究竟是筆墨雲煙，曷若此現身說法，借口傳神，使婦人孺子，牧豎耕夫，亦懂得處世當家，莫要良心辜負；

終歲走名場利路，以受飢受寒受驚受恐之軀，何曾滅風塵面目，豈若今放開眼孔，停下腳跟，看忠孝褒封，凶奸誅戮，尚識此前因後果，且偷片刻安閒。

五、黃琴士題當塗采石磯謫仙樓 五十九言，合計一一八言

侍金鑾，謫夜郎，他心中有何得失窮通，但隨遇而安，說甚麼仙，說甚麼狂，說甚麼文章身價，上下數千年，祇有楚屈平，漢曼倩，晉陶淵明，能彷彿一人胸次；

踞危磯，俯長江，這眼前更覺天空海闊，試憑欄遠望，不可無詩，不可無酒，不可無奇談快論，流連四五日，豈惟牛渚月，白紵雲，青山煙雨，都收來百尺樓頭。

六、吳稚暉輓無錫名畫家吳觀岱——突患霍亂逝世（六十言，合計一二〇言）

何物鵠列拉的微生蟲，竟挐阿兄老命而跑，空想一枝禿筆，信今傳後，就寫成顧虎頭，倪雲林，亦徒爲無錫藝術誌中，增加篇幅，於我們笑笑談談，終歸完了；

可恨駒過隙般短身世，難留勝會群賢之盛，傷心七尺桐棺，閉目埋憂，祇剩有孫來鶴，康檀柘，盡將還北平白板房裡，共歷興亡，向四方慘慘切切，訴說從前。

七、香奩體「國魂」嵌字聯（六十言，合計一二〇言）

恨海茫茫，國色人間誰得似，追溯東鄰女，西子顰，南朝金粉，北地胭脂，無限繁華無限恨，古今風韻事，只爭此香國神仙，會心處萬種相思，再顧須防即傾國；

情絲裊裊，魂靈兒實在他行，試觀巫峽緣，高唐夢，楚館停雲，秦樓待月，幾多歡笑幾多情，天下溫柔鄉，最易惹芳魂繚繞，司花尉三生有幸，一逢疇諿不消魂。

第三章　六十一言至六十五言

一、**南京太平商場全國國貨展覽會**六十三言，合計一二六言

懿歟展覽盛會，揭幕值八月中秋，屈指百工，有晉棘，有楚材，有齊鹽，有宋錦，勿論精粗鉅細，搜集周全，喜今朝目無夷色，耳無夷聲，也算得聚六合風光，備九州景物；

偉哉太平商場，奠基於首都勝境，縱眼四顧，似金堆，似玉積，似海滙，似山盈，從茲衣食住行，供應不缺，願嗣後地盡其藏，貨盡其用，可藉此謀一國利益，開萬代財源。

二、**陳銘樞挽胡漢民**六十三言，合計一二六言

譽未必事爲憑，試看相忌者，欲公速歿，相附者，欲公永存，相劫持者，則欲公實歿而名存，惟念本身存歿，業經歷盡辛酸，公猶難補破缺河山，誰更擎天撐半壁？

仁智皆由人所見，回憶民族論，與我略同，民權論，與我小異，民生著論，嘗與我爭同以競異，但期後世異同，當今有能辨別，我亦遇到艱危棋局，卻曾揮手挽全盤。

三、李榕題成都望江樓六十五言，合計一三〇言

開閣集群英，問琴臺絕調，卜肆高蹤，采石狂歌，射洪感遇，古聖哲幾許風流，忽攬起儋耳逐臣，哀牢戍客，鄉邦直道尚依然，衰運待人扶，莫侈談國富民殷，漫和當年俚曲；

憑欄飛逸興，看玉壘浮雲，劍閣細雨，峨嵋新月，峽口素秋，好江山盡歸圖畫，更憶及草堂詩社，花市春城，壯歲舊遊猶在否？老懷還自遣，竊願與搔思摛藻，同分此地吟箋。

四、長沙追悼抗戰殉職軍民六十五言，合計一三〇言

揮淚敘前頭：抗戰三四年，吾伯有死，吾叔有死，吾兄有死，吾弟有死，吾師

有死，吾友有死，吾徒有死，吾侄有死，到而今五親離散，六眷飄零，總算爲國家盡忠，替民族盡孝；

傷心話遺裔：悲愁千萬種，飢者無依，病者無依，老者無依，幼者無依，鰥者無依，寡者無依，孤者無依，獨者無依，徒令我兩鬢枯蕭，百憂叢集，眞不知何處報怨，到幾時報仇？

第四章　六十六言至七十言

一、成惕軒紀念蔣東芙老人金婚 六十九言，合計一三八言

弘圖盛業，數南州貨殖，端推錦市之雄，疏財若范少伯，好客若鄭當時，有芳蘭九畹，奇石一邱，名畫法書幾盈萬軸，潤身潤屋，樂與人同，黿渚足徜徉，更晚歲東游，海角鷗波供小憩；

吉日良辰，參西俗禮儀，合舉金婚爲慶，獻酒則麻姑仙，問年則絳縣老，喜子舍重規，孫枝疊秀，婿鄉甥館復蔚群英，教孝教忠，嘏宜天錫，鶴籌添壽考，待中

原北定，花前鳩杖看雙還。

第五章　七十一言至七十五言

一、國魂嵌字聯 七十二言，合計一四四言

改守舊曰維新，同聲相應，頓開起四百兆人忙忙碌碌的名利心，學務設所，標統徵兵，東西卒業生，滿漢遊歷官，以及地方自治議員，就若輩表面言，儼然名利非求，兩字口頭禪，惟云愛國；

變專制爲立憲，流血成功，竟演出十八行省昏昏沉沉之殺戮界，戊戌六烈，庚子三忠，湖北唐才常，安徽徐錫麟，更有山陰秋瑾女士，逞霎時快意事，竟爾殺戮無赦，一塊肝腦土，何處招魂？

二、李烈鈞祝民國元年國慶 七十三言，合計一四六言

領吳頭楚尾小河山，黑子彈丸，遣一介使，銜命章江，觀光漢水。幸獲與雍容

樽俎，接中朝上將威儀。嗟余治劇理繁，追隨末克。祇遙望晴川閣聳，黃鶴鐘巍。最相期國士無雙，慷慨共談天下事；

是乾坤旋轉大紀念，去年今日，揭竿百尺，金風肅殺，鐵血飛鳴。竟混同南北軍書，值千載難逢盛遇。際此星移物換，節序初更。盼當前五色旌旗，萬戶冠帶。溯並時英雄餘幾，聯翩高會武昌城。

第六章　七十六言至八十言

一、馬鶴凌輓蔣公 七十七言，合計一五四言

天降聖王，領導五億人口民族，千萬方里國家。歷半世紀操勞搏鬥，從分裂到統一，從屈辱到顯榮，從危疑到安定，從艱困到昌隆。壽則兆民歡欣，疾則兆民憂戚，崩殂則兆民哀慟。前無古人，後無來者；

幸承諄誨，忝爲四年政治門生，三載中樞記室。經卅寒暑鑽仰步趨，由抗戰而復員，由戡亂而撤退，由改造而中興，由建設而開發。言爲終身法則，行爲終身典

型，志事爲終身目標。生必盡瘁，死必傳薪。

第七章　八十一言至八十五言

一、貞女輓未婚夫 八十二言，合計一六四言

誰叫君早歲求名，奇遭天妒。修鳳樓之未畢，隨駕鶴而即歸。回思去後韶華，眞如夢幻。從今日懷人牖下，三鍾酒，二鍾酒。眞欲招泉下魂，問個甘心。天乎！吾輩甚無辜，竟若此文字埋君。聽幽谷猿啼，雨打梨花同灑淚；

可嘆我芳年待字，酷受娘憐。桃欲詠乎宜家，梅尙遲乎迨吉。詎料暗中消息，頻種愁根。到昨宵叩首靈前，千種情，萬種情。縱不見阿郎面，總算結髮。娘呵！女兒是何命，似這番姻緣誤我。看畫梁燕舞，風飄柳絮更添悲。

二、徐金榮題滁州醉翁亭 八十四言，合計一六八言

八百載名亭，記傳環海。憑欄迴溯，羡當年賓客咸臨，想地接瑯琊，曾來擁

篝，岡連豐樂，鳥喚提壺。韻士達人，早知翁把酒吟風，有元亮清標，無柳子抑鬱。于此徘徊臺榭，對梅花點點，寫品格彌高。見潭影悠悠，悟宦情益淡；

二千里作幕，榻下廬陵。望古遐思，慨斯邑文忠久邈，觀村中黃葉，醉染螺山，檻外白雲，飛迷贛水。逸民遺獻，誰識我披巾岸幘，效呂安命駕，倣王徽操舟。迄今憩返鄉關，聽泉響潺潺，問智仙安在？看嵐光疊疊，疑歐老猶存。

第八章　八十六言至九十言

一、**佚名楹聯** 八十六言，合計一七二言

廿四載辛勤，奔波異地，櫛風沐雨，看茫茫塵宇無邊，曾東觀滄海，西極峨嵋，南窮吳越，北上崑崙，高歌慷慨，擊節唾壺，月夕花晨，細數那悲歡離合，雄心壯志，難消卻抑鬱牢騷，莫辜負畢生事業，七尺昂藏，萬里長征，十年磨劍；

數百朝歷史，擾擾神州，割地爭城，嘆滾滾浪沙淘盡，記周弱平王，秦亡胡亥，漢末黃巾，唐哀朋黨，憑弔唏噓，同歸墟墓，豐功偉績，均變作碎瓦頹垣，斷

碣殘碑，都付與荒煙蔓草，徒贏得一片蒼然，半江漁火，兩行秋雁，四野寒霜。

二、**劉春霖題貴陽甲秀樓**八十八言，合計一七六言

五百年穩占鰲磯，獨撐天宇，讓我一層更上，眼界拓開，看東枕衡湘，西襟滇詔，南屏粵嶠，北帶巴夔，迢遞關河，喜雄跨兩游，支持南疆半壁，恰好於矢磵隮，烏蒙菁掃，艱難締造，裝點成錦繡湖山，漫云築國偏荒，莫與神州爭勝概；

數千仞高居牛渚，永鎮邊隅，問誰雙柱重鐫，頹波挽住，想秦通僰道，漢置牂牁，唐靖矩州，宋封羅甸，凄迷風雨，嘆名流幾輩，留得舊跡千秋，對此象嶺霞生，螺峰雲送，緩步登臨，領略些畫閣烟景，恍覺蓬瀛咫尺，招邀仙侶話遊蹤。

三、**孫髯翁題昆明大觀樓**九十言，合計一八〇言

五百里滇池，奔來眼底。披襟岸幘，喜茫茫空闊無邊。看東驤神駿，西翥靈儀，北走蜿蜒，南翔縞素，高人韻士，何妨選勝登臨。趁蟹嶼螺洲，梳裹就風鬟霧鬢。更蘋天葦地，點綴些翠羽丹霞。莫辜負四圍香稻，萬頃晴沙。九夏芙蓉，三春

楊柳；數千年往事，注上心頭。把酒臨風，嘆袞袞英雄安在？想漢習樓船，唐標鐵柱，宋揮玉斧，元跨革囊，偉業豐功，費盡移山氣力。盡珠簾畫棟，捲不淨暮雨朝雲。便斷碣殘碑，都付與蒼煙落照，衹贏得幾許疎鐘，半江漁火。兩行秋雁，一片滄桑。

四、道光初，阮元總制滇黔，改孫聯另製板以易，滇人嘖有怨言，及阮離滇，聯亦撤去，仍懸孫聯（九十言，合計一八〇言）

五百里滇池，奔來眼底。憑欄向遠，喜茫茫波浪無邊。看東驤金馬，西翥碧雞，北倚盤龍，南馴寶象，高人雅士，惜拋流水光陰。趁蟹嶼螺洲，襯將起蒼崖翠壁。更蘋天葦地，早收回薄霧殘霞。莫辜負四圍香稻，萬頃鷗沙。九夏芙蓉，三春楊柳；數千年往事，注到心頭。把酒臨風，嘆袞袞英雄安在？想漢習樓船，唐標鐵柱，宋揮玉斧，元跨革囊，爨長蒙酋，費卻移山氣力。盡珠簾畫棟，捲不盡暮雨朝雲。便薛碣苔碑，都付與荒煙落照，衹贏得幾許疎鐘，半江漁火。兩行秋雁，一枕清霜。

五、清光宣間，鴉片為害甚烈，有心人仿上聯而為長聯，寓意諷諫，氣勢磅礴，足以振聾啓聵九十言，合計一八〇言

五百兩老莊，賒來手底，價廉貨美，喜洋洋樂趣無邊。況粵誇黃瓌，楚重白墳，皖尚青山，滇崇黑水，估成辨色，不妨請客閒評。趁火旺爐燃，經過了揭皮炕骨，到更闌漏水，點綴些雪藕冰桃。莫辜負四楞沙斗，萬字銅盤，九節竹槍，三鑲玉嘴；

數萬金家產，忘卻心頭，癮發神疲，嘆滾滾錢財何用。想名別巴菰，種傳罌粟，膏徵福壽，花號芙蓉，橫枕開燈，足盡平生快事。儘朝吹暮吸，那管他日烈風寒，便妻怨兒啼，都裝作天聾地啞。只剩下幾寸囚毛，半斜肩膀，兩行清涕，一副枯骸。

六、光緒間，義和拳設立神時壇於京都清涼庵，有人亦仿前聯而作長聯九十言，合計一八〇言

五百石糧儲，助來壇裡，登名造冊，亂紛紛香火無邊。看師尊孫臏，祖託洪鈞，神上太公，單傳大士，伸拳閉目，總言靈爽憑依。趁古刹平台，安排些蘆棚稿薦，便書符念咒，遮蔽那鉛彈鋼鋒。莫辜負腰纏黃布，首裹紅巾，背繞赤繩，手持白刃；

萬千人性命，付與團頭，濃夢酣眠，明晃晃刀槍何用。想焚毀教堂，圍攻使館，摧殘民舍，蹂躪官衙，張膽喪心，那得天良發現。殉殺人越貨，直自同猘犬貪狼，縱作怪興妖，今已化沙蟲腐鼠。只贏得台傴龍旂，門豎魚鑰，宮屯虎旅，道走翠華。

第九章　九十一言至九十五言

一、**孫立人題臺南延平郡王祠**九十三言，合計一八六言

仁人志士，史不絕書，類皆值民族危亡之際，保民社而莫能。獨天留椰雨蕉風之一島，延永曆正朔二十餘年，抱箕伯過墟之痛，宏虬髯創業之功，海外奠基，剖符建節，殊跡超於常軌，精忠感召後來，想像旌旗，有誰手轉乾坤，掃蕩九邊弭世亂；

漢武唐宗，威行異域，然並當國家強盛之時，傾國力以從事。惟公提孤臣孽子之偏師，復臺灣故土三萬方里，斷裹糧運械之援，攻堅壁待勞之寇，敵前登陸，張幕受降，遺烈震於千秋，偉績遠逾先例，敬瞻廟貌，自是名垂宇宙，縱橫百代仰人豪。

二、**翁文灝輓盧工程師**九十五言，合計一九〇言

君精建築學，是眞建築家，任鐵路工程師，駕長橋於慈溪川面，爲全浙交通造

福，力疾從公，孰知禍遘飛來，竟赴泉台之路，賜以橋名不朽，自能與日月爭光，並江山而長壽，嘆今日中原多故，大地才難，留令名於千載下，問濟濟多士盈庭，誰如公者？

我本浙江人，係念浙江事，作天涯羈旅客，寄浪跡於濯錦江頭，聞故鄉路政得失，私衷竊喜，方祝天錫純嘏，惠我桑梓之邦，際茲噩耗遙傳，難禁此憂心如搗，迸血淚以陳詞，恨人間作惡無殃，行善不祿，寓懲罰於報施中，道恢恢天網不漏，有是理乎？

第十章　九十六言至一百言

一、張九如輓吳鐵城 九十六言，合計一九二言

有豪爽氣，有包容量，有幽默感，有應變才。於鄱陽爲亡秦之陳涉，於遼寧爲蠻夷大長之陸賈，於淞滬爲外攘內安之蕭何，於渝州爲調協洛蜀朔黨之魯連。敗勿諉責，成勿居功，一心扶國命，無間窮達險夷，似此忠肝義膽，虎擲龍拏，老子猶

堪絕大漠；

爲父母官，爲封疆吏，爲中樞相，爲海外使。論政績如治蜀之文翁，論勛勷如唐室中興之敬輿，論折衝如遠交近攻之范雎，論薦賢如並重智勇辯力之蘇軾。威而不猛，惡而知美，到處得人和，穩繫墜緒物望，豈期碧海青天，榱摧棟折，遺民長哭隕長星。

二、謝俠遜棋聯　九十八言，合計一九六言

三十二棋子，分列眼前，登場作戰，覺一時嚴重非凡，看士馬紛騰，卒兵洶湧，炮車直迫，相象斜飛，將帥運籌決勝，龍纏虎鬥，何妨人手爭先，趁白日青天，堪舉辦勞軍競賽，縱然就蠻疆絕域，也可供抗敵宣傳，莫辜負弈秘陣法，謝傳戎機，古代武功，中原文化；

四百兆華胄，盡歸枰底，嘗膽臥薪，望九世仇讎早雪，溯臺灣割據，高麗併呑，黑吉沉淪，熱遼失陷，陸空聯袂齊進，豕突狼奔，已到關頭最後，盡槍林彈雨，應使他匿跡消聲，更須奮赤血丹心，即乘此興邦建國，且聽那晉西偷營，鄂東

劫寨，桂西捷電，湘北佳音。

三、峨眉山洪椿坪千佛寺大殿長聯 一〇〇言，合計二〇〇言

峨眉畫不成，且來洪椿，看四圍蒼茫，瑩然天地蔭屋，泠然清香當門，悠然象嶺飛霞，皎然龍溪降雪。群峰森劍笏，長林曲徑，分外幽深。許多古柏寒松，虬枝偃蹇；許多琪花瑤草，錦繡斑爛。客若來遊，總宜放開眼界，領略此曉雨潤玉，夕陽燦金，晴煙鋪棧，夜月舒練；

臨濟宗無恙，聖朝公案，數幾個老輩，達哉寶掌駐錫，卓哉秀頭結茅，智哉楚山建院，奇哉德心咒泉。千眾共安居，淨業慧因，畢生精進。有時禪機棒喝，蔓語拋除；有時說法談經，蒲團參究。眞空了悟，何嘗障礙神通，纔成他白犬銜書，青猿洗缽，野鳥唸佛，修蛇應齋。

都十二副

柳園　楊君潛編著

一〇一言至五百言

一、鍾舫雲題四川望江樓崇麗閣

一〇六言，合計二一二言

幾層樓，獨撑東面風，繞沂水遙山，供張畫本。聚葱嶺雪，散白河煙，烘丹井霞，染青衣霧，時而詩人弔古，時而猛士籌邊。只可憐，花蕊飄零，早埋了春閨寶鏡，枇杷門巷，空留著綠野香墳。對此茫茫，百端交集。笑酣蝴蝶，總癡迷醉夢鄉中。試就絕頂高呼，問、問、問，這半江月，誰家之物；

千年事，歷換西川局，儘鴻篇巨製，裝演英雄。躍崗上龍，殞坂落鳳，臥闕下虎，鳴井底蛙，忽然鐵馬金戈，忽然雲笙玉笛。何如得，長歌短嘆，拋散些綺恨閑愁，曲檻迴欄，消受他薰風好雨。嗟予蹙蹙，四海無歸。跳死猢猻，終若在乾坤套裡。且向危梯俯首，看、看、看，那一片雲，是我的天。

廣東是現代史潮滙注之區，自明季迄於今茲，漢種孑遺，外邦通市，乃至太平崛起，類皆孵育萌興於斯；先生誕生其間，砥立於革命中流，啓後承先，滌新汰舊，揭民族大義，屹然再造乾坤，四十餘年，殫心瘁力，誓以青天白日，紅血紅旋，喚起自由獨立之精神，誠爲人間留正氣；

中華爲世界列強競爭所在，由泰西以至日本，政治掠取，經濟侵淩，甚至共管陰謀，爭思奴隸牛馬而來；吾黨適丁此會，喪失我建國山斗，雲淒海咽，地暗天愁，問繼起何人，毅然重整旗鼓，億兆有眾，惟工與農，須本三民五權，群策群力，遵依犧牲奮鬥諸遺訓，成厥大業慰英靈。

三、**趙養矯題上海新世界大樓**一〇七言，合計二一四言

別開新世界，茫茫大陸，十餘國航海偕來；訪黃歇遺踪，袁崧故壘，戈登遺像，忠愍摧桅；豪傑名流，英雄義士，感慨彌深，回首百年中，閱幾度滄桑，彈指

間樓閣湧現，便啼鶯語燕，昔爲芳草斜陽，那走燐飛螢，今幻銀花火樹；憑欄眺遠，且莫問吳淞夕浪，申浦早潮，滬瀆荒丘，龍華古塔；

無恙舊山河，滾滾長江，數千里奔流到此；看西通巴蜀，東指蓬瀛，北達津平，南連閩粵；商賈俠客，才子佳人，戲遊聯袂；置身九仞上，睹萬家烟景，放眼處市廛毗連；試把盞臨風，疑去蒼穹咫尺，還舉杯邀月，怎勝玉宇高寒；杖策良朋，最相宜夏日聽鸝，春郊盤馬，冬晴賞雪，秋雨題糕。

四、陳應性代朱姓友人自輓 一一四言，合計二二八言

舉世甜酸苦辣，都記在心中；看得寬，扣得緊；衣著謀蔽體，未求革履西裝；飲食圖免飢，勿講山珍海味；安步而行，足以當車；容膝即居，目空華屋；撫育非賢，素少高朋貴戚；養怡樂聖，夜常觀劇含杯；試問活到百歲，歡洽幾多時？提起老奴才，也能放，也能收，算來裁裳作嫁，壓線從公，朱氏這支深愧我；

平日死生榮辱，均拋之度外；存如寄，歿如歸；意志愛自由，最厭摩頂洗腦；性情本仁厚，怕看削足斷脛；讀中文書，羞稱博士；急國家難，彷彿義民；淡名輕

利，視得失若無關；勵儉砥廉，認富窮之有命；迄今氣絕一朝，永訣千古恨，叫聲小孫子，莫用憂，莫用哭，毋論返里住家，出門爲客，青山何處不埋人。

五、徐海宗輓妓香雲

一二五言，合計二五〇言。《滑稽聯話》謂此係湘陰徐海宗茂才撰；惟《古今聯語彙選》則指此為長沙蕭大猷狀元作，未知孰是？

試問十九年磨折，卻爲誰來。如蠟自煎，如蠶自縛。沒奈何羅網頻加，曾語予云，君固憐薄命者，忍不一援手耶！嗚呼可以悲矣！憶昔芙蓉露下，楊柳風前。舌妙吳歌，腰輕楚舞。每值酡顏之醉，常勞玉腕之扶。廣寒無此遊，會眞無此遇，天台無此緣。縱教善病工愁，憐渠憔悴，尚偎地談心深夜，數盡鶴籌。況平時裊裊婷婷，整整齊齊；

不圖二三月歡娛，竟拋儂去。問魚常杳，問雁常空。料不定琵琶別抱，然爲卿計，爾豈昧夙根者，而肯再失身也。若是殆其死乎！迄今荳蔻香消，蘼蕪路斷。門猶雀認，樓已秦封。難招紅粉之魂，枉墮青衫之淚。少君弗能禱，精衛弗能塡，女媧弗能補。但願降神示夢，與我周旋，更大家稽首慈雲，乞還鴛牒。或有個夫夫婦婦，世世生生。

六、老同盟會會員劉揆一輓國父 一二八言，合計二五六言

天心太不仁矣，胡喪斯空前絕後之完人，揖讓邁堯，征誅踵武，辯才優於鄒孟，博愛廣於墨翟，平等眞如釋迦。數千年專制威權，純賴苦衷改革。旗張白日，初困雷鄉；血染黃花，再挫南越。論到援寧救鄂，策畫尤艱。光復漢山河，巍巍元首，敝屣尊榮。豈期約法無靈，群雄多僭名割據。珠江開帥府，揮淚興師，利鈍非所知，惟有鞠躬盡瘁死；

國運亦奚哀乎？誰竟此三民五權之主義！克強早逝，松坡云亡，項城深負公托，黃陂徒有公心，河間直與公敵。二萬里共和樂土，漸成滿目瘡痍。神聖勞工，疇爲主宰？職業政治，痛失導師。記得行易知難，學說不朽。陶熔新社會，眷眷同盟，仔肩責任。自愧壯懷虛抱，昔時曾受命險危。行館讀遺書，服膺垂誡，精誠永相感，何容亂世苟全生。

七、顧敖題浙江嘉興鴛鴦湖煙雨樓 一三〇言，合計二六〇言

湖上點綴，量來玉尺如何？漫品題，幾回擱筆。曾記碧崖絕頂，看波瀾壯闊，太湖無邊。停橈漸北斗斜橫，趁涼月從三萬六千頃蒼茫湖水搖歸，生憎鳥難度。爲饒游興，白袷寧拋，還思暮暮朝朝，向斷橋問柳尋花能再。最是撩人西子，偏畫眉深淺入時，早匡廬失眞面，恨鉛華誤了傾國，強自寬，也悔濃抹非宜，天然唯羨鴛鴦，湖畔喜留香夢穩；

樓閣玲瓏，捲起珠簾最好！破功夫，半日憑欄，管甚滄海成田，盡想像空濛，層樓更上。遠樹迷南朝興廢，任曉風把四百八十寺多少樓臺吹散，愁煞燕雙飛。知否昨宵，綠章輕奏，要乞絲絲縷縷，將孤館離情別緒牽牢。卻怪作態東皇，竟故意陰晴錯注，寓高處不勝寒，罔蓑笠載得扁舟，欲坐待，又怕黃昏有約，到此未逢煙雨，樓頭閒話夕陽殘。

八、俞樾題西湖彭剛直祠（一五八言，合計三一六言）

偉矣哉，斯眞河嶽英靈乎，以諸生請纓投筆，佐曾文正創建師船，青旛一片，直下長江，向賊巢奪得小姑山去，東防歙婺，西障湓潯，日日爭命於鋒鏑叢中，百戰功高，仍是秀才本色，外授疆臣辭，內授廷臣又辭，強林泉猿鶴，作霄漢夔龍，尙書劍履，迴翔上接星辰，少保旌旗，飛舞遠臨海澨，虎門開絕壁，巖崖突兀，力扼重洋，千載後過大角砲台，尋求故蹟，見者猶肅然動容，謂規模宏壯，布置謹嚴，中國誠知有人在；

悲也夫，今已典常俎豆矣，憶疇昔傾蓋班荊，値阮太傅留遺講舍，明鏡三潭，勸營別墅，從珂里移將退省庵來，南訪雲棲，北遊花塢，歲歲追陪到煙霞深處，兩翁契合，遂聯兒女姻緣，吾家童孫幼，君家女孫亦幼，對穠華桃李，感暮景桑榆，粵嶠初還，舉足既憐躄躠，吳閶七至，發言益覺含胡，鴛水遇歸橈，俄頃留連，便成永訣，數日前於右台仙館，傳報噩音，聞之爲潸然出涕，念酒座尙溫，琴歌頓杳，老夫何忍拜公祠。

九、黃摩西輓妓 一六七言，合計三三四言

鴛鴦待闕廿三年，絕艷眘驚才，問眼底烏衣馬糞，齷齪兒郎，誰堪擎架？奈氤氳使者處，未注定正式姻緣，霧鬢風鬟，乍謝牧羊憔悴，綉襦甲帳，又臨跨虎危疑，明月易奔，小星難賦，十斛珠聚作六州鐵，誰實爲之？例諸鍾建負我，寧畏鳩鳥微言？網取西施贈人，原出鴟夷左計，矯情成薄幸，猛回首前塵半霎，綠葉緋桃鈿盟都誤，更累卿賫志而終：豪如牡丹王，烈如芙蓉神，痴如茶花女，欲界魔宮，種種悲涼歷史，印遍腦筋，怎一個愁字了得；

鶼鰈忘形五百日，感恩兼知己，較世間熨體畫眉，尋常伉儷，尤覺綢繆。在專制社會中，算略遂自由目的，拗蓮搗麝，但拚并命迦陵，善病工愁，忍聽斷腸杜宇，紅霞偷嚼，絳雪無靈，七香車送入四禪天，嗟何及矣，從古曠代丰姿，斷不雙修福慧，奚況書呆寒乞，豈宜永占溫柔，暫別卿長離，最傷心通替重看，朱櫻翠黛玉色猶生，尚向我含顰若語：始以橫塘曲，繼以上雲樂，亂以華山畿，笙朝笛夜，喁喁美滿名詞，蕩爲血淚，剩幾聲魂兮歸來！

十、李濟善題四川青城天師洞古常觀一九八言，合計三九六言

溯夏禹蹟奠岷阜以還，南接湘衡，北連秦隴，西通藏衛，東倚夔巫，葱葱鬱鬱，縱橫八百里輿圖。試躡屐登上清絕頂，看雪嶺光騰，紅呑滄海，錦江春漲，綠到瀛洲，歷井捫參，須臾踏蝸牛兩角。爭奈路隔蠶叢，何處尋神仙帑庫，丈人峰直牆堵耳，回思峨眉秋月，玉壘浮雲，劍門細雨，尚依稀繞襟袖間。況乃夜朗群嶽，聖燈先列宿柴天；泉噴六池，靈液疑眞君吐地。讀書臺獨存芳躅，飛赴寺安敢跳梁。且逍遙陟簷卜崗，渡芙蓉島，都露出廬山面目，難遽追攀，樓觀互玲瓏，今幸青崖竟達，問當年華渚姚墟，銅鑄明皇應宛在；

自軒轅壇拜靈封而後，漢標李意，晉著范賢，唐隱薛昌，宋徵張愈，轟轟烈烈，上下四千年人物。謾借瓻考前代遺徽，記官臨內品，墨敕親頒，曲和甘州，霓裳同詠，鸞章翠輦，不過留鴻爪一痕。可憐林深杜宇，幾番喚望帝歸魂，高士傳豈欺余哉，莫道趙昱斬蛟，佐卿化鶴，平仲馳騾，悉縹緲若遐荒時。兼之花蕊宮詞，巾幗共譙巖競秀；貂蟬畫像，侍中與太古齊名。攜孤琴御史曾遊，吹長笛放翁再

往。休提說玉柯丹鼎，譚峭靸鞋，那堪他沫水洪波，無端淘盡，英雄多寄寓，我亦碧落暫棲，待異日龍吟虎嘯，鐵船賈郁定重來。

十一、孫雨航預題臺北安徽同鄉會館（二五六言，合計五一二言）

巋歟！吳頭楚尾，是誠今昔雄奇乎！試瞻大別獨尊，險隘疊疊。皖峰猶崎，故國茫茫。天柱即是副衡，黃山原連白岳，敬亭相看不厭，瑯琊攬勝頻攀，壽鳳八公綿延，和當二梁對聳，中樞鎖鑰，揚子披襟，群川匯歸，長淮東帶。渟也洪澤，芡蟹宜餐。瀦兮巢湖，魚蝦易致。至若灊存三高祀典，何點有祠。滁留兩座豐碑，歐陽所記。居鄛篤鍾亞父，臯垣畀封庭堅。訪杏邨於貴池，探桃潭於涇縣，尋昭關於含境，問逍津於合肥，登采石詩仙崇樓，輒吟警句，步蟂磯孫氏遺廟，快覩佳聯。漢祖奠基，烏浦竟能覆項。謝玄報捷，淝水遽爾敗秦。謁濠陵兼叩龍興，窺建業先爭牛渚。似此年湮代遠，覼縷奚窮。愴茲滄海橫流，荊榛待剪。集鄉會，話家常，惟期案牘餘閒，切切偲偲，敦禮略援古燕饗；

偉哉！北俠南儒，仍復輝光炳燁耳。溯自管仲生潁，治術皇皇。莊子吏蒙，道心默默。周郎蔚爲世傑，魯肅差足自豪，包老笑比河清，晦翁學稱名派，徐常佐明立國，金吳抗清成仁，江戴經師，考據至上，方姚宗法，文境弗渝。允矣宣梅，歷算累葉。卓焉懷鄧，書道莫侔。他如省營九烈墓塋，西郊密邇。寺修七層寶塔，東郭匪遙。蚌埠厚積雜糧，蕪市廣囤稻米。徽休歙之香墨，飲徽六之綠茶，採婺溪之硯材，食屯溪之貢棗，購雙溝特產美釀，勿取新醅。採霍麓極嫩班針，毋過雨後。菊花入藥，亳州產量尤多。竹席加工，舒邑精製耐久。就夏塘以掘新藕，傍春岸而沽鮮鰣。從知物阜時熙，言筌曷罄。但盼貞元轉運，晴霽驅寒。迎驛郵，報喜訊，祇道旅途尚適，親親款款，倚聲休唱訴衷情。

十二、伏嘉謨題湖南文獻社 五〇〇言，合計一、〇〇〇言

南來吾道總源長，前賢雖已邈，何妨話楚產多才。試看蔡侯造紙，蔣琬經邦，破荒劉蛻，創格歐陽。懷素則筆勢龍蛇，才翁則吾儒羽翼。群玉擅風騷逸致，李唐之冠冕誰膺；濂溪開性理儒宗，太極之天人一理。至若圭齋著元代詞流，東陽炳朱明相業；原吉本雍容理政，船山乃孤詣窮經。諸公立德立言，巍巍不朽，已

形成湘學先河。迄近代三百年間，尤喜雲龍風虎，蔚起英豪；幾番整頓乾坤，大開氣運。則推愼齋講席，文炤名儒，鵬年治水，蝯叟工書，湘皋考獻，御史焚車，鏡海正學，潤帥匡時。高足羅山，印心陶澍，求闕弓裘，默琛圖志，剛直梅花，左公柳樹，玉池行人，壽卿壯士。湘綺高詠，葵園博古。學如廷鑑，詩若磵東。星元翰藻，天岳才情。忠源殉國，沅甫收京。柈湖澹雅，順鼎狂吟。篁仙名句，培敬循聲。育才文達，善政長齡。校讎葉氏，駢儷荇農。虛雲法慧，白石丹青。如芷蓀抗疏，如坤一持危，如譚唐並烈，如皮伏承師，如八指頭陀，如十髮手筆。如焦督犧牲，如鄒君輿地。如文正家書，作人生之寶筏；如星垣大火，弔替死之冤魂。更有詠安廉吏，鉅嚴聖門。周鼎殷盤，精季虞之小學；秦文漢賦，博星笠於西京。疇若鳳凰內閣，廷獻外交。保境息民，夷午創地方之憲；理財原富，凱南究經濟之源。跡同禹墨，星舫爲黨國楷模；筆妙風騷，大凝壯鬚眉節概。倘論鼎革開元，猶著黄謀蔡略，宋血譚襟；數典氣如虹，文事武功，豈惟盛業一時，千秋震撼人間世；

七澤地靈何處是？起陸此其時，容指點堯封依舊。猶憶茶水一陵，永州八記，靖港軍聲，熊山御跡，甫田則天落晨星，富國則地生銻錫。安化以煮茗清心，質量更稱雄天下，瀏陽以績麻成絹，炎夏疑避暑仙家。他如湘繡之名馳遐邇，澧蘭則芬溢湖湘；白沙之井渫無沙，雪嶺之秀峰如雪，勝地好山好水，寸寸皆金，信美是神州吾土。況南服七十邑中，共誇天寶物華，雅宜觴詠；招致高賢名宦，點綴湖山。又如清代疆分，明初血徙，日夜江聲，西南雲氣，望母有臺，問天飛榭，鄴架無塵，荊州久借。白蓮香遠，斑竹愁多，荊南杞梓，嶽麓弦歌，芋熟僧來，曲終人渺，神禹豐碑，老杜墓表。昭潭帝魄，汨水騷魂。八州都督，三醉仙踪。漁尋桃洞，雁唳衡峰。楓林愛晚，盧橘爭春。朱張渡老，屈賈祠荒。氣蒸雲夢，波撼岳陽。瀟湘八景，魚米千倉。九渡流長，二喬跡古。花落黃陵，香埋紅拂。或樓記先憂，或刀姑小試；或鼓浪平么，或鑄錢致富。或巾幗解圍，或傷寒濟世；或衡嶽開雲，或長沙抗日。或榜書太學，勒忠孝之箴言；或碑著浯溪，頌中興之盛業。永懷降受芷江，險依萌渚。吳頭楚尾，若鏖戰於洪楊；夏雪晴雷，愛風光於衡嶽。漫吟五嶺栖遑，三湘憔悴。檣頭梁上，湘江留燕語之情；麗句驚人，少陵送岸花之客。民康物阜，歲時紀荊楚風情；滄海白雲，日暮動鄉關愁思。忍對山川形勝，久煎萁豆蕭牆，紅羊赤馬；感時花濺淚，同倫一軌，誓把英風重振，三戶爭掀海上濤。

文化生活叢書 · 詩文叢集　**1301031**

柳園聯語（上、下）

編 著 者　楊君潛
責任編輯　蔡雅如
特約校稿　林秋芬

發 行 人　陳滿銘
總 經 理　梁錦興
總 編 輯　陳滿銘
副總編輯　張晏瑞
編 輯 所　萬卷樓圖書股份有限公司
排　　版　游淑萍
印　　刷　百通科技股份有限公司
封面設計　百通科技股份有限公司

發　　行　萬卷樓圖書股份有限公司
　臺北市羅斯福路二段 41 號 6 樓之 3
　電話　(02)23216565
　傳真　(02)23218698
　電郵　SERVICE@WANJUAN.COM.TW
大陸經銷　廈門外圖臺灣書店有限公司
　電郵　JKB188@188.COM
香港經銷　香港聯合書刊物流有限公司
　電話　(852)21502100
　傳真　(852)23560735

ISBN 978-957-739-992-2
2017 年 6 月初版二刷
2016 年 8 月初版
定價：新臺幣 660 元（全二冊不分售）

如何購買本書：
1. 劃撥購書，請透過以下郵政劃撥帳號：
　帳號：15624015
　戶名：萬卷樓圖書股份有限公司
2. 轉帳購書，請透過以下帳戶
　合作金庫銀行　古亭分行
　戶名：萬卷樓圖書股份有限公司
　帳號：0877717092596
3. 網路購書，請透過萬卷樓網站
　網址　WWW.WANJUAN.COM.TW
大量購書，請直接聯繫我們，將有專人為您服務。客服：(02)23216565　分機 10

國家圖書館出版品預行編目資料

柳園聯語（上、下） / 楊君潛編著. -- 初版. -- 臺北市 : 萬卷樓, 2016.08
面 ;　公分. -- (文化生活叢書)
ISBN 978-957-739-992-2(平裝)

1.對聯

856.6　　105002883